심리학기

심년자기

초판 1쇄 찍은 날 ┃ 2012년 1월 13일
초판 7쇄 펴낸 날 ┃ 2014년 5월 09일

지은이 ┃ 송여희
펴낸이 ┃ 서경석

편집장 ┃ 권태완
본문 디자인 ┃ 이혜정

펴낸곳 ┃ 도서출판 청어람
등록번호 ┃ 제387-1999-000006호
등록일자 ┃ 1999. 5. 31
어람번호 ┃ 제5-0295호

주소 § 경기도 부천시 원미구 부일로 483번길 40 서경B/D 3F (우) 420-822
전화 § 032-656-4452 팩스 § 032-656-4453
http://www.chungeoram.com
E-mail § chungeorambook@daum.net

ISBN 978-89-251-2743-9 03810

심바지기

Chungeoram romance novel

송여희 장편 소설

청어람

Contents

1장
뜻밖의 청혼

"연오야! 제발…… 그건 실수였어."

윤철의 다급하고 애절한 목소리가 조도가 낮은 불빛의 지하주차장과 묘하게 어울리며 공간을 울렸다.

다급한 윤철과 달리 연오는 그의 말이 그저 무감각하게 고막만을 때리고 지나가는 것을 느꼈다. 그리곤 지금 이 순간 수일째 잠을 못 자 눈이 따갑다는 사실만을 뚜렷하게 자각했다. 눈에 초점을 모아보려 눈을 찡긋거리기를 반복하다 결국 손을 들어 눈으로 가져갔다.

'피곤해. 피곤하다.'

그러자 눈물을 보이는 것으로 오해한 윤철이 그녀의 팔을 잡았다. 윤철에 의해 하얀 가운의 소매 부분이 늘어지며 연오의 손이 힘없이 툭 떨어졌다.

"연오야, 울지 마. 내가 잘못했어. 이건 하룻밤 실수야. 성 간호사, 아니, 성미연한테 그 아이 지우라고 할 거야."

반응없는 그녀를 보며 애가 탔는지 윤철의 말에 힘이 실렸다. 연오는 남자에게서 독기를 느껴 그만 이 자리를 벗어나고 싶어졌다.

"갈게. 연락하지 마."

한때는 그와의 데이트 코스였던 이곳을 벗어나고자 연오가 발걸음을 돌렸다.

여름이라 바깥은 분명 뜨겁겠지.

그러나 그녀는 습도가 높고 온도가 낮은 이 지하주차장의 잿빛 시멘트벽에서 차가움만을 느꼈다. 바깥을 나가본 지도 오래였다. 병원에 갇혀 있은 지 얼마나 지났을까? 연오는 절로 소름이 돋는 팔을 문지르며 걸음을 옮겼다.

윤철이 연오의 앞을 막아서며 무언가를 다급하게 말했지만 그녀는 제대로 집중할 수 없었다. 24시간 이어진 장거리 수술에 몸은 녹초가 되어 있었다. 어서 가서 자고 싶은 마음이 가득했다.

그러나 이곳을 벗어나고 싶다는 연오의 바람은 그녀가 발걸음을 얼마 떼지 않아 엉뚱한 쪽으로 실현됐다. 윤철이 쓰러지는 연오를 간신히 붙잡았다.

"연오야! 연오야! 정신 좀 차려봐!"

그녀의 몸이 윤철에게 힘없이 기울었고, 윤철은 연오가 정신을 잃었다는 것을 알았다. 연오의 맥박수가 정상이라는 것을 체크하고는 윤철은 바로 그녀를 들쳐 업었다.

*

　레지던트 1년차 준성이 병원 복도를 걷는 이현에게 뛰다시피 하며 다가갔다.

　"치프 선생님! 최연오 선생님 지금 ER(응급실)에 계시대요."

　준성의 다급한 말에 이현의 눈썹이 구겨졌다.

　"지금 OR(수술실) 떴는데 선생님 쓰러지셔서 자리가 비어요. 어떡하죠?"

　이현이 차트를 준성에게 넘기며 말했다.

　"10분 후에 돌아올 테니, 너 지금 NSICU(신경외과 중환자실) 김정근 환자한테 가봐. 수술실은 내가 들어가는 걸로 과장님께 말씀드리고."

　그는 후배의 대답을 기다리지도 않고 엘리베이터로 뛰었다. 뒤에서는 당황한 준성이 '선생님! 치프 선생님!' 하며 이현을 불러댔지만 이현은 걸음을 멈추지 않았다. 엘리베이터가 13층에 머물러서 움직일 기미를 보이지 않자, 그가 몸을 돌려 계단으로 향했다. 층계를 날듯이 뛰어내려 갈 때마다 펄럭거리는 하얀 가운이 이현의 다급함을 말해주고 있었다.

　응급실에 들어서자, 윤철의 모습이 시야에 들어왔다. 그는 몹시도 안절부절못하며 식은땀을 흘리고 있었다. 이현이 누워 있는 연오에게로 성큼성큼 다가서자 그의 등장에 윤철이 잠시 이현을 노려본다. 하지만 윤철은 금세 이현의 기에 눌려 자리를 옆으로 비켰다.

"일시적인 쇼크입니다."

윤철의 말에 이현이 싸늘하게 그를 바라보았다. 그리고는 침대 위의 하얀 얼굴로 시선을 내렸다. 윤철은 초조함을 느끼며 마치 소유권을 주장하듯 연오의 머리칼을 쓸어주었다. 그 다정한 몸짓을 이현의 손이 날아와 툭 하고 걷어냈다. 순간 윤철은 화가 치밀어 올라 고개를 번쩍 들어 이현을 뚫어질 듯 바라보았다. 그런 윤철을 무시하듯 연오의 손등에 연결된 링거액을 조절하는 이현의 행동은 거칠 것이 없었다.

두 사람이 만들어낸 팽팽한 분위기를 가르고 ER의 레지던트 1년차인 영호가 아무것도 모른 척 부러 밝게 인사했다.

"으앗! 강 선생님이 ER을 다…… 최연오 선생님은 맥박, 호흡, 체온, 혈압 다 정상이에요. 지금 Drowsy(기면) 상태인데 깨울까요?"

피곤에 못 이겨 잠이 든 것 같았다.

"연오야."

연오를 깨우려는 윤철의 나직한 음성을 이현이 감정없는 눈빛으로 한 번 흘깃하며 저지시켰다. 이 순간에도 그의 호출기는 쉴 새 없이 울려대고 있었다. 이현은 문득 응급실을 오가는 간호사와 의사들의 호기심 어린 시선을 느꼈다. 그때 이현의 휴대폰이 진동했다. 호출을 무시하자 휴대폰으로 직접 전화한 것임이 뻔했다.

"곧 가."

간결하게 대답을 마친 이현이 뭔가를 결심한 듯 연오를 내려다 보았다.

얼마나 잤을까? 꽤 오래 누워 있었던 것 같은데도 켜켜이 쌓인 피로는 연오를 잡고 쉬이 물러나지 않는다. 온몸이 녹진한 것이 누워서 또 잠을 청하고만 싶다. 그러나 그런 달콤한 유혹이 마음속에 자리잡기 무섭게 연오는 벌떡 일어나 시계를 찾았다. 그러다 손등에서부터 연결된 링거 라인을 발견하고 미세하게 얼굴을 찌푸렸다. 누군가 자신의 손등에 링거 바늘을 꽂은 게 분명했지만 그녀의 기억으로는 암전이다. 링거 바늘을 빼고 옆 침대를 살펴보니 동료들은 이미 나가고 없었다. 전자시계는 오전 5시 48분을 찍고 있었다.

아! 어떻게 해? 대체 얼마나 잔 걸까?

알람도 꺼놓았고 인턴 역시 자신을 깨우지 않은 걸로 미루어보아 아무래도 신경외과 동기이자 치프인 이현의 지시가 있었을 것이다. 그래도 이렇게 뭉그적거리고 있을 수만은 없는 일.

다시 자라고 한다면 더 잘 수도 있을 것 같았지만 연오는 서둘러 일어났다. 대충 얼굴을 씻고 양치질을 하면서 거울을 보았다. 그녀의 시선이 머리에 머물렀다. 늦어서 감을 엄두가 나지도 않는 머리는 커트였던 스타일이 언제였냐는 듯, 어느새 다듬어지지 않은 단발로 변해 있었다.

나도 정말 무던하다.

연오는 쓰게 웃으며 거품이 묻은 입을 헹궜다. 그리고 가운을 걸치고 여자 전공의 숙소를 나섰다.

"최연오 선생님이 내과 이윤철 선생님한테 바람맞고 그 충격으로 쓰러졌대잖아."

"에그, 그럴 수밖에. 나라도 내 애인이 딴 여자하고 애 만들었으면 정신줄 놓았을 거야."

"근데 미연이가 이쁜가?"

"김 선생님, 얼굴이랑 상관없는 거예요. 최연오 선생님 얼굴 이 뻐도 어디 애교라고는 눈을 씻고 찾아봐도 없어 보이잖아요? 남자들 그런 여자 피곤해해요."

"그나저나 NS(신경외과) 선생님들 줄줄이 애인이랑 헤어지네요. 다들 기사 봤죠? 강이현 선생님도 서채령이랑 헤어졌잖아요? 이번 달은 찬바람 꽤나 불겠어요, 에휴."

한 무리의 간호사들이 두런거리며 말하는 소리가 들려왔다.

스테이션으로 향하는 연오의 걸음이 자신도 모르게 느려지고 있었다. 저들이 먼저 자신의 존재를 눈치채고 말을 멈추어주었으면 하고 바랐지만 그럴 기미는 보이지 않았다.

"최 선생님."

언제 와 있었던 걸까? 수간호사 송나희 선생이 연오의 곁으로 와 섰다.

"제가 주의 줄게요. 한 귀로 흘려들으세요."

그 말에 연오는 순간 눈물이 핑 돌았다. 윤철과의 일은 자신에게 아무런 감정적 데미지도 주지 않았다고 생각했는데 엄마 같은 나희의 따뜻한 눈빛과 마주친 순간 속에서 무언가가 울컥 올라왔던 것이다. 얼른 눈물을 몰아내고 연오가 나희를 향해 웃어 보였다.

"고맙습니다, 선생님."

"뭘요? 아참! 강 선생님이 고생 많이 하셨어요. 최 선생님 쓰러져서 ER에 계신 거 강 선생님이 여기까지 모셔왔고, 최 선생님 대신 오늘 새벽까지 수술방에 들어가셨어요. 알고는 계셔야 할 것 같아서요."

이현이가?

나희의 말에 연오의 눈에 의아함이 번졌다. 동기이긴 했지만 이현은 남 일에 끼어드는 성격이 아니었다. 전공의 생활을 하며 그와 많이 친해지긴 했어도 연오는 이현에게서 여전히 거리감을 느끼고 있었다. 뒤이은 생각은 조금은 연오를 부끄럽게 만들었다.

이현이도 내가 실연당했다는 것을 알겠군.

생각에 잠겨 허공에 눈길을 둔 연오에게 나희가 살며시 눈인사를 하며 멀어질 때에야 그녀는 상념에서 깨어났다. 나희는 스테이션에서 나머지 간호사들에게 근무시간표를 건네고 있었다. 어느새 화제가 바뀐 그들은 근무시간표를 확인하느라 정신이 없었다.

때마침 NS 소속 레지던트들이 자판기 커피를 들고 스테이션으로 모여들었다. 피곤을 이기기 위해 한 손으로 목을 잡고 돌리거나 커피와 함께 잠을 쫓는 무리 사이로 연오는 천천히 걸어 들어갔다.

그녀가 등장하자 분위기가 미묘하게 바뀌었다. 지겨울 정도로 일상적인 그들의 아침에 연오의 실연 소식은 신선한 뉴스거리였을 것이다. 아무렇지 않은 척 인사를 건네는데 다들 호기심이 가득한 눈초리만큼은 숨기질 못했다.

정작 자신은 아무렇지 않은데 주변의 그런 시선 때문에 연오는 자신이 마치 큰 동정심을 불러일으킬 만한 불쌍한 사람이 되어버린 기분이었다. 애써 인턴의 몫인 EMR(전자차트)를 들여다보는 척했다.

그때였다.

"민서영, 503호실 빼먹고 돌았지?"

이현의 경쾌하고 밝은 목소리에 움찔했지만 짐짓 아무렇지 않은 척 연오는 모니터에서 눈을 떼지 않았다.

"치프 선생님, 오셨어요?"

"강 선생님, 오셨어요?"

연오와 이현은 같은 레지던트 4년차였지만 의국을 조율하는 수석전공의가 된 것은 이현이었다. 그의 등장으로 스테이션은 활기를 띠었다. 간호사들과 이번에 신경외과를 돌게 된 인턴 서영에게서는 이현을 향한 숨길 수 없는 호감이 드러나 있었다. 그도 그럴 것이 이현은 약혼녀였던 영화배우 서채령과 헤어지고 이제 공식적인 싱글이 되었던 것이다. 그에게서는 늘 에너지가 넘쳤고, 장시간의 수술이 이어지며 며칠 밤을 새야 하는 신경외과의 특성에도 불구하고 이현은 언제나 깔끔한 모습이었다. 급하고 역동적인 신경외과에 그는 정말 제격인 인물이었다.

거기다 한국병원 최고의 미남이라는 수식어와 함께 말끔한 일처리, 아버지를 병원장으로 둔 배경은 모든 이들로 하여금 이현을 다소 비현실적인 인물로 보이게까지 했는데 같은 대학에 입학한 이래 11년째 함께였지만 그에 대한 신비감은 연오에게 역시 마찬가지였다. 단지 차이가 있다면 그에게 불나방처럼 달려드는 다른 여자들과는 달리 연오는 일찌감치 이현에게서 마음을 접었다는 것이었다.

여기저기서 이현에게 인사를 건네는 소리가 들렸지만 연오는 차마 이현을 볼 수 없었다. 그가 자신의 치부를 알았다는 생각은 병원 내에 자신과 윤철에 대한 좋지 않은 소문이 퍼질 때보다도 더 연오의 몸을 떨리게 만들었다.

"아! 503호실은 왜 구석에 붙어 있는 거야?"

이제 막 병동 드레싱을 마치고 온 서영의 애교스런 목소리가 이어졌다.

"얼른 갔다 와야지, 민서영."

"으, 싫어. 아침부터 계속 이동하는 거."

서영의 괜한 너스레에 이현의 듣기 좋은 웃음소리가 들려왔다. 뒤이어 침묵이 이어지자 연오는 본능적으로 그가 자신을 바라보았다는 것을 알았다. 그리고 아래 연차들까지 그의 시선을 따라 나를 바라보았겠지. 그녀는 그만 이 자리를 벗어나고 싶어졌다.

"내가 갔다 올게."

자리에서 일어나자, 이현이 자신에게 무뚝뚝하게 말해온다.

"최연오, 앉아 있어. 이건 민 선생 일이야."

찰나의 눈 맞춤이었지만, 괜한 느낌인 걸까? 그의 눈에서 뭔가 알 수 없는 묘한 빛이 아른거렸다. 연오는 자신이 얼마나 좋지 않은 일에 휘말렸는지를 깨달았다.

"김영숙 환자 상태가 어떤지 확인도 해봐야 돼."

연오는 애써 둘러대며 자리에서 일어났다. 막상 그들에게서 벗어나고 싶어 자리를 뜬 것이었는데 병동으로 향하는 걸음은 그리

경쾌하지가 못했다. 뒤에 그림자를 남겨둔 양 사람들이 자신에 대한 좋지 않은 말들을 쏟아낼까 그것 또한 신경이 쓰였던 때문이다.

윤철을 깊이 사랑한 것은 아니었다. 그가 먼저 연오를 쫓아다녔고 세상에 혼자뿐이라는 생각에 젖어 있던 연오는 윤철의 마음을 받아들였다. 최연오 인생, 처음 그렇게 시작된 남자와의 교제가 엉망으로 뒤틀려 버리자, 그녀는 그만 맥이 탁 풀려 버렸다. 마음이 휑했다. 주위에 아무도 없는 것만 같았다.

유일한 가족이라고는 아버지뿐이었는데 대학에 올라가기 전 뇌종양으로 돌아가시고 남은 건 친척들에게 진 빚뿐이었다. 어느 날 그들은 경제적인 어려움을 호소하며 연오에게 그에 대한 의무를 요구해 왔는데, 박봉에 힘든 전공의 시절을 나는지라 그녀는 너무도 힘이 들었다.

사실 윤철과 사귀기 전 연오는 잠깐이지만 이현을 혼자서 좋아했었다. 하지만 그가 자신에게 조금의 관심도 없다는 것을 연오는 잘 알고 있었다. 이현이 가진 배경보다도 연오를 힘들게 했던 건 자신을 전혀 여자로서 바라보지 않는 이현, 바로 그의 태도였다. 첫사랑이자 남자에 대해 처음으로 느낀 복잡다단했던 그 마음은 학창 시절의 짝사랑으로 그렇게 끝나 버린 지 오래였다.

'훗! 하나 남았네. 그래도 NS에 오면서 이현이랑 끈끈한 동지애는 생겼으니까.'

연오가 503호실의 드레싱을 마치고 김영숙 환자의 수술 경과를 확인한 뒤 스테이션으로 왔을 때는 과장님들까지 다 모인 상태였다. 회의실로 들어가자, 인턴이 분주하게 오가며 컨퍼런스 준비를 하고 있었다. 오버헤드 프로젝터가 설치되고 사람 수대로 자료들이 뿌려졌다. 이미 앞줄에는 레지던트와 스태프들, 뒷줄에는 실습 학생들까지 자리를 잡고 앉아 있었다.

연오도 습관처럼 자료를 집어들고 자리에 앉았다. 며칠 전 사망한 Brain Tumor(뇌종양) 환자에 대한 모탈리티 컨퍼런스(Mortality Conference : 사망 환자의 진료상의 문제를 토의하는 학술 토론회)였기에 분위기가 다소 어두웠다.

윤철의 일까지 겹치며 연오는 안 그래도 피곤한 몸이 더욱 아래로 처지는 것을 느꼈다.

"Hypoventilation(저환기)으로 Intubation(기관내삽관)하고 Bagging(공기를 불어넣어주는 기구)을 시도했지만 환자는 사망했습니다. 사망 전 검사 결과에서 환자의 혈액 내 CO_2 분압이 100mmHg을 웃돌았습니다."

"잠깐!"

교수의 날카로운 눈이 멍하니 허공에 시선을 둔 연오를 발견한 것이었다.

"최연오! 사망했을 당시의 ABGA(Arterial Blood Gas Analysis : 동맥혈 가스 분석) 상태가 어떻게 되지?"

멍청하게 앉아 있던 연오가 당황해서 손에 쥐고 있던 자료들을 놓쳐 버렸다. 연오는 발표자가 무슨 이야기를 했는지를 생각해 내려 애쓰며 바닥에 이리저리 흩어진 프린트 물들을 바라보았다.

교수의 날카로운 말이 다시 이어졌다.

"강이현! 자네가 대답해 봐."

연오가 고개를 살짝 들어 이현을 바라보는데 그의 시선이 잠깐 그녀에게 머물렀다 스쳐 지나갔다.

이현의 부드럽고 깊은 목소리가 컨퍼런스 룸 안에 조용히 울렸다.

"……48mmHg로 심각한 저산소증이었습니다."

이현의 말에 김 교수가 연오를 바라보았다.

"요즘 4년차들 바쁜가? 왜 환자 파악이 안 되지?"

"죄송합니다."

연오는 창피함을 느끼며 대답했다. 바닥에 어지럽게 흩어진 프린트 물이 마치 자신의 지금 상황만 같았다.

좀체 집중하지 못하다 지도교수로부터 지적까지 받게 된 컨퍼런스가 그렇게 끝이 나고 회진 시간이 이어졌다. 연오는 수술실 입구의 현황판에서 스케줄을 확인했다. 첫 번째 환자의 수술은 Hemifacial Spasm(반측성 안면경련증)이었다.

베타딘으로 손을 꼼꼼히 문지르고 수술실로 들어가자 수술용 캡과 마스크를 쓴 채 눈만 내놓은 이현이 보였다. 그가 수술방에 들어가면 연오가 NSICU을 맡고 이현이 NSICU를 맡으면 연오가 수술방에 들어가곤 했는데, 오늘은 3년차가 보이지 않고 이현이 수술방을 지키고 있었다. 간호사와 농담을 주고받는 그의 모습에서는 어김없이 여유로운 분위기가 풍겨져 나왔다. 연오의 눈이 살며시 그에게로 향했다. 그녀와 달리 이현에게서는 약혼녀와 파혼한 그 어떤 심적인 고통도 없어 보였다. 오히려 이상하게도 지금 이 순간의 그에게서는 유쾌한 느낌마저 풍긴달까?

연오의 등장에 간호사에게 향해 있던 이현의 눈빛이 그녀에게로 따라붙었다. 하지만 연오는 그의 시선을 못 본 척 아무런 말 없이 수술대 위에 섰다. 이현 역시 자신이 윤철에게서 실연당한 것에 대한 호기심이 드나 보다는 생각에 연오는 그만 씁쓸해졌다. 다른 사람들의 시선이야 그렇다 치지만 이현의 저런 시선만큼은 피하고 싶었던 것이다. 하지만 그럴 수 없는 상황이었다. 어쨌거나 연오는 이번 수술의 Assistant 1st(제1조수)였으니까.

아래 연차들이 귀띔을 해줘서 알게 된 사실로, 이현은 윤철을 물리치고 직접 자신의 상태를 체크했다고 한다. 스트레쳐(바퀴 달린 침대) 대신 그녀를 안고 숙소까지 이동한 것도 이현이라 했다. 연오는 그에게 고맙다는 말을 전해야 한다는 사실을 알고 있었지만 그러고 싶지 않았다. 이현이라면 자신이 걱정되어서라기보다는 내과에 뭉개진 외과의 자존심을 위해, 그게 아니라면 신경외과 치프로서 동기가 좋지 않은 일을 당한 것에 윤철을 경계한 것일 테니까.

수술이 진행되었고 연오는 좋지 않은 컨디션을 드러내듯 실수들을 연발했다.

"Jugular Vein(목에 분포하는 정맥) 누르면 어떡해?"

"정신 차려. 네가 거기…… Nerve(신경) 누르고 있는 거 안 보여?"

한 번 지적을 당하자, 이현이 곁에서 자신의 실수를 고스란히 보고 있다는 것이 그렇게 신경 쓰일 수가 없었다. 혈관 팀, 종양 팀, 척추 팀으로 나뉘어 움직였기에 이현과 같이 수술방에 들어온다는 것은 드문 일이었다. 강인한 체력에 섬세한 테크닉이 생명인 신경외과 전공의가 되며 이현과의 경쟁은 연오의 패배로 막을 내렸지만 연오는 대놓고 이현 앞에서 꾸중을 듣자 의과대학 시절,

경쟁을 하며 불태웠던 그 자존심이 되살아나는 듯했다.

하지만 연오는 마지막 실수를 하며 결국 메스를 내려놓아야만 했다.

미세 현미경으로 1mm의 뇌혈관을 들여다보던 신경외과 한 과장이 마스크 너머 연오에게 버럭 소리를 질렀다.

"내가 이래서 여자는 NS 못 들어오게 반대했던 사람이야. 대체 그 비실비실한 팔목으로 뭘 하겠다고! 안 되겠어. 마무리 강이현한테 넘기고 너 나가!"

Assistant 2nd(제2조수)를 봐주던 이현에게 봉합을 맡기고 결국 연오는 수술방에서 쫓겨났다. 한 과장님의 성격이야 익히 알고는 있었지만 그랬기에 여자로서 책잡히지 않으려고 그간 이를 악물고 신경외과에서 버텨왔었다. 수술실에서 아무리 최악의 컨디션이었다지만 자신의 실수는 환자의 생명과 직결되기에 결코 용납될 수 없는 것이었다. 하지만 과장님에게 그런 말까지 듣고 나자 서러움이 목구멍을 타고 넘어왔다. 그것을 꾹 참으며 연오는 수술방을 나섰다.

얼마나 앉아 있었을까? 비어버린 스케줄 동안 호출기는 다행히 울리지 않았고 연오는 사람이 오가지 않는 자신만의 공간인 병원 정원 내 한 벤치에 앉아, 그제야 흘리지 못한 눈물을 쏟고 있었다. 그때 수술을 다 마쳤는지 이현이 다가오는 것이 보였다. 자신을 일부러 찾아온 것만 같은 분위기에 연오는 잠시 의아함을 느꼈다. 하지만 그보다도 우는 것을 그에게 들켰다는 생각에 그녀가 황급히 고개를 돌렸다.

"청승맞게 뭐 하나?"

이현이 넉살 좋게 웃으며 연오의 옆에 앉았다. 그녀 대신 수술을 뛰고 오늘까지 움직였으니 그는 정말 피곤했을 것이다.

"……고마워."

연오의 이현을 향한 고맙다는 말에는 많은 의미가 두루뭉술하게 내포되어 있었다. 그녀는 이현 쪽으로 고개를 살짝 돌리며 웃음을 보였다. 미소를 짓느라 얼굴 근육이 움직여 그렁그렁했던 눈물이 툭 떨어지자 당황한 연오가 얼른 손으로 눈물을 닦아냈다.

이현이 짐짓 연오의 눈물을 보지 못한 척 벤치에 나른하게 몸을 기대며 물었다.

"뭐가?"

이 순간 아무것도 모른다는 듯 행동하는 이현이 연오는 그렇게 고마울 수가 없었다. 그녀가 가만히 미소를 짓고 있을 때 이현의 물음이 이어졌다.

"넌 왜 이 죽일 놈의 신경외과에 왔나?"

보통은 교수나 윗연차들로부터 레지던트 1년차 때 많이 받는 질문이었다. 4년차가 된 지금, 같은 동기인 이현에게서 이런 질문을 받는다는 것은 꽤 늦은 감이 있었다. 하지만 질문이 신경외과에 온 이유를 묻고 있다기보다 푸념에 가깝게 들려 연오는 으레 해오던 대답을 했다.

"그냥, 재밌잖아."

이현의 시선이 느껴졌다. 꽤 오래 그 시선이 자신에게 머물고 있다고 연오는 느꼈다.

"넌 말하기 싫으면 항상 그렇게 얼버무리더라."

이윽고 입을 연 이현에게서 뜻밖의 진지함이 느껴지자 연오는 고개를 돌려 그를 바라보았다. 무언가 못마땅함을 가득 담은 이현의 얼굴을 훑는 연오의 눈빛 역시 생소함을 담고 있었다.

"무슨 뜻이야?"

연오의 물음에 이현이 피식 웃어버렸다.

"아니다. 그나저나 너, 머리 많이 길었다."

늘 커트를 고수하는 연오의 머리는 어느새 단발이 되어 있었다. 이현의 손이 다가와 자신의 머리카락을 지분거리는 것을 느끼며 연오가 물었다.

"지저분하지?"

"왜 안 자르는데?"

"그 시간에 자는 게 낫잖아."

생각할 필요조차 없다는 듯 바로 나오는 연오의 간결한 말에 이현이 쿡쿡 웃어댔다. 같은 길을 걷는 동료나 공감해 줄 법한 농담이었다. 웃음이 멈추어진 순간, 두 사람 사이에 편안한 침묵이 내려앉았다.

"야! 우리 결혼이나 할까?"

이현이 물었다.

2장
이현과 연오, 지난 10년의 시간들

11년 전.

집 내부의 인테리어는 화려하기 그지없었다. 이현이 사용하는 2층은 심플하고 깔끔한 디자인이었는데 1층은 이 댁의 안주인인 수희의 영향으로 전체적인 분위기가 마치 18세기의 로코코 양식을 보는 듯했다.

그런 공간에서 어찌 보면 모던하다고 볼 수도 있는 바흐의 무반주 첼로모음곡이 연주되며 자리에 격이 더해졌다. 사람들은 한 손에 샴페인을 들고 파티를 즐겼다. 정·재계에서 모인 각계각층의 사람들이 보였고 개중에는 한창 주가를 올리고 있는 연예인도 몇몇 눈에 띄었다.

"제 아들 녀석입니다. 이번에 한국대 의예과에 들어가죠."

"하하. 아드님께서 원장님의 후배가 되는 거네요. 참으로 자랑스러우시겠어요."

이현은 아버지 강석우의 뒤를 따라다니며 사람들에게 일일이 이런 식의 인사를 하고 있는 중이었다. 파티가 슬슬 지겨워지려 했다. 아버지가 손님 중 한 사람과 심도 깊은 이야기를 나누는 틈을 타 그가 친구들 무리로 걸어갔다.

이현이 다가오자 역시 아버지를 의사로 둔, 이현과 올해 같이 한국대 의예과에 들어가게 된 경수가 목소리를 낮추며 물었다.

"왜 와?"

"따분해서."

"하기야 이런 자리가 뻔하지, 뭐. 인맥 쌓기, 딱 그 이상도 그 이하도 아니야."

경수의 말에 이현이 창가에 기대며 웃었다. 눈이 내리는 바깥 풍경을 바라보고 있는 그에게 유학을 가게 된 친구 우성이 말했다.

"너희 셋은 꼰대들의 기대를 저버리지 않아서 좋겠다."

부모의 뒤를 이어 한국대 의예과에 입학하게 된 3인방, 이현과 경수, 그리고 성일을 일컫는 말이었다. 그 말에 이현이 피식 웃었다.

"야! 저기 채령이 옆에 있는 자식 좀 봐."

고개를 돌리니 반지르르한 얼굴의 사내 녀석이 채령의 몸을 더듬고 있었다.

"채령이도 싫어하지 않는 것 같은데? 근데 왜 내 눈에는 저게

다 강이현 너를 겨냥해서 하는 행동처럼 보일까? 너네 둘, 어떻게 할 거야?"

성일의 물음에 이현이 간결하게 답했다.

"결혼해야지."

그의 말에 경수가 낮게 휘파람을 불었다.

"강이현, 이 쿨함이란!"

현호가 경수의 말에 자신의 생각을 보탰다.

"서로 즐길 만큼 즐기다가 결혼하는 거 나쁘지 않네."

그때 채령이 고개를 돌려 이현을 바라보았다. 무심하게 바라보는 듯한 그녀의 시선이 다분히 강이현을 염두에 두고 한 계산적인 행동임을 알 만한 사람은 다 알았다.

"야! 채령이 온다."

채령이 재벌 3세인 명준을 옆에 끼고 이현의 무리를 향해 걸음을 옮겼다. 그녀 역시 이름 있는 국회의원 여식의 딸로 아역 배우를 거쳐 지금은 한참 주목받는 여배우로 성장해 있었다.

"무슨 얘기해?"

다소 높은 톤의 목소리가 꽤나 경쾌하다.

"호랑이도 제 말 하면 온다더니……. 니 얘기했다."

"어머, 정말?"

채령이 까르르 웃자, 주변 사람들이 그들의 무리를 힐긋 쳐다보았다. 그녀가 황급히 목소리를 낮추며 옆에 어정쩡하게 선 명준의 팔에 팔짱을 끼었다.

"뭐라고 했는데?"

"어, 너 예쁘다고."

"피, 거짓말."

성일의 말에 채령이 입술을 삐죽 내밀었지만 결코 싫지는 않은 듯하다. 그녀의 눈이 잠시 이현을 향했다. 갑자기 명준의 팔을 쳐낸 채령이 발꿈치를 들어 올리더니 애교스럽게 이현의 귓가에 속삭였다.

"축하해, 강이현."

별다른 내용이랄 게 없는 말이었지만 꽤나 친밀해 보이는 그녀의 행동에 옆에 선 명준의 얼굴이 굳어졌다. 이현의 눈썹이 보기 좋게 휘더니, 그도 채령이 했듯 그녀의 귓가에 무언가를 속삭였다.

"적당히 놀아."

그 말에 채령이 눈을 몇 차례 깜빡이더니 또다시 까르르 웃음을 터뜨렸다. 샴페인을 마시는 이현을 보며 그녀가 주변 사람에게 다 들릴 정도로 물었다.

"너, 지금 질투하니?"

짐짓 아무렇지 않게 물은 듯했지만 얼굴이 다소 상기된 것이 채령은 이현의 귀엣말에 마음이 분명 흔들린 듯했다. 그에 반해 이어진 그녀의 직선적인 물음에도 그에게서는 전혀 당황한 빛이 보이지 않는다.

"니들 무슨 얘기했냐?"

"야! 이현이가 뭐라고 했는데?"

친구들의 물음에 희미한 웃음을 매달고 샴페인을 들이켜던 이현의 얼굴이 그러나 어느 순간 굳어졌다. 친구들이 그의 시선을 따라 눈을 이동한 곳에 그의 어머니 한수희 여사가 있었다. 술에 취해 파티장으로 걸어 들어오며 흐트러진 머리를 매만지는 그녀를 몇 발자국 떨어지지 않아 젊은 남성 한 명이 뒤따르고 있었다.

담소를 나누던 사람들이 호기심을 가득 담아 그런 수희에게로 시선을 보내자 이현은 저도 모르게 주먹을 꽉 움켜쥐었다. 파티를 주최한 안주인이자 한국대병원장 강석우 박사의 아내로서 그녀의 정돈되지 않은 행동은 사람들의 이목을 끌기에 충분했다. 저들끼리 수군거리는 사람들의 말소리를 듣지 않아도 이현은 그 내용을 충분히 짐작할 수 있었다. 손으로 입가를 가리고 건네지는 말속에는 수희가 아버지인 석우에 비해 모자란 배경의 여자라며 그녀의 출신 성분을 조롱하는 말들이 한가득이리라. 비틀거리며 사람들 사이를 지나치는 수희와 방금 전까지 그녀와 방탕한 일을 벌였을 남성을 바라보는 이현의 눈매가 싸늘해졌다.

그를 따라 수희를 바라보던 친구들 역시 어느새 왁자한 분위기를 가라앉히고 다들 이현의 눈치를 살피고 있었다. 심상찮은 기운을 바꾸고자 경수가 화제를 돌렸다.

"야! 강이현, 너 OT(대학 신입생이 가지는 오리엔테이션) 갈 거냐?"

이현이 얼른 표정을 지우고 경수를 바라보았다.

"왜?"

"가자. 재미있을 것 같은데……."

같은 대학에 들어갈 성일도 거들었다.

"야! 가자, 가자. 예쁜 애들 있나 보게."

그 말에 채령이 불안하게 흔들리는 눈동자를 갈무리하고 짐짓 밝게 말했다.

"가봐, 강이현. 어찌 알아? 캠퍼스 커플이 될지."

그 말에 이현이 풋 하고 웃음을 터뜨렸다.

*

[의예과에 입학한 신입생 여러분, 이번 개강총회는 의무 사항입니다. 오리엔테이션에 참석하지 않았다 하더라도 이번 자리는 꼭 참석해 자리를 빛내주시길 바랍니다. ─학과사무실─]

연오가 미간을 찌푸린 채 휴대폰에 전송된 문자를 바라보고 있었다. 이틀 전에 온 이 문자가 이렇게 신경을 긁어댈 줄 몰랐다. 의무 사항이라는 말에 일반 대학의 보통 시즌보다 조금은 일찍 열렸다고 볼 수 있는 개강총회에 참석하기 위해 그녀는 강당 앞에 서 있었다.

며칠 전에 열렸던 오리엔테이션의 경우 연오는 참석하지 않았다. 그날은 아버지의 장례식날이었다. 아버지는 외동딸의 대학 합격 소식을 듣고 나서 얼마 안 가 세상을 뜨셨다. 이제 세상에 남은 건 그녀 혼자였다. 뇌종양으로 고생하시던 아버지가 그간을 정신력으로 버티셨다는 생각에 연오는 마음이 알싸해졌다. 더불어 공부를 하느라 아버지의 병간호를 잘 못했다는 죄의식이 그녀를 사로잡았다.

그래서인지 대학에 이제 갓 입학했지만 웃고 떠들며 캠퍼스 생활을 즐긴다는 것이 연오는 영 내키지 않았다. 개강총회가 끝나고 나면 뒤풀이가 있다고 들었는데, 때문에 그녀는 강당 건물 앞에서 막상 들어가지 못하고 서성거리고 있었다.

"툭!

연오의 어깨가 순간 휘청하고 기울었다. 강당 입구를 막아서고 있었던 탓인지, 남학생 무리와 부딪힌 것이다.

"죄송합니다."

한 명이 꾸벅 머리를 숙였고 그녀도 따라 가벼운 목례를 했다. 세 명 중 나머지 다른 한 명이 바닥에 떨어진 연오의 가방을 집어 들고 있었다. 그것을 받아 들며 고개를 든 순간 그녀의 눈이 커졌다. 안경을 쓰지 않았던 탓에 상대방이 어떻게 생겼는지 가늠하지 못했는데 자신에게 가방을 건네며 가까이 다가선 남학생의 얼굴이 너무도 잘생겨 연오가 그만 넋을 놓고 쳐다본 것이었다.

이를 놀리듯 일행 중 한 명이 장난기 가득한 얼굴로 그녀를 바라보자, 뒤늦게 그것을 깨달은 연오가 서둘러 표정을 수습했다. 그녀에게 가방을 건넨 당사자는 정작 무심한 얼굴로 문을 열고 강당으로 들어가고 있었다.

연오는 그만 겸연쩍어져 남학생들이 들어가고 난 뒤에야 강당 안으로 들어설 수 있었다.

"왔냐?"

그녀가 다가와 옆에 서자, 하경이 가방을 치워 옆자리를 비워주었다. 하경은 전주에서 고등학교를 다닐 적부터 알아온 친구였다.

그때는 그리 친하지 않았지만 낯선 타지에 오니 서로를 챙겨주는 것은 역시 동창뿐이었다.

"너 왜 OT 안 왔어? 얼마나 재미있었는데……. 그나저나 나 완전 킹카 봤잖아."

숨이 넘어갈 듯 흥분한 자신의 말에도 연오가 반응이 없자, 하경이 그런 연오를 장난스럽게 타박했다.

"아오! 최연오! 좀 사람다워져라. 서프라이즈! 놀라는 거 몰라?"

그제야 연오가 입을 가리고 조그맣게 웃음을 터뜨리자, 하경은 OT에서 있었던 재미난 일들을 따발총처럼 뱉어내기 시작했다.

"너도 보면 완전 놀랄 거야. 강이현이라고, 서울 강남 사는 애들은 다 알더라. 걔가 수석이래. 얼굴 잘생겨, 키도 커, 또 아버지가 한국대병원 원장이라나? 나 완전 외계인을 본 것 같았다니까."

하경의 계속되는 수다가 이어지던 차에 학과 조교로 보이는 사람이 마이크를 잡았다.

"지금부터 제78회 개강총회를 실시하겠습니다. 모두들 자리에 앉아주시기 바랍니다."

조교의 말에 이곳에 모인 지성들의 눈빛이 검이 햇빛에 반짝이듯 날카롭게 빛났다. 연오도 가방에서 안경을 꺼내 강연 들을 준비를 했다.

한국대학교 의예과 신입생 오리엔테이션에 참석했던 학생 대다수가 의과대학 강당에 운집해 이제 막 자신들의 스승이 될 석학들을 경이롭게 바라보았다. 이어 신임 교수님 및 기초, 임상 교수님 소개가 시작되었고 지루할 법한 시간이 흘렀다. 3월이라도 아직은 쌀쌀한 날씨, 그럼에도 이제 갓 학교를 들어온 신입생들의 눈빛에는 앳된 패기와 열정이 엿보였다. 처음 시작하는 대학 생활에 대한 설렘으로 모두가 이어지는 의대 학과장인 장성필 교수의 말에 귀를 기울였다.

"……현대 의학이 제아무리 최첨단 기기로 무장해, 각종 세균과 몸의 세포 하나하나까지 들여다볼 수 있는 날에 이르렀다고 해도 여러분은 결코 자만해서는 안 될 것입니다. 병이란 것은 그리 호락호락한 녀석이 아닙니다. 여러분도 잘 알다시피 인류는 아직도 감기 치료제 하나 제대로 개발하지 못했습니다. 끊임없이 진화하는 바이러스와의 전쟁을 여러분은 각오해야 할 것입니다. 또한……."

연오 또한 장성필 교수의 기초의학 분야에 대한 생각을 조용히 음미하며 듣고 있었다. 하지만 교수의 눈이 유독 한 곳을 응시하며 반짝 빛나자 그녀를 비롯한 강당에 모인 사람들도 의구심을 가지고 그곳을 힐끔거렸다. 그렇게 무심코 고개를 돌렸다가 연오는 자신에게 가방을 건네던 남학생의 얼굴을 다시 한 번 확인할 수 있었다.

"쟤야, 전국수석했다는……. 미국 명문대 다 놔두고 한국대병원장인 아버지 때문에 여기 왔다더라. 서울 애들이 그러는데 쟤 학교 다닐 때 정말 유명했대. 성적 말고도 얼굴 때문에."

하경의 말을 들으며 연오는 그 남학생에게 생겨나는 무한한 호기심을 느꼈다. 잘생긴 것 외에도 그에게서는 어딘지 모르게 머리부터 발끝까지 기품이 넘쳐흐르고 있었다. 부유함 속에서 늘 최고만을 접하며 자란 귀공자 같은 느낌.

게다가 수석이라는 말에 연오의 호기심은 배가되었다. 그런 그녀의 시선이 노골적이었던 걸까? 그가 고개를 돌려 연오를 바라보더니 미간을 찌푸렸다. 그 모습에 연오가 황급히 시선을 비켰지만 목까지 붉어지는 느낌이었다.

지나쳤어, 최연오.

연오는 스스로를 탓하며 남학생에 대한 관심을 접었다. 그리고 강연 내용에 빠져들었다.

"질문 없습니까?"

어느덧 강연이 끝나고 조교가 강당 안을 한 번 둘러보며 물었다. 아무도 손 든 이가 없자 다음 말이 이어졌다.

"이것으로 교수님과의 대화를 마치며 다음으로는 신입생 환영회가 있겠습니다. 학생 여러분은 화장실에 들르기 전 자기소개 하나 정도 고민해 주시면 감사하겠습니다."

웃음기를 담은 조교의 말이 뒤풀이의 시작을 알리자, 연오가 주섬주섬 가방을 챙기며 자리에서 일어섰다. 하경이 눈을 동그랗게 뜨고 물었다.

"왜 그래, 최연오? 가려고?"

"미안해, 갈게."

연오가 멋쩍게 웃었다. 그리고는 자리에서 일어나 장시간의 강연으로 뻣뻣해진 몸을 푸는 사람들 사이를 제치며 유유히 강당을 빠져나갔다.

"왔냐?"

경수와 성일이 학교 앞 생맥주 집에 자리를 잡고 앉아 이현을 기다리고 있었다.

"왜 불렀는데?"

늘 그랬지만 이현의 심심해 보이기까지 하는 무감한 행동은 상대로 하여금 시크함을 넘어선 차가움마저 느끼도록 했다. 그나마 어릴 때부터 그와 내내 어울렸기에 경수와 성일은 그것이 이현이 감정을 숨기는 한 방법이라는 것을 알고 있었다. 동갑임에도 조금은 어수룩한 성일이 미처 잡아내지 못한 사실을 경수는 한발 더 나가 느끼고 있었는데, 그의 눈에는 드높은 자존감 아래 가려진 이현의 콤플렉스마저도 보였던 것이다. 주위에서는 늘 왕자님 취급을 받으며 자라왔지만 속을 들여다보면 그의 성장 과정에는 어머니와 아버지의 끊임없는 불화가 있었다. 어찌 보면 그런 것에서 비롯된 녀석의 저 무감정한 행동이 사람을 잡아끄는 매력의 한 요인이 되어버린 게 아닐까? 경수는 이현의 그런 면이 동성인 자신들마저 압도하게 되는 것이라고 생각하며 어두운 조명 아래 친구의 잘난 얼굴을 바라보았다. 저 흠 하나 없는 얼굴이 언젠가 깨어질 날이 있을까.

"야! 이번 쪽지 시험들, 어떤 애 한 명이 싹 쓸어버렸대."

"최연오라고, 여자앤데."

맥주를 들이켜던 이현의 한쪽 눈썹이 올라갔다.

"최연오? 처음 들어보는 이름인데?"

"짧은 커트머리에 안경 쓰고 다니고 하얀 얼굴이라는데……."

경수가 여핵생에 대해 들었던 인상착의를 설명해 주었다.

"그렇게 설명해 주면 내가 아냐?"

"들어올 때 너 다음으로 차석이었대. 근데 뭐, 모를 만도 하지. 예과 2년도 수석 졸업인데 주구장창 공부만 한다더라. 예과 때야 노는 애들 많으니까 그럴 만도 하지만 본과 올라와서 이렇게 월등한 점수로 다른 애들 기죽이는 애는 얘가 전무하다고 조교 형이 그러던데?"

경수가 호기심을 잔뜩 드러내며 말했지만 이현은 피식 웃을 뿐이었다.

예과 2년의 기간 동안 놀기 바빠 주위를 살필 수 없었지만 경수와 성일을 따라 학과 모임에는 종종 참석해 온 그였다. 때문에 동기들의 얼굴이나 이름 정도는 제법 알고 있다고 생각했는데 그런 자신의 눈에 띄지 않을 정도라면 최연오란 아이는 안 봐도 뻔했다.

"옵세란 얘기네."

옵세는 Obsessive Personality(편집적 인격)의 약어로 의대에서 놀 줄 모르고 공부에 유달리 집착하는 아이들을 비꼬아 부르는 말이었다.

"하기야 그래 봤자 옵세네."

성일이 조용히 이현의 말을 따랐다.

"근데 안 꾸며서 그렇지 진짜 예쁘다더라. 너무 살벌하게 공부해서 걔한테 관심있어도 접근 못하는 애들이 꽤 된대."

경수는 여전히 여학생에 대한 호기심을 숨기지 못하고 있었다. 그가 이현의 눈치를 살피며 말을 이었다.

"야! 강이현. 그래서 말인데, 남자애들 사이에서 너랑 최연오랑 붙으면 누가 이길까, 이런 말이 나왔어. 어떻게 생각해?"

실컷 놀기만 해서 성적이 그리 좋지 않은데도 사람들은 아직까지도 수석으로 들어온 자신에게 뭔가 기대를 하는 모양이었다. 괜한 관심은 귀찮다. 이현이 팝콘을 집어 경수를 향해 던졌다.

"됐다."

"아, 재미있을 건데."

경수가 이현이 던진 팝콘을 잽싸게 잡아 입으로 가져가며 아쉬움에 입맛을 다셨다.

✳

의사가 되는 길은 멀고도 험하다. 예과 2년, 본과 4년을 거치면 의사국가고시를 봐야 한다. 합격을 하게 되면 일반의 자격이 주어진다. 전문의의 길을 밟기 위해서는 인턴 1년, 그리고 4년간의 전공의 시절을 거쳐야만 한다. 다시 각 과의 시험을 치르고 전문의 자격증을 따게 되면 대학을 입학하고 꼬박 11년이란 시간이 지나 있다. 남자라면 여기에 3년간 국방의 의무를 져야 한다. 보통 인턴이 끝나거나 레지던트 과정이 끝나게 되면 남자들은 군의관이 될지, 공보의(공중보건의:의사의 경우 군대 대신 지게 되는 3년간의 의무)가 될지를 결정해야 한다. 거기다 요즘에는 각 과가 세분화된 까닭에 1년에서 3년간의 전공 분야에 대한 펠로우 시절을 자진해서 택하곤 했다.

험하고 지난한 길, 의사가 되기 전 유일하게 여유가 있는 시기가 바로 맨 처음 시작인 예과 2년이다. 물리, 화학, 생물 같은 기초과학 파트를 전공 필수로 하는 이 시기는 본과에 들어가 직접적으로 의학을 배우기 전의 워밍업 단계라 할 수 있었다.

그래서인지 선배들은 예과 때 못 놀면 병신이라고들 했다. 그러나 연오는 기꺼이 병신이 되기로 했다.

아버지가 돌아가시고 세상에 혈혈단신 혼자가 되자, 우선 당장 제 한 몸 건사할 돈도 부족했기 때문이다. 남들이 미팅이나 소개팅에 빠져 있을 때, 혹은 의대에 있는 오케스트라나 각종 동아리 활동에 전념할 때 연오는 과외란 과외는 다 뛰었다.

그리고 본과에 올라왔다. 하지만 더 이상 과외를 하기에는 밀려드는 지식의 홍수 속에서 시간이 턱없이 부족했다. 결국 과외나 아르바이트를 포기해야만 했다. 장학금을 노리는 수밖에는 없었다. 이른바 생계형 공부가 시작된 것이다. 하지만 한때 내로라하는 명문고의 우수한 두뇌들이 모인 이 공간에서 톱이 된다는 것은 말처럼 쉬운 일이 아니었다. 그랬기에 그녀가 강의를 듣고 책을 대하는 자세는 처절하기까지 했다. 밥을 먹고 잠을 자는 시간까지 쪼개어 공부를 하다 보니 아이들은 어느새 자신을 옵세라 부르고 있었다.

"본과에 올라와서 본 첫 시험에 대한 소감들이 남다를 거라 생각한다. 학과사무실 옆 게시판에 성적표 붙여놓았으니 가서들 확인하고! 이상 강의 마친다."

병리학 교수가 나가고 나자 여기저기서 한숨 소리가 터져 나왔다.

"아니, 왜 성적을 공개하는 거야? 여기가 무슨 고등학교도 아니고."

하경이 옆에 앉은 연오에게 불만을 토로하자 연오가 빙긋이 웃어 보였다. 그 웃음을 보고는 하경이 장난일 것이 분명한 이죽거림을 토해냈다.

"야, 그래. 넌 여유있다 이거지? 웃는 낯짝을 보니 최연오가 더 사람 같지 않구만. 얄미운 지지배."

140명의 아이들 틈에 섞여 연오가 하경과 함께 학과사무실로 향했다. 이미 도착한 학생들로 학과사무실 앞이 붐벼 성적표를 확인하기란 여간 어려운 일이 아니었다. 여기저기서 담배에 불을 붙이느라 찰칵거리는 소리가 들렸다. 미국의 저명한 소설가인 에릭 시걸의 어느 소설에서 비롯된 이 행위는 성적표를 공개하는 한국대 의과대학의 무자비한(?) 교과 방침에 맞서는 의대생들 나름의 인간적인(?) 묘안이었다. 전통처럼 이어지고 있는, 성적표에 새겨진 등수를 확인하고 나면 스스로 자신의 이름을 담뱃불로 지지는 일! 그것은 이제는 새삼스러울 것이 없는 의과대 복도의 한 풍경이 되어버렸다.

발빠른 하경은 이미 학생들 틈으로 파고들어 자신의 성적을 열심히 찾고 있었다. 반면 성적표와 제법 멀리 떨어졌지만 연오는 쉽게 자신의 이름을 찾을 수 있었다. 맨 위에 이름이 새겨진 탓이었다. 이제 이름을 지우는 일이 남아 있었다. 동기들이 성적표를 확인하고 뒤돌아서는 그 틈을 파고들며 연오가 성적표 앞에 다가갔다. 담배가 없어 임시방편으로 볼펜을 꺼내는데 옆에서 누군가의 목소리가 들려왔다.

"이거 필요해?"

돌아보니 한 남학생이 불이 지펴진 담배를 들고 있었다.

"고마워."

연오가 담배를 건네받고 성적표의 맨 위 자신의 이름을 태워 나갔다. 이름을 다 지운 뒤 도로 담배를 건네는데 그의 눈이 온통 자신에게로 쏠려 있는 것이 느껴졌다. 괜한 부끄러움에 연오가 황급히 담배를 내밀고는 몸을 돌렸다.

그녀에게서 담배를 받아 든 경수가 옆에 선 성일에게 물었다.

"봤냐, 얼굴? 쟤가 최연오야."

"어, 봤어. 2등이랑 점수 차이, 너도 봤냐? 완전 괴물 같다."

잡담을 나누던 성일과 경수가 고개를 두리번거리며 이현을 찾았다. 한쪽 벽에 비스듬히 기대서 있던 이현이 몸을 일으켜 세웠다.

"김경수, 저번에 나한테 했던 말 있지? 다시 해봐."

순간 이현의 말을 이해하지 못하고 눈을 깜빡이던 경수의 뇌 회로가 서서히 돌아가기 시작했다. 내기에 관심을 보이는 친구를 보며 경수의 눈이 흥분으로 반짝였다.

＊

탁. 연오가 탁자에 부딪치는 둔탁한 소리에 고개를 돌리니, 하경이 캔커피를 내려놓고는 몸을 돌려 사라지고 있었다. 커피는 안 마시지만 깡통에 맺힌 이슬로 보아 꽤 시원할 듯싶다. 옆에 놓인 쪽지를 펼치니 '나와!'라는 한마디가 쓰여 있었다. 시큰거리는 눈과 뻐근한 목을 매만진 뒤 연오가 캔을 집어들고 의대도서관을 나왔다.

"공부 못해 죽은 귀신이 붙었냐?"

하경의 말에 연오가 빙긋 웃어 보였다. 친구 없이 삭막한 생활을 하는 연오였기에 가끔씩 그녀가 보이는 호의가 눈물 나게 고마웠다. 같은 고등학교를 나왔다는 연결고리가 없었다면 하경처럼 활발하고 친구들 사이에서 인기 좋은 아이와 결코 친하게 지낼 수 없었을 것이다. 친하다는 것도 어쩌면 자신만의 생각인지도 모르겠다. 하경의 경우 두루두루 친하지만 그녀에게는 하경이 유일한 친구이다시피 했기 때문이다. 뜸했기에 귀한 친구였지만 연오는 자신의 성장 배경과 그 때문에 공부에 매달릴 수밖에 없는 저간의 사정까지는 말을 할 수 없었다. 그것은 연오의 자존심이었다.

"마셔!"

하경이 자신 몫의 캔 뚜껑을 따며 연오의 캔커피를 턱짓으로 가리켰다.

"아냐, 됐어."

"그럼 왜 들고 나온 거야? 설마 ADH(Anti—Diuretic Hormone:

항이뇨 호르몬) 때문에 그래? 야야! 사람이 어떻게 공부만 하냐? 화장실도 가고 그래야지."

"그게 아니라 카페인이 잘 안 받아서."

하경이 한동안 입을 벌리고 연오를 바라보았다.

"너도 참 특이 생명체야. 이깟 캔커피 카페인이 얼마나 된다고……. 그나저나 야! 애들이 지금 뭐 하고 있는 줄 알아?"

이어진 하경의 말에 연오가 가벼운 궁금증을 안고 친구를 바라보았다.

"내기 걸었어, 생화학 시험 1등 자리."

"내기?"

연오가 되묻자, 하경이 커피를 들이켜며 고개를 끄덕였다.

"응. 남자애들이 먼저 시작했는데 지금은 여자애들도 돈을 걸었으니까, 판이 꽤 커진 셈이지."

"그래?"

연오의 지극히 평이한 어조에 하경이 눈살을 찌푸렸다.

"야! 최연오! 넌 어째 인간미가 이렇게 없냐? 누군지 안 궁금해? 내기 대상?"

하경의 타박에 연오가 싱긋 미소를 지으며 차가운 캔커피를 뜨거운 눈가에 살짝 얹었다.

"누군데?"

"바로 너! 너하고 강이현!"

자신이 내기 대상이라는 말에 연오가 멈칫했다.

"왜 나야?"

이번엔 연오가 얼굴을 찌푸렸다. 하경이 그런 그녀의 볼을 살짝 꼬집으며 웃었다.

"그야 네가 저번 병리학 쓸어버린데다 열혈 옵세니까 그렇겠지. 근데 난 강이현이 궁금해. 죽어라 놀더니 이제 정신 차렸나? 남자애들이 개랑 너를 두고 내기 건 거 보면 강이현도 이제 공부하겠다는 뜻인 것 같은데……."

하경의 말을 흘려들으며 연오가 제법 단호한 어조로 말했다.

"난 싫어."

하경이 농구선수처럼 빈 깡통을 휴지통에 넣느라 포즈를 취하며 연오에게 건성으로 말했다.

"최연오! 누가 옵세 아니랄까 봐! 융통성 좀 부려. 지금 형국이 어떤 줄 알아? 남자애들이 죄다 강이현한테 올인한 까닭에 여자애들이 자존심상 너를 밀고 있다고. 대놓고 너를 고깝게 보던 김정은조차 네가 1등하길 바랄 정도야."

하경이 던진 깡통이 휴지통을 빗나가 연오 앞으로 데구루루 굴러왔다. 연오가 깡통을 집어 휴지통에 얌전히 넣으며 이러지도 저러지도 못하겠다는 듯 어정쩡한 미소를 지었다.

"나나 강이현 말고도 누구라도 1등할 수 있는 거 아닌가?"

"그렇겠지. 그럼 게임 엎어지는 거고. 하지만 어차피 네가 싫든 좋든 내기는 벌어졌어. 네 의사랑 상관없단 소리야. 참나! 아무리 생각해도 남자애들 하는 짓이 너무 웃겨."

하경이 고개를 설레설레 저었다. 연오가 양미간을 찌푸리다 이내 생각을 털어냈다.

"들어갈게."

"야! 커피는 마저 마시고 가야지!"

뒤에서 하경이 소리를 질렀지만 연오는 이미 Stryer(생화학 전
공서적)의 늪 한가운데로 걸음을 옮기고 있었다.

문을 열고 들어가자 이제는 아예 도서관에 자리를 잡은 특유의
포르말린 냄새가 학생들의 열기와 뒤섞여 묻어 나왔다. 그들은 여
전히 밤의 끝자락을 붙잡고 책에 매달리고 있었다. 연오 역시 방
대한 지식의 무게에 도서관 문을 열자마자 숨이 턱 하고 막혀왔
다.

하지만 하경의 말이 효과를 발휘하는 건지, 여느 때와는 다른
기분이 되었다.

강이현! 2년 전 의예과 개강총회 날 이후로 연오는 종종 그를
떠올리곤 했다. 그가 얼마나 잘 노는지, 여자애들이 얼마나 그에
게 관심이 많은지 따위의 소문을 들으며 때로는 강이현을 우연히
라도 만났으면 하는 생각을 해본 적도 있었다. 하지만 그런 생각
은 공부와 아르바이트가 버거워질 때 잠깐씩 가지는 사치와도 같
을 뿐, 연오는 그가 떠오를 때마다 잠깐씩 기분 좋은 미소를 흘렸
다가도 뭐 하는 짓인가 싶어 금세 머릿속에서 지우곤 했다. 그렇
게 예과 때는 과외에 치이고 본과로 올라온 지금은 공부에 치여
연오는 애써 강이현이란 이름을 140명 동기들 중 하나로 위치 지
었다.

자신의 자리에서는 보이지 않는 창가 쪽 뒷자리에 이현이 앉아
있었다. 비어 있기 일쑤인 그 자리에 당당하게 앉아 있는 것으로

보아 하경이 말한 내기란 것은 사실이었나 보다.

연오의 눈동자에 너무 힘이 실린 탓일까? 갑자기 이현이 고개를 들어 올렸다. 그 눈이 한순간 커지는가 싶더니 그녀의 시선이 재미있다는 듯 피식 웃는다. 연오는 얼른 눈을 피했다. 하지만 고개를 내리고 보니 그의 미소가 뒤늦게 거슬렸다. 마치 너 따위 여자애들의 시선쯤이야 익숙하다고 말하는 듯도 했고 다른 한편으로는 연오와의 경쟁 따위 별게 아니라는 의미로 보이기도 했다.

갑자기 오기가 생겼다. 뒤따라 들어온 하경이 그녀의 어깨에 손을 얹자 연오가 목소리를 낮추고 물었다.

"너, 생화학 야마 있어?"

의대생들 사이에서 떠도는 족보를 일명 야마라고도 했다. 하경의 눈이 커졌다. 그도 그럴 것이 연오는 족보 없이 생활이 불가능한 의과대학에서 원서를 통째로 펼쳐 놓고 무작정 파는 방식으로 공부를 했던 것이다. 아이들 사이에서 이것은 일종의 기행과도 같이 여겨지던 차였다.

"결심했구나."

하경의 빛나는 눈동자를 보며 연오가 고개를 끄덕였다. 하경이 씨익 웃었다.

＊

히포크라테스의 후예들이 자리에 앉아 마치 붕어빵 기계로 찍어낸 듯 똑같이 손을 풀고 있었다. 그들은 가지고 있는 무기 중 최고로 잘 미끄러지는 펜을 한 자루씩 손에 쥐고 전투에 임했다.

그도 그럴 것이 앞에 서서 시험을 감독할 조교들이 가져온 시험지 뭉치는 실로 그 양이 엄청났다. 그것들이 나누어진 순간, 학생들은 자신이 아는 지식을 일사천리로 써 내려가지 않으면 안 되는 것이 의과대학의 시험이었다.

"족보 소용없으니까 다들 내려놔!"

조교들의 협박성 멘트에도 아이들은 저마다 막연한 믿음을 가지고 꼬불쳐 놓은 두툼한 비방책 같은 자료집들에서 시선을 떼지 못했다. 구겨진 종이 더미들만큼이나 몇 날 며칠 책과 전쟁을 벌인 아이들의 행색 또한 초라하기 그지없었다.

"젠장! 대체 어느 게 중요한 거야?"

하경은 자신이 중요하다고 색색깔로 칠해놓은 책을 마지막으로 살펴보려고 했지만 모든 곳에 형광펜으로 줄이 가 있자 절망의 목소리를 토해냈다. 여기저기서 하경과 같이 여러 날 밤을 지새우고도 Lehninger과 Stryer를 이겨내지 못한 또 다른 학생들의 비슷비슷한 한숨 소리가 새어 나왔다.

"자! 자! 시험 시작이니까 얼른 책 덮어!"

조교들의 말을 끝으로 강의실에는 앞에서 뒤로 시험지 넘어가는 소리만이 남게 되었다. 4시간 동안 객관식 500문제, 주관식 60문제를 소화해 내야 했다. 각 장마다 이름을 쓰는 것만도 족히 시간을 잡아먹을 정도로 시험지의 양은 방대하기 그지없었다.

하지만 시간은 어김없이 흘렀고 저마다의 그 많던 시험지 안에도 제각각 정답임을 주장하는 글씨들이 사각거리는 볼펜자루와 함께 빼곡히 쓰이고 있었다. 그렇게 어느새 4시간이 훌쩍 지나 버렸다.

연오는 10분 남았다는 조교의 목소리에 정신없이 OMR 카드를 메워 나갔다. 모르는 문제는 무조건 2번으로 찍고 나자 간신히 3분이라는 여유의 시간이 생겼다. 시험지를 보고 골똘히 고민하면 2번으로 찍었던 것이 행여나 후회가 될까 봐 연오는 일부러 시험지를 덮어버렸다.

"자! 시험 끝났어. 다들 펜 놔!"

강의실에는 OMR 카드를 붙잡고 씨름하는 학생들과 그것을 뺏는 조교들과의 실랑이로 진풍경이 연출되고 있었다. 여기저기서 장렬히 전사한 동지들을 붙잡고 벌써부터 유급을 논하는 학생들의 푸념 섞인 한탄들이 들려왔다.

연오는 이현을 훔쳐보았다. 남자아이들에게 둘러싸인 그는 별다른 표정 변화가 없어 시험을 잘 보았는지 못 보았는지 알 수 없었다. 여자아이들까지 다가가 말을 걸면서 그의 주변에는 꽤 큰 무리가 형성되고 있었다. 하경도 그중 하나였다.

필기구를 챙기고 휴대폰 전원을 켜는 연오에게로 이현의 동태를 다 살핀 하경이 다가왔다.

"너 시험 잘 봤냐고 물어."

주어는 없었지만 하경이 지칭하는 대상이 이현이라는 것을 연오는 쉽게 알 수 있었다. 그녀가 고개를 들어 이현을 바라보았다. 무심한 듯 시크한 눈동자가 자신에게로 향해 있었다. 연오가 그 시선을 모른 척 고개를 내리고는 하경에게 멋쩍게 웃어 보였다.

"그냥 그럭저럭⋯⋯."

연오의 싱거운 대답에 하경이 '그런 게 어디 있어? 잘 봤으면 잘 본 거고 못 봤으면 못 본 거지'라며 그녀를 채근했다. 연오가 시험에 열중하느라 달아오른 얼굴에 손부채질을 하며 하경에게 희미하게 웃어 보였다.

"모르는 건 찍었지만 나름 최선을 다했어."

연오의 말에 하경이 고개를 돌리더니 강의실이 울리도록 큰 소리로 외쳤다.

"잘 봤대!"

"야! 그게 아니라⋯⋯."

그러나 연오의 항변은 여학생들의 환호 소리에 묻혀 날아가 버렸고 급기야 그들은 남학생들을 향해 한껏 의기양양한 표정을 지어 보였다. 그것을 난감한 듯 바라보던 연오가 결국 너털웃음을 짓자, 그것이 신호였을까? 머뭇대던 여학생들이 하경의 손짓에 하나둘 연오에게로 모여들었다.

남학생들은 여학생들이 연오에게 다가가 답을 확인하고 있는 것을 멀거니 바라보고 섰다.

"강이현, 내 돈 날아갈 것 같으냐?"

경수의 물음에 이현이 가방을 한쪽 어깨에 둘러메고 씨익 웃었다.

그 자신감이 실린 몸짓에 이번엔 남학생들이 반대로 거만한 미소를 지어 보였다. 강의실을 빠져나가는 이현 곁에서 그들은 승자의 분위기에 이미 취한 듯 와자지껄한 웃음과 잡담을 쏟아냈다.

며칠간 인간의 한계를 경험하게 만든 시험이 단 몇 시간 만에 끝나 버리자, 그들은 허탈감과 후련함을 그런 식으로나마 만끽하고 싶어했다.

✲

학과사무실의 생화학 성적표를 확인하는 이현의 입가에 깊은 미소가 걸렸다. 아침에 학교에 오자마자 생화학 성적표가 걸렸다는 말에 경수와 성일, 그리고 이현은 곧장 학과사무실로 향한 터였다.

"괜찮냐?"

경수가 이현의 얼굴을 살피며 물었다.

"Cool! 재밌네."

이현이 복도로 발걸음을 옮겼고 경수와 성일이 그런 그의 뒷모습을 바라보았다.

"강이현! 이름 안 지우고 가?"

이현이 뒤도 안 돌아보고 손을 크게 휘저었다.

"지우지 마!"

경수와 성일은 멍하니 이현을 바라보다 고개를 바로 하고 140명 가운데 자신들의 이름을 찾기 시작했다. 그때 여학생들의 목소리가 복도 반대편에서 들려왔다.

"아! 재시 걸리면 정말 끝장이야."

"난 아마도 유급이다. 그나저나 최연오, 우리 돈 굳혀줄 거지?"

경수가 32라는 숫자 옆의 자신의 이름을 지우며 그들을 바라보았다. 연오도 보였다.

"축하해, 최연오."

경수의 말에 가장 재빨리 반응한 것은 하경이었다.

"예스! 예스!"

연오는 종이 맨 위에 인쇄된 1이라는 등수와 자신의 이름을 확인하고 저도 모르게 실없이 미소를 흘렸다. 연오를 붙잡고 흔드는 하경은 그녀가 강이현을 제치고 1등을 했다는 사실과 50등 안에 든 자신의 성적에 환호하고 있었다. 연오는 그보다도 자신의 이름 바로 아래 쓰인 강이현이란 이름에 더 눈길이 갔다. 알게 모르게 연오 자신도 많이 신경이 쓰였던 것이다.

"빌려줄까?"

경수가 연오에게 담배를 내밀었다. 담배를 받아 든 연오가 그 어느 시험의 결과를 마주했을 때보다도 얼떨떨한 기분이 되어 자신의 이름에 구멍을 냈다.

"이현이도 왔다 갔어. 이름 안 지우더라."

여자아이들이 의아함을 담아 경수를 바라보았다. 연오 역시 담배를 다시 건네며 그에게로 눈길을 향했다.

"재미있다고 말하는데 오싹하더라."

경수의 말을 듣고 보니, 숫자 2와 함께 머물러 있는 강이현이란 이름에서 묘한 반항심이 느껴지는 듯도 했다.

"그래도 대단하지 않냐? 늘 놀기 바쁜 강이현이 정신 차리고 공부한 첫 시험에서 2등씩이나 했다는 게?"

이현의 사생활을 언급한 성일의 말에 하경이 때는 이때다 싶어 평소 궁금해하던 것을 물었다.

"영화배우 서채령이랑 찐한 사이라는 거 사실이야?"

"맞아. 우리 학과에 심심찮게 연예인들 타는 밴이 보이잖아."

정은이 맞장구를 치자, 여자아이들의 눈이 일제히 성일의 입으로 향했다. 성일이 다소 곤란한 듯 경수를 바라보다 어깨를 으쓱하더니 덤덤하게 말했다.

"찐한 사이인 건 모르겠고 결혼할 사이는 맞아."

"정말? 둘이 언제부터 그런 사이인데? 학교 입학할 때부터 종종 우리 학교에 서채령 보였잖아."

"집안끼리 아는 사이인데, 둘 다 서로 결혼할 거라고 믿으면서 상대가 연애를 하건 말건 놔두는 스타일이랄까?"

경수가 여자아이들의 놀라는 표정이 재미있다는 듯 웃음을 터뜨렸다.

"그래서 강이현이 미팅이나 소개팅도 하는 거구나."

"맞아. 나도 강이현이 서채령 말고 다른 여자들이랑 어울리는 거 봤어."

"그렇다니까."

여자아이들의 수다를 듣던 경수가 호기심 어린 얼굴을 하고 갑자기 연오를 바라보았다. 갑작스런 눈 맞춤이었고 이상하게 느껴질 만한 것은 없었기에 연오도 자연스럽게 시선을 복도 끝으로 옮겼다.

"와! 서채령 대단하네. 질투도 안 하고!"

성일이 여학생들의 반응에 일일이 대꾸하며 목소리를 높였다.

"글쎄다. 속은 타들어갈지 어떻게 아냐? 아무튼 내 친구지만 꽤 멋져, 채령이."

"그럼 이현이도 서채령이 다른 남자 만나도 신경 안 쓰는 거야?"

여학생들의 질문이 그칠 기미를 보이지 않자 경수가 성일에게 그만 하라는 듯 손가락으로 입술을 눌렀다. 여학생들은 TV 속에서 보았던 인형 같은 외모의 채령을 떠올리며 터지는 궁금증에 경수와 성일을 졸라댔다. 그런 것들이 궁금하기는 연오도 마찬가지였다. 본인이 나서지는 못했지만 다른 아이들이 이현에 대해 더 질문해 주기를 연오는 내심 바랐다.

"야! 그러지 말고 얘기 좀 해줘라."

"궁금하면 이현이한테 직접 물어. 니들은 우리한테 궁금한 건 없냐?"

경수의 말에 여학생들의 야유 소리가 복도 안을 울렸다.

"워우! 니들이 볼 게 뭐 있다고?"

"야야! 니네는 우리 눈에 뭐 여자로 보이는 줄 알아?"

동기들의 장난 섞인 말싸움이 복도에 한가득 울렸다. 결국 누군가의 웃음을 시작으로 모두들 웃음을 터뜨렸고, 싸움은 그렇게 마무리가 되었다. 힘든 본과 생활이었지만 옆을 돌아보면 자신만큼이나 그 시간을 힘겹게 나고 있는 동지들이 보였고, 자신을 꼭 빼닮은 모습들을 통해 서로 위로를 받는 그들이었다.

*

　중간고사, 기말고사, 쿼터시험, 땡시험, 구두시험, 재시, 삼시, 기초종합시험, 졸업종합시험까지 의대는 시험의 연속이었다.

　시험이 계속될수록 연오와 이현의 경쟁도 점차 가시화되었다. 단순 암기라 처음엔 끈기를 바탕으로 한 연오가 유리했지만 점차 체력을 바탕으로 한 이현이 치고 올라왔다. 또한 이현은 짧은 시간을 공부해도 끝내주는 기억력 하나로 사람들을 경악시키곤 했다.

　서로 대화를 나눠본 적은 없었지만 연오와 이현은 사이좋게 1, 2등을 다투고 또 나눠먹고 있었고, 어느덧 연오 역시 이런 경쟁 체제에 익숙해져 가고 있을 무렵이었다.

　평화로운 날들을 보내고 있는 듯했지만 의대생들은 하루하루 죽을힘을 다해 밀려드는 의학 지식의 홍수와 맞서 싸우는 중이었다. 지금도 눈이 따가울 정도로 포르말린 냄새가 진동하는 해부학실에 모여 그들은 머리를 맞대고 있었다.

　사람들은 보통 의대생이라고 하면 해부를 해보았는지부터 으레 묻곤 한다. 그만큼 해부란 것은 의대 생활에 있어 상징적인 의미를 가졌다. 예과를 지나 본과에 들어서면 이 해부란 것을 하게 되는데, 보통 사람들이 생각하듯 구토를 한다거나 기절을 하는 등의 극적인 일들은 일어나지 않았지만 이들도 사람이기에 자신과 한 치의 다를 바 없는 사람의 형상 앞에서 오묘한 기분이 드는 것은 어쩔 수 없는 노릇이었다.

10인 1조로 해서 주어진 카데바(시체)를 유독 연오가 포함된 팀은 쉽게 만지지를 못했다.

"최연오! 메스 들어!"

조교가 하필이면 자신을 지적했다. 연오가 다른 조를 흘깃 바라보았다. 학생들은 이미 카데바의 배를 가르고 있었다. 연오의 얼굴에 식은땀이 흘렀다.

"뭐 해! 최연오!"

조교의 재촉에 학생들이 일제히 연오가 속한 14조를 보았다.

연오는 카데바의 얼굴을 보지 않으려 노력했다. 하지만 자신과 비슷한 또래 여자의 얼굴은 이미 연오의 머릿속에 한 번 담겨진 상태였다. 메스를 쥔 손이 가늘게 떨렸다.

쨍그랑! 머뭇거리는 사이 메스가 연오의 손에서 미끄러지며 시멘트 바닥 위에 널브러졌다. 소리가 어찌나 크게 느껴지는지 연오는 얼굴이 화끈거렸다.

"강이현! 가서 시범 보이고 와!"

보다 못한 조교가 가까이 서 있는 1조의 이현을 지목했다. 이현이 카데바와 학생들을 지나 연오가 속한 14조로 천천히, 그러나 당당하게 걸어왔고 곧이어 연오와 이현의 눈이 뒤엉켰다. 얘하고 이렇게 가까이 마주한 적은 없었는데……. 어쩐지 가슴이 뛰는 연오였다. 멍한 그녀의 눈빛을 비웃듯 이현의 입꼬리가 슬쩍 치켜 올라갔을 때에야 그녀는 그를 바라보던 눈길을 거뒀다.

이현이 손을 내밀었고 연오가 메스를 그에게 건넸다. 둘의 손이 스치며 연오가 움찔하자, 마치 14조의 잘못이 그녀의 미숙함 때문이기라도 한 듯 이현의 눈길이 다시 한 번 연오를 찔러왔다.

깔끔하게 그 눈빛을 갈무리한 이현은 너무 얄밉게도 14조 카데바의 배를 능숙하게 가르고 내려갔는데 그가 쥔 메스는 깊지도 얕지도 않은 적당한 깊이와 빠른 속도를 보여주고 있었다. 그것을 연오는 멍청하게 서서 바라보아야만 했다. 문득 그의 매끄러운 손이 빨려갈 듯 확대되며 연오의 가슴속에서 이현에 대한 묘한 동경심과 패배감이 생겨났다.

"잘 봐둬라. 메스는 저렇게 쥐는 거다!"

조교의 칭찬이 날카롭게 연오의 귓가를 울리자 그녀의 마음속에 패배감이 더더욱 내리꽂혔다. 시범을 다 보인 이현이 연오에게 메스를 건네주었고, 연오는 짐짓 아무렇지 않은 척 그의 손을 피해 칼끝을 잡았다. 1조를 향해 걸어가는 이현의 뒷모습에서 억지로 시선을 떼며 연오가 느낀 것은 자신 역시 이현의 머릿속에 각인되고 싶다는 바람과 지고 싶지 않다는 승부욕이었다.

그렇게 이현에 대한 연오의 사적인 감정은 자신도 모르게 시작되고 있었다. 그것은 분홍빛 연정이라기보다는 같은 길을 걸으며 우월한 성과를 쉽게 내버리는 동료에 대한 복합적인 감정이 버무려진 경쟁의식이었다.

✳

늘 강하게 서로를 의식하며 의과대학 내 경쟁 구도를 형성했고, 그럼으로써 동기들의 입에 두 사람의 이름이 동시에 언급되어지는 일이 비일비재했지만 정작 당사자들은 한 번도 얼굴을 맞대고 웃거나 말 한마디 주고받으려 노력하지 않았다. 그러던 차에 연오가 이현과 말을 섞게 된 것은 뜻하지 않은 순간에 찾아왔다.

늦은 저녁, 연오가 급하게 주위를 돌아보며 한적한 도서관 건물 뒤 화단에 섰다. 그리고는 손에 들린 헝겊 천으로 된 가방을 조심스럽게 잔디 위에 내려놓았다.

"나와! 어서 나오라고!"

분명 말을 알아듣지 못하는 미물임에도 마음이 급해서인지 연오는 저도 모르게 그들을 재촉하는 말을 내뱉고 있었다. 그 말끝에 애타는 마음이 고스란히 드러났다. 차마 가방 속 생명체를 손에 쥐고 꺼낼 용기가 나지 않았던 연오는 가방 끝을 조심스레 잡아 뺐다. 흰 생쥐 몇 마리가 그녀처럼 주변을 경계하며 느릿느릿 가방에서 기어나왔다.

맨 처음 생리학 실습에 들어갔을 때, 이제 이 가련한 생명체들에게 실험을 위해 바이러스가 든 주사약을 주입하거나 배를 갈라야 한다는 사실에 연오는 한없는 연민을 느꼈다. 때문에 고민을 거듭하던 끝에 제대로 만지지도 못하는 이것들을 생리학 실습실에서 몰래 가지고 나온 터였다.

"그래 봤자 걔들 다른 천적한테 잡아먹힐걸?"

연오가 황급히 목소리의 주인공을 찾아 고개를 들어 올렸다. 이현이 라이터로 담배에 불을 붙이며 자신을 내려다보고 있었다.

어떻게 할까? 생전 말 한 번 해본 적 없는 그에게 자기가 벌인 행동의 정당성을 설명할 수는 없는 노릇이었다. 도둑질을 하다 들킨 기분이었다. 사실 생리학실에서 생쥐들을 몰래 데리고 나왔으니 도둑질이라고 해도 할 말이 없었다.

"못 본 걸로 해주면…… 고맙겠어."

그렇게도 주의를 기울였는데 이현에게 들킬 줄은 몰랐다. 얼굴이 확 달아오른 연오는 가방을 통째로 화단에 놓고 자리를 빠져나가려 했다.

"또 다른 쥐들이 그 자리를 채울 텐데 거기까진 생각 못해봤나?"

비아냥이 섞인 그 말투에 연오의 어깨가 순간 움찔했다. 그가 자신의 행동이 어리석다 말하는 것 같아 연오는 순간 창피해졌다. 이현의 앞에서 낯이 뜨거워지고 있다는 사실이 문득 견딜 수 없어진 연오는 애써 주먹을 그러쥐고 천천히 돌아섰다. 눈빛에 한껏 당당함이 깃들어 있길 바라며 그녀가 이현을 쳐다보았다.

"네 눈에 어떻게 보이든 신경 안 써."

그 말에 이현이 담배를 밟아 끄며 피식 웃었다.

"굳이 그런 말을 하는 저의가 뭐야?"

그의 지적에 연오는 자신의 말이 조금은 멀리 갔음을 깨달았다. 다른 말 다 놔두고 왜 하필 그의 시선이 신경 쓰이지 않는다는 조금은 엉뚱한 말이 튀어나왔을까? 목까지 빨개졌지만 지고 싶지 않았다.

"그냥, 내 말은 너한테 어떻게 보이든 나는 내 행동에 떳떳하다는 것뿐이야."

이현이 그러냐는 듯 가볍게 어깨를 으쓱였다. 연오는 괜스레 무안해져 뒤돌아서자마자 후회했다.

'최연오, 왜 강이현 앞에서 그런 말을 한 거야.'

그때까지만 해도 연오는 자신이 이현을 어떤 대상으로든 상당히 신경 쓰고 있다는 사실을 깨닫지 못했다. 분명 처음 맞닥뜨린 그 앞에서 좀 더 잘 보이지 못한 자신을 무의식중에 탓하고 있었고 어느덧 생쥐의 무사안녕은 잊어버린 채, 그와의 짧았던 마주침을 상기하는 시간이 이어지고 있었음에도 그녀는 이현에게로 곤두서 있는 자신의 마음을 눈치채지 못했다.

연오가 간파하지 못한 것은 자신의 마음뿐만이 아니었다. 더불어 며칠 후 있을 생리학 실습에서 어떤 일이 벌어질지 그녀는 전혀 예상하지 못했다.

생리학 실습 날.

"누구야? 누구 짓이야?"

조교는 화가 나 벌게진 얼굴을 하고 학생들을 날카롭게 훑고 있었다. 생리학 실습이 있은 지 이틀 만에 생쥐가 실습실에서 자취를 감추자 그는 엄청 흥분한 상태였다.

"어쭙잖은 동정심은 이곳에서 필요없다. 누군지는 몰라도 자신이 성인군자라고 착각하나 본데, 잘못 생각했어. 니들이 걷게 될 길은 살이 찢기고 피가 튀는 현장이다. 그 속에서 환자한테 동정심을 느껴 질질 짜는 인간은 의사가 될 자격이 없어. 누구야?"

아무도 손을 들거나 앞에 나서질 않자 조교가 이번엔 다른 위협을 가했다.

"나타나지 않으면 교수님께 말씀드려 이 중에서 한 명도 A는 못 받게 할 테니까 그리 알아."

그 말에 연오의 고개가 번쩍 들렸다. 아이들에게서 불만에 찬 목소리가 흘러나오고 있었다. 그녀가 당황해 손을 바지에 문지르고는 다시 조교에게로 시선을 향할 때였다. 교실 중간 즈음에 위치한 이현과 눈이 마주쳤다. 순간 당혹감이 온몸을 잠식했다. 식은땀이 등을 타고 흘러내렸고 꼼짝없이 아이들 앞에서 창피를 당해야 하는 순간이 떠올라 아찔해졌다. 뒤이어 자신이 받게 될 벌이 궁금해졌다. 유급이 될 수도 있었다.

"좋아. 나타나지 않는 거지? 생쥐를 살릴 동정심은 있고 친구들에 대한 우정은 한 톨도 없는 녀석 면상이 어떻게 생겼는지 아는 녀석 있어? 그럼 지금 손 들어."

연오가 침을 한 번 삼키고 이현을 바라보았다. 그의 입꼬리가 비스듬히 올라간 것이 마치 자신의 용기없음을 비웃고 있는 듯했다. 체념으로 연오의 얼굴이 차갑게 식었다. 적장의 손에 의해 죽음을 앞둔 패잔병이 되어 밭은 숨을 수차례 뱉어낸 그녀가 느리게 손을 움직거릴 때였다.

"좋아. 강이현! 너, 누가 그랬는지 알아?"

아무래도 자신보다 먼저 이현이 손을 들었나 보다. 곧이어 강의실에 울려 퍼질 자신의 이름을 예상하며 연오가 고개를 숙였다.

"제가 그랬습니다."

그의 말에 연오의 고개가 스프링처럼 번쩍 위로 들렸다.

"뭐…… 뭐?"

이현의 고백에 당황한 것은 연오만이 아니었던 모양이다. 조교가 말을 더듬으며 이현을 바라보았다. 아이들도 수군거리며 그에게로 일제히 시선을 쏟아부었다. 어찌할 바를 모르고 당황한 듯 입을 벙긋거리던 조교가 간신히 침착함을 되찾았는지 선고를 내렸다.

"강이현은 학과사무실로 따라와! 다들 돌아가고! 늦은 밤에라도 나와서 실습할 각오 단단히들 하고!"

늦은 밤의 실습을 예고하는 조교의 말에도 아이들은 호기심과 충격에 이현만을 바라볼 뿐이었다. 조교가 나가고 남자아이들이 그에게로 몰려들었다. 연오의 시선과 이현의 시선이 한순간 얽혔지만 연오가 시선을 회피해 버렸다. 창피했다. 그제야 이현의 말이 옳았다는 사실을 직감적으로 깨달았다. 더불어 그에게 내려질 처분이 자신에게로 떨어질까 봐 연오는 겁이 났다. 안 그래도 힘든 나날인데 유급이라도 당한다면 정말 끔찍할 것 같았다. 연오는 자신의 행동을 후회하고 또 후회하며 강의실을 도망치듯 빠져나왔다. 이현의 시선이 거미줄처럼 따라붙는 것만 같았다.

연오는 며칠을 그렇게 가슴 졸이며 보냈다. 이현이 받게 될 처분이 어떤 것일까. 상황이 심각하게 돌아간다면 그때는 자신의 행동임을 고백할 각오로 늘 아침을 맞았다. 그러면서도 이상하게 이현에게 직접 찾아가 고맙다거나 미안하다는 말을 꺼낼 수는 없었다. 그에게 찾아가 말을 거는 모습을 떠올릴 때마다 동시에 자신의 그러한 행동에 따라붙게 될 동기들의 시선이 더 신경 쓰였던 것이다.

3일이 지나 다행히 아이들에게서는 이현이 꾸지람만 들었다는 소식이 전해져 왔다. 그의 배경을 학과사무실의 사람들도 무시하지 못했다는 말이 덧붙여졌다. 연오는 그 말을 듣자마자 그만 맥이 풀려 동기들이 그에 대해 떠드는 말에도 귀를 기울일 수 없었다. 그들은 차갑기만 한 이현이 의외로 감성적이라며 흥미 위주의 말들을 쏟아내고 있었다.

그즈음 해서 연오는 강의실에 들어서거나 도서관에 들어설 때 습관적으로 이현을 훔쳐보는 버릇을 가지게 되었다.

정맥 채혈 실습이 다가왔다. 이날은 연오가 이현에 대한 자신의 마음을 깨닫게 된 날이기도 했고 둘 사이에 제대로 된 대화가 오고 간 날이기도 했다.

나와 같은 길을 걷고 같이 공부하는 친구를 대상으로 그들의 몸에 바늘을 찔러 넣어 피를 뽑는 행위는 어느 의대에서나 공통적으로 이루어지는 일이다.

한국대학병원 의과대학 본과 1학년 약리학 시간, 가나다순으로 배열된 이름에서 앞사람과 끝 사람이 연결되어 한 조를 이루는 방식으로 조 편성이 이루어졌다. 강이현의 이름이 불리고 한글 자음 배열상 제법 끝에 위치한 최연오의 이름이 따라 불리었다.

연오의 눈이 커지며 가슴에 설렘이 한차례 훑고 지나갔다. 뒤이어 이현과 가깝게 마주 앉아 무언가를 한다는 자체에 긴장감이 실렸다. 실수할까 봐.

이내 연오는 표정을 수습하고 이현을 흘긋 바라보았다. 태연해 보이기만 한 그의 옆모습에서는 어떤 감정도 읽어낼 수가 없었다. 연오는 천천히 이현에게로 걸음을 옮겼다. 앉아 있는 이현의 눈을 피해 그의 얼굴 중간쯤을 보며 연오가 어색하게 마주 섰다.

무언가 말을 해야 했다. '안녕'이라는 인사를 하기에는 서로 정식으로 인사한 적도 없었고 '잘 부탁해'라는 말도 어딘지 모르게 낯간지러웠다.

"네가…… 먼저 할래?"

그것이 연오의 첫마디였다.

"그러든가."

꽤나 무심해 보이는 말투가 뒤따랐다. 연오가 소매를 접으며 팔을 그에게 내밀었다. 그가 이리저리 돌려보며 푸른 혈관을 찾을 때 연오는 이현의 손가락이 주는 시원한 느낌에 손에 땀이 뱄다. 그에게서 나는 스킨 향도 연오의 마음을 어지럽게 했다. 동시에 자신의 팔을 보며 이현이 어떤 흠집이라도 잡아낼까 괜스레 걱정이 되었다. 분명 하얗고 매끄러운 팔이었음에도.

현실감이 없던 연오는 이현이 주사를 내밀 때에야 제정신으로 돌아왔다. 그제야 그와 같이 있게 되어 두근거리던 심정이 저만치 날아가 버리고 바늘에 대한 공포심으로 연오의 머리카락이 쭈뼛섰다.

"너, 지금 겁먹은 거야?"

그녀가 경직되었다는 것을 이현은 대번에 알아차렸다.

"아…… 아냐, 그런 거."

말은 그렇게 했지만 연오의 팔에는 긴장으로 힘이 잔뜩 실려 있었다.

"힘 빼!"

그의 말속에는 마치 이런 일을 많이 해본 것 같은 노련함마저 느껴졌다. 연오가 이현의 얼굴을 쳐다보느라 고개를 들었을 때, 예고도 없이 바늘이 그녀의 살을 비집고 들어왔다. 순간 연오는 눈을 질끈 감았다. 하지만 생각보다 편안하게 바늘이 들어갔고 느낌도 괜찮아 슬며시 눈을 떴다. 이현이 피스톤을 잡아당기자 검붉은 피가 뽑아져 나왔다. 연오는 괜스레 겁을 먹었던 것이 창피해졌다.

아무 생각 없이 바늘이 빠져나간 자신의 팔을 멍하니 쳐다보는데 이현이 소매를 걷더니 연오의 눈앞에 팔을 내밀었다.

"자."

적당히 햇볕에 그을린 이현의 팔뚝이 눈앞에 보이자 연오는 순간 흠칫 놀랐다. 그녀의 콧잔등에 금세 땀이 맺혔다. 흘깃 그를 바라보니 이현은 겁도 나지 않는지 이 상황이 꽤나 재미있다는 듯 눈을 빛내고 있었다.

연오의 심장이 빠르게 뛰며 얼굴과 손끝이 차가워졌다. 그의 팔뚝은 푸른 핏줄이 도드라지게 잘 보여 혈관을 찾기란 쉬웠지만 날카로운 바늘로 살갗을 찌르는 일을 생각하자 긴장이 극에 달했다. 제발, 제발……. 주저하던 연오가 결심을 굳힌 듯 이현의 팔에 바늘을 찔러 넣었다. 아니라는 느낌 속에 피스톤을 움직이자 아니나 다를까 피는 빨려오지 않았다.

다시 한 번 찔렀다. 주저하며 찔러서인지 여전히 느낌이 좋지 않았고 바늘을 살짝 비켜보았지만 검붉은 액체는 여전히 올라올 생각을 하지 않았다.

몇 번이나 시도했을까? 이현의 얼굴을 바라보니 온통 인상을 구기고 있었다. 미안함에 연오의 얼굴도 벌겋게 상기되어 갔다.

어찌어찌 간신히 피를 뽑고 혈액 샘플에 이름을 써넣은 뒤 이를 앞에 제출했다. 수업이 끝났고 연오는 미안함과 창피함에 그의 눈을 제대로 마주치지 못하고 가방을 주섬주섬 챙기고는 자리에서 일어서는데…….

"최연오!"

자신의 이름이 이현의 입에서 또박또박 흘러나왔다. 연오가 돌아보니, 이현이 불쾌한 듯 주머니에 손을 넣고 그녀를 삐딱하게 내려다보고 있었다. 한쪽 팔은 정맥 채혈을 하느라 걷은 소매가 여전히 올라간 채였다.

"미안하다는 말 할 줄 몰라?"

연오의 얼굴이 다시금 벌겋게 달아올랐다. 표정없는 이현의 얼굴이 자신에게로 곧장 향해 있었다.

"또 그냥 가시게?"

그녀는 그가 생리학 실습의 생쥐 사건을 언급하고 있다는 것을 알았다. 졸지에 파렴치한 인간이 되어버린 것 같았다. 무슨 말을 해야 할까? 고르고 골라 결국 평범하기 그지없는 미안하다는 말을 꺼냈다.

"……정말 미안해. 많이 아팠을 텐데 참아주어서 고마워."

차분히 눌러 내린 음성은 마치 교과서를 읊는 듯했다. 그것마저 부끄러워 바닥에 이리저리 시선을 두던 연오가 이현을 슬쩍 쳐다보다 다시 시선을 내렸다. 두서없는 말이 이어졌다.

"말없이 나가서 미안해. 나는 네가 이렇게까지 불쾌해할 줄은 몰랐어."

이현의 얼굴은 무표정하기 그지없었다. 둘 사이에 침묵이 고였다. 자신의 얼굴을 천천히 훑는 이현의 눈길에 연오의 가슴이 방망이질쳤다.

그때 눈치를 보던 아이들이 두 사람을 향해 슬금슬금 걸어왔다. 다들 눈치를 보는 가운데 경수만이 왠지 모르게 신이 나 보였다.

"야! 니들 뭐 하냐? 밥이나 먹게 나가자고!"

경수가 이현의 어깨를 툭 쳤고, 곧이어 하경도 연오의 팔짱을 끼더니 밝은 미소로 이현의 얼굴을 살폈다. 분위기가 순식간에 왁자지껄해졌다.

이현이 연오를 스쳐 학생들 속으로 걸어 들어가 버렸고, 그제야 연오가 눈을 살짝 감았다 뜨며 뜨거워진 얼굴에 손을 얹었다.

"너, 강이현 좋아하냐?"

하경의 말에 연오가 뜨끔하며 그녀를 돌아보았다.

"무슨 근거로 그렇게 말하는데?"

"이현이 앞에서 얼굴은 왜 그렇게 물들이는데? 하기야 강이현 좋아하는 애들이 한둘이겠어?"

하경의 단정 짓는 말투가 연오의 신경을 긁었다. 마음이 이현에게 반응할지언정 머리로는 애써 아니라고 부정하고 싶었다. 말없이 눈만 깜빡이는 순진한 연오를 보며 하경이 어깨에 손을 둘렀다.

"너만 그런 거 아냐. 강이현한테 끌리는 건 일반적인 거니까 고민 말고 밥이나 먹으러 가자."

그녀가 연오의 손을 잡아끌었다.

멍하게 끌려가는 가운데, 연오의 머릿속에는 한 가지 사실만이 되새김질되었다.

'강이현을 좋아한다……. 강이현을 좋아한다……. 강이현을 좋아한다…….'

*

해부학 땡시는 의대에서만 볼 수 있는 풍경이었다. 땡시란 의과대학에서 보는 시험의 한 종류로 문제가 주어지고 30초 내에 답안지에 답을 기재해야만 하는데, 30초 간격으로 종이 울려댔기에 일명 땡시라고 불렸다.

해부학의 경우, 시체의 잘려진 각 부위들을 놓고 30초 내로 명칭을 적은 뒤 종소리가 땡 하고 울리면 다음 문제로 이동해야 한다. 30초의 종이 칠 때마다 다음 학생이 들어와 한 명씩 밀려나는 방식으로 시험은 진행이 되었다.

이 시험이 끝날 무렵이 되면 대부분의 학생들이 가진 답안지는 재미있게도 누렇게 변해 있었는데 모두들 더 예민한 감각으로 한 문제라도 많이 맞히기 위해 끼던 장갑까지 벗고 시체의 각 부위를 만지고 그 손으로 이어 답안지에 답을 기재하는 탓이었다.

이 시즌이 다가오면 학생들은 각 조의 카데바에서 잘려진 부위들을 서로 교환하며 정보를 공유하곤 했다.

"어째 먹어도 먹어도 배가 고프냐? 잠을 못 자니까 욕구가 다른 데로 발산되나 봐."

하경이 샌드위치를 입에 물고 연오가 속한 조로 다가와 카데바의 한 조각을 들여다보았다.

"Ventricle(심실) 맞지?"

그녀가 연오의 대답을 기다리지도 않고 손을 뻗어 조각을 만졌다.

"맞구만. 근데 오른쪽이야, 왼쪽이야?"

연오도 헷갈려 조직을 자세히 들여다볼 때였다.

"오른쪽이야."

이현의 목소리가 날아들었다. 카데바의 각 부위를 교환하기 위해 1조의 강이현과 김경수를 위시한 아이들이 14조에 들른 것이었다.

연오는 문득 지난 주 친구들이 떠들던 이야기가 생각났다. 영화배우 서채령의 스캔들 소식. 같이 일하는 영화배우 김상태와 난열애설이었는데 때문에 모두들 이현에게로 관심이 쏠려 있었다. 그래서일까? 그 일이 있은 후 처음 본 그의 얼굴은 차갑기 그지없었고 목소리는 까칠하기만 했다.

"비켜봐, 한정호!"

정호는 연오와 같은 14조로 아이들 사이에서 옵세라 불렸는데 이젠 그 이름을 벗어던진 연오와 달리 정호는 공부에 보기 안 좋을 정도로 모든 것을 건 진정한 옵세였다. 그런 그가 해부학 실습을 하며 연오에게 정성을 쏟자 남자아이들은 그 모습을 대놓고 비웃곤 했다.

이현의 차가운 말투에 정호는 무언가 못마땅한 듯 표정을 우그러뜨려 보였지만 이내 자리를 비켜주었다. 정호가 물러나고 이현이 연오 옆에 서서 잘려진 토막들을 이리저리 살펴보았다.

무슨 표정으로 어떻게 말하고 어떻게 행동하며 자신이 느끼는 이 예민한 감정을 어떻게 감추어야 할까에 연오의 촉각이 곤두섰다. 누군가에게 이토록 강하게 호감을 가진 것은 처음이었기 때문일 거다. 연오는 괜히 눈앞의 이현이 불편해 맞은편에 선 하경에게로 눈길을 주었다.

그녀는 눈과 코가 따가울 정도로 포르말린 냄새가 진동을 하는 이곳에서도 꿋꿋하게 배를 채우고 있었다. 하경이 손을 청바지에 슥 닦더니 태연하게 입에 물고 있던 샌드위치를 다시 집어 오물오물 씹어댔다. 그것을 바라보던 연오의 표정이 이상한 모양새로 찡그려졌다.

"왜? 한입 줄까?"

연오가 재빨리 고개를 저었다. 그 모습에 하경이 깔깔거리며 웃어댔다. 정호가 그런 하경을 나무랐다.

"야! 이하경! 조교 형 알면 쫓겨나려고 그래? 카데바 놓고 장난 좀 치지 마라!"

"야! 한정호! 내가 무슨 장난을 쳤다고 그래? 배고파서 음식 먹은 게 죄야?"

하경이 정호를 흘겨보며 다시 샌드위치 한 조각을 입에 물었다.

"어우! 이하경…… . 너 아까 그 손으로 카데바 만지지 않았냐?"

이현과 함께 14조에 들른 성일이 끼어들었다. 이에 하경이 씨익 웃으며 샌드위치를 꿀꺽 삼키던 차였다.

"뭐 어때? 내가…… 윽!"

씹던 샌드위치가 기도에 걸린 하경은 급기야 얼굴이 붉어져 나중에는 켁켁거리며 연오에게 등을 두들기라는 신호를 보냈다. 연오가 다가가 장갑을 벗고 하경의 등을 두들겨 댔다. 그 모습에 결국 다른 아이들에게까지 웃음이 전염됐는지 키득거리는 학생이 한둘이 아니었다.

그때였다, 해부학실의 조명이 꺼져 버린 것은. 천장의 형광등이 빛을 토해내다 집어삼키길 반복했다.

"어우! 뭐냐?"

"왜 저래?"

아이들이 불안한 눈으로 주위를 둘러볼 때 연오 역시 천장을 봤다가 친구들에게로 다시 불안한 시선을 돌렸다.

깜! 빡! 깜빡!

빛이 나갔다가 들어온 순간, 연오의 눈이 일순 커졌다. 이현이 보였다. 어둠이 잔뜩 내려앉은 공간, 언제부터였는지 그가 자신을 쳐다보고 있었다. 찰나, 연오와 이현의 눈이 엉켰다. 빛이 다시 나갔다.

"야! 어째 으스스하다."

"학과사무실에 말하고 빨리 나가자!"

아이들이 우왕좌왕하는 사이 어둠 속에서 연오의 눈이 이현을 향했다. 하지만 그는 더 이상 자신을 바라보고 있지 않았다.

연오는 괜스레 정신이 멍해져 친구들과 함께 기계적으로 문을 향해 걸음을 옮겼다. 100여 명가량의 아이들은 분위기상 뒤에 있지 않으려고 문으로 일제히 몰렸고 뒤늦게 연오도 자신이 카데바와 함께 뒤에 남게 될까 봐 소름이 쭈뼛 돋았다.

하지만 꾸물거렸던 탓에 북적북적한 행렬의 끝에 남게 되었고, 자신의 뒤가 비어 있다는 생각에 연오는 온몸으로 공포심을 느껴야만 했다. 친구들 사이로 파고들려 했지만 문을 향해 빽빽이 들어선 아이들 틈을 파고들기란 여간 어려운 게 아니었다.

입술을 깨물며 새어 나오는 울음소리를 꾹 참을 때였다. 중간즈음에 서 있던 이현이 고개를 돌렸다. 그러더니 행렬에서 이탈해 뒤로 걸어왔다.

연오의 뒤에 그가 선 것이다. 그녀의 마음이 공포심에서 다른 색깔로 변해 버린 것은 정말로 순식간이었다. 어느새 두려움은 날아가 버리고 온통 마음이 이현 하나로 가득 찼다.

'좋아해……. 좋아해……. 널 좋아해…….'

마음을 선명하게 물들이는 그 사실을 연오는 멍하니 받아들였다. 그녀가 문을 나서며 흐리멍덩한 시선으로 이현을 다시 한 번 슬쩍 올려다보았다. 자신을 위해 분명 뒤로 와서 선 것만 같은데 무덤덤한 그의 얼굴은 여전히 오리무중이라 연오의 그런 생각을 희미하게 탈색시켜 버렸다. 이현의 시선은 무심하게 그저 아이들이 빠져나가는 광경에 머물러 있었다. 연오가 그에게서 마지못해 고개를 돌리고는 해부학실을 빠져나왔다.

"인마! 뭐 하느라 맨 꽁지로 나와?"

마지막으로 이현도 나온 모양이었다. 돌아보니 경수의 말에 그가 피식 웃고 있었다. 연오는 차마 그에게 뒤로 와서 선 것이 날 위한 행동이었냐는 말을 묻지 못했다. 결국 고맙다는 말도 심중으로 사라져 버렸다.

경수가 이현의 어깨를 툭 치다가 자신들에게 시선을 고정시킨 그녀를 바라보았다. 감정을 들킬세라 연오가 슬쩍 눈길을 피해 버렸다.

"너, 울었나?"

뒤늦게 하경이 그녀를 챙겼다.

"아냐."

그 말에 정호가 호들갑을 떨며 연오에게 다가왔다.

"연오야! 무서웠어?"

"아고! 이 귀여운 것! 무서웠쪄요? 언니야가 안아줄게. 이리 와!"

하경의 장난에 다들 웃음을 터뜨렸다.

"야! 이하경! 이게 다 너 때문이야! 그러게 누가 카데바 앞에서 천방지축 떨래?"

"아니, 이게 왜 내 탓이야?"

"돌아가신 분들이 네 경거망동에 노해서 이렇게 된 거잖아."

그렇게 학생들은 장난을 치며 포르말린 냄새가 찌든 복도를 나섰다.

"아고! 무슨 놈의 시험이냐? 나가자!"

"나가서 밥이나 먹자!"

지어진 지 꽤 오래되어 어두침침하고 칙칙한 해부동과는 달리 바깥 날씨는 화창했다. 학생들은 약속이나 한 듯 학생식당으로 향했다. 평소 그 무리와 어울리지 않던 정호가 연오의 곁에 바짝 붙어 이런저런 대화를 시도했고, 안정을 되찾은 그녀는 간간이 미소로 답하며 걸음을 옮겼다.

"넌 의대 졸업하고 무슨 과 가고 싶어?"

"음……. 그때 가서 결정이 나겠지만 신경외과가 아닐까 싶어."

"신경외과? 그 힘든 데를?"

정호가 연오를 의아하게 바라보는데 하경이 둘 사이에 끼어들었다.

"둘이 무슨 밀담이냐?"

"야! 넌 좀 빠져라. 연오랑 진지한 얘기 하고 있는데……."

"진지는 무슨 개코같은 진지야?"

정호와 하경이 투닥거리는 소리가 여름의 초입으로 들어선 캠퍼스에 울렸고 연오도 그들을 보며 따라 웃었다.

"아! 불쌍한 내 청춘! 시험에 저당 잡혀 이게 무슨 짓이냐?"

"야! 근데 Superficial And Deep Palmar Arches(얕은 및 깊은 손바닥 동맥 활) 같은 게 시험에 나왔는데 재빨리 생각이 안 나면 어떻게 하냐? 뒤늦게 생각났는데 그 긴 걸 무슨 수로 시간 내에 쓰냐고?"

학생들의 수다가 소담스럽게 이어지는데 누군가가 심상치 않은 어투로 말허리를 잘랐다.

"야! 저기 봐봐! 서채령이다."

아이들이 일제히 시선을 던졌다. 앞서 걷던 이현, 경수와 성일이 채령을 향해 움직였다. 연오는 그 모습에서 눈을 뗄 수 없었다. TV에서 보던 것보다 채령은 훨씬 빛이 나고 예뻤다. 윤기 나는 까만 피부에 그녀의 트레이드마크인 치켜 올라간 눈, 볼륨있는 몸매는 아역 배우에서 섹시 스타로 자리잡은 여왕의 면모를 여실히 드러내고 있었다. 환하게 웃는 입가에 반짝이는 새하얀 치아가 그녀의 건강한 느낌을 더욱 부각시켰다. 그리고 그녀를 둘러싼 세 명의 남자들 역시 얼굴에 웃음을 매달고 있었는데 다른 사람이 감히 그 사이에 끼어들지 못하게 하는 무언가가 그들에겐 있었다.

그렇게 네 사람은 그들만의 차별화된 세계를 보여주며 서로에게 빠진 나머지 그들을 쳐다보는 학생들은 신경 쓰지도 않았다.

그때 무슨 얘길 하는지, 채령이 코를 막았다. 아마도 세 명의 남자에게서 나는 포르말린 냄새 때문인 듯했다. 이현이 그녀의 볼을 꼬집는 것이 보였다. 그를 흘겨보는 채령의 눈에서는 누구라도 그녀가 이현을 좋아하고 있다는 것을 느낄 정도로 감정이 묻어나 있었다.

"야! 서채령 스캔들 기사 난 거 다 뻥인가 보다. 이현이랑 좋아 죽는데?"

친구들의 말이 연오의 귓가를 스쳤다.

채령이 이현의 팔짱을 끼었고, 성일과 경수가 그런 두 사람을 보기 싫다는 듯 아래위로 훑고 있었다. 그에 활짝 웃음을 터뜨린 채령을 이끌고 이현이 밴에 올라탔다.

그 모습에 연오는 찬물 한 바가지를 뒤집어쓴 듯 기분이 가라앉는 것을 느꼈다. 자신들을 지나쳐 밴이 출발하는 것을 연오가 애써 외면했다. 그리고 아무 일도 없는 것처럼 무리에 섞여 연오는 학생식당으로 걸음을 옮겼다. 하지만 온통 이현과 채령의 생각으로 가득 차버려, 연오의 머릿속은 터져 나갈 듯 복잡해졌다.

"요게 Scapula(견갑골)이지."

"나는 Humerus(상완골)……."

정은이 가슴살을 뜯으며 골학을 논하자 송희가 닭 날개를 뜯다 거들었다.

"야! 제발 나와서까지 공부 얘기는 하지 말자."

"으아! 맞아! 맞아!"

하경과 예은이 절규하자 한동안 기숙사에 낄낄거리는 여자아이들의 실없는 웃음소리가 울려 퍼졌다. 연오도 따라 웃었다.

"내 친구 중에 연극영화학과에 간 애가 있어. 걘 연출 쪽인데 처음 학교 들어가서 학과 사람들이랑 TV를 보는데 애들이 구도가 어떠니, 편집이 어떠니 하도 떠들어서 끝나고 나서 무슨 내용인지 아는 애가 하나도 없었다더라. 우리가 딱 그 모양 아니냐?"

"하기야 우리만 이렇게 이상하진 않을 거야. 세상엔 비정상이 널렸다고. 통닭 먹으면서 뼈 구조를 논하게 될 줄이야."

아이들이 한마디씩 떠들었다.

"그나저나 레지던트 되면 지겹도록 먹는 게 통닭이라던데 우린 벌써부터 이러고 있냐?"

"왜?"

"왜긴……. 보통 늦은 시간에 끼니를 챙기게 되는데 밤늦은 시간이라 병원 인근 음식점은 다 문 닫고 통닭집만 문을 여니까 그런 거지."

"그래서 그런지 끼니를 못 챙겨도 살은 찐다더라. 으아! 지금도 이런데……."

송희가 우울한 얼굴로 뱃살을 집어 보였다.

"광희 선배도 그렇게 멋있었는데 뱃살 장난 아니더라. 그 선배가 지금 레지 1년이지?"

"맞아. 그 선배 진짜 멋있었는데 어쩌다가……."

그때 하경이 눈을 빛내며 아이들을 차례로 훑었다.

"야! 강이현이 살 쪘다고 생각해 봐."

"악!"

그녀의 말에 여자아이들이 끔찍하다는 듯 곧바로 소리를 질렀다. 그런 호들갑 뒤에는 여자아이들 특유의 잔망스러운 웃음이 한동안 뒤따랐다.

"강이현 진짜 멋지지 않냐? 솔직히 말해봐. 니들 입학하고 나서 맘에 들거나 좋아한 사람 있는지, 있다면 누군지."

하경이 대화를 유도했고 송희가 꿈꾸듯 말했다.

"난 이현이. 서채령만 아니면 고백도 해봤겠다."

"나도. 얼굴보다도 귀공자 같은 그 몸짓이 나는 정말 좋더라."

"어! 나도. 솔직히 목소리도 죽이지 않냐?"

아이들의 고백이 줄줄이 이어졌고 그때까지도 입을 다문 채 쓴
웃음을 머금고 있는 연오에게 시선이 집중되었다.

"넌 누구 좋아하는데?"

송희의 물음에 연오가 머쓱한 듯 눈만 굴렸다.

"야! 그러지 말고 말해봐! 누구 좋아하는데?"

곤란함을 담은 연오의 얼굴이 살포시 찡그려졌고 하경이 의미
심장하게 그런 연오를 바라보았다. 결국 아무 말이 없는 연오를
상대로 아이들이 스무고개에 들어갔다.

"너, 정호는 어때? 너한테 엄청 열 올리잖아."

"우리 아무 사이 아냐."

"그거야 다 아는 사실이지만 네 속마음 말이야. 속마음이 어떠
냐고."

"그거야 당연히 같은 동기로서⋯⋯."

연오의 말이 끝나기도 전에 하경이 그녀의 풀린 눈과 입에 매단
함박웃음을 못마땅한 듯 훑더니 연오에게서 잔을 빼앗았다.

"그만 마셔! 야! 니들 최연오한테 술 주지 마. 이 재미없는 지지
배한테는 응징이 필요해."

하경의 말에 새우 눈이 되어 연오를 흘겨보던 여자아이들이 한
바탕 웃음을 터뜨렸다.

"근데 말이야, 사실 연오만큼 예쁜 애도 없는데 그 옵세 한 마리, 정호만 연오한테 열을 올리는 거 보면 참 이상해."

"그건 맞아."

송희의 말에 아이들이 이구동성 찬성하자 그 자리에 있던 1년 후배 민정이 조심스럽게 입을 열었다. 민정은 같은 과 동기인 태진과 캠퍼스 커플, 즉 CC였다.

"사실요, 태진이한테 들은 건데……."

"뭔데, 뭔데?"

민정이 심상치 않게 운을 떼자 여자아이들이 너나 할 것 없이 그녀의 입을 주목했다.

"태진이한테 들은 건데, 남자애들이 안 그래도 연오 선배 얘기 했대요. 근데 이현 선배가 되게 시크하게, 동기간 연애는 근친상간 같아서 찝찝하지 않냐고……. 그러니까 다른 선배들도 그 말 듣고 다들 고개를 끄덕였다고 하더라고요."

민정의 말에 앉아 있던 여학생들은 찬물을 맞은 것처럼 떨떠름한 표정을 감추지 못했다. 더 이상 맛이 안 느껴지는 통닭을 질경거리며 어정쩡한 표정으로 서로를 바라보는데 누군가 민정을 호되게 나무랐다. 화살이 애꿎은 그녀한테 돌아간 것이다.

"유민정! 이게 어디 하늘 같은 선배 있는 자리에서 입을 그따위로 놀려? 누가 너더러 그딴 말 전하래?"

하경의 서슬 퍼런 기색에 민정의 얼굴이 사색이 되며 금방이라도 울음을 터뜨릴 듯했다.

"그게 아니라, 저도 모르게 분위기에 취해서 그만……."

기실 민정이 말을 전해서가 아니었다. 실컷 남자아이들에 대해 얘기하며 힘든 의대 생활에 저들끼리나마 핑크빛 감상을 드러내고 있었는데 자존심이 일시에 구겨진 것이다.

"떡 줄 사람 생각도 안 하는데 지랄하고 있어, 정말. 남자애들 진짜 웃긴다."

다소 누그러졌지만 민정에 대한 질타도 여전히 이어지고 있었다.

"너는 야! 분위기 봐서 말을 해야지, 안 그래?"

"민정이가 무슨 잘못이 있다고 그래?"

은영이 송희를 향해 말했다.

"그래, 민정이 잘못은 아니지. 근데 남자애들이 지들 멋대로 우리 얘기하고 다니는 게 너는 화도 안 나니?"

"우리도 남자애들 얘기 하는데, 뭐."

송희가 어깨를 으쓱하며 대수롭지 않다는 듯 맞받아쳤다. 모두들 그 말에 수긍했기에 아무도 토를 다는 사람이 없었다. 분위기는 다시 원점으로 되돌아왔다. 그러자 송희가 조심스레 입을 열었다.

"민정아, 그래서? 또 남자애들이 뭐라고 하디?"

송희의 그 말을 필두로 아이들은 애써 눌러두었던 또 다른 호기심에 눈을 빛냈다. 내심 남자들의 본심을 더 듣고 싶은 눈치가 역력했다. 연오는 왠지 기분이 가라앉아 자리에서 일어섰다. 모두들 남자아이들의 뒷담화가 자신의 이야기로 시작되었다는 것을 잊은 모양이었다.

"왜 일어나?"

"응, 화장실."

연오는 서둘러 문을 열고 화장실로 향했다. 혼자만의 공간에 서서 그녀는 찬물로 세수를 하며 거울을 보았다.

한결같이 고수하고 있는 짧은 커트머리에 화장이라고는 해본 적이 없는 창백한 얼굴이 눈에 들어왔다. 거기에 마른 몸매를 덮고 있는 싸구려 티셔츠에 유행이라기엔 어딘지 모르게 촌스러운 물 빠진 청바지.

'남자애들이 안 그래도 연오 선배 얘기 했대요. 근데 이현 선배가 동기간 연애는 근친상간 같아서 찝찝하지 않냐고…….'

민정의 말이 떠오르자 쓴웃음이 나왔다.

기숙사 방으로 돌아온 연오는 아이들이 주는 술을 넙죽넙죽 잘도 받아 마셨다. 그리고는 피곤과 더불어 머리까지 멍하게 만드는 취기를 못 이겨 이현을 찾았다.

"이현이 보고 싶다."

해죽 웃으며 연오가 이현의 이름을 부르자 아이들이 놀라움에 그녀를 바라보았다.

그 놀라움을 담은 시선들에 연오가 고개를 끄덕이며 웃어 보였다.

"그래, 나 이현이 좋아해."

"맙소사, 최연오도?"

이 사실을 먼저 알고 있던 하경이 대신 고개를 끄덕여 주자 황망한 친구들의 얼굴이 곧이어 부드럽게 변하며 일제히 의미심장한 미소들을 띠어 보였다. 어차피 이현이야 자신들은 꿈도 꾸지 못할 서채령이라는 전 국민적인 스타와 잘될 몸이었기에 또 다른 친구의 고백은 질투가 아닌 동질감을 불러일으킬 뿐이었던 것이다. 하지만 어쩐지 힘이 없어 보이는 연오의 축 처진 눈매에 모두들 조잘거리던 입을 다물 수밖에 없었다.

*

연오가 의대도서관을 나왔다. 에어컨 바람에도 실내는 의대생들이 내뿜는 열기로 후끈했는데 밖에 나오니 제법 시원하고 상쾌한 공기가 그녀를 감싸 안았다.

"하아!"

밤 11시, 공부를 마치기에 아직은 이른 시각이었다. 잠을 깨기 위해 밖에 나온 연오가 달을 바라보며 그 오묘한 빛에 취한 듯 허공에 한숨을 내뱉었다. 장시간 책상에 앉아 있느라 뻐근했던 몸이 풀어지며 온몸의 근육들이 통증을 호소하고 있었다.

문득 이현이 보고 싶었다. 그 마음을 털어버리려는 듯 고개를 위로 치켜들었다.

자신을 덮칠 것처럼 까만 밤하늘과 홀로 마주 선 기분이 짜릿해 연오의 입가에 기분 좋은 호선이 그려졌다. 시선을 조금 내리니 도시의 불빛이 축제처럼 반짝거렸다. 명멸하는 불빛, 그 번쩍임을 고스란히 담아내는 연오의 눈동자가 다채롭게 빛났다.

그녀가 눈을 감았다. 하루를 살며 최선을 다했다는 기분을 만끽

할 수 있는 이 시간에 문득 감사함이 샘솟았다. 그렇게 여름밤에 몸을 내맡기고 있는데…….

"이젠 서서 조는 거냐? 그러다 넘어져서 뼈라도 골절되면 영락없이 유급 신세일 텐데?"

꿈같은 이현의 목소리에 연오가 화들짝 눈을 떴다. 몇 계단 아래에 서서 그가 자신을 올려다보고 있었다.

"이제 공부하러 가는 거야?"

이현과 단둘이 마주 보고 선 것에 연오의 심장이 주책없이 뛰었다. 친구들의 입을 통해 이젠 이현도 알고 있을 것이다. 자신이 그를 짝사랑하고 있다는 사실을. 어색한 기운이 연오를 감쌌다.

"아니, 애들 불러서 술 마시려고."

"그래?"

이렇게 대화가 끊길 것만 같아 애가 바짝 탔지만 안타깝게도 지금 이 순간 연오는 적절한 말이 생각나지 않았다. 이현이 그대로 그녀를 스쳐 지나가는 듯했다. 연오에게서 안타까운 날숨이 희미하게 배어나올 무렵, 층계를 오르던 이현이 그녀의 이름을 불렀다.

"최연오!"

연오가 멈칫하며 고개를 들었다. 자신과 같은 계단에 나란히 선 이현을 올려다보자 깊이를 알 수 없는 새까만 눈동자가 그녀를 내려다보고 있었다.

"술 한잔하지 않을래?"

그 말에 연오가 얼음이 된 듯 멍하니 상대를 바라만 보았다. 이를 거절로 알아들은 이현이 피식 웃음을 흘렸다. 고개를 옆으로 기울여 자신의 얼굴을 바라보는 눈빛에는 어쩐지 어렴풋하게 장난기도 스며 있는 것처럼 보인다면 그녀의 착각일까?

"그럼 커피는?"

이현이 술 대신 다른 제안을 하고 있었다. 평소 커피를 마시지 않음에도 연오가 이번 기회마저 놓칠세라 재빨리 고개를 끄덕였다. 그 모습에 그가 또다시 웃음을 보이더니 뒤돌아 앞서 걸었다. 연오는 자판기로 걸어가는 이현을 홀린 듯 바라보았다. 이렇게 단둘이 있게 될 줄이야. 그를 뒤따라 걸음을 놀리는데 앞서 가던 이현이 갑자기 걸음을 멈췄다.

"아참! 최연오한테 커피는 쥐약이지?"

어떻게 알았는지 이현은 자신이 커피를 잘 마시지 못한다는 것을 알고 있었다. 의대생들은 공부를 하느라 밤을 새야 하는 일이 부지기수였는데 남들은 공부를 하느라 암페타민(각성제)을 아는 선배들을 통해 구해다 먹기도 하는 데 반해 연오의 경우 커피 한 잔이면 효과는 직빵이었다. 잠이 오지 않는 대신 머리까지 아파와서 가급적 커피를 마시지 않았지만.

줏대없이 그가 커피를 마시자는 대로 따를 뻔했던 연오를 비웃기라도 하듯 이현이 무심히 물었다.

"그럼 다른 거 마실래?"

어둠 속에서 붉어진 얼굴을 감추고 싶어 연오가 고개를 숙이며 대답했다.

"그럴게."

연오가 한걸음 계단을 내딛는 것을 보고나서야 이현이 몸을 돌렸다.

자판기에서 음료를 꺼내는 이현의 곁으로 연오가 천천히 다가섰다. 이미 그가 마실 커피를 입에 문 이현이 손가락을 들어 여러 버튼을 오가다 무슨 생각인지 풋 하고 웃음을 내뱉더니 우유를 눌렀다. 커피 외에도 율무차, 핫초코 등이 있었지만 그는 하필 물어보지도 않고 우유를 누른 것이다. 연오는 그 다디단 하얀 액체를 넘기고 싶지 않아 눈가를 살짝 찡그렸다.

그 모습에 이현이 입에 문 커피를 다른 손으로 받아 들고 물었다.

"아차차! 우유 싫어할 수도 있겠구나. 다른 거 뽑아줄까?"

그제야 그가 조금은 편안하게 느껴졌다. 연오의 입가에 자연스레 웃음이 걸렸다.

"아니, 괜찮아."

그렇게 입에 댄 우유의 맛은 생각보다 나쁘지 않았다.

"아깐 혼자서 뭐 했냐? 지지리 궁상맞게……."

이어진 이현의 거침없는 말에 연오가 당황해 시선을 바닥에 떨어뜨리자 그가 연타로 핀잔을 주었다.

"누가 옵세 아니랄까 봐."

연오의 수줍은 웃음이 깊어졌다. 이현의 장난이 너무도 좋았다. 우유의 따뜻하고 달콤한 감촉처럼 마음속에 잔잔한 무언가가 채워졌다. 널 좋아해. 연오가 커피를 마시느라 반쯤 고개 숙인 이현의 모습을 사진을 찍듯 마음속에 담아나가고 있을 때, 경수의 목소리가 불현듯 들렸다.

"어! 최연오도 술 마시는 거야?"

뒤이어 까불이 준우의 목소리가 도서관 정문 앞을 울렸다.

"우웃빛깔 최연오! 사랑해요, 최연오!"

"조용해! 자식들아! 안에 다 들려!"

남철이 준우와 경수를 나무라자 경수가 그때야 깨달은 듯 손으로 입을 틀어막았다. 그리곤 이현을 흘깃 보더니 연오에게로 다시 시선을 던졌다. 연오는 경수의 그 눈길 속에서 이현을 짝사랑하는 자신의 마음을 다른 남학생들도 알고 있다는 것을 느꼈다. 조금은 창피하고 기분이 씁쓰레해졌다.

하지만 경수의 스스럼없는 행동은 그녀를 다시금 웃게 만들었다. 경수가 연오에게 다가와 어깨에 팔을 두르며 물었다.

"연오 씨! 연오 씨도 가는 거야? 우리랑?"

연오가 경수의 장난스런 말투에 절로 웃음을 흘리며 고개를 저었다. 이현이 커피를 다 마셨는지 종이컵을 우그러뜨리는 소리가 들렸다. 그런 그를 곁눈질로 살피던 경수가 다시금 연오를 바라보았다.

"샴푸 뭐 쓰냐? 좋은 냄새 난다."

경수가 연오의 머리에 손을 뻗으며 말했다. 떠들썩한 분위기에도 연오의 오감은 이현을 향해 열려 있었다.

팍! 왁자지껄한 대화 속에서 그가 종이컵을 바닥에 아무렇게나 내다 꽂는 소리가 들렸다. 그 소리에 연오는 자기도 모르게 움찔하며 어깨를 떨었다. 그녀의 반응을 오해한 남학생들이 느끼한 자식이라며 경수를 장난으로 나무라는데 하경의 목소리가 두 사람 사이를 갈랐다.

"김경수! 거기까지."

"엇! 니들 웬일이냐?"

여자아이들이 남학생들의 소란에 밖으로 나온 것이었다. 송희가 말했다.

"니들 술 마실 거지? 같이 가자."

남학생들이 서로 눈빛을 교환하다 어깨를 으쓱해 보이며 환영의 의사를 드러냈다. 모두들 다가올 여흥을 기대하는지 가벼운 흥분이 무리를 훑고 지나갔다.

연오는 북적북적한 술자리에서 이현을 향한 자신의 감정이 드러나는 사태를 맞고 싶지는 않았다.

"어! 최연오 어디 가냐?"

"연오야, 술 안 마셔? 같이 가자."

경수와 남철이 슬금슬금 뒤로 빠지는 그녀를 바라보며 말했다. 몰래 빠져나가려던 연오가 머쓱해져 웃음을 보였다.

"난 됐어."

"그러지 말고 같이 가자."

"아니야. 아무래도 들어가 봐야 할 것 같아. 그리고 나 술 잘 못해."

경수가 연오의 팔을 잡아끌었고 다른 아이들도 가세했다. 하지만 연오는 한사코 거부했다. 그때 이현의 차가운 말투가 날아들었다.

"가기 싫다잖아!"

그 말에 모두들 겸연쩍어하며 머리를 긁적였고 연오는 생긋 웃으며 손을 흔들어 보였다. 남학생들의 무리 속, 주머니에 손을 넣고 밤의 캠퍼스를 시원하게 가르는 이현의 뒷모습이 보였다. 멀어지는 친구들에게 손을 흔들다가 어느 정도 갔다 싶자 연오가 휙 뒤돌아섰다.

'가기 싫다잖아!'

이현의 목소리가 재생되며 괜한 서운함이 그녀의 가슴 안으로 밀려왔다.

"야! 연오 말이야, 정말 귀엽지 않냐? 얼굴도 얼굴이지만 하는 행동이……."

술을 마시러 가는 제법 많은 무리 속에 평소 조용하던 남철이 입을 열었다. 시끄러운 것으로 둘째가라면 서러운 준우가 남철의 말에 미친놈처럼 요즘 유행하는 어구에 연오의 이름을 덧붙여 외쳤다.

"우윳빛깔 최연오! 사랑해요, 최연오!"

허공 위에 그 장난스런 외침이 퍼져 나갔고, 의대생들의 키득거리는 웃음소리가 여름밤을 갈랐다. 남철의 말을 시작으로 남자아이들의 말에 은근히 귀를 쫑긋 세우고 있던 여학생들 중 송희가 지나가듯 슬쩍 물음을 던졌다.

"연오가 왜 우윳빛깔이야? 피부가 하얘서?"

"그냥 저 자식이 지랄하는 거지, 뭐. 혼자 Harrison(내과 서적)

뒤적거리더니 미친놈 다 됐네!"

준우와 기숙사를 같이 쓰는 종구의 말에 모두의 웃음소리가 또다시 여름밤의 후덥지근한 공기 속으로 퍼져 나갔다.

"너도 불러줄까?"

준우가 배를 잡고 신나게 웃음을 터뜨리는 하경을 보더니 '우 웃빛깔'을 또 연호하려 했다. 그에 종구가 준우의 입을 틀어막았다. 오랜만에 학업의 무게를 잠시 내려놓고 그 속에서 함께 허덕이는 동지들과 술을 한잔 걸치러 가는 의대생들의 발걸음은 가볍기만 했다.

"미친놈!"

왁자지껄한 친구들 사이에서 준우에게로 향한 것만 같은 욕설을 이현이 낮게 읊조렸다. 하지만 그 거친 말 뒤에는 어딘지 모르게 숨길 수 없는 웃음기가 배어 있었다.

"캬!"

생맥주를 벌컥벌컥 들이켠 후 잔을 내려놓은 하경이 입가를 슥 닦으며 남자아이들을 둘러보았다. 그녀의 눈이 잠시 친구들과 함께 웃고 있는 이현에게 초점이 맞았다가 다시 남자아이들에게로 흩뿌려졌다.

"야! 니들 말이야! 강이현 좋다고 한 다른 여자애들은 다 놔두고 왜 유독 내 친구 최연오만 가지고 씹어대냐? 연오가 껌이야?"

정은이 쿡쿡 웃었다.

"이하경, 취했네."

그러거나 말거나 자신들을 향해 삿대질을 하며 '내 친구 씹지마' 를 외치는 하경의 목소리에 남철이 이맛살을 찌푸렸다.

"우리가 언제 연오를 씹어댔다고 그래? 나라님 흉도 없는 자리에서는 볼 수 있다는데 연오가 마침 이 자리에 없으니까 그런 거지."

그 말에 하경이 할 말을 잃은 듯 둔한 눈꺼풀을 껌뻑거렸다. 그러다가 무언가 생각났다는 듯 손바닥으로 이마를 탁 때렸다.

"그러고 보니 연오 오늘 기숙사까지 혼자 가게 생겼네. 설마 간도 작은 애가 해부동 그 샛길로 지나가는 건 아니겠지?"

"야! 연오가 애냐? 어련히 알아서 하려고. 취했으면 곱게 쓰러져 자라! 횡설수설하지 말고!"

그렇게 말하는 경수를 흘겨보던 하경이 거짓말처럼 목을 푹 꺾더니 미동도 하지 않자, 아이들은 한바탕 웃음을 터뜨렸다.

"야! 무슨 생각해?"

경수가 웃음을 멈추고는 생각에 잠겨 팝콘을 집은 손으로 테이블을 톡톡 두드리고 있는 이현을 살폈다.

"어?"

그가 상념에서 깨어나 경수를 바라보고는 아무것도 아니라는 듯 싱겁게 웃더니 맥주를 들이켰다. 경수가 그런 이현을 바라보다가 목소리를 낮추며 지나가듯 물었다.

"채령이 스캔들 터진 거 너하고 약혼하면 없어질 얘기라고 어른들이 그러시던데, 무슨 말 오간 거 있어?"

그 말에 이현이 멈칫하며 쥐고 있던 팝콘을 내려놓았다.

"아직 이른 얘기야."

"너도 참 무던하다. 너 때문에 채령이가 그렇게 밖으로 나돈다는 생각은 안 들어? 언제까지 채령이 그렇게……."

그 말에 이현의 미간이 반사적으로 찌푸려지자 경수가 말을 멈췄다. 그의 반응으로 보아 달가운 화제가 아닌 듯해 경수는 분위기를 바꾸려고 다른 말을 꺼냈다.

"방학이 얼마 안 남았네. 아! 본과 1년이 이렇게 사람을 쥐어짤 줄 몰랐다. 곧 있으면 해방이구나."

그 말에 성일이 나섰다.

"방학이라기엔 오라지게 짧지 않냐? 뭐 이딴 게 다 있냐? 강이현! 너는 방학 때 뭐 할 거야? 우리랑 같이……."

"나 좀 나갔다 올게."

이현이 갑자기 자리에서 일어나자 경수가 뒤따라 일어섰다.

"담배 피우려고? 같이 가."

"앉아 있어라."

이현이 경수의 얼굴을 손으로 확 긁고는 일어났다.

"윽! 저 자식이!"

경수가 얼굴을 부여잡고는 큰 보폭으로 생맥주집을 나서는 이현을 장난스럽게 노려보았다.

✳

도서관을 지나 여자 의대 기숙사로 가는 그 샛길에는 해부동이 있었다. 물론 자연과학대 건물을 지나 돌아가면 해부동을 마주칠 일은 없겠지만 공부하느라 온몸이 피곤하고 특히나 잠이 밀려오는 이 시간에는 샛길의 유혹을 피할 수 없었다. 문제가 있다면 술을 마시러 나간 친구들 덕에 오늘은 혼자서 해부동을 걸어야 한다는 것.

그다지 무섭지는 않았다. 아니, 무서울 것 없다며 일부러 고개를 정면에 고정한 채 교정을 빠른 걸음으로 걸을 때였다.

연오가 순간 놀라 헉 소리를 냈다. 누군가 미동도 없이 저 멀리 서 있었다. 평소 끼던 안경은 가방 속 케이스에 고이 모셔놓은 상태라 저 멀리 서 있는 것이 무엇인지 확인할 수도 없었다. 소름이 쭈뼛 돋는데 희미한 형체가 자신을 향해 움직였다.

문득 지난번 해부실에서 느꼈던 공포가 되살아났다. 고개를 살짝 돌려 뒤를 바라보자, 해부동을 끼고 지나온 길이 상당했다. 그리고 아무도 없었다. 연오는 그 자리에 얼어붙었다.

"최연오!"

느닷없이 들려온 자신의 이름에 연오가 그만 주저앉아 버렸다. 이현이었다. 맥이 탁 풀린 그녀가 손으로 얼굴을 가렸다.

"야! 너 괜찮아?"

어깨 위에 올려진 이현의 손이 따뜻하다. 연오가 고개를 끄덕였다. 하지만 한순간 놀랐다 일시에 푹 꺼져 버린 마음을 주체하지 못해 손가락 사이에서 연신 눈물이 흘러나온다.

"풋! 일어나 봐, 최연오."

이현이 연오의 손을 잡아 일으켜 세우자 그녀가 순순히 일어섰다.

"그러게 누가 이 시각에 혼자서 다니래?"

연오는 억울한 일이라도 당한 양 표정을 굳히고는 손가락으로 눈물을 찍어냈다. 그 모습을 지켜보던 이현이 한숨을 쉬더니, 그녀를 가볍게 끌어안았다. 순전히, 아니, 어쩌면 술김이었다.

연오의 눈물 젖은 눈동자가 놀라움으로 커졌다. 어깨를 다독이는 손이 너무도 자상하고 따뜻해 그녀가 저도 모르게 이현의 옷깃을 살며시 잡았다. 아버지의 품처럼 따뜻해 연오가 그의 품에 매달렸다. 방금 전까지 느꼈던 공포심은 사라지고 그녀의 심장이 거세게 뛰었다.

이현이 그런 연오를 조심스럽게 떼어냈다. 그제야 연오가 얼굴을 붉혔다.

"……고마워, 이현아."

그 말에 이현이 빙그레 웃었다. 그의 손가락이 고개 숙인 연오의 눈물 젖은 뺨으로 부지불식간 향해 버렸다.

자신의 뺨을 덮은 이현의 손이 꿈처럼 그렇게 현실감 없이 다가오자 놀라움에 연오가 내리감았던 눈을 치켜떴다. 마주한 이현의 몽롱한 눈동자가 생생하게 들어왔다. 이마에 닿는 그의 입김에서는 희미하게 달큼한 술 냄새가 났다. 이현의 손가락이 연오의 뺨에 걸린 눈물을 닦아내는 순간, 연오가 간절하게 속삭였다.

"좋아해, 이현아."

자신도 모르게 나온 말이었다. 이때가 아니면 할 수 없다는 본능이 그녀를 움직인 것이다. 말을 내뱉고 나자, 그를 좋아한다는 사실이 새삼 연오의 가슴에 깊이 새겨졌다.

그 말에 연오의 뺨에 머물러 있던 이현의 눈동자가 그녀의 두 눈에 닿았다. 그의 눈동자도 흔들리고 있었다. 하지만 이내 잘생긴 미간이 찌푸려지며 이현이 그녀에게서 한 발 물러났다. 연오가 순간적으로 이현의 셔츠 자락을 잡았다.

"이현아……."

뱉지 못한 나머지 말에는 이현에 대한 애틋한 감정이 절절하게 녹아 있었다. 안타깝게 자신에게서 멀어져 버리는 그의 따스한 체온이 마냥 안타까운데다 순진하기만 한 연오인지라 미처 살피지 못했다. 이현의 구겨진 미간이 얼마나 억지스러운가를.

"못 들은 걸로 할게."

"이현아……. 나 욕심 없어. 단지 네가 내 마음을 알고 나에게 조금만 더……."

연오는 차마 나머지 말을 잇지 못했다. 그녀가 절망스럽게 고요함을 받아들이는데 뜻밖에도 자신의 마음을 거절하고 있는 중인 이현이 연오에게 나머지 말을 재촉하고 나섰다.

"조금만 더, 뭘?"

그녀는 이현의 그러한 물음을, 그와 비교해 형편없이 부족하기만 한 자신을 질책하는 소리로 받아들였다. 연오의 눈동자가 끝 간 데 없이 흔들렸다. 그나마 그에게로 향한 자신감 없던 마음이 자취도 없이 사라져 버렸다.

"갈게."

자신이 생각해도 비참한 목소리였다. 연오가 이현을 그대로 지나치려 하는데 어깨에 멘 가방을 꼭 쥔 손이 그의 강인한 손에 의해 붙들렸다.

"최연오."

그의 목소리가 밤의 정적을 갈랐다. 뻔하기만 한 그 뒷말을 종용하는 이현 때문에 지금 이 순간 연오의 마음은 이성에 대한 설렘보다 거절에 대한 두려움으로 두근거렸다.

'나는 왜 강이현에게 이토록 추한 꼴을 보여 버린 걸까?'

창피함을 넘어선 자기 연민이 연오를 내리눌렀다.

좋아한다는 말을 괜히 했다는 후회가 밀려들면서 어서 이 자리를 벗어나고 싶어졌다. 왠지 모를 참담함에 연오가 입술을 꼭 깨물었다.

"미…… 안해."

무엇에 대한 사과인지도 모른 채 연오가 이현을 지나쳐 뛰기 시작했다. 그 다급함 때문에 그녀는 자신에게로 뒤돌아선 이현의 얼굴에 형언하지 못할 안타까움이 깃들어 있는 것을 보지 못했다.

✳

다른 학과와는 비교할 수도 없이 짧기만 한 방학이 끝나 버렸다. 의대생들 사이에서는 이를 두고 샤워하고 나니 개학이라는 우스갯소리가 있을 정도였다.

학기와 함께 시작되는 단 며칠간의 블록강의가 2학기의 시작을 알렸다. 산부인과와 비뇨기과를 섞어놓은 〈성의 과학〉이라는 강의는 의대생들에게 있어 쉬어가는 의미의 가벼운 강의로 여겨졌다. 게다가 흥미로운 주제라 여느 때와 달리 강의실에서 조는 학생은 눈을 씻고 찾아볼 수가 없었다.

이 강의를 맡은 산부인과 소속의 여교수님도 평소 재미있는 분으로 정평이 나 있어 강의는 더없이 유쾌하기만 했다.

"콘돔 알지? 여성용으로는 페미돔이라는 게 있는데 실패율이 0.2퍼센트밖에 안 되지만 가격이 조금 비싸지. 그 대신 남자친구랑 실컷 하고 싶으면 이걸 쓰라고."

교수가 페미돔을 들어 보이며 여학생들을 응시하자 강의실에 낮은 웃음소리가 퍼져 나갔다.

"오럴 필, 경구피임약, 다 알 테고. 사후에 먹는 약 같은 경우 부작용이 좀 심하지. 니들이 알고 싶은 건 그런 게 아닐 테지만……."

교수의 말에 강의실에 한차례 떠들썩한 웃음이 지나갔다.

"자세히 알고 싶으면 책 봐. 거기 다 나와 있으니까."

시종일관 여유로운 웃음을 흘리던 그녀가 탁자 위에 조그만 박스를 탁 내려놓으며 이어 말했다.

"수술을 통한 피임법 들어가기 전에 10분 쉰다. 필요한 사람, 여자친구를 위해, 그리고 남자친구를 위해 마음껏 가져다 써. 많으니까."

교수가 나가자, 강의실에 잠시 다른 이들의 눈치를 살피는 정적이 감돌았다. 하지만 역시 용감한 여학생들인지라 먼저 나가 한 움큼씩 집어오기 시작했다.

"너, 남자친구 없잖아."

"시끄러."

강의실에는 이런저런 농담이 오가고 자잘한 웃음들이 연이어 퍼져 나갔다. 연오 역시 콘돔을 집는 친구들의 모습을 웃으며 바라보고 있었다. 그때 강의실에 순간 낯선 호기심이 번졌다. 경수가 콘돔을 한 아름 집어오더니 이현에게 장난을 치며 던진 것이다.

"강이현은 진짜 필요할 것 같아. 안 그러냐?"

"으아! 부럽다. 서채령이랑 그렇고 그런 사이라는 게."

이현이 씩 웃더니 콘돔을 몇 개 집어 주머니에 넣었다. 그 일련의 과정을 연오는 자기도 모르게 지켜보고 있었다. 더 이상 웃음이 나오지 않았다. 고개를 숙여 책으로 시선을 내렸지만 글씨가 눈에 잘 들어오지 않았다.

강의가 끝나자 경수가 연오의 어깨를 톡톡 두들겼다. 연오가 뒤돌아보니 경수가 빙긋 웃으며 엄지손가락으로 뒤를 가리켰다.

"조직학 강의실로 와."

그 말을 남기고 그는 친구들 사이에 섞여서 강의실을 나섰다.

무슨 일일까 의아해하며 연오가 빈 강의실의 문을 여는데 친구들 속에서 이현이 한눈에 들어왔다. 고백이 있고 난 후 처음 대면하는 자리였다. 다행인 건지 그는 고개를 숙이고 현미경 위의 슬라이드를 보느라 정신이 없었다. 망설이던 연오가 조심스레 조직학 강의실에 한 발을 디디고 문을 닫았다.

"왔어?"

연오의 바람과 달리 눈치없는 경수가 그녀의 등장을 큰 소리로 알렸다. 이현은 여전히 현미경에서 눈을 떼지 않고 있었다. 하경과 경수, 성일, 송희, 이현, 그리고 연오, 그 외에 다섯 명의 동기가 더 있었다. 총 열한 명으로 평소 자주 어울리던 무리를 부른 듯싶었다.

친구들을 바라보는 연오의 눈동자는 어쩐지 힘이 없었다. 이현에 대한 마음이 쓰리고 아팠다.

"왜 부른 거야?"

연오의 건조한 물음에 경수가 호들갑을 떨었다.

"너에게 피가 되고 살이 되는 좋은 소식을 알려줄게. 최연오, 일단 앉아봐."

연오가 쭈뼛거리다가 의자를 빼내 앉자, 경수도 맞은편 의자를 빼내 앉았다. 그녀의 얼굴을 살피던 경수의 생글거리던 눈동자가 흐려졌다. 그가 연오의 이마에 손을 얹은 것은 순식간이었다.

"너, 어디 아파?"

"아니야."

"아니긴. 어디 아픈 것 같은데."

친구들은 저들끼리 수다를 떨고 있었고 연오는 자꾸만 자신의 이마를 눌러오는 경수의 손길을 쳐내며 실랑이를 이어갔다. 그때 이현의 목소리가 날아들었다.

"김경수! 빨리 말해. 배고픈데 밥 먹으러 안 갈 거냐?"

경수가 이현을 돌아보며 '성격 급하긴'이라고 중얼거리고는 이내 연오에게서 손을 거둔 뒤 씨익 웃어 보였다.

"다름이 아니라, 우리 스터디하자고."

그 말에 연오가 미간을 찌푸리자 경수가 연오의 팔을 잡고 흔들었다.

"우린 간절히 연오 씨를 원하고 있어."

경수의 말을 받아 준우가 그녀와 마주칠 때마다 하는 민망한 응원 구호를 외쳤다.

"우웃빛깔 최연오! 사랑해…… 읍!"

성일이 그런 준우의 입을 막으며 연오를 향해 한마디 보탰다.

"해라. 응?"

의대는 산더미 같은 공부량 때문에 스터디를 짜지 않고서 홀로 공부한다는 것은 맨땅에 헤딩하는 것과도 같았다. 그 무모한 짓을 연오는 1학기 동안 혼자서 내내 해오고 있었다. 다른 아이들과 달리 스터디에 들어가지 않은 것이다.

이현과 마주해야 한다는 생각에 연오는 설렘과 걱정이 동시에 들었다. 어떻게 할지 고민할 때 송희가 그의 곁에서 웃으며 현미경을 바라보는 모습이 눈에 들어왔다.

원하는 게 큰 것은 아니다. 단지 나도 이현의 곁에서 저렇게 웃을 수 있다면…….

"할게."

경수의 눈이 확인을 요구하듯 커졌다.

"할게, 스터디."

연오가 제법 분명하고 단호한 목소리로 말했다.

그녀의 스터디 가입을 환영이라도 하듯 우연처럼 뒤에서 휘익 하고 휘파람 부는 소리가 들려왔다. 주인공은 다름 아닌 이현이었

다. 그는 자신의 눈앞에 펼쳐진 현미경 속 미시세계에 푹 빠진 듯
했다.

"환상인데?"

"어디?"

이현이 현미경을 들여다보며 환하게 웃자, 슬라이드를 보기 위
해 아이들이 한두 명씩 그의 곁으로 다가갔다.

"다른 조 스터디 많이 봐서 알 거야. 우리 조는 매주 두 번 만나
는 것으로 하고 장소는 그때그때 정할 거야. 규칙도 엄격해. 벌금
내기 싫으면 규칙 엄수 잘 하라고. 네가 알아둬야 할 건……."

경수의 말을 건성으로 들으며 연오는 이현의 미소를 안타깝게
훔쳐보았다.

✽

[나 강이현이야. 토요일 시간 있어?]

연오는 낯선 번호로 전송된 문자 하나를 골몰히 바라보고 있었
다. 가슴이 거세게 뛰었다. 요즘 들어 그녀는 아이들과 조를 짜서
스터디를 하고 있었는데, 이현도 같은 일원이었다. 그렇지만 이렇
게 개인적으로 문자를 보내올 줄은 몰랐다.

[무슨 일인…….]

썼던 문자를 다시 지웠다. 무슨 일이냐고 물으면 너무 형식적으
로 보일까? 분명 토요일에 스터디를 하자는 이야기일 게 뻔했다.
고민에 고민을 거듭하던 연오가 '시간 있어'라는 문자를 보냈다.

잠시 뒤 '잘됐네. 2시까지 학교 앞 팀으로 나와' 라는 문자가 전송되었다.

팀은 주변이 한적한 한국대에 몇 개 안 되는 카페였다. 주로 청춘남녀의 데이트가 그곳에서 이루어지곤 했다. 고개를 갸우뚱하긴 했지만 이번엔 조금 색다른 장소에서 스터디를 하게 되나 보다 연오는 그렇게 생각했다.

다시 한 번 이현의 문자가 온 휴대폰을 손으로 쓸었다. 처음 알게 된 그의 '010—4321—XXXX'이라는 번호가 괜스레 그녀의 심장을 두드렸다.

책을 끼고 연오가 카페의 문을 열어젖혔다. 주위를 둘러봐도 친구들은 보이질 않았다. 그때 창가 쪽 구석에서 누군가 그녀의 이름을 불렀다.

"최연오! 이쪽이야!"

연오가 돌아보는데 본과 4년생인 양민호가 활짝 웃으며 앉아있었다.

"어쩐…… 일이세요, 선배님?"

그간 민호와 말을 나눠본 적은 없었지만 그가 의대 선배라는 것쯤은 연오도 알고 있었다. 민호가 멀거니 선 연오를 보더니 의자를 가리키며 말했다.

"아, 애들이 말 안 했구나. 일단 앉아."

연오가 이상한 낌새를 느끼고는 쭈뼛거리며 앉자, 그가 메뉴판을 건네며 물었다.

"일단 마실 것부터 시켜. 아! 밥 안 먹었으면 밥 먹을래?"

연오는 굳은 얼굴로 고개를 저었다. 그녀의 경직된 얼굴을 보던 민호가 부러 머쓱함을 떨쳐 내려는 듯 나직이 욕설을 내뱉었다.

"씨발, 이현이 자식이라도 말 좀 해주지."

이현이라는 말이 청각을 타고 흘러들어 오자 연오는 몸이 곤두섰다. 민호가 그녀의 굳은 얼굴을 힐끔 보더니, 갑작스레 활짝 미소를 지어 보이며 말했다.

"내가 애들한테 너 좀 소개시켜 달라고 했거든."

연오가 잠시 할 말을 잃고 상대를 응시했다.

"왜 애들이 저를 선배님한테 소개해 주죠?"

그 차가운 기운에 민호의 목소리가 움츠러들었다.

"아! 내가 이현이랑 좀 친한데, 너랑 이현이 같은 스터디라며? 연오야! 일단 마실 것부터 시켜라. 응?"

민호가 연오의 눈치를 보며 살살 달래듯 말했다. 갑자기 온몸에서 맥이 풀린 연오가 창밖에서 내리꽂히는 태양을 노려보았다. 그런 연오를 바라보던 민호가 그녀의 기분을 살피느라 쩔쩔매고 있었다.

"자식들이, 조직학 족보가 없다고 해서 내가 일부러 구해다 주고 했는데 어떻게 너를 부르면서 이렇게 일언반구 말도 없이 불렀는지 모르겠네, 당황스럽게. 나는 애들이 너한테 조금이나마 언질을 준 줄 알았지."

민호의 말을 듣던 연오의 눈동자에 분노, 슬픔 따위의 부정적인 감정들이 시시각각 채워졌다.

"야! 최연오 왔어!"

"연오 왔다!"

"휘익!"

연오가 도서관 문을 열자, 이현 주변에 몰려 있던 남자아이들이 호기심을 가득 안고 그녀를 쳐다보았다. 창가에 걸터앉아 있던 성일은 휘파람을 불며 연오를 맞았다. 정숙하고 조용해야 할 도서관 분위기가 아니었다.

벽에 기대 연오를 바라보던 경수가 이현의 어깨에 손을 얹었다.

"연오 왔다."

여느 때와 달리 소란스러운 도서관을 연오가 한차례 훑었다. 그녀의 눈이 자리에 앉아 차분하게 두툼한 파일을 보고 있는 이현에게로 향했다. 이현이 파일에서 고개를 돌리더니 알 수 없는 표정으로 연오를 바라보았다. 두 사람의 시선이 허공에서 뒤엉켰다.

자리에 붙박인 듯 가만히 서서 그를 보고 있는 연오에게 그녀의 감정 상태를 파악하지 못한 하경과 여자아이들이 몰려들었다.

"왔냐? 어땠어?"

"최연오! 소개팅했다며?"

즐거움이 잔뜩 묻어 있는 친구들의 목소리에 연오는 약이 올랐다. 그 순간 그녀의 시야에 들어온 것은 이현이 보고 있는 두툼한 파일이었다. 연오가 성큼성큼 다가가 이현의 책상에서 파일을 집어들었다.

한 장 한 장 넘기는 연오의 손이 미세하게 떨렸다. 조직학은 족보가 없기로 유명했는데 자신의 손에 들린 건 분명 조직학 족보였다. 민호의 말이 생각났다.

'내가 널 소개시켜 달라고 했더니 애들이 조직학 족보를 달라고 하더라고.'

연오가 프린트 물을 북북 찢기 시작했다.

"연오야!"

여자아이들은 연오의 주변에 와서 그녀의 눈치를 살폈고 남자아이들은 온순하기만 했던 그녀가 뿜어내는 시퍼런 분노에 벌린 입을 다물 줄 몰랐다.

분에 못 이겨 한 움큼 집어든 종이가 너무도 두툼한 나머지 찢기지 않자, 연오가 바닥에 파일을 내려놓고 발로 짓이겼다. 하지만 아무리 밟아도 파일은 멀쩡하기만 했다. 그것을 노려보던 연오가 지쳤는지 발길질을 멈추고 숨을 몰아쉬었다. 그녀가 고개를 들어 천천히 이현의 가슴팍을 노려보았다. 감정이 불타오르는 이 순간조차 시선은 그의 얼굴에 채 닿지 못하고 그렇게 중간에 멈추어버렸다. 분명 그를 향해 마음이 끝도 없이 차오르던 순간이 있었는데 현실은 그와 말 한마디 제대로 나누어보지 못한, 말 그대로 아무 관계도 아니었다. 그럼에도 마음이 아팠다. 자신의 순정이 바닥에 구르는 종이들처럼 보기 좋게 내동댕이쳐진 것만 같았다. 연오는 그렇게 무언의 분노를 이현을 향해 쏟아내다, 휙 하고 몸을 돌렸다.

연오의 화를 구경하느라 자리에서 빠끔히 일어섰던 아이들이 도서관을 나서는 그녀의 몸짓에 맞춰 시선을 이동했다. 연오가 문을 열고 나가기 무섭게 침묵하던 남자아이들의 목소리가 일제히 터져 나왔다. 조그만 목소리들이 한데 모이자 도서관 내부가 제법 소란스러웠다.

"야! 연오 저런 모습도 매력있지 않냐?"

경수가 연오가 사라지고 난 문을 뚫어지게 바라보며 앉아 있는 이현의 어깨를 잡아 동의를 구하듯 살살 흔들었다.

탁! 이현이 자신의 어깨에 닿은 손을 쳐냈다. 평소 보지 못했던 그의 날카로운 모습에 경수가 놀라 눈을 깜빡이며 이현을 바라보았다. 그것도 잠시, 경수가 표정을 풀고는 느물거리게 말했다.

"양민호 선배가 그렇게나 마음에 안 들었나? 최연오가 이렇게 폭풍 분노를 드러낼 줄 몰랐네. 너는 연오한테 마음이 없고 이렇게 되면 내가 한번……."

콰당! 이현이 갑자기 일어서는 바람에 의자가 뒤로 넘어졌다. 문가에 머물러 있던 아이들의 시선이 이번에는 일제히 이현에게로 향했다. 그러거나 말거나 경수를 쳐다보는 그의 눈매는 매서웠다.

"야, 왜 그래? 무섭잖아."

경수가 손바닥을 들어 올리며 주춤 뒤로 물러섰다. 그런 그를 한 대 칠 것처럼 노려보던 이현이 간신히 감정을 추스르고 몸을 돌려 밖으로 사라지자 조용하던 도서관이 다시 꿈틀거렸다.

"강이현도 화날 만하지. 연오가 그렇게 자기한테 화를 쏟아내고 나갔는데……."

누군가의 그 말에 경수가 볼멘소리를 했다.

"내가 그렇게 틀린 말 한 것도 아니고, 나는 연오한테 대시하면 안 되냐?"

그 말에 남철이 경수를 나무랐다.

"지금 네가 연오한테 대시하는 문제로 이현이가 화를 낸 것 같냐? 그게 아니잖아, 자식아! 연오랑 민호 선배 엮어주라고 계속 이현이 부추긴 게 너잖아. 연오가 돌아와서 이현이한테 불같이 화를 내니 이현이는 너한테 화를 낼 밖에……. 이현인들 연오가 이리 격하게 나올 줄 알았겠냐?"

"그렇긴 해도 그게 왜 내 잘못이야? 결정은 어디까지나 이현이가 한 건데……."

연오와 이현이 빠져나간 도서관에서 한바탕 그렇게 설전이 오갔다.

✳

짧기만 한 본과 2학년의 방학이 시작되는 바로 그날, 한국대 근처의 한 곱창집이 왁자지껄 소란스러웠다. 벽에는 한가득 낙서로 채워진 그곳에 곱창을 굽는 연기가 모락모락 피어올랐고, 거기에 술 취한 학생들의 이야기들이 양념처럼 버무려져 대학가 특유의 낭만이 흘러넘쳤다.

그곳을 통째로 빌린 의대생들은 한 학기 동안 있었던 그 지난한 시험들을 겪어온 스스로를 위로하고 또 친구들을 위로했다.

"인류애의 정신으로 오늘 우리 뭉쳤다! 온 누리에 박애 정신, 거룩한 뜻 실천하며 이 몸 바쳐 봉사 정신 앞장서서 나간다! 히! 포! 크라테스 성스러운 우리들의 언! 약!"

더위로 문을 활짝 열어놓은 식당 안에 의대생들이 교가처럼 부르는 노래를 제창하자 밖을 오가던 사람들이 힐끔힐끔 그들을 쳐다보았다. 그러거나 말거나 술을 앞에 놓고 젊은 학생들이 부리는 객기는 식당 천장을 뚫을 듯 거세고 드높았다. 노래를 다 함께 제창함으로써 그들은 그렇게 더 끈끈한 동지애를 다지고 있었다. 그들은 분명 밤새 술을 마시며 젊은 청춘을 그렇게 노래할 것이었다.

수많은 테이블 중 이현의 무리도 자리를 잡고 앉아 술을 마시고 있었다. 그가 소주를 마시려 잔을 집어 올릴 때였다. 어딘가의 테이블에서 연오를 찾는 목소리가 들려왔다.

"야! 근데 연오는 오늘도 안 보이네. 걔는 도통 술자리에 모습을 안 나타내더라."

평소 연오에게 관심을 보여온 정호의 그 같은 말에 하경이 이현 쪽을 흘깃 보더니 핀잔을 줬다.

"연오는 왜 찾는데? 걔 시험 끝나면 무조건 자잖아. 부르지 마!"

하경은 이현이 무심한 듯하지만 자신들의 이야기를 듣고 있다는 것을 알고 있었다. 그녀의 말이 끝나자 이현이 소주잔을 한 번에 꺾어 올렸다.

정호가 여전히 불만을 토로하듯 중얼거렸다.

"우리끼리 어울리면서 한잔할 수도 있는 거를 누군 안 피곤해서 술 마시나?"

목소리가 힘없이 꼬랑지를 내리긴 했지만 그러면서도 할 말은 끝까지 내뱉는 정호다. 거기에 준우가 휴대폰을 꺼내 들었다.

"내가 전화해 봐야지."

"하지 말라니까!"

"야! 야! 연오 잠 깨면 예민해! 하지 마!"

여자아이들의 만류에도 준우가 끝내 휴대폰에 저장된 연오의 번호를 누르려 하자, 하경이 나섰다.

"야! 끊어봐. 내가 해볼게. 너보단 내가 낫지."

하경이 곱창 하나를 입에 물며 연오에게 전화를 걸었다. 한참을 걸어도 전화를 받지 않자 그녀가 휴대폰을 귀에서 떼고 죄없는 액정을 노려보았다.

"이렇다니까!"

하경이 궁시렁거리며 폴더를 접으려 하는데 나직한 목소리가 수화기를 타고 흘러나왔다.

—여보세요…….

"뭐 하느라 다 죽어가는 목소리야?"

—……응, 잤어.

"야! 나와! 여기 오목대 곱창집 알지?"

—……누구누구 있는데?

"누구누구긴, 애들 다 있지, 뭐."

—난 빠질게.

"그래? 알았……."

하경이 전화를 끊으려 하자 멀리서 경수가 외쳤다.

"야! 이현이 없다고 해!"

하경이 경수의 앞에 앉은 이현을 흘긋 보니 말없이 소주병의 뚜껑을 따고 있다. 그녀가 전화기를 고쳐 쥐었다.

"나와라, 최연오. 강이현 없으니까."

잠시 뒤 하경이 전화를 끊자 경수가 물었다.

"뭐래?"

"온대!"

"오호!"

"그렇게 좋냐? 술이나 처마셔라!"

"저게!"

경수가 하경을 흘겨보다가 이현에게 시선을 두었다. 제법 취기가 오른 이현의 눈동자가 묘하게 흔들리고 있었다.

취기 오른 왁자한 학생들의 목소리가 여름밤의 열기처럼 식을 줄을 모르고 이어졌다. 잠시 뒤 연오가 후드티의 모자를 머리에 눌러쓰고 식당 안으로 들어서자, 조용한 등장답지 않게 여기저기서 가벼운 흥분을 안고 연오에게 자신들의 테이블로 오라며 손을 흔들어댔다. 그에 연오가 웃으며 식당 안을 둘러보다가 멈칫하고 말았다. 이현이 자신을 바라보고 있었던 것이다. 연오의 얼굴에서 굳은 듯 웃음이 걷히자 이현이 고개를 다시 테이블로 돌렸다.

연오의 눈동자가 당황과 혼란을 담고 흔들렸다. 하지만 이현과 마주했다고 해서 여기서 그냥 돌아간다는 건 웃기는 일이었다. 연오가 천천히 이현과 멀리 떨어진 곳으로 가 자리에 앉았다. 그런 연오의 옆에 기다렸다는 듯 정호가 잽싸게 다가와 앉으며 그녀 몫의 술잔에 술을 따랐다. 연오는 쫄쫄 흘러내리는 맑은 액체를 응시하며 기숙사를 나온 것을 뒤늦게 후회했다.

지겨운 시간이 흐르고 있었다. 연오는 쉴 새 없이 떠드는 정호의 이야기를 묵묵히 들어주며 간간이 미소를 보였다. 하지만 속으로는 그의 이야기가 너무도 따분해 자리를 뜨고 싶은 마음이 간절했다. 언제 들어올지 모르는 의대생들을 배려하기 위해 의대 기숙사는 24시간 개방이었기 때문에 지금 들어간다 해도 문이 열려져 있을 것이다. 최대한 자연스럽게 연오가 휴대폰을 열었다. 그러면서 시간을 확인하는 척할 때였다. 경수가 의자를 끌어다가 연오 옆에 털썩 앉았다.

"넌 좀 그만 떠들어라. 연오 지겨워하는 거 안 보이냐?"

그 말에 정호가 연오를 바라보며 항변하듯 물었다.

"연오야! 너 정말 내 말이 지겨……."

정호의 말이 끝나기도 전에 성일이 다가와 그의 목덜미를 잡더니 어디론가 끌고 갔다.

"야! 우리랑 한잔하자!"

"윽! 연오야! 연오야!"

정호가 끌려가며 자신을 불러대는 모습에 연오가 웃음을 터뜨렸다. 지겨움이 살짝 걷히는 듯했다.

"강이현! 이리 와! 여기 안주 많다!"

그러나 경수의 말에 그녀가 화들짝 놀라 이현을 쳐다보았다. 경수와 성일이 떠난 테이블에 그가 혼자 남아 자리를 채우고 있었다. 연오는 그가 정말 자신이 앉아 있는 테이블로 올까 봐 입술을 지그시 깨물었다. 그러다 고개를 든 이현과 눈이 마주쳤다. 그가 자리에서 일어나더니 잔 하나를 들고 그녀의 테이블로 천천히 걸어왔다. 연오가 자기도 모르게 눈을 질끈 감았다 떴다.

"나 그만 가볼게!"

벌떡 일어난 연오를 경수가 멍하니 올려다보았다.

"연오야, 조금만 더 있다 가!"

"아냐! 갑자기 너무 피곤해져서."

그 말을 끝으로 연오가 식당을 꽁지 빠지게 빠져나오자, 하경이 그녀를 따라 잽싸게 밖으로 나왔다. 빠른 걸음으로 성큼성큼 걷는 연오 곁에 하경이 붙어서며 말했다.

"너 정말 강이현이랑 계속 이렇게 지낼 거야?"

그 말에 힘주어 걷던 연오의 걸음이 느려지는가 싶더니 이윽고 두 다리가 땅에 붙박인 듯 멈춰졌다. 그녀가 한숨을 폭 내쉬었다.

"걔랑 얘기하고 싶지 않아, 그냥."

하경이 그런 연오를 바라보며 같이 한숨을 쉬었다.

연오가 떠난 그 테이블에는 이현이 앉아 있었다. 그리고 경수가 있었다. 어쩌다 보니 주인을 몰아내고 이현의 무리가 자리를 빼앗은 꼴이 되어버렸지만, 그 멋쩍음을 느낄 새도 없이 경수는 이현의 기분을 살피느라 힐끔힐끔 그의 얼굴을 응시할 뿐이었다. 술에 취한 탓일까, 아니면 정말로 연오가 떠나 버린 것에 대해 이현이 허탈함을 느끼고 있는 것일까? 어쩐지 입을 다문 채 연오가 남기고 간 잔을 멍하니 응시하는 친구가 행여나 동기들 앞에서 예상치 못한 감정을 질질 쏟아낼까 봐 경수가 그의 어깨에 손을 얹어 살며시 흔들었다. 그에 이현이 눈빛을 갈무리하고 고개를 들어 올렸다. 몽롱해 보이던 친구의 눈빛이 자신이 익히 알아온 차가운 명료함으로 뒤바뀌자 경수는 그제야 안도하며 그의 잔에 묵묵히 술을 따랐다. 정호를 처리한 성일이 뒤늦게 다가와 자리에 털썩 앉으며 부산스럽게 말했다.

"야! 니들 화해시키는 거 왜 이렇게 어렵냐?"

✳

한국대 의예과 58기들은 어느덧 졸업반인 본과 4학년이 되어 있었다.

연오가 이현과 말을 섞지 않은 기간도 햇수로 3년이 지났다. 늘 붙어 다녀야 하는 의대의 특성상 특정 인물과 데면데면하기란 쉽지 않은 일이었는데 두 사람이 서먹하게 된 것은 전적으로 연오의 노력에서 100퍼센트 기인한 것이었다. 그녀가 이현을 일방적으로 피해 다니거나, 어쩌다 마주치게 되더라도 조용히 지나침으로써 그렇게 두 사람은 남이 되어버렸다. 이현이 말을 걸라 치면 연오가 낌새를 채고 꽁지 빠지게 사라져 버리기 일쑤였던 것이다.

그렇게 PK 시절을 맞았다. Poly Klinic이란 독일어의 약어인 PK는 병원을 돌아다니는 실습생을 일컫는 말이었는데, 본과 3, 4학년이 이에 속했다. 각 조별로 움직였기에 PK가 되면서 연오와 이현이 만날 기회는 더욱 뜸해졌다. 그들은 전혀 다른 조였기 때문이다.

하지만 이현에 대해 들려오는 말들까지도 연오가 차단할 수 있는 것은 아니었다. 어느 날, 친구들이 흥분한 듯 스포츠 신문을 들고 왔다.

"야! 기사 봤어? 서채령이 이현이 언급한 거……. 사람들이 한국대병원장 아들이 누구냐고 다들 궁금해하더라."

"맞아. 그래서 그런지 요즘 들어 서채령 부쩍 병원 앞에 자주 찾아오던데?"

"드디어 두 사람 관계가 공식화되는 건가? 하긴, 둘이 잘 어울리긴 하더라. 의대 여자애들한테 무관심했던 것도 다 이유가 있지. 집안 좋아, 얼굴 예뻐, 몸매 죽여, 그런 여자가 곁에 있는데 어디 한눈을 팔겠냐?"

그 말에 예은이 나섰다.

"서채령 솔직히 스캔들 많았잖아. 지금껏 이현이한테 올인은 안 하는 것 같던데 강이현도 결혼이야 모든 걸 갖춘 그런 여자랑 한다고 쳐도 연애는 한 번쯤 다른 여자랑 할 수도 있는 거 아냐?"

"워! 워! 너무 앞서 나간다."

하경이 중간에 끼어들며 분위기를 가라앉히려 했지만 송희가 쿡쿡 웃으며 예은의 뒷말을 이었다.

"그래서 내가 어느 날은 이현이한테 물어봤다는 거 아니냐. 동기들한테는 진짜로 연애 감정 안 생기냐고. 그랬더니 이현이가 뭐라고 했는지 알아?"

아이들이 너나 할 것 없이 눈을 빛내며 송희의 다음 말을 기다렸다.

"'그런 감정이 나를 피해 다니네.' 이러면서 웃더라. 멋있지 않냐?"

그 말에 아이들이 일제히 '그렇구나' 하며 고개를 끄덕였다.

"그냥 그렇게만 말했어? 딴말 더 없어?"

예은의 물음에 송희가 생각에 잠겨 턱을 쓸었다.

"응, 그렇게만 말하더라. 근데 그 말할 때 분위기가 죽여서 더는 못 물어보겠더라."

하경이 화기애애한 대화에 종지부를 찍듯 말했다.

"야! 니들은 동물 실험하며 오물 냄새 다 맡고 해부하면서 조각이 입에 튀어도 퉤 하고 뱉어버리는 꼴을 보고도 연애할 마음이 생기겠냐!"

그 말에 아이들이 너나 할 것 없이 웃음을 터뜨렸다. 이런 분위기에 어울리지 못하고 연오는 무표정하게 얼굴을 굳히고 있었다. 그 예전 날의 거절당한 기억 때문이 아니라 이제는 그를 줄곧 피해오기만 한 터라, 어쩐지 자신이 이현을 언급한다는 게 껄끄럽게 느껴졌기 때문이다. 이를 눈치챈 하경이 쾌활한 성격답지 않게 그녀의 기분을 살피며 급히 입을 다물었다.

그것을 느낀 연오가 고개를 숙이며 얼른 하경에게 빙긋이 웃어 보였다.

"나 괜찮아."

자신의 감정만 앞세워 이런 즐거움마저 친구들에게서 뺏고 싶지 않았다. 의과대학의 특성상 늘 붙어 다녔기에 비밀이란 있을 수 없었고 이것들을 공유하면서 더욱 끈끈해지는 게 의대생들이었다.

"그래, 연오도 언제까지나 강이현 그늘 아래 있을 수만은 없는 노릇이잖아. 니들 웬만하면 그냥 화해해라."

허물없이 말하는 친구들에게 연오는 씁쓸한 웃음을 보일 수밖에 없었다. 이제 이현을 피해 다닌 시간이 너무 오랜지라 어떻게 그에게 다가가야 할지 알 수 없었다.

그러던 어느 날, 그와의 화해가 뜻하지 않게 찾아왔다. 연오가 경수와 외과 실습 한 조가 되면서 이현과 마주치는 날이 부쩍 늘어났다는 것을 그녀도 어렴풋이 느끼던 차였다. 그것은 다름 아닌 이현이 경수를 보기 위해 자주 외과병동에 내려왔기 때문이다.

그날은 외과 수술 실습 날이었다. 집도의이신 외과 교수님이 오기 전까지 학생들은 밖에서 대기하고 있는 상태였다. 연오도 병원 한구석에 마련된 의자에 앉아 눈을 감고 음악을 듣고 있었다.

'괜한 자존심인 거니? 그렇다면 너의 마음을 알 수 있게 내게 힌트라도 주지 않겠니? 생긋 웃는 웃음이 너무도 귀여워……'

가벼운 댄스음악을 들으며 연오가 피곤을 풀 때였다. 이상한 느낌에 눈을 살며시 떴다.

이현의 얼굴이 눈앞에 있었다. 연오는 순간 자신이 꿈이라도 꾼 걸까 하는 생각이 들 정도로 놀라 눈을 커다랗게 떴다. 그만큼 허리를 숙여 자신의 얼굴을 들여다보며 빙긋 웃는 이현의 모습은 비현실적이기까지 했다. 연오가 금세 정신을 차렸다.

"왜……?"

"안경 도수 얼마나 돼?"

연오에게서 아무런 말이 없자 이현이 재차 말했다.

"되게 두꺼워 보인다."

연오와 대화를 하려고 작정한 듯 이현이 그답지 않은 친밀감 어린 말로 그녀의 마음을 두드려 왔다. 이현의 시선이 부담스러워 연오는 저도 모르게 고개를 떨어뜨렸다. 약한 모습을 보인 것만 같다는 생각에 연오가 아차 싶어 황급히 시선을 들어 올릴 때였다. 이현의 웃음이 더욱 깊어져 있었다.

"뭐 들어?"

대답을 기다리지도 않고 이현이 연오의 귀에서 이어폰을 빼더니 제 귀로 가져갔다. 음악을 음미하는지 허공의 한 지점에 멈추어 있던 그의 눈동자가 어느 순간 흐트러진다 싶었는데 풋 하고 이현의 입에서 바람 빠지는 소리가 들렸다.

"고고하신 최연오 양이 듣는 음악이라고 하기엔 다소 의외인데?"

연오의 얼굴에 열이 올랐다. 냉담함을 가장한 채 연오가 이현을 바라보았다. 하지만 막상 그에게서는 자신을 비웃고자 하는 그 어떤 느낌도 찾아볼 수 없었다.

"이리 줘."

원망스럽게도 자신의 목소리가 떨려 나오자 연오는 아랫입술을 살짝 깨물었다. 너무도 가까이에 위치해 거북하기까지 한 이현의 시선이 그런 자신의 입술로 내려가는가 싶더니 다시금 느릿하게 눈을 맞추어왔다. 결국 연오가 시선을 슬쩍 비켜 버렸다.

"미안해, 최연오."

너무도 나직한데다 한쪽 귀에서 흘러나오는 요란한 댄스음악 때문에 그의 목소리가 생경하기만 했다. 하지만 연오는 분명 이현의 미안하다는 말을 들은 듯싶었다. 그와 눈이 마주쳤다. 깊이를 알 수 없는 진지한 눈동자가 보였다. 그의 미안하다는 말은 착각이 아니었던 것이다. 이제는 이현의 사과를 받아들여야 할 때라는 것을 연오는 직감했다.

"흠, 괜찮아."

3년 만이었음에도 정말로 아무렇지 않은 목소리로 자신 또한 그를 향해 말을 건네고 있었다. 그에 이현이 부드럽게 미소를 지으며 연오를 바라보았다. 그 눈빛에 연오는 마음 한구석이 편안해지며 이제는 시간이 지나 친구로서 그를 마주하게 된 자신을 느꼈다. 마음을 정확히 알 수는 없었지만 이현에 대한 감정이 꽤 희석되어졌다는 것을 똑똑히 느낄 수 있었다.

"강이현! 여기서 뭐 하냐?"

멀리서 경수가 이현을 부르는 소리가 들렸다. 그가 연오에게로 시선을 고정한 채 천천히 물러나며 이어폰을 빼 그녀에게 내밀었다. 연오가 이어폰을 받아 들었고, 그는 무언가 미련이 남은 듯 여전히 멈칫거리고 있었다. 그녀의 눈에 의아한 빛이 어른거리자 그것을 눈치챈 이현이 곧장 몸을 돌려 경수에게로 걸어갔다.

"뭐 볼 거 있다고 외과병동에 또 내려왔냐?"

"여기 네가 전세 냈냐?"

경수와 이현의 장난 섞인 목소리를 들으며 연오는 왠지 모르게 허탈감을 느꼈다. 이렇게 아무것도 아닌 것을. 이어폰의 줄을 돌돌 말아 주머니에 넣으며 그녀가 허무하게 생긋 웃었다. 일어나 소독실로 향하는데 이현에게로 향한 경수의 나직한 물음이 들려왔다.

"너, 연오랑 화해했냐?"

소독실 문을 여는 소리가 이어지는 이현의 뒷말을 집어삼켰다. 수술실 안으로 들어서는 연오의 발걸음이 그간의 숙제를 덜어낸 듯 가벼웠다.

✳

시간은 바쁘게 지나갔다. 의사국가고시를 치렀고 연오는 2등을 했다. 이현이 1등을 했다는 소식이 들려왔다. 일반의 자격을 딴 그들은 이제 각지의 종합병원으로 전문적인 의사가 되기 위해 떠나야만 했다. 수련의로서의 생활이 그들을 기다리고 있었던 것이다.

"나는 양심과 위엄으로서 의술을 베풀겠노라."

"나는 환자의 건강과 생명을 첫째로 생각하겠노라."

"나는 환자가 알려준 모든 내정(內情)의 비밀을 지키겠노라."

"나는 의업의 고귀한 전통과 명예를 유지하겠노라."

"나는 인종, 종교, 국적, 정당정파 또는 사회적 지위 여하를 초

월하며 오직 환자에 대한 나의 의무를 지키겠노라."

……

히포크라테스 선서를 외치는 이현, 연오, 하경, 경수, 성일, 정은, 남철, 송희 등등 이제 막 햇병아리 의사의 길로 들어선 이들의 눈이 그 옛날 의과대학 입학식에서와 마찬가지로 날카롭게 빛났다. 그때보다 더 성숙하고 진중한 느낌이었지만 새로운 길에 들어선 자들의 설레는 각오만큼은 숨길 수 없는 것이었다. 그 무엇보다도 엄숙한 자리였다.

학위 수여식이 끝나고 졸업식장은 유급을 맞지 않고 제대로 졸업 절차를 밟은 100여 명가량의 학생들을 찾아온 가족, 친지들로 북적거렸다.

"최연오! 이리 와! 사진 찍자."

하경의 목소리에 학사모를 쓰고 졸업장을 어색하게 든 채 식장을 빠져나가려던 연오가 발걸음을 멈춰 세웠다. 괜스레 꽃다발 하나 들지 않은 자신이 초라하고 부끄러웠다. 그런 연오의 팔을 하경이 짐짓 아무것도 모른 척 잡아끌었다.

"안녕하세요."

연오가 하경의 부모님께 인사를 하자 그들은 연오를 친자식처럼 반기며 웃어주었다.

"네가 연오구나."

하경의 부모님의 환대에도 연오는 울적한 마음을 어찌지 못했다. 애써 웃음을 지으며 사진을 찍기 위해 하경과 포즈를 잡을 때, 졸업식장 안에 술렁거림이 퍼져 나갔다.

"야! 서채령이다."

사회적으로 많이 알려진 한국대병원장인 이현의 아버지 강석우와 세련된 차림의 중년 여성이 채령과 이야기하며 졸업식장 안으로 들어서고 있었다. 채령의 부모로 추정되는 사람들이 그 뒤를 따랐다. 곧이어 서로 인사를 주고받는 화기애애한 장면이 연출되었다. 채령이 이현에게 다가가 팔짱을 끼는 것도 보였다.

"장난 아닌 패밀리네. 듣자 하니 이번에 서채령네 집에서 약혼하자고 했다던데 이현이가 공부해야 된다고 거절했다더라."

하경의 말을 건너들으며 연오가 이현네들만의 세계에서 고개를 돌렸다.

"사진 안 찍어?"

이현의 모습을 넋을 놓고 바라보던 하경이 연오의 말에 정신을 차리고 카메라 앞에서 포즈를 취했다. 하경과 연오의 모습이 렌즈에 담겼다. 사진을 찍고 난 뒤, 연오는 같이 식사를 하자는 하경의 말을 한사코 거부했다. 가족들끼리 보내야 할 소중한 시간을 뺏고 싶지 않았던 때문이다.

멀어지는 연오를 보며 하경이 큰 소리로 물었다.

"기숙사 가서 뭐 할 건데?"

연오가 뒷걸음질치며 외쳤다.

"집 알아보고, 잠도 자고!"

툭! 등에 무언가가 닿자 연오가 얼른 고개를 돌렸다. 이현의 가슴과 그녀의 등이 부딪친 것이었다. 연오가 화들짝 놀라 비켜섰다.

"지금 가게?"

"아? 어."

"잠자러?"

이현의 물음에 연오가 웃으며 고개를 끄덕였다.

"사진 찍지 않을래?"

그의 물음에 연오가 울적했던 마음을 감추고 환하게 미소 지으며 그의 옆에 섰다. 이현이 연오의 어깨와 허리에 손을 올려 끌어당겼다. 내심 그 접촉에 연오가 놀랄 때, 채령이 언제 다가왔는지 끼어들었다.

"누구?"

채령의 등장에 잠시 대답을 망설이던 이현이 짧게 대답했다.

"……동기."

연오가 채령에게 가볍게 목례했다. 연오에게 화사한 웃음을 되돌려 주던 채령이 이현을 올려다보며 말했다.

"이현이 친구 분이시구나. 나도 소개 좀 시켜줘."

이현이 잠시 침묵하는가 싶더니 이내 어깨를 으쓱해 보이며 연오에게 채령을 소개시켜 주었다.

"내 친구 서채령."

채령은 이현의 입에서 나온 친구라는 말이 거슬리는지 그를 묘하게 쳐다보다가 애교스런 눈웃음을 지어 보이며 연오에게 말했다.

"이현이랑은 정말 오래 알았고 가까운 사이죠. 곧 약혼도 할 거고요."

그 말에 이현이 멈칫하는 것 같았지만 딱히 별다른 반응을 보이지는 않았다.

예쁜 사람. 연오는 채령을 보며 그렇게 생각했다. 그래서 환하게 웃으며 진심을 담아 말했다.

"TV를 통해 뵌 것보다 더 예쁘신 것 같네요."

"어머, 고마워요."

어쩐지 이현이 자신의 얼굴을 내려다보며 표정을 살피는 것 같다. 이젠 아무렇지 않은데. 연오가 괜히 무안해져 화제를 돌렸다.

"사진…… 찍어야지."

"아, 그래."

카메라 앞에 다시 선 이현은 아까처럼 연오의 어깨에 팔을 두르지는 않았다. 순간을 담아내는 그 어정쩡한 어색함이 지나가고 연오가 뒤돌아서는데 그가 다시 그녀를 불러 세웠다.

"최연오!"

"어? 왜?"

돌아선 연오에게 이현이 이번에는 손을 내밀었다. 연오는 그의 손을 물끄러미 바라보다 기탄없이 악수에 응했다. 대체 얼마나 흔드는 거야?

"놔줘."

연오가 자신의 손을 붙잡고 계속해서 흔드는 이현에게 웃으며 말하자, 이현도 장난기를 실어 연오를 바라보았다.

"그래."

'이현과 이런 장난도 치게 되었구나'라는 생각이 들자 연오의 입가에 미소가 맴돌았다. 그와의 악수를 끝내고 그렇게 졸업식장을 빠져나오는데, 문득 이현이 자신의 모습을 보고 무언가 느꼈을 거라는 생각이 들었다. 최연오의 졸업을 축하해 주러 온 사람이 아무도 없다는 것을.

✴

연오는 간신히 한국대병원 근처에 저렴한 가격의 월세인 원룸을 잡았다. 그곳으로 이사하기 위해 기숙사에 앉아 짐을 싸고 보니 백팩 한 가방과 캐리어 하나가 나왔다. 짐의 대다수를 차지하는 세 박스의 상자 안에는 전공서적과 그동안 공부해 온 자료들이 들어찼다. 상자를 택배로 부치고 연오는 그간 정이 든 기숙사를 한 번 둘러보았다.

새로운 생활이 기다리고 있었다. 가방을 메고 캐리어를 들자 몸이 휘청거렸다. 하지만 균형을 잡고 기숙사를 나오는 발걸음은 설렘으로 가득 찼다.

정들었던 의과대학의 캠퍼스를 가로지르는데, 리무진 버스 여러 대가 시야에 들어왔다. 오늘은 졸업한 기념으로 본과 4학년생들이 지방의 한적한 곳으로 졸업여행을 가는 날이었다. 의대생들은 보통 시험이 끝나면 앞뒤 재지 않고 술을 마시거나 신나게 놀곤 했는데 이런 방식은 연오에게 있어 피로를 더욱 가중시키곤 했다. 어느 순간부터 그녀는 시험이 끝나면 무조건 푹 쉬었다. 나름 부족한 체력을 고려해서 터득한 방식이었다. 때문에 이제 막 의사국가고시를 치른 연오는 졸업여행에 불참하기로 했다.

버스 한 대의 곁을 지나며 연오가 무심코 창문을 바라보자, 하경과 여자아이들이 손을 흔들었다. 무거운 짐을 든 채로 연오가 활짝 웃어주었다. 내심 놀러 가는 아이들이 부럽기도 했지만 애써 그런 마음을 달래며 그녀가 묵묵히 걸음을 옮길 때였다. 다른 버스에서 과대표인 남철이 내리며 자신의 이름을 불렀다.

"연오야!"

그의 부름에 연오가 고개를 들었다. 남철이 다가와 그녀의 캐리어에 손을 얹으며 말했다.

"여행 같이 가자. 지금도 안 늦었어."

연오가 웃으며 고개를 저었다.

"그러지 말고 같이 가자."

남철이 졸라댔지만 연오는 곤란한 듯 웃음만 보일 뿐이었다. 그때 창문 하나가 열리며 무언가 그녀의 시선을 잡아끌었다. 이현이 창문을 열고 담뱃재를 턴 것이었다. 그 때문에 우연히 그와 눈이 마주쳤다.

"최연오! 어디 가냐?"

"응, 나 이삿짐 옮겨."

연오가 이현을 바라보며 미소를 지었다. 이현이 간소한 연오의 짐을 훑더니 담배를 손가락으로 아무렇게나 튕기며 말했다.

"같이 가자."

"말만이라도 고마워."

연오가 이현에게서 시선을 떼고 남철을 바라보았다.

"남철아, 고마워. 나 갈게."

버스 안, 남학생들의 시선이 무거운 짐을 휘청거리며 들고 가는 연오의 모습을 일제히 좇고 있었다.

"연오, 예쁘지 않냐?"

"내려가서 짐 들어주고 싶네."

"아, 이대로 헤어지는 건가, 연오랑? 고백이나 해볼걸."

분당에서 인턴 생활을 하게 된 준우가 아쉽다는 듯 한숨을 내쉬었다. 그때 남철이 버스 안으로 올라오자 정욱이 묘한 미소와 함께 남철을 놀렸다.

"야! 이남철! 너 최연오 보더니 바람처럼 튀어가더라."

"시끄러."

남철이 이현을 흘깃 보더니 자리에 앉았다. 이현의 옆에 앉은 경수가 돌아가는 상황이 재미있다는 듯 장난기를 담아 그를 바라보았다.

"버스 안에서 갑자기 웬 담배냐?"

친구들의 말을 듣고 있던 성일이 일어나 앞에 앉은 이현의 어깨를 툭 쳤다.

"그나저나 너, 연오랑 진짜 완전히 화해한 모양이다. 연오 표정 보니 그렇던데?"

성일의 물음에 이현이 이어폰을 귀에 꽂으며 피식 웃었다.

"화해랄 것까지 있냐?"

"아무튼 다시 스스럼없이 얘기하는 건 맞네. 연오가 너 안 피하는 거 보니까."

성일의 말에 경수가 끼어들었다.

"어쨌든 연오랑 서먹서먹한 사이 아니니까 이제 강이현 눈치 안 보고 연오한테 대시해도 되는 건가?"

이현이 이어폰을 빼더니 경수를 똑바로 쳐다보았다.

"내가 연오랑 사귀는 걸 막기라도 했다는 거냐?"

한쪽으로 입꼬리를 비스듬히 올린 그의 물음에서 순간 잔뜩 냉기를 느낀 경수가 장난스런 표정을 얼른 지워내고는 헛기침을 하며 좌석에 몸을 묻었다.

연오 역시 인턴이 되었다. 아침 5시 30분까지 기상, 밀어닥치는 수면에의 욕구를 물리치고 하는 첫 번째 일은 아이러니하게도 일어날 줄 모르는 레지던트들을 깨우는 일이었다. 그러고 나서 회진 준비에 들어갔다. 환자 명부와 수술 스케줄을 모으고 차트를 살피면 어느새 6시 30분이 되어 있었다.

밤새 컨설트(환자에 다른 과적인 문제가 생겼을 때 치료를 요청하는 글)를 쓰고 중환자실 환자들의 환부를 드레싱했다. 회진 후 EMR을 살피는 것도 인턴의 몫이었다. 그리고 또다시 병동을 돌며 드레싱을 했다. 그러다 보면 중간에 응급수술이 떴다. 수술방으로 직행해서 몇 시간을 선 채로 Retractor(견인기:수술 시야를 확보하기 위해 환자 신체에 걸고 당기는 기구)를 잡아당기고 나면 체력은 고갈되어 바닥을 드러냈다. 잠자는 시간은 새벽 2시를 넘기거나 어느 때는 3시를 넘기는 일이 태반이었다.

잠귀가 밝고 예민한 편이던 연오였음에도 기댈 데만 있으면 몸을 뉘었고 금세 감기는 눈꺼풀을 어찌지 못했다. 그야말로 세상모르고 잔다는 말이 맞았다.

인턴이 되자 이현과 만날 일은 더욱 뜸해졌다. 인턴은 매달 과를 바꿔가며 수련 생활을 하는데 1년이란 시간 동안, 그러니까 보통은 열두 개의 과를 돌았다. 같은 한국대병원에서 생활을 하고는 있었지만 이현과 같은 과를 돌 일이 없었던 탓에 연오는 거의 10개월이 다 되도록 그와 마주친 적이 없었다.

그렇게도 만날 일이 없을 것만 같던 이현을 연오는 소위 말하는 말턴(인턴 끝 무렵을 일컫는 은어)시절인 1월에 ER에서 마주하게 되었다. ER의 의국에서 선배들에게 인사를 하기 전 연오는 그에게 눈으로 먼저 인사를 했다. 우여곡절이 많았지만 어찌 되었거나 한 학교에서 수학한 동기였던지라 다시 만난 이현이 연오는 제법 반가웠다. 선배들에게 인사를 끝내고 당부의 말을 들은 뒤 나가려는데 그가 자신의 팔을 잡아왔다.

"한 달간 잘 부탁한다, 최연오."

새삼스러운 인사와 함께 장난기가 가득 묻어 있는 눈동자를 보며 연오는 이현이 사람이 아닐 거라고 생각했다. 그도 그럴 것이 이현에게서는 인턴의 고된 삶에 찌들거나 지쳐 보이는 기색이 전혀 없었던 것이다. 그는 여전히 깔끔했고 귀티가 났다.

"잘 부탁해, 강이현."

연오가 다크서클이 가득한 눈으로 이현에게 마주 인사했다. 의국을 나서 병원 복도를 걸으며 그가 물어왔다.

"오프 날 뭐 했냐? 애들이 아무리 불러도 넌 도통 안 나오더라."

"뭐 했긴, 잤지."

연오의 말에 이현이 풋 하고 웃음을 터뜨렸다. ER 첫날의 그 인사로 시작된 생활 동안 두 사람은 말 그대로 원초적인 모습으로 서로를 마주해야 했다. 응급환자를 다루는 ER의 특성상 어딘가에 머물러 있다가 호출을 받아 움직이는 방식이 아니라, 내내 스테이션에 머물면서 환자를 파악해야만 했기에 둘은 거의 같이 붙어 있다시피 했다. 그런 가운데 이현이 거의 깔끔한 모습 그대로인 반면 연오는 제 한 몸 건사하지 못하고 비실거리기 일쑤였다. 밀린 허기짐을 채우는 식사 시간, 스테이션의 한구석에서 밥을 먹다가도 덮쳐 오는 수면에의 욕구를 이기지 못해 고개를 떨어뜨렸다 정신을 차리면 언제부터 쳐다보고 있었는지 연오의 입가에 묻어 있는 밥풀을 보며 이현이 배꼽 빠지게 웃어댔다. 부끄러움을 느낄 새도 없이 그러다 환자가 들이닥치면 연오는 밥도 마저 못 먹고 우는소리를 하며 부리나케 달려나가야 했다. 말턴에다가 ER을 맡은지라 여유가 꽤 있었지만 기본적으로 바쁘고 고된 생활이었기에 잘 씻지도 못했고 아무 데서나 잠드는 원초적인 생활이었다.

다행이라면 너무도 피곤해 이현을 보아도 무감각하다는 것이었다. 설렘이나 긴장, 애틋한 마음 따위는 애초부터 남아 있질 않았고 거기다 여자로서의 자각마저 거의 사라져 가고 있었다.

밀려드는 스트레쳐(바퀴 달린 침대)에 연오는 나날이 치여 살았고, 너무도 피곤해 그렇게 이현이 신경 쓰일 겨를이 없었다. 이현 역시 자신을 전혀 여자로 느끼지 못할 거라고 생각했다.

그러던 어느 날이었다. 앰뷸런스에서 응급환자가 이송된 것은 딱히 특이할 것이 없는 ER의 풍경이었다. 하지만 늦은 밤이라 어디로 사라진 것인지 담당의는 보이질 않았다. 간호사들이 스테이션에서 차트를 작성하던 연오를 다급하게 부르자 그녀가 응급실로 뛰어 들어갔다. 한쪽에서는 이현이 다른 환자에게 CPR(심폐소생술)을 시행하고 있었다.

연오가 자신이 맡아야 할 환자에게로 시선을 돌렸다. 심장마비였다. 머리가 멍하고 힘이 없는 가운데 그녀는 죽음의 그림자를 접하고 경황이 없었다. 체중을 실어 환자의 가슴을 계속해서 압박했다. 한겨울이었지만 머리에서 땀방울이 몽골몽골 떨어져 내릴 정도로 연오는 온 힘을 다했다. 그렇게 CPR을 시행하고는 있었지만 힘이 빠진 연오의 손은 건장한 환자의 가슴에 미미한 영향만을 미치고 있었다.

"비켜!"

이현의 목소리가 날카롭게 허공을 갈랐다. 그에 의해 연오의 몸이 옆으로 퉁기듯 밀려났다. 이현이 강한 힘으로 환자의 가슴을 눌렀다. 뒤이어 제세동기를 이용해 그가 환자의 가슴에 충격을 가했고 그 일련의 과정을 연오는 멍하니 지켜보고 서 있었다.

다급한 이현의 지시와 그것을 따르는 간호사들의 분주한 손놀림이 이어졌지만 허망하게도 심전도 그래프는 일직선을 그렸고 뒤늦게 나타난 주치의가 최종적으로 환자의 사망 선고를 내렸다. 연오의 멍한 얼굴에서 갑자기 눈물이 후드득 떨어졌다. 초기 대응이 미흡해 환자가 죽은 것만 같아 죄책감과 함께 무력한 인턴 생활에 대한 환멸이 그녀를 덮쳤다.

정신을 차린 연오가 눈물을 감추며 응급실을 벗어나 병원 복도 한구석으로 향했다. 벽에 기댄 몸이 스르르 소리없이 무너졌다. 이 지긋지긋한 병원에서 벗어나고 싶을 만큼 연오는 힘이 들었다.

그때 이현의 목소리가 머리 위에서 들려왔다.

"이렇게 감정적으로 환자랑 얽히는 게 네 방식이야?"

"제발…… 강이현, 나 내버려 두고 그냥 가. 지금은…….."

연오의 목소리가 눈물로 떨리며 끝말을 잇지 못했다. 고개 숙인 얼굴 너머 그가 몸을 구부려 자신에게 손을 내미는 게 보였다. 연오가 이현의 손을 외면하며 무릎에 얼굴을 묻었다.

"일어나, 최연오."

그의 말에 연오가 고개를 저었다. 그러자 이현이 연오의 어깨를 강하게 부여잡아 억지로 일으켜 세웠다. 마른 몸이 사정없이 흔들리며 강제로 들려졌다.

"너, 생리학 시간에 조교가 했던 말 기억하지? 아직도야? 아직도 그 쥐새끼들에게 싸구려 동정을 베풀던 그때 모습 그대로 성장하지 못한 거야? 어? 말해봐!"

이현이 이렇게 흥분하는 모습은 처음이었다. 하지만 연오는 그것도 눈치채지 못할 만큼 자기혐오에 빠져 있었다. 말을 잇지 못하고 그의 다부진 손과 벽 사이에 갇혀 연오는 흐느꼈다. 쓰러지려 하면 그의 손이 붙들었고 벗어나려 하면 그의 팔이 막아섰다.

얼마나 울었을까? 연오는 여전히 이현의 시선을 피한 채 패배자의 모습이 되어 눈물을 흘리고 있었다.

"울지 마, 최연오. 마치 네가 저 사람을 죽인 것처럼 그렇게 있지 말라고!"

연오가 힘겹게 고개를 들어 이현의 눈을 바라보았다. 그의 위로가 형식적인 것일지라도 지금 이 순간 연오는 그것을 붙잡아 마음의 괴로움을 덜어내고 싶은 강렬한 유혹을 느꼈다. 연오의 눈이 거세게 흔들렸다.

"네 탓 아니야. 이렇게 괴로워하지 마."

이현이 나직이 속삭였다. 그의 위로를 마음으로 끌어안자 다소 편안해진 연오가 손등으로 눈을 가리며 눈물을 닦아냈다. 갑작스레 그가 자신을 끌어당기더니 품에 꼭 안았다. 당황한 연오가 이현의 어깨를 밀어냈지만 힘이 약했는지 이현은 여전히 연오를 품에 안은 채였다.

"저기…… 나 이제 괜찮아."

자신이 생각해도 굉장히 어색한 말투였다. 연오가 고개를 들지 못한 채로 이현을 밀어냈다. 이번에는 그도 순순히 물러났다. 하지만 여전히 이현은 벽을 등에 진 연오에게서 물러서지 않고 있었다.

그때 간호사 한 명이 다급하게 뛰어와 이현을 불렀다.

"강 선생님, 빨리!"

그는 마지막까지 자신의 얼굴을 살폈다. 고마워해야 했지만 연오는 어쩐지 얼굴이 붉어졌다. 이현과 벽 사이에 갇힌 채로 연오가 고개를 돌리며 어색하게 말했다.

"……고마워."

이현이 한동안 연오를 바라보다가 이내 몸을 돌려 뛰어갔다.

그가 가고 나자 연오는 참았던 숨을 토해냈다. 같은 길을 걸어
가는 동료로서의 이현의 마음이 전해져 오는 듯했다. 이제는 정신
을 차릴 때였다. CPR을 하느라 힘이 빠져 덜덜 떨리는 손을 멍하
니 바라보다 연오가 산더미처럼 쌓여 있는 일을 하기 위해 걸음을
옮겼다. 붉은 기운의 눈가와 코끝만이 그녀가 울었다는 것을 말
해주었다. 아무 일도 없었던 것처럼 그녀가 손바닥에 손톱이 파고
들도록 주먹을 세게 쥐며 스테이션으로 향했다.

연오의 무기력한 인턴 생활이 그렇게 어찌어찌 지나가고 있었
다.

＊

수련의로서의 인턴생활을 마무리 짓고 전공의가 되기 위한 과
정을 밟기 전, 의과대학의 아이들이 회포를 풀기 위해 한자리에
모였다. 힘들고 고된 인턴생활을 하는 동안 자주 볼 수 없고 만날
수 없었기에 더욱 뜻 깊은 자리였다. 술자리에 자주 참석하는 편
이 아닌 연오도 이날만큼은 자리에 앉아 동기들의 얼굴을 보며 웃
고 있었다.

"최연오! 그렇게 불러도 안 나오더니, 오프 날 뭐 했냐?"

경수의 말에 하경이 뻔하다는 듯 연오의 대답을 대신했다.

"잤지, 뭐."

연오가 설핏 웃음을 지으며 경수에게 물었다.

"서국병원으로 갈 거라며? 무슨 과 지원 예정인데?"

"응, GS(일반외과). 너는 NS지?"

연오는 학교 다닐 때부터 NS를 지원할 생각이었고, 그것은 동기들 사이에서도 잘 알려진 사실이었다. 그들은 연오가 왜 NS를 지원하는지 그 이유까지는 몰랐지만 그녀가 좋은 성적에 여자로서 꽤 힘든 과를 지원한다는 사실을 의아하게 여기고 있었다.

경수의 물음에 연오가 고개를 끄덕여 보였다. 그러자 그가 한쪽에서 다른 동기들과 술잔을 기울이는 이현을 바라보며 말했다.

"이현이도 한국대 NS 지원인데."

"정말?"

연오가 눈을 동그랗게 뜨며 이현을 쳐다보았다. 의외였다. 한국대병원의 외과술은 세계적으로 이름이 높았지만 대표적으로 병원의 얼굴이 될 만한 과는 흉부외과였기 때문이다. 한국대병원장을 아버지로 둔 그의 선택이 다소 의아하면서도 연오의 마음 한구석에 슬며시 걱정이 밀려들었다. 전공의가 되기 전 시작부터 만만치 않은 경쟁자를 만나게 되다니…… 자신보다 성적이 좋을 게 분명한 이현이 신경외과를 지원했다는 사실에 긴장이 되었다. 그녀가 자기도 모르게 얼굴을 찡그리고 이현을 바라보는데 그가 그런 연오의 시선을 느꼈는지 눈을 마주쳐 왔다.

"최연오! 내가 NS 지원한 게 그렇게 떨떠름해?"

이현은 경수와 연오의 대화 내용을 엿들었던 모양이다.

"그렇다기보다……."

연오가 말끝을 흐리자 이현이 그녀에게 다가와 딴소릴 했다.

"부르면 재깍재깍 나와, 빼지 말고."

자신을 전혀 경쟁 상대로조차 고려하지 않는 듯한 이현의 느긋한 태도에 연오는 속으로 허탈감을 느꼈다. 그의 말에 그저 웃으며 고개를 끄덕일 수밖에 없었다. 경수가 그런 둘 사이에 끼어들며 화제를 다시 원위치로 돌려놓았다.

"강이현! 너 진짜 왜 NS 지원했냐?"

이현이 연오의 비어 있는 잔에 술을 따르며 말했다.

"재밌을 것 같아서."

"너희 아버지가 뭐라고 하지 않으시던?"

연오가 소주를 삼키고 그 쓴맛에 저도 모르게 진저리를 치는 것을 바라보던 이현이 웃음을 터뜨리며 말했다

"남이 닦아놓은 길 가봐야 재미없잖아. 그렇게 말씀드렸더니 흔쾌히 허락하시던데?"

술잔을 내려놓으며 연오는 얼굴을 잔뜩 찌푸렸다. 이현의 그 자신만만한 모습이 은근히 얄미운데다가 오랜만에 마신 술이 쓰게 넘어온 탓이었다. 이 자리가 유쾌한 것만 같은 그를 보며 연오는 며칠 남지 않은 전공의 면접을 어떻게 준비해야 할지 막막해졌다.

아버지는 그녀의 대학 합격 소식을 듣자마자 얼마 안 있어 눈을 감으셨다. 그것이 당신에게 큰 기쁨이었다는 듯, 고통 속에서도 미소를 보이셨다. 정신없는 병원 생활에 치여 그때 느꼈던 슬픈 아픔이 무뎌지는 듯도 했지만 연오는 끝내 그 기억을 떨치지 못했

다. 그 차가운 계절이 바야흐로 한국대병원에 내려앉은 어느 날, 그녀는 아버지의 죽음을 떠올리며 신경외과 회의실 안으로 걸어 들어갔다. 자신과의 다짐이었던 그 일을 7년이 지난 지금에서야 할 수 있게 된 것이었다.

한국대학병원 신경외과 회의실, 일고여덟 명가량의 신경외과 스태프들이 모여 있었다. 그들은 날카로운 시선을 들어 맞은편에 꼿꼿한 자세로 앉은 연오를 바라보았다. 이윽고 가장 연배가 높은 교수 한 명이 입을 열었다.

"자네, 평소 운동은 하나?"

레지던트를 뽑는 자리에서 뜻밖의 질문을 받은 연오는 잠시 당황해 눈을 깜빡였다. 무슨 뜻일까? 환자를 돌보기 전 자신 먼저 건강을 챙겨야 한다는 뜻일까? 어찌 되었든 눈썹 날리게 바쁜 인턴 생활 동안 운동을 한다는 건 어불성설이었다. 그것을 모르는 교수님들이 아닐 텐데…… 그녀는 심중의 생각을 감추고 침착하게 대답했다.

"시간을 내어 운동을 하려고 생각은 하고 있습니다."

연오의 말에 안경 너머 그녀를 바라보던 날카로운 교수의 눈매가 갑자기 휘어졌다. 연오는 교수가 웃는 의미를 알 수 없었다.

"레지던트 1년차가 될 텐데 운동이라…… 하기사 자네 성적을 보니 성실하긴 하겠다는 생각이 드는군. 하지만 자네는 내 질문의 요점을 파악하지 못했어."

그제야 연오의 침착하던 얼굴도 긴장으로 굳어졌다.

"신경외과가 장시간의 체력을 요한다는 것을 모르지는 않을 테고……. 그 가는 팔뚝으로 어시스트나 제대로 서겠어?"

"설 수…… 있습니다."

연오는 흔들리는 눈빛을 갈무리하고 제법 단호한 어조로 말했다. 그러자 교수들이 서로를 바라보며 웃다가 그녀에게 나가봐도 좋다고 말했다.

신경외과는 남들이 기피하는 과였다. 하지만 연오가 지원하는 한국대병원의 외과술은 세계적으로도 이름이 높았기에 지원자가 늘 넘쳐 났다. 흉부외과가 한국대병원의 대표적인 얼굴이긴 했지만 신경외과 역시 경쟁이 셌던 것이다.

연오의 얼굴이 어두워졌다. 으레 받을 줄 알았던 신경외과를 왜 지원했냐는 질문 대신, 자신의 형편없어 보이는 체력이 지적을 받자 탈락하게 될까 봐 마음 안으로 불안함이 스며들었다.

"어땠어?"

뒤에서 갑자기 들려온 물음에 연오가 고개를 돌렸다. 이현이었다. 연오는 표정을 감추지 못하고 그저 씁쓸한 미소를 지어 보였다.

"지금 경쟁자 현황 파악하는 거야?"

맥없는 농담에 이현이 쿡쿡 웃어대더니 경쾌한 어조로 말했다.

"밥이나 먹으러 가자."

그의 말에 연오가 긴장과 불안을 한 켠으로 밀어두고 순순히 그의 뒤를 따랐다.

두 사람은 병원 앞 국밥집에 자리를 잡고 앉았다. 이현과 단둘이 밥을 먹는 것은 이번이 처음인 듯싶었다. 그러나 어느새 둘은 편안한 얼굴로 마주하고 있었다. 같은 길을 걸으며 서로 간의 사정을 누구보다도 잘 아는 두 사람이었고, 게다가 방금 전 이현과 연오는 우연찮게도 같은 목표 지점의 중간 과정을 점검하고 나온 터였다. 친한 건 아니었지만 그 동지애 때문인지 지금 이 순간 대화로 시간을 굳이 채우지 않아도 연오는 전혀 어색함을 느끼지 못했다.

하지만 그녀는 자기도 모르게 이현에게로 향한 부러운 시선만큼은 거두질 못했다. 성적도 좋은데다가 뒷배경도 대단할 테니 바라는 신경외과에 그가 붙을 거라는 것은 안 봐도 뻔했다. 주방을 보고 있던 이현이 갑자기 고개를 돌려 그런 연오를 마주 보았다.

"그렇게 부럽냐?"

순간적인 이현의 반응에 연오가 그제야 그에게서 눈을 뗀 뒤 고개를 숙이며 낮게 웃었다.

"티가 나나 보네."

"누구라도 눈치챌 거다. 최연오, 이러다가 나 잡아먹는 거 아니야?"

연오가 풋 하고 웃을 때 주문을 받으러 아주머니 한 분이 다가왔다.

"뭐 줄까?"

"순댓국밥이오. 여기 순댓국 맛있는데 그거 먹을 거지?"

"어? 아냐. 전 콩나물국밥으로 주세요."

순댓국을 시킨 이현과 달리 연오는 콩나물국밥을 시켰다.

"내 앞이라고 내숭 떠는 건 아닌 것 같고, 순댓국 싫어해?"

사실 연오는 병원 생활을 하게 되며 자신도 모르게 거의 채식주의자에 가깝게 식성이 변해 있었다.

"잘 안 먹어지더라."

"왜?"

"그냥……."

연오의 얼굴을 바라보는 이현의 눈빛이 일순 진지함을 담고 가라앉는 것을 그녀는 알지 못했다.

"최연오, 네 사생활에 크게 관심없으니까 뭐 물어보면 '그냥'이라고 얼렁뚱땅 넘어가지 좀 마."

내가 그랬나? 연오가 국밥을 휘젓던 숟가락질을 멈추고 의아하게 이현을 바라볼 때 그의 휴대폰이 진동했다. 액정을 바라보던 이현이 언제 그랬냐는 듯 정색했던 얼굴에 장난기를 담고는 연오를 향해 손가락으로 브이 자를 그려 보이며 씨익 웃었다.

"합격."

아무래도 의국의 한 선배가 미리 결과를 알고 그에게 문자를 넣어준 듯싶었다.

"우와! 축하해."

이현을 향해 환하게 웃어 보이던 연오의 얼굴이 그러나 천천히 굳어졌다. 그에게서 말이 없는 걸로 보아 자신은 불합격인 듯싶었다. 그녀가 눈물이 나올 것만 같은 어색함을 감추려고 테이블 위에 놓인 콩나물국밥으로 황급히 시선을 떨어뜨렸다. 자신의 그런 감정을 모르는 듯 이현이 순댓국밥을 휘휘 젓더니 한 숟가락 가득 퍼서 입으로 가져갔다.

"잘 부탁해, 최 선생."

밥을 우물거리면서 웅얼거리듯 뱉어내는 그의 말에 연오가 번쩍 고개를 들었다. 이현이 태연하게 깍두기를 집어 입안에 가져가며 말했다.

"합격 축하하고."

눈물이 어렸던 연오의 눈동자에 생기 넘치는 기쁨이 들어차는 것을, 이현이 의자에 천천히 기대며 바라보았다.

"그렇게 좋냐?"

말이 끝나기가 무섭게 연오가 고개를 끄덕이자 그가 쿡쿡 웃었다. 이로써 한국대학교 의예과 58기 중 두 사람은 신경외과의 동지가 되었다.

＊

레지던트 1년차의 생활은 죽음이었다. 연오는 모든 것을 포기했다. 음식과 수면에 대한 그 본능적인 욕구마저 포기해 버리자 세밀한 감정선까지 마치 같이 죽어버린 느낌이었다. 이제는 병원에서 일어나는 삶과 죽음의 희비곡선에 그리 크게 영향받지도 않았다.

이현과 연오는 같은 1년차로 나머지 두 명의 1년차들과 돌아가며 업무를 바꾸어 일했다. 그랬기에 이현이 수술방에 들어가면 연오가 병동을 돈다던지 아니면 그 반대로 움직였다. 하지만 좁다면 좁다고 할 수 있는 종합병원이라는 한정된 공간에 있다 보니 둘은 거의 매일 보게 되었다. 같이 수술방에 들어가는 날도 비일비재했다.

때문에 서로는 상대의 실력을 그 누구보다도 잘 알았다. 배우는 과정이지만 흉부외과 교수를 아버지로 둔 이현의 실력은 놀라웠다. 저런 것도 유전이 될까 싶은 생각이 들 정도였다.

반면 연오는 이제 거의 체력적 한계에 와 있었다. 여자라는 편견을 들을까 봐 배로 노력했지만 여전히 실수연발이었다. 장시간이 걸리는 수술 도중 졸다가 혼이 나기도 일쑤였다. 그렇게 이곳 신경외과에서 그녀는 짱돌(주변인 힘들게 하는 구제불능을 일컫는 의사들의 은어)이 되지 않기 위해 안간힘을 써야만 했다.

대학 시절 실험으로 죽어가는 생쥐에게 동정심을 품던 그 여학생은 어딘가로 사라지고 없었다. 시간이 날 때면 가는 혈관에 대한 감을 익히려고 흰쥐의 혈관을 찾아 수없이 연습했고 그녀의 가운 밑자락에는 언제나 수술용 봉합사가 매달려 있었다. 틈만 나면 타이(Tie:매듭)를 연습하느라 정신이 없었던 것이다.

여자이기를 포기해서인지, 이현과는 어느덧 그 누구보다도 편안한 사이가 되어 있었다. 끈끈한 동료애가 두 사람을 묶어주었다. 서로 고생하는 걸 누구보다도 잘 알았기에 이제 연오는 이현에 대해 완전히 감정이 무뎌져 있었다. 평소 조용하던 연오도 이현과 함께 의국에 있을 때면 농담을 곧잘 했는데, 그러면 그는 욉세가 많이 발전했다고 그녀를 놀려대곤 했다. 연오는 그런 이현이 마냥 편했다. 하지만 때로는 그에게서 색다른 감정을 느낄 때도 있었다.

이현과 한 조가 되어 NSICU를 맡게 된 어느 날이었다. 뇌종양 환자가 호흡곤란 증세를 보이고 있었다. 연오가 미세하게 눈을 찌푸리며 간호사들을 향해 한 손을 꺾어 보였다. Intubation에 들어가기 위한 일련의 준비 과정들이 간호사들을 통해 진행되었다. 이 Intubation의 경우 빠른 손재주가 필수적으로 요구되는데 연오는 은근히 이 시술에 대한 두려움을 가지고 있었다. 인턴 때부터 해오던 일이었음에도 이상하게 손에 붙질 않았다. 결국 힘이 들어가지 않은 손놀림에 Tube는 계속해서 어그러지고 있었다.

한숨을 쉴 겨를도 없었다. Intubation은 신속함이 생명이었기에 옆에 있던 이현이 바로 자리를 교체해 진행해 나갔다. 그 자리에서 환자의 기도로 Tube를 매끄럽게 집어넣는 그를 연오는 멍하니 지켜보았다. 인턴 때부터 하게 되는 게 기도삽관이라지만 그 감을 익히는 데는 충분한 경험이 뒤따라야 했는데 놀라운 판단력을 보이며 위험부담이 있는 일련의 과정을 진행해 나가는 이현의 모습은 같은 길을 걷는 동료였음에도 연오의 눈에 한없이 멋있게 보였다. 애써 아무렇지 않은 척했지만 그녀는 이현에게 이성 간의 감정을 초월한 동경심 같은 감정이 무한히 생겨나는 것을 느꼈다.

"최연오, 너 오늘 당직이냐?"

연오가 이현을 멍하니 바라보다 화들짝 놀라 고개를 저었다.

"어? 아니."

"왜 그렇게 어벙한 표정이야?"

"아, 아냐."

"난 퐁퐁당인데 넌 어떻게 돼?"

퐁퐁당이란 이틀 오프와 하루 당직을 의미했다. 비슷하게, 퐁당
퐁당의 경우는 하루 걸러 당직을 뜻했다.

"오늘 걸러 풀(Full)당이야."

끔찍하게도 연오는 앞으로 내내 당직을 서야 했다.

"내가 서줄까?"

이현의 말에 생기없던 그녀의 눈동자가 반짝였다가 사그라졌
다. 피차 잠이 부족한 것을 아는 마당에 대가없이 자신의 임무를
떠맡으려 하는 동료가 이해가 되지 않았다.

"왜?"

연오가 묻자 이번엔 이현이 어깨를 으쓱해 보였다.

"대신 주말 되면 네가 서주는 거 어때? 이 몸은 하계(下界:병원
밖 유흥가를 일컬음)에 몸을 맡길까 하고."

이현의 말에 연오가 채령을 떠올리며 의미심장한 웃음을 지어
보였다.

"좋겠다, 강이현. 맘대로 해."

그러자 그가 연오를 묘한 표정으로 바라보더니 이내 장난기 가
득한 얼굴로 그녀의 목에 헤드록을 걸었다.

"옵세 주제에 그런 표정도 지을 줄 알아?"

"악! 팔 좀 풀어. 안 그래도 힘없어서 죽겠다."

"푸하하하. 네가 수술실에서 왜 그렇게 졸아대는지 알겠다."

그러더니 팔을 풀며 이현이 짐짓 진지한 얼굴로 말했다.

"너, 그렇게 병원에만 있으면 좀비 된다. 주말에 오빠랑 같이 놀래?"

이현의 장난에 연오가 고통을 호소하는 목을 누르며 손사래를 쳤다.

"됐다, 됐어."

"어이구, 그 선심 쓰는 듯한 표정은 뭔데? 안 되겠어, 최연오. 이리 와!"

"악!"

더한 장난을 예고하는 이현의 말에 연오가 얼굴을 찡그리며 달아났다. 그의 웃음소리가 병원 복도를 울렸다.

✳

누가 봐도 시골에서 갓 상경한 것 같은 초라한 차림의 남자가 연오를 향해 어서 들어가 보라는 듯 손을 휘휘 저었다. 오랜만에 뵌 큰아버지의 얼굴에 주름이 자글자글하자 연오는 그것이 자신의 잘못이기라도 한 양 죄스러워졌다.

"어여 들어가 봐, 어여."

어서 들어가 보라며 한사코 배웅을 만류하는 큰아버지의 말에도 연오는 병원 밖을 한참이나 나와 큰아버지가 택시를 타는 모습을 지켜보고는 돌아섰다.

병원에만 있었더니 정말로 바깥 공기가 조금 생경하게 느껴졌다. 문득 하늘이 보고 싶어 연오는 고개를 들었다. 레지던트 2년차의 가을 하늘은 눈이 시리게 푸르렀다. 절로 나오는 한숨을 연오는 속으로 삼켰다.

지긋지긋한 병원. 하늘에서 눈을 돌려 눈앞에 선 고층 건물을 바라보며 그녀는 가슴 한가득 느껴지는 답답함을 그저 병원에서의 과중한 업무 탓으로 돌려 버렸다.

엘리베이터 문이 열리고 신경외과가 위치한 5층 건물로 들어서는 연오의 발걸음은 언제 그랬냐는 듯 씩씩하기만 했다. 그러다 낯선 풍경을 발견하고는 그녀의 시선이 스테이션으로 완전히 향했다. 환자들이 구경거리라도 생긴 듯 여자를 둘러싸고 휴대폰으로 사진을 찍고 있었다. 하이힐에 한눈에도 고급스러워 보이는 원피스를 입고 역시나 명품가방을 멘 여자는 짜증이 나는 듯 스테이션의 대리석 바닥을 잘 다듬어진 손톱으로 톡톡 두드리고 있었다. 그 규칙적인 소리로 보아 분명 누군가를 기다리고 있는 것이 분명했다. 그녀는 채령이었다.

이현을 기다리나 보다. 연오가 슬며시 나오는 웃음과 호기심을 애써 참으며 스테이션을 지나치려 할 때였다.

"이봐요!"

연오가 돌아보니 채령이 선글라스를 벗고 시원한 미소를 짓고 있었다.

"우리 구면이죠?"

연오가 미소를 되돌려 주며 채령에게 다가갔다.

"여기서 근무해요?"

"네. 이현이 만나러 오셨나 봐요."

연오의 말에 채령의 얼굴에 숨길 수 없는 자부심이 당당하게 떠오르던 때였다.

"왜 왔어?"

이현의 퉁명스런 말투에 채령의 미간이 잠시 구겨지는가 싶었지만 연오를 의식해서인지 얼른 표정을 지우고 그에게 한껏 애교스런 목소리를 내보인다.

"빨리 가자. 나 도시락도 싸왔어."

채령의 뒤에 선 커다란 덩치의 사내가 찬합을 들고 서 있는 모습에 연오는 웃음을 참으려 입술을 깨물었다. 이현이 그런 그녀를 흘깃 바라보았다. 옆에서는 채령이 그의 한쪽 팔을 잡고 서 있었다. 연오가 이현을 향해 좋겠다는 듯 활짝 웃어 보이고는 몸을 돌릴 때였다. 그가 연오의 팔을 잡았다. 그러자 그림이 이상한 꼴이 되어버렸다. 이현은 채령에게 팔이 붙들려 있고 연오는 이현에게 팔이 붙들려 있었던 것이다. 병원 사람들의 시선이 한데 모아지자 연오가 팔을 살짝 잡아 빼며 조그맣게 물었다.

"왜?"

"누구야?"

연오가 잠시 이현의 말이 무슨 뜻인지를 생각하는데 이현이 재차 물었다.

"아까 너 찾아온 그 아저씨."

"아, 큰아버지."

그때 채령이 이현의 팔에 팔짱을 끼며 잡아끌었다.

"이현아, 빨리. 시간 없잖아."

그 모습에 연오가 빨리 가보라는 듯 손짓을 해 보이고 뒤돌아설 때였다. 이현의 목소리가 그녀의 뒤통수를 파고들었다.

"최연오, 나중에 나랑 얘기 좀 해."

"어? 그래."

연오가 떨떠름하게 자신에게 시선을 고정한 채로 사라지는 이현을 보며 대답했다.

채령이 사라지자, 복도 밖으로 나왔던 환자들도 하나둘씩 병동 안으로 들어가면서 어수선했던 스테이션이 정리가 되었다.

연오도 EMR을 보기 위해 컴퓨터로 다가갔다.

"언제 봐도 서채령은 정말 예뻐."

"그런 서채령을 기다리게 할 수 있는 남자는 대한민국에 강이현 선생님밖에 없을 거야."

"맞아. 강이현 선생님 너무 멋있지?"

"둘이 정말 잘 어울려. 다른 세계의 사람들 같지 않냐?"

다른 세계의 사람들이라……. 연오는 간호사들의 말을 들으며 씁쓸하게 미소 지었다. 갑자기 큰아버지의 말이 떠올랐다.

'연오야, 큰아버지가 이제 와 이런 말 꺼내 참말로 미안허다. 다름이 아니고, 인자는 너도 알아야 할 거 아녀? 지금 시방 논이고 밭이고 다 넘어가게 생겼다. 너 의사 됐담서. 참말로 염치없는 말인 줄 알믄서 내가 헌다. 느이 아버지 돌아가실 적에 너도 그 병원비 누가 댔는 줄 잘 알 거셔. 나가 염치가 없지만서도…….'

큰아버지는 연오를 만나면서 염치없다는 말을 몇 번이고 하셨다. 그분들의 당연한 권리를 되찾는 것뿐인데도.

자기도 모르게 미간을 찌푸린 채로 연오가 차트를 멍하니 살필 때였다.

"뭔데 그렇게 심각해?"

돌아보니 내과 레지던트 생활을 하고 있는 하경이었다.

"아, SAH(지주막하출혈) 환자 필름이야. 넌 어쩐 일인데 5층에 다 왔어?"

3층의 내과에서부터 외과인 5층까지 올라온 하경이 의아했다. 그때 이현과 채령의 이야기로 웃음꽃을 피우고 있던 간호사 중 한 명이 연오를 향해 물었다.

"최연오 쌤은 연애 안 하세요?"

그 말을 하경이 받았다.

"얘 연애 한 번도 안 해본 천연기념물이에요."

간호사들이 관심을 보였다.

"우와! 연오 쌤 진짜예요?"

"안 그래도 연오 쌤 너무 바른생활이시라서 궁금했는데 역시나……."

연오가 어색하게 미소 지으며 간호사들에게 자꾸만 무언가를 말하려는 하경을 비상구 통로로 이끌었다.

"왜 쓸데없는 말을 해가지고……."

"뭐, 어때? 재밌잖아."

"그나저나 어쩐 일이야?"

이 현 과 연 오, 지 난 10 년 의 시 간 들 143

"아! 내 정신 좀 봐. 다른 게 아니고 오늘 나올 거지?"

오늘은 내·외과 축구 대항전 겸 전체 회식이 있는 날이었다.

"그걸 네가 이렇게 직접 말하고 다녀?"

연오의 말에 하경이 한쪽 눈을 찡긋해 보였다.

"우리 과 어떤 분이 친히 부탁하시더라, 나한테."

"누가?"

"있어, 그러니까 꼭 와라."

"내가 할 일이 뭐가 있다고?"

"응원해야 할 거 아냐. 끝나고 회식까지 있으니까 그 얼마나 좋은 자리냐? 어찌 알아? 거기서 영혼의 반려자를 만나게 될지."

하경의 말을 대수롭지 않게 여기며 연오가 피식 웃었다.

병동을 차례로 돌고 꽤 늦은 시각인 밤 9시가 다 되어 연오는 병원 옆 공원에 나갔다. 공을 차는 소리와 서로의 포지션을 주고받는 사내들의 커다란 함성이 들려왔다. 한쪽에서는 여자들이 스탠드에 앉아 응원을 하고 있었다.

연오가 조용히 그리로 다가가자 하경이 고래고래 응원을 하다가 그녀를 알아보고는 성화를 부렸다.

"야! 왜 이제 오냐? 아무튼 넌 외과니까 저리로 가!"

하경의 장난 섞인 냉담한 말투를 무시하고 연오가 하경의 옆에 털썩 앉았다. 그때 뻥 하고 공 날아가는 소리에 모두가 운동장으로 시선을 돌렸다.

"꺅! 골! 강이현 나이스!"

응원을 하던 여자 레지던트들과 간호사들이 이현의 골에 흥분해서 소리를 질렀다.

팀은 으레 그렇듯 일반외과, 흉부외과, 신경외과 중 시간이 비는 사람들이 모였고 내과도 마찬가지로 그런 식으로 팀이 구성되어진 터였다. 그들이 모여 그라운드를 누비고 있었다.

"어휴, 강이현 재수없다."

내과 하경의 말에 연오가 잔잔하게 웃으며 그의 움직임을 눈으로 좇았다.

"야! 근데 서채령이 이렇게 병원 자주 들락거리는 거 보면 둘이 진짜 결혼할 모양이야, 그지?"

"그런가?"

하경의 말에 연오가 부드럽게 되물었다. 하경이 고개를 끄덕이며 괜스레 바닥을 발로 툭툭 차더니 입을 열었다.

"이제 와서 하는 말이지만 학교 다닐 때 나도 강이현 좋아했었어."

그 말에 연오가 놀라 눈을 동그랗게 뜨고 하경을 쳐다봤다. 동기들의 맏언니 같으면서도 어느 자리에서나 통통 튀던 그녀는 현재 같은 병원 PS(성형외과) 레지던트와 연애 중이었다. 그런 하경이 이현을 좋아했다니.

"지나고 나니까 할 수 있는 말이야. 다른 애들이 이현이 좋아하는 거 보면서 그냥 대리만족했지, 뭐. 자신없어서 그랬던 거지만 지금이야 뭐……."

하경처럼 자신감이 넘치는 아이가 바로 그 자신감이 없어서 이현에 대한 감정을 숨겼다니. 연오가 눈만 깜빡이며 바라보자 하경이 씩 웃으며 목소리 톤을 높였다.

"강이현 솔직히 진짜 멋있지 않냐? 못하는 게 뭐야? 날 때부터 은수저 물고 태어났다지만 사람이 어떻게 저리 잘날 수가 있냐? 야! 넌 옆에 있으니까 잘 알 거 아냐. 강이현도 막 아무 데서나 쓰러져 자고 그러지? 머리 안 감아서 떡져 있고."

"잘 몰라."

충격에서 벗어난 연오가 하경의 말에 웃으며 간결하게 대답했다.

"잘 모르긴? 너희 둘 라이벌이라는 말이 무색하게 친해 보이던데."

하경이 연오의 얼굴을 살폈지만 연오는 지극히 평이한 어조로 말할 뿐이었다.

"그냥 그렇지, 뭐."

하경이 한동안 입을 벌린 채 연오의 얼굴을 바라보았다.

"강이현보다 더 미스터리가 누군지 너 아냐?"

연오가 고개를 돌려 하경을 바라보자, 기다리고 있던 하경의 손가락이 그녀의 볼을 콕 찔러왔다.

"바로 널세."

연오가 웃음을 터뜨렸고, 하경의 수다는 축구가 끝날 때까지 이어졌다. 자주 만나지 못하는 만큼 만났다 하면 언제나 유쾌한 시간을 가지는 두 사람이었다.

응원을 하다 말고 한 번의 호출을 받은 연오는 병원에 들른 뒤 뒤늦게 식당으로 들어섰다. 자리는 이미 꽉 차 있었다. 고기 집은 대규모 손님을 받은 것이 기쁘기라도 한 양 늦은 밤에도 불을 밝히고 있었다.

눈으로 하경을 찾는데 그녀가 이현의 옆에 앉아 까르르 웃고 있는 모습이 시야에 들어왔다. 내과, 외과의 자리가 구분없이 모두들 섞여 있는 듯했다. 연오 역시 허기진 배를 채우기 위해 아무 데나 자리를 잡고 앉았다. 고기 대신 묵묵히 된장국과 함께 밥을 먹고 있는데 언제 왔는지 하경이 맞은편에 털썩 하고 앉았다.

"아까운 고기를 놔두고 밥을 먹는 이 아가씨를 보게. 웬 궁상일까?"

연오가 하경을 향해 웃음을 보일 때, 누군가 쳐다보는 시선을 느낀 연오가 고개를 돌렸다. 내과 사람 중 하나일 것이다. 연오가 정중하게 눈빛을 갈무리하고 다시 밥을 떴다.

어느덧 분위기가 무르익고 있었다. 다시 병원으로 들어가 봐야 하는 레지던트들의 사정을 알고 있음에도 교수들은 음주를 묵인해 주었다. 연오 역시 잘 못하는 술을 몇 잔 들이켠 상태였다.

하경도 의외의 모습을 보이는 연오에게 어쩐 일이냐며 묻고는 있었지만 결코 그런 그녀의 모습이 싫지 않은 듯 묵묵히 잔을 채워주었다.

"넌 돈 벌어서 어디다 쓸래? 레지던트 월급이 박봉이라지만 왜 멋 하나 부릴 줄 몰라, 최연오?"

"지금까지 잘 모았으니까 이젠 빚 갚으려고."

연오가 씨익 웃었다.

"무슨 빚?"

하경이 술을 들이켜다 말고 의아한 눈으로 연오를 바라보았다. 연오가 눈높이까지 들어 올린 소주잔을 빙글빙글 돌리며 말했다. 술기운에 살짝 풀려 버린 눈가에는 웃음까지 띤 채였다.

"아버지 돌아가시기 전 병원비가 꽤 됐거든. 친척들한테 돈을 빌렸는데 이제는 갚아야지."

하경은 연오가 취중이지만 속 얘기를 해주는 것이 내심 고마웠다. 조용하기만 하던 그녀가 이렇게 진지한 이야기를 길게 하는 것도 신기할 따름이었다.

"결혼은 언제 할래?"

"글쎄다. 병원 개업은 말도 안 되는 거고, 아마도 레지 끝나면 여기서 펠로우하지 않겠어?"

펠로우는 임상강사로, 보통 사람들이 생각하는 만큼 윤택한 생활을 누리지는 못했다.

"펠로우한다고 결혼 못 할 건 또 뭐야?"

"그렇지. 근데 나는 궁금해. 진짜로 이 세상에 내 반쪽이 있기는 한 건지. 만약에 내가 생활이 나아지고 그 사람을 만난다면 이렇게 말해줄 거야. 내가 이렇게나 힘들었는데 왜 그때는 나를 내팽개쳐 뒀냐고."

하경은 연오의 농담 같은 말속에서 씁쓸함을 읽었다.

"야! 마셔!"

평소에는 무표정하기만 한 연오도 술이 취할 때면 웃음을 귀에 걸고 다녔다. 그것은 지금도 마찬가지였다. 취기가 올라 하얗던 볼을 불그레하게 밝히고 연오가 함박웃음을 지었다. 하지만 눈가에는 어딘지 모르게 아련해 보이는 몽롱함이 감돌아 그 매혹적인 모습에 남자들이 그녀를 힐끔거렸다. 그럼에도 정작 당사자는 아무것도 모른 채 한 손으로 턱을 괴고 하경에게 웃음세례를 퍼붓고 있을 뿐이었다.

하경이 연오의 술잔에 소주를 따를 때였다. 뒤에서 왁자지껄한 웃음소리가 들려 사람들은 반사적으로 그곳을 쳐다보았고 취기가 오른 연오 역시 느릿하게 그리로 시선을 향했다. 이현이 앉아 있는 자리였다. 사람들로 넘쳐 나는 그곳에서 한 여성이 그의 술잔에 술을 따르고 있었다. 건네진 술을 이현이 받아 마시다 연오와 시선이 부딪쳤다. 연오가 눈매를 보기 좋게 휘며 이현에게 미소를 되돌려 보냈다.

얼마나 얘기가 오갔을까? 화장실을 간다던 하경이 젊은 남성을 데리고 자리로 왔다.

"야! 인사해! 우리 과 이윤철 선생님. 동갑인데 초면이니까 선생님 소리 넣어주는 거야."

하경이 쾌활하게 웃으며 윤철과 연오를 번갈아 바라보았다. 술을 마셔서인지 연오에게는 더 이상 낯선 사람에 대한 경계심이 사라지고 없었다. 하지만 그래서인지 자신을 바라보는 윤철의 표정에 떠오른 설렘을 연오는 잡아내질 못했다. 해죽 웃으며 연오가 인사했다.

"안녕하세요. 신경외과 2년차 최연오예요."

"안녕하세요. 저 역시 레지 2년차구요, 내과에서 근무하고 있는 이윤철입니다."

하경이 자리에 앉는 윤철을 보며 끼어들었다.

"학교는 영선대 나왔고 우리랑 동갑이야. 말 놔도 되지 않을까?"

연오가 환하게 웃으며 말했다.

"말씀 놓으세요."

그 모습이 어떤 여자보다도 애교스럽게 보였다.

"더 친해지면요."

윤철의 말에 연오가 고개를 아래위로 끄덕끄덕했다.

"솔직히 말하면 윤철이가 너 소개시켜 달라고 졸랐어. 네 선해 보이는 눈망울이 가슴이 들어와 박혔다나 어쨌다나."

취했지만 하경의 낯간지러운 말쯤은 알아들을 수 있었다. 연오는 안 그래도 붉어진 볼을 더욱 붉혔다. 민망한 눈을 들어 그 말이 진실인지를 확인코자 윤철을 슬쩍 바라보는데 그도 머쓱했는지 연오의 잔에 묵묵히 술만 따랐다. 하지만 이윽고 입을 연 윤철은 연오의 의심을 한 방에 물리칠 만한 직구를 날렸다.

"저…… 본의 아니게 두 분 대화 엿들었어요. 연오 씨, 멀리서 찾지 마시고 가까운 데 눈을 돌려보시는 건 어떠세요?"

연오가 장난기와 진지함이 동시에 섞인 윤철의 말에 그만 멍해져 느릿하게 눈만 깜빡거릴 때였다.

털썩!

이현이 언제 왔는지 옆에 앉은 레지던트 1년차를 손으로 툭툭

쳐 몰아내고는 자리에 앉았다. 그리고는 맞은편 연오 앞에 채워진 술잔을 집어들고 한 번에 마셔 버렸다.

"어? 그거 내가 마시던 건데……."

"어쩐 일이냐?"

연오와 하경이 동시에 입을 열었다. 이현이 연오에게서 눈을 떼지 않고 하경의 질문에 답했다.

"피신 왔다."

하경이 이현이 앉았던 자리를 뒤돌아보니, 그들의 시선 역시 갑자기 사라진 이현이 떨떠름했는지 머쓱한 표정으로 이쪽을 바라보고 있었다. 하경이 그들에게서 시선을 거두고 그를 툭 쳤다.

"사람 바글대는 것 봐라. 이것이 한국대병원 보스 아들의 파워인가?"

이현이 하경의 말에 피식 웃었다. 몇 년을 같이 보낸 동기였기에 내뱉을 수 있는 농담이었다.

"신경외과 강이현 씨 맞죠? 만나서 반갑습니다. 내과 이윤철이라고 합니다."

병원 내에서 이런저런 이유로 자신이 꽤 유명하다는 사실을 알고 있는 이현이 윤철의 말에 별다른 대꾸 없이 내민 손을 잡았다. 그때까지도 이현은 윤철 쪽으로 시선을 두지 않고 있었는데 다소 차가운 얼굴이었다.

"저 사실 연오 씨한테 점수 좀 따고 싶은데, 강 선생님께서는 연오 씨랑 매일 같이 있을 테니까 잘 아실 것 같네요. 연오 씨가 좋아하는 게 뭡니까?"

다분히 연오에게 마음을 전하려 계산되어진 윤철의 이 같은 말에 연오가 어찌할 줄을 모르고 음식이 놓인 상으로 시선을 내려뜨렸다. 그 모습을 이현이 날카롭게 훑고 있었다.

"강 선생님은 잘 아실 것 같은데 좀 알려주시죠."

윤철의 독촉에 이현이 연오에게서 시선을 거두고는 이내 재미있다는 표정을 지으며 입을 열었다. 그런 이현의 모습은 어딘지 모르게 시니컬해 보였다.

"최연오가 좋아하는 거요? 1번 잠자는 거, 2번 밥도 안 먹고 잠자는 거, 3번 밥 먹으면서 잠자는 거, 4번……."

"푸하하하하하!"

하경이 웃음을 터뜨렸고 이상한 모양새로 얼굴을 찌푸린 연오가 쿡쿡 웃음을 터뜨리는 윤철의 얼굴을 살폈다. 그러느라 자신에게로 향해 있는 이현의 표정은 살필 수 없었다.

웃음을 그친 윤철이 여전히 웃음기를 담은 얼굴로 연오를 바라볼 때였다. 그녀의 호출기가 진동을 했고, 그것을 확인한 연오가 '가봐야 할 것 같아'라며 자리에서 일어섰다.

"제가 바래다 드리겠습니다."

따라 일어선 윤철에게 연오가 손사래를 쳤다.

"아, 아니에요."

"내가 데려다 주지."

이현이 양복 재킷을 들고 일어났다.

"왜 그래? 나 애 아니야. 됐으니까 그만 앉아."

연오가 연신 괜찮다고 했지만 이현의 얼굴에는 별다른 동요가 없어 보였다. 옆에 있던 하경이 젓가락을 입에 물고 이게 무슨 일이냐는 듯 눈을 휘둥그레 떴다.

"강 선생님, 저에게 기회를……."

윤철이 넉살 좋은 웃음을 지으며 장난스럽게 운을 뗐는데, 이현이 연오에게 시선을 고정한 채 단칼에 잘라 말했다.

"연오랑 단둘이 할 얘기가 있어서요."

그 말에 연오가 의아한 듯 이현을 쳐다봤고 윤철은 '아, 예' 하고 한발 물러섰지만 아까의 장난기와는 다르게 가라앉은 눈빛이었다.

식당을 나선 연오가 비틀거리자 이현이 다가와 그녀의 팔꿈치를 잡았다.

"너, 이래서 일할 수 있겠어? 내가 대신 갈게."

"꼭 나여야만 하는 일일 수도 있어."

"꼭 너여야만 하는 일……."

"응."

연오가 하얀 얼굴에 두 볼을 붉게 물들이고 생긋 웃었다.

"근데 할 말이 뭐야?"

그녀의 물음에 주머니에 손을 넣은 채로 이현이 연오에게 물었다.

"큰아버지가 왜 병원에 찾아오셨어?"

"어? 그냥……."

연오가 간단히 대답하며 이현을 지나쳐 걸을 때였다. 이현이 빠르게 다가오더니 연오의 팔을 단단히 붙잡아 돌려세웠다. 놀란 그녀의 눈동자가 이현에게로 향했다.

"너 왜 만날 그냥이야? 너희 큰아버지란 사람이 찾아왔을 때 네가 어떤 표정이었는지 알기나 해?"

이현의 격한 반응에 연오가 잠시 눈을 깜빡이다가 생긋 웃으며 팔을 빼려 했다. 이현이 놔주지 않자 연오가 살짝 얼굴을 찌푸렸지만 미소를 잃지는 않았다.

"놔줘, 강이현."

팔을 잡아 뺀 그녀가 태평한 어조로 말을 이었다.

"진짜 그냥 찾아오셨어."

연오가 싱겁게 웃으며 돌아섰다. 이현이 안타까운 표정으로 그녀의 뒷모습을 응시하다가 못내 감정을 추스르고는 조용히 한숨을 내쉬며 그 뒤를 따랐다.

✳

신경외과 수술실, 간호사의 손에서 집도의에게로 수술 도구가 건네졌다.

"Mosquitto(모스퀴토)."

"Needle Holder(니들 홀더)."

연오는 Assistant 2nd(제2조수)로 마취된 환자의 수술 부위의 피를 진공 튜브로 빨아냈다. 간단한 듯했지만 집도의가 예상치 못한 혈관을 건드리면서 수술이 길어져 버렸다.

열세 시간의 대수술을 마치고 나왔을 때는 이미 온몸이 녹초가 되어 있었다. 쑤시지 않는 곳이 없어 이대로 아무 데나 가서 눕고 싶었다.

몽유병자처럼 멍한 정신으로 의국으로 향하는데 스테이션에서 간호사 한 명이 그녀를 불러 세웠다.

"최 선생님, 이리 좀 와보세요."

어딘지 모르게 즐거운 기색이 가득한 그들에게로 연오가 걸어갔다. 간호사가 쇼핑백 하나를 스테이션 위에 올려놓았다.

"이게 뭐죠?"

"내과 이윤철 선생님께서 놓고 가셨어요."

간호사들의 말이 떨어지기 무섭게 연오의 입에서 '끙' 하는 신음 소리가 나왔다. 지난번 술자리 이후 그의 선물 공세는 끊이질 않고 있었다. 그날은 연오도 술에 취했던지라 윤철에게 곁을 내주며 나긋나긋하게 굴었던 것 같은데……. 그래서인지 윤철은 그날 이후 연오에게 꽤나 정성을 쏟았다. 병원 사람들도 이 사실을 흥미롭게 지켜보고 있다는 것을 연오는 잘 알았다.

일단 쇼핑백을 받아 들고 연오는 의국으로 향했다.

"좋으시겠어요."

뒤에서 간호사들의 짓궂지만 애정 어린 말들이 들려왔다. 연오가 다시 한 번 뒤돌아서 인사하며 피곤한 발걸음을 이끌고 의국으로 향했다.

의국엔 아무도 없었다. 쇼핑백을 아무렇게나 테이블 위에 올려놓고 연오가 긴 소파 위에 몸을 뉘었다. 잠시 숙소에서 편하게 눈을 붙여도 좋으련만 연오는 다음날 있을 컨퍼런스 준비 때문에 의국의 소파에서 잠시나마 피곤을 달래려 했다.

팔을 이마에 얹고 그녀가 눈을 감았다. 하지만 몸이 이렇게 피곤한데도 불구하고 머릿속은 복잡한 상념들로 가득 들어찼다.

'연오야, 큰아버지가 이제 와 이런 말 꺼내 참말로 미안허다. 다름이 아니고, 인자는 너도 알아야 할 거 아녀? 지금 시방 논이고 밭이고 다 넘어가게 생겼다. 너 의사 됐담서. 참말로 염치없는 말인 줄 알믄서 내가 현다. 느이 아버지 돌아가실 적에 너도 그 병원비 누가 댔는 줄 잘 알 거셔. 나가 염치가 없지만서도 이렇게 부탁혀. 너도 가족 하나 없이 힘들겠지만 우리도 너맹키로 힘들어.'

전세로 구한 원룸을 나와야 할 듯싶었다.

"휴우."

연오가 한숨을 쉬었다. 피곤은 온몸을 내리누르는데 도통 잠이 오지 않는다. 그녀가 눈을 번쩍 떴다. 생각을 몰아내려는 듯 고개를 저으며 테이블에 다가가 쇼핑백을 열었다. 꽤나 넉넉한 양의 초밥이 들어 있었다.

"내가 코끼린가? 이걸 어떻게 다 먹어."

중얼거리며 초밥 옆에 놓인 플라스틱 용기로 시선을 돌렸다. 식어버렸지만 의국의 전자레인지로 돌리면 맛있는 냄새를 풍길 것만 같은 국물이 들어 있었다. 다른 선물들이야 되돌려주면 그만이지만 먹을거리는 차마 그럴 수가 없었다. 연오가 무심한 손길로 초밥 위에 놓인 카드를 꺼냈다.

〈장시간 수술하느라 힘들었죠? 끼니 안 챙기시는 것 같아 걱정되더라고요. 밥류가 괜찮을 것 같아 초밥을 골랐는데 막상 사놓고 보니 이번엔 연오 씨 입에 음식이 맞을까가 걱정이네요. 이 정도면 중증이죠? 이 병을 낫게 해줄 사람이 진정 연오 씨였으면 좋겠네요. 연오 씨, 말은 이렇게 하지만 하루에도 몇 번씩 연오 씨 이름을 불러볼 때면 제 자신이 정말로 미친 게 아닌가 하는 생각이 들어요. 이 마음이 전달됐으면……. 그렇게 간절히 빌죠. 연오 씨 곁에 나타나지 않았다는 그 반쪽이 제가 될 순 없을까요? 항상 가까이에 있어요^^〉

가벼운 사랑 고백을 심각하게 읽어 내려가던 연오가 마지막의 애교스런 이모티콘에 결국 웃음을 터뜨렸다. 늘 눈웃음을 매달고 다니는 윤철답다는 생각이 들었다. 손은 안 대고 그저 알록달록한 색깔의 먹음직스러운 초밥들을 내려다보다가 연오가 결심한 듯 포장을 뜯고 장어초밥 하나를 입에 물었다. 입맛이 없었는데 막상 초밥을 입에 무니 식욕이 당겼다. 먹을 거 하나에 이렇게 행복해질 수가 있을까? 전자레인지에 데울 생각도 않고 연오가 식어버린 국물을 한술 떠서 입으로 가져갔다. 이거면 됐지, 뭘. 국물의 차가운 감촉에도 그녀의 입가에 퍼진 미소는 따뜻하기만 했다.

배가 부르자 나른해지며 잠이 몰려왔다. 먹다 남긴 초밥세트의 뚜껑을 다시 닫아 옆으로 밀어놓고 연오가 테이블 위에 엎드렸다. 불편한 자세였지만 깨어났을 때 언제든 책을 볼 수 있는 자세이기도 했다.

얼마나 잤을까? 저린 팔 때문에 연오가 고개를 들었다. 눈앞에서 작은 별들이 오고 가는 게 정신이 없었다.

"일어났어?"

이현의 목소리에 연오가 눈을 가늘게 뜨며 맞은편에 앉은 그에게로 초점을 모아보았다. 그는 마치 그 자리에 그대로 앉아 자신을 내내 바라보기라도 한 듯 미동없는 자세로 의자에 몸을 기대고 있었다. 정신이 없는 상태로 연오가 의국의 벽시계로 눈을 돌렸다. 새벽 4시 10분.

"나 좀 깨우지 그랬어?"

연오가 울상을 지으며 일어나 컨퍼런스에서 발표할 내용이 담긴 책을 꺼내려고 황급히 의국의 선반 위로 다가갔다. 잠의 감각에서 덜 깨어나 휘청거리는 몸을 연오가 얼른 바로 세웠다.

"초밥 맛있더라."

갑자기 날아든 이현의 말에 책을 집어들던 연오가 그만 정신이 확 들어 고개를 돌렸다. 선물받은 초밥을 그가 손댔다는 생각에 연오는 자기도 모르게 미간을 찌푸렸다.

"그…… 랬어?"

먹을 거로 왈가왈부하는 게 우스울 것 같아 연오가 어색하나마 웃음을 지어 보였다. 더구나 이현은 그 초밥이 선물로 들어왔다는 것을 몰랐을 테니까.

"내가 다 먹은 건 아니고 1년차들 줬어."

그 말에 연오가 놀라 얼른 테이블로 다가가 쇼핑백을 훑었다. 다행히 바닥에 있는 카드는 그대로였다. 다른 사람이 읽은 것 같지는 않았다. 이현이 눈치채지 못하도록 벌려진 쇼핑백의 입구를 모아 테이블 아래에 내려놓았다. 문득 그의 시선이 느껴졌다.

"피곤할 텐데 가서 자지 않고."

연오는 그가 만들어내는 낯선 분위기를 그제야 느끼고는 애써 어색함을 떨쳐 내려고 말했다. 하지만 계속해서 따라붙는 시선에 결국 연오가 죄라도 지은 양 눈을 피해 버렸다. 책을 만지작거리며 자리에 앉는데 훗 하는 이현의 웃음소리가 들렸다.

"안 잡아먹으니까 표정 풀어."

책장을 넘기는 척하는 연오에게 이현이 말했다. 그러자 긴장으로 굳어 있던 연오가 그럼 그렇지 하는 표정으로 고개를 들어 해맑게 웃었다. 안도하는 듯한 그 표정에 이현도 따라 웃어 보였다. 하지만 어쩐지 쓸쓸함이 묻어나는 웃음이었다.

연오는 책을 펼치고 자료 정리를 하기 위해 노력했지만 조금 떨어져 앉은 이현이 이 늦은 시각에 아무것도 하지 않은 채 앉아 있다는 사실이 못내 신경 쓰였다. 고개를 들진 않았지만 그의 시선이 왠지 자신에게 향해 있다는 느낌이 들어 불편하기도 했다. 더구나 이 늦은 시각에 피곤에 찌든 레지던트가 잠도 자지 않고 있다는 것이 말이 되는가. 뭔가가 이상했다.

끼익. 최대한 자연스럽게 자리에서 일어나고 싶었는데 의자 끌리는 소리가 크게 나자 그녀는 속으로 당황했다. 그것을 감추고 이현의 시선에서 벗어나고자 책을 들고 컴퓨터로 향했다.

"너, 나 좋아하지 않았냐?"

그 말에 연오가 모니터 옆에 책을 놓다 말고 이현에게로 몸을 돌렸다. 팔짱을 끼고 비스듬히 미소까지 짓고 있는 그 얼굴은 사뭇 거만해 보이기까지 했다. 그가 장난을 많이 걸어오긴 했지만 이런 류의 화제가 둘 사이에 오간 적은 없었다. 게다가 다 끝난 얘기를 이제 와 꺼내는 그의 의도가 궁금했다.

"갑자기 그 얘긴 왜 꺼내는데?"

연오가 애써 장난처럼 들리도록 가벼운 어조로 물었다.

"우리가 사귀는 것도 꽤 괜찮을 것 같다는 생각이 들어서."

하지만 뒤를 이은 이현의 그 말에 연오는 멍하니 눈을 깜빡일 수밖에 없었다. 이내 정신을 차린 그녀가 풋 하고 웃음을 뱉어냈다. 선 채로 고개를 돌려 컴퓨터의 마우스를 움직이며 연오가 짐짓 경쾌하게 말했다.

"그 장난치려고 지금껏 분위기 잡은 거야? 기운없어서 네 농담 들어도 힘이 안 난다."

아무런 말이 없던 이현이 이윽고 입을 열었다.

"농담 아니야. 네가 원한다면 다 바꿀 수 있어."

연오가 흘깃 그를 돌아보았다.

"뭘…… 바꾼다는 말이야?"

"우리 집, 내 환경, 부모님, 그리고 내 주변 것들……."

연오는 순간 숨이 턱 막혔다. 이현이 갑자기 이러는 이유가 궁금하면서도 저 진지한 태도 속에서 엿보이는 자신에 대한 뿌리 깊은 우월감에 그녀는 어안이 벙벙해졌다. 애써 입꼬리를 끌어올려 웃음을 만들어 보였다.

"고맙긴 한데…… 됐거든?"

연오가 부러 경쾌하게 TV 속 유행어를 따라 했다. 그리고는 의자를 빼내 앉으려 할 때였다. 이현이 다가와 그녀의 팔을 붙잡아 자신을 마주 보게 했다. 의아함에 눈을 깜빡거리는 연오에게 이현이 말했다.

"처음부터 생각해 보지 않았던 것도 아니었어. 네가 날 좋아한다고 했을 때 어느 정도 염두에 두고 있던 사실이야. 어쩌다 보니 시기를 놓쳤을 뿐, 네가 원한다면 지금이라도 늦지 않았어."

순간 이현과 채령 사이에 좋지 않은 일이 있어서 저러는 건 아닌가 싶은 생각이 들었다.

"너, 정말 왜 이래? 무슨 문제 있는 거야?"

살며시 걱정이 되었다.

"혹시 채령 씨랑……."

"아니야."

살피며 묻는 연오의 목소리를 이현이 단칼에 잘라 버렸다. 그의 손이 자신의 팔을 옥죄어오고 뜨거운 시선이 얼굴에 닿자 당황한 연오가 주춤 뒤로 물러나려 했다. 이에 이현의 악력이 더 세졌다. 결국 한 번도 느껴보지 못한 이상한 분위기에 공포심마저 느낀 연오가 팔을 크게 휘둘러 그에게서 벗어나며 급기야 소리를 질렀다.

"너 뭔가 착각하고 있어! 네가 대단하다는 것쯤은 알겠는데 네 기분 따라 내가 언제든 사귈 수 있고 없고의 존재가 된다는 생각이 얼마나 기가 막힌 줄 알아?"

그녀만큼이나 흥분한 이현의 강렬한 눈빛이 연오의 얼굴에 머물렀다 사라졌다.

"좋아, 내가 표현을 잘못했다는 것쯤은 인정해. 그러니까 그런 거 다 차치해 놓고…… 나하고 사귀자."

연오의 눈이 커졌다. 이 새벽에 그의 정신 나가 보이는 말이 이토록 진지하게 들리다니. 이현의 말이 끝나자마자 두려움이 솟구친 연오가 그것을 감추려 일부러 신경질적으로 짧게 내뱉었다.

"싫어!"

아무래도 내일 컨퍼런스는 망친 것 같았다. 컴퓨터의 전원을 끄고 책을 집어들어 몸을 돌렸다. 하지만 얼마 가지 못해 그에게 다시 팔이 붙들렸다.

"흡!"

갑자기 내려온 이현의 입술에 연오가 당황한 나머지 책을 떨어뜨렸다. 주먹 쥔 손으로 어깨를 밀어내고 가슴을 두드렸지만 자신의 허리를 두 팔로 단단히 안은 그에게서 벗어나기란 꽤나 힘이 들었다. 그의 뜨거운 입술이 자신의 것을 열렬히 탐하는 것을 어찌하지 못하고 결국 연오가 지친 나머지 두 손을 이현의 가슴에 얹은 채 저항을 멈췄다. 그러자 거칠었던 그의 키스도 부드럽게 변해갔다. 숨이 가빠오고 정신을 차릴 수 없어질 무렵 그가 살며시 연오에게서 물러났다.

짝!

드라마에서 보던 일을 자신이 이현을 상대로 하게 될 줄은 꿈에도 몰랐다. 연오가 이현의 뺨을 때린 것이다. 다시 고개를 돌려 아무렇지 않은 표정으로 그녀를 강렬하게 쳐다보는 이현에게 연오가 다시 한 번 손을 날렸다. 짝! 이 상황에 두려움을 느낀 것이 언제였냐는 듯 풀리지 않는 분이 연오의 가슴에 한가득 뭉쳐 있었다.

"서채령 씨랑 잘 안 풀리나 본데 아무 데나 배설하고 다니지 마,

강이현!"

연오가 바닥에 떨어진 책을 주워 멀거니 서 있는 이현을 한 번 노려봐 준 뒤 의국을 나섰다.

✱

OP(수술)가 있었다. 연오는 수술에 참가하지는 않았지만 환자의 위치를 고정시키고 남은 시간 참관할 예정이었다. 그녀가 누워 있는 환자에게 다가갔다. 손을 가슴 높이까지 올린 이현은 이번 수술에 직접 참가하기 위해 소독을 마친 터였고, 그런 그의 손에 간호사가 다가가 수술용 장갑을 끼워주고 있었다. 마스크로 가린 그 얼굴을 연오가 한 번 지그시 노려보았다.

그간 연오는 이현을 무시하거나 어쩌다 말을 해야 할 상황에 놓이면 데면데면하게 해야 할 말만을 해왔었다. 그런 시간이 보름이 넘어가자 같은 병원 내에서 손발을 맞춰 움직여야 할 연오도, 연오의 무시를 받아내야 하는 이현도 서로 간에 불편해지기는 마찬가지였다.

"옆으로 좀 더 당겨야 할 것 같은데?"

연오가 레지던트 1년차를 데리고 환자의 위치를 고정하느라 애를 먹고 있을 때 이현이 어깨 너머 말했다. 연오가 아무 말 없이 레지던트 1년차에게 눈빛을 보내고는 환자를 들려 했다. 그리고는 원형식탁만 한 라이트를 끌어당기며 이현을 향해 차갑게 쏘아붙였다.

"내가 알아서 해!"

연오는 아직도 그 일이 몹시 분했다. 그때 당시 그에게 무슨 일이 있었고 무슨 감정 상태였는지 알 수는 없었지만 자신을 상대로 이현이 그날의 기분을 풀려 했다는 사실에 생각이 미치자 화가 치밀어 올랐던 것이다. 늘 순하디순한 웃음만 보이며 병원 생활을 해왔고 그가 놀리거나 장난을 걸어올 때면 고분고분하게 굴기만 했는데 그래서인지 그런 자신을 우습게 보았다는 생각에 연오는 좀체 화가 가라앉질 않았다. 평소와는 전혀 다른 그녀의 얼음장 같은 말에 수술실 분위기가 싸늘하게 가라앉았다. 보조 간호사와 인턴, 수술을 참관하러 온 PK들도 둘 사이에 흐르는 긴장감을 느낄 정도였다.

곧이어 집도의인 김상준 과장이 모습을 드러냈고 수술이 시작되었다. 점심 전에 시작된 뇌동맥류(Cerebral Aneurysm) 환자의 수술은 내시경을 통해 간단히 이루어졌다.

수술 중 콧노래를 흥얼거리던 집도의 김상준 교수가 이현을 흘긋 바라보며 물었다.

"자네, 표정이 왜 그래? 연애 사업이 잘 안 돼가?"

"……"

그가 고개를 들어 연오를 바라보았다. 그 뜬금없는 눈빛에 허공에서 잠시 이현과 연오의 눈이 맞부딪쳤지만 연오가 금세 다시 모니터로 시선을 돌렸다.

"어째 대답이 없어?"

김 교수의 재촉에 이현이 마지못해 대답했다.

"……네."

"잘 돼간단 소리야, 안 돼간단 소리야?"

그가 고개를 숙이자 김 교수가 모니터에서 시선을 떼더니 이현의 표정을 흘깃 살폈다.

"점심을 못 먹어서 그래? 어째 힘이 없어? 응? 끝나고 다들 밥 먹으러 갈 테니 힘들 내!"

수술이 끝나고 레지던트와 PK들은 병원 근처의 명물인 순댓국 밥 집으로 향했다. 그것은 김 교수의 취향이 반영된 결과였고, 또 순댓국은 한국대병원 사람들이 즐겨 먹는 음식이기도 했다.

연오는 떠들썩한 분위기 속에서 입술을 지그시 깨물었다. 이현과 종종 들를 때도 순댓국 대신 콩나물국을 시켜 먹던 그녀였다. 배는 몹시 고팠지만 순댓국을 먹고 싶지는 않았다. 하지만 많은 인원이 모여 모두들 순댓국을 주문하는 가운데 자신만 홀로 다른 메뉴를 시키면서까지 튀고 싶지는 않았다.

아주머니가 다가오자 레지던트 1년차인 성훈이 이미 세두었던 인원수를 말했다.

"순댓국 열한 그릇이오. 가득, 많이 주세요."

성훈의 애교스런 말에 아주머니가 사람 좋아 보이는 웃음을 지으며 주방을 향해 외쳤다.

"열한 개 있어! 많이!"

그 말이 끝나기도 전에 무리에서 아주머니를 부르는 소리가 들렸다.

"아주머니!"

"어? 왜?"

이현이었다. 그가 연오를 슬쩍 쳐다보았고 그녀의 눈이 커졌다.

"······콩나물국으로 하나, 아니, 둘 바꿔주세요."

"그래, 제각각 입맛이 다르지. 우리 집, 콩나물국도 맛있어."

아주머니가 기분 좋게 돌아서자 김 교수가 이현에게 물었다.

"자네, 순댓국 안 먹나?"

"먹습니다."

"그래? 오늘은 다른 게 먹고 싶었나 보군. 그런데 하나가 아니라 왜 두 개를 시켰지?"

김 교수의 말에 이현이 잠시 뜸을 들이다 대답했다.

"연오가 여기 오면 콩나물국을 먹거든요."

"그으래?"

그의 말에 김 교수가 안경 너머 눈을 동그랗게 뜨고 연오를 바라보았다. 두 사람을 왔다 갔다 바라보는 사람들의 시선이 이상한 기운을 풍기자, 연오의 얼굴에 괜히 열이 올랐다. 이런 분위기가 싫어 연오가 이현을 지그시 노려보았다. 무표정한 얼굴로 그녀의 시선을 마주 보던 이현이 때맞춰 나온 국밥으로 시선을 돌렸다. 연오도 사람들의 손에 의해 건너 건너 자신에게 다가오는 콩나물국으로 시선을 내렸다.

무리와 헤어져 병원 신경외과 의국으로 들어서며 연오가 정면을 향한 채 옆에서 조금 떨어져 걷는 이현을 향해 낮게 읊조렸다.

"너, 왜 쓸데없는 일을 벌여? 누가 너더러 그런 짓 하래?"

"내가 무슨 짓을 했는데?"

그의 퉁명스럽게 가라앉은 목소리에 연오가 우뚝 발걸음을 멈췄다. 그리고는 몸을 돌려 이현을 쏘아보았다. 그가 자신의 얼굴을 잔잔하게 훑고 있었다.

'내가 너무 예민했던 걸까?'

결국 연오가 휴 하고 한숨을 내뱉으며 이현에게로 다가갔다. 지금껏 계속된 냉전에 그만 연오는 제풀에 지쳐 버렸고, 또 그에게도 문득 미안한 마음이 들어 그녀가 이현의 가운 자락을 살며시 잡았다.

"이현아, 마음은 고마워. 그런데 그 자리에서 네가 그러는 게 마치 사람들 눈에는……."

"사람들 눈에 뭐?"

연오는 자신의 팔을 잡아오는 이현의 악력에 놀라 그의 가슴팍에 두었던 시선을 치켜들었다. 그의 얼굴을 바라보던 연오가 또다시 흐르는 이상한 분위기에 불편한 듯 마른침을 삼켰다.

"이현아, 이러지 마. 나 불편해."

그 애절하기까지 한 목소리에 연오의 팔을 잡았던 이현의 손에서 힘이 서서히 빠졌다. 팔이 스르르 아래로 떨어지고 연오가 무겁게 가라앉은 이현의 얼굴을 조심스레 살피다가 일부러 기분을 풀어주려는 듯 잔잔히 웃으며 쳐다보았다. 결국 그녀와 눈이 마주친 이현이 빙긋이 웃어 보였다. 그의 미소를 마주하고 나서야 연오는 갑자기 무엇에게인지조차 모를 안도감을 느끼며 불안했던 숨을 밖으로 토해냈다.

✱

환자 곁에 있던 보호자들이 병동이 떠나가라 고래고래 소리를
질렀다.

"이봐! 가뜩이나 아픈 사람한테 이게 뭐 하는 짓이야?"

인턴이 비쩍 마른 노인의 몸에서 정맥을 찾지 못해 IV(정맥주사)
를 제대로 하지 못하자 생긴 일이었다. 보호자들이 어찌나 크게
소리를 질러대는지 간호사들이 다가가 주의를 줬지만 그 모습에
환자 측 사람들은 더 열을 냈다.

"돌팔이 같은 의사새끼 믿고 비싼 돈 내가며 병원에 있는 거 아
니란 말이야!"

그 말에 보다 못한 연오가 병실 안으로 들어섰다. 인턴은 죄라
도 지은 양 고개를 푹 숙이고 있었다. 연오가 다가가 인턴에게 나
지막이 속삭였다.

"내가 할게. 넌 좀 쉬어."

분위기를 감지한 환자의 보호자들이 그녀의 말이 끝나기가 무
섭게 또다시 소리를 질러댔다.

"누가 아가씨 불렀어? 의사 나오라고 그래!"

"어르신, 제가 의사예요."

연오는 냉정을 가장하고 주사기를 손에 쥐었다.

"이것들이 단체로 꼴값을 떠네. 당신 같은 풋내기 여자한테 우

리 아버지 맡길 수 없어! 당장 제대로 된 의사 부르지 못하겠어?"

"어르신, 고정하세요."

인턴이 중재에 나섰지만 성난 보호자들은 쉬이 가라앉을 분위기가 아니었다. 자신을 향해 성차별적인 발언을 서슴없이 내뱉는 보호자들 때문에 연오는 얼굴에 벌겋게 열이 오른 상태로 병실을 나올 수밖에 없었다. 그녀가 씩씩거리며 비상구 문을 열어젖혔다. 어찌나 화가 나는지 눈에 눈물이 맺혀 있었다.

"하아!"

창문가의 난간을 거세게 움켜쥐고 분에 못 이겨 흘러내린 눈물을 닦아낼 때, 누군가의 목소리가 들려왔다.

"연오 씨."

고개를 돌리니 윤철이 서 있었다. 눈물로 흐릿해진 연오의 눈이 의아함으로 커졌다.

"여기 가보라고들 하셔서."

윤철을 외면한 채 눈을 깜빡여 눈물을 몰아내는데, 천천히 계단을 내려온 그가 연오의 곁에 서는가 싶더니 그녀의 손을 살며시 쥐었다.

"별별 사람 다 있죠?"

다른 사람들에게 얘기를 들었는지 그는 내막을 알고 있는 눈치였다.

윤철이 눈웃음을 지으며 여전히 화를 가라앉히지 못하고 고집스럽게 창밖을 내다보고 있는 연오를 바라봤다. 낙엽 지는 11월의 을씨년스러운 병원 밖 풍경을 무의미하게 응시하는 연오를 향해 윤철이 빙글 몸을 돌리더니 기지개를 쭉 켜며 말했다.

"화난 얼굴도 예쁘네요, 연오 씨는."

그의 말에 연오의 얼굴이 미세하게 변하기 시작했다. 무표정한 얼굴은 그대로였지만 윤철의 말이 부끄러웠던지 연오의 얼굴이 상기됐다.

"어? 연오 씨, 얼굴이 빨개요."

짐짓 아무것도 모르는 듯 윤철이 태연하게 말했다. 그 말에 연오의 얼굴이 더욱 붉어졌다. 결국 연오가 달아오르는 얼굴을 어쩌지 못하고 고개를 푹 숙였을 때에야 윤철이 웃음을 터뜨렸다. 그의 웃음에 순간 토라진 연오가 몸을 돌리자 윤철이 황급히 그녀의 가운을 잡았다.

"연오 씨, 화났어요? 그런 거예요?"

고개를 숙이며 그녀의 얼굴을 보려는 윤철과 그런 윤철을 피해 얼굴을 돌리는 연오 사이에 실랑이가 벌어졌다.

"올라와, 최연오!"

난데없이 두 사람에게 이현의 목소리가 날아들었다. 연오가 번쩍 고개를 드니 언제 비상계단에 들어왔는지 그가 자신과 윤철을 내려다보고 있었다.

"호출 온 거, 몰랐어?"

어딘지 모르게 날이 선 말투였다.

"아? 응."

근무 중 농땡이를 부린 것만 같아 민망해진 연오가 황급히 계단으로 향했다. 뒤이어 윤철이 입가에 웃음을 매단 채 그녀를 따라 계단을 올랐다. 하지만 그의 미소는 얼마 못 가 파삭 흔들리며 자취를 감추었다. 연오를 기다리던 이현이 그녀가 계단을 채 오르기도 전에 성급하게 그녀의 어깨를 감싸 쥐려 손을 뻗었는데, 그의 손가락이 미세하게 떨리고 있었다. 이윽고 연오의 어깨에 내려앉은 이현의 손에서 윤철은 기묘하게도 남자의 소유욕을 느꼈다. 단순히 같은 의료 행위를 벌이는 동료를 다독이는 것이 아닌 마치 제 여자를 자기 안으로 온전히 품으려 하는 듯한 느낌. 머리를 스치는 이상한 직감이었다.

"저 먼저 가볼게요. 오늘 고마웠어요."

연오의 말에 윤철이 황급히 눈웃음을 지어 보였다. 그러나 앞선 그들이 뒤돌아서자 이내 윤철의 표정은 굳어졌다. 그는 이현이 연오를 한 팔로 감싸고 비상구의 출입문을 여는 것을 지켜보았다.

새벽 5시 30분, 한국대병원 신경외과 남자 숙소는 겨울로 다가서는 계절 탓에 유독 어둠이 짙게 내려앉아 있었다. 동료들이 일어나기 직전, 샤워를 마친 이현이 숙소 안으로 들어섰을 때에야 동료들의 알람시계가 시끄럽게 울려댔다. 그가 시계를 찾아 일일이 끈 뒤 깊은 잠에 빠져 있는 동료들을 흔들어 깨웠다. 어김없이 찾아오는 아침에 신경외과의 레지던트들은 가까스로 잠을 떨치며 침대에서 몸을 일으켰다.

그들에게서 시선을 떼고 이현이 옷장으로 걸어가 넥타이를 꺼내 들 때, 바지주머니 속 휴대폰이 요란하게 진동을 했다. 채령이었다.

"무슨 일이야?"

─전화 받을 때 꼭 그렇게 무슨 일이냐고 물어야겠어?

"지금 나가 봐야 하니까 용건만 간단히 말해."

─나 맘에 드는 남자가 생겼어. 사귀어도 돼?

어딘지 모르게 힘이 실린 그녀의 말에 이현이 한 손으로 넥타이를 매며 무미건조하게 대답했다.

"그걸 왜 나한테 묻지? 맘대로 해."

수화기 건너편 채령에게서 순간 침묵이 흘렀다. 이윽고 그녀가 지나치게 명랑한 목소리로 말했다.

─이번에 만난 사람은 정말 놓치기 싫을 정도로…….

"나중에 얘기해."

─지금 뭐 입고 있어?

그녀의 도발에 응해줄 생각이 없는 이현이 힐끗 시계를 봤다.

"끊어야 돼."

─너!

채령의 다급한 목소리가 떨려 나왔다.

─너, 요즘 왜 그러는데?

"하! 채령아, 나중에 얘기하자고. 지금 바빠."

─좋아. 저녁에 찾아갈게. 그런 줄 알아.

채령이 일방적으로 전화를 끊자, 이현도 다소 신경질적으로 휴대폰을 침대에 던져 버렸다. 넥타이를 마저 매는데 레지던트 1년차인 병국이 그의 곁에 다가와 하품을 쩍 하며 말했다.

"휴! 형, 요즘 저기압인 건 알겠는데 그래도 정말 대단하세요. 전화 거신 분, 영화배우 서채령 씨 맞죠? 어떻게 그렇게 예쁜 분한테 이렇게 무심하실 수가 있어요?"

"김병국! 늦었다. 얼른 서둘러."

"아, 네!"

이현의 빈틈없는 태도에 잠이 덜 깬 얼굴로 병국이 서둘러 와이셔츠에 팔을 끼웠다.

"어! 호출 오네요."

병국이 호출기를 확인하고는 잠기운을 물리치려는 듯 얼굴을 요란하게 털어내고는 채 입지 못한 가운을 손에 들고 밖으로 부리나케 뛰어갔다. 이현이 천천히 그 뒤를 따랐다.

✴

한국대병원 지하주차장, 이현이 운전석에 앉아 채령의 말을 듣고 있었다. 검게 선팅된 차량이라 밖에서는 이 둘을 볼 수 없었다.

"너도 알 만한 사람이야. 가수인데 이번에 일본 진출하면서 연기자로 데뷔도 했어."

말을 하다 말고 채령이 아래로 내리깔았던 긴 속눈썹을 들어 올리며 슬며시 이현을 쳐다봤다. 이현은 표정없는 얼굴로 앞 유리 너머를 응시하고 있을 뿐이었다.

"그 사람이랑 나 정말 잘 맞아, 여러모로……."

채령이 야릇한 분위기로 말을 이었다. 이현이 피곤한지 눈을 감았다 떴다. 그의 반응을 살피던 채령이 말에 탄력을 실었다.

"그 사람이 누구냐면……."

"굳이 말 안 해도 돼. 어디까지나 네 맘이야."

담담한 말에 채령이 순간 할 말을 잃고 이현을 바라보았다.

"밥은 어떻게 할래? 먹고 갈 거야?"

채령은 이현의 말끝에서 귀찮음을 읽었다. 순간 그녀의 눈에 번쩍 노기가 서렸다.

"강이현!"

이현이 고개를 돌려 채령을 무심히 바라보는데 그에게로 향한 그녀의 눈에서 당장에라도 불꽃이 튈 듯 매서운 기운이 번쩍거렸다.

"너, 왜 그래? 왜 나를 무시해? 네가 그렇게 잘났어?"

갑자기 갑갑함과 피곤함을 느낀 이현이 넥타이를 잡아 아래로 끌어내리며 한숨을 쉬었다.

"내가 왜 너를 무시하겠어?"

"그렇지 않으면 요즘 들어 왜 만날 이렇게 성의가 없는 건데? 너, 내가 싫어? 응? 말해봐!"

채령의 채근을 들으며 이현이 슬며시 짜증이 이는 속을 달래려 주머니에서 담배를 꺼냈다. 어릴 때부터 결혼을 한다면 그녀와 하게 될 것이라는 생각을 강하게 가지고 있었다. 그것은 몸에 배어버린 지독한 습관과도 같은 것이었다. 어머니와 아버지의 관계를 눈으로 지켜보며 자신은 비슷한 환경의 사람과 결혼하고 가정을 꾸리리라 늘 그렇게 생각해 왔었다. 하지만 감정이란 것은 뜻대로 흘러가 주질 않았고, 이현의 마음 안으로 채령은 단 한 번도 들어온 적이 없었다. 특히나 요즘처럼 컨디션이 바닥을 치는 때에 그녀의 말상대를 해주고 있자니 점차 채령이 버겁고 귀찮게 느껴질 뿐이었다. 그런 이현의 속마음을 모르고 채령은 바짝 고삐를 움켜쥐기라도 하려는 듯 나름 상대에게 타격을 줄 거라고 생각했던 말을 꺼내놓았다. 그녀로서는 냉담하기만 한 그에게 겁을 주고 싶던 것이다.

"우리 결혼하지 말까?"

자신이 말을 꺼내놓고도 아찔함이 느껴져 채령은 조바심이 났다. 아직 약혼도 하지 않았는데 이현이 자신의 말에 동의하며 집안끼리 오가는 결혼 약속을 뒤집을까 봐 오히려 그녀의 인중에 땀이 맺힐 정도였다. 그가 어떻게 나올지 두근두근해 조심스럽게 이현을 바라보는데 그의 입에서 불을 붙이기도 전인 그 하얗고 기다란 것이 뚝 떨어져 내렸다. 그 모습에 불안해하던 채령이 속으로 쾌재를 불렀다. 이렇게 된 거, 그녀는 이현에게 더 강수를 두기로 했다.

"나 솔직히 너랑 결혼하는 거, 갈등돼. 다른 남자한테 이렇게 끌……."

이현의 커다래진 눈동자가 유리 너머를 응시하며 사정없이 흔들리자, 그의 반응이 자신의 말 때문이 아닌 것만 같은 이상한 낌새에 덩달아 채령이 밖으로 시선을 돌렸다.

그의 시선을 따라간 곳에는 한 남자와 여자가 있었다. 남자가 여자의 턱을 들어 올려 바라보고 있었는데 그녀의 뒤에는 주차 칸을 구별해 주는 시멘트 기둥이 떡 버티고 있어서 영락없이 여자가 남자에게 갇힌 꼴이었다. 남자의 시선을 외면한 채 고개를 아래로 내려뜨린 여자가 마냥 수줍게 보였다. 붉게 달아오른 얼굴이 부끄럼을 타는 새색시 같은 모습이었다.

"푸훗! 풋내기들, 키스하려나 보네."

이현 때문에 심란한 마음은 타인을 조롱하는 말로 채령의 입에서 비틀려 나왔다. 그런데 그 말이 끝나기도 전에 이현이 자동차 문을 열고 내리자, 웬만한 일에는 잘 놀라지 않는 채령도 그의 갑작스러운 행동에 놀라 눈을 크게 떴다. 그녀가 황급히 문을 열고 따라 나갔다.

고개를 떨어뜨린 연오를 바라보던 윤철이 다시 그녀의 턱을 잡아 자신에게 향하도록 할 때였다. 차문 열리는 소리와 함께 구둣발자국 소리가 들려왔다. 뒤이어 하이힐이 바닥에 부딪치는 경망스러운 소리가 뒤따랐다.

아무도 없다고 생각했는데 아닌 모양이었다. 윤철이 아쉬운 듯 미소를 지으며 자신들을 방해한 구두 소리가 사라지길 기다리며 연오의 뺨을 부드럽게 쓸었다. 하지만 시멘트 바닥을 울리는 뚜벅거리는 소리는 점차 크게 들려오고 있었다. 직감적으로 자신들에게로 향하는 소리라는 것을 느낀 윤철이 뒤를 돌아보았다. 연오도 놀라 눈을 크게 뜨며 어둠을 살폈다.

이현이었다. 그를 확인하고서는 얼굴에서 시작된 붉은 기운이 연오의 목까지 순식간에 뒤덮였다.

윤철은 이현의 차가운 미소와 함께 소문으로만 듣던 서채령의 모습을 확인했다.

"밥…… 먹고 오는 길이야?"

이현이 봤을까? 머릿속을 내리누르는 그 생각을 애써 밀어내고는 연오가 어색하게 그에게 운을 뗐다. 그런 자신을 무시하고 이현이 윤철에게 인사차 가볍게 고개를 끄덕이는 것이 보였다. 그에게서 느껴지는 그 낯선 차가움에 연오는 도둑질이라도 하다 들킨 것마냥 당황스러웠다. 목소리를 가다듬고 다시 물었다.

"이제 들어가는 거야?"

"아뇨. 저희 이제 나가는 길이에요."

채령이 이현의 팔짱을 꼈다. 윤철은 그의 미간이 미세하게 찌푸려지는 것을 놓치지 않았다.

"안녕하세요. 말로만 들었는데 TV에서보다 실물이 더 아름다우시네요."

윤철의 말에 채령이 예의 그 매력적인 미소를 얼굴 가득 지어 보였다.

"고마워요."

그 말을 끝으로 네 사람 사이에 어색한 기운이 감돌자 연오가 윤철의 팔을 먼저 잡아끌었다.

"이현아, 그럼 우리 갈게."

"그래요. 우리 먼저 들어가죠."

윤철이 연오의 어깨를 감싸자, 갑자기 이현이 연오의 손을 낚아챘다.

"뭐 하는 짓입니까?"

이현의 돌발 행동과 함께 윤철의 노기 어린 음성이 스프링처럼 확 튀어 올랐다. 평소 이현을 못마땅하게 생각하던 윤철이었기에 마치 이 순간을 기다리기라도 한 양 그를 향한 목소리에는 분노가 잔뜩 서려 있었다.

"왜 그래, 이현아?"

잡힌 팔보다도 이현의 갑작스런 행동이 더 걱정돼 연오가 그를 올려다보자, 이현이 진정하려는 듯 머리를 쓸어 올리고는 그녀의 팔을 스르르 놔주었다.

"괜찮아?"

이현의 표정을 걱정스럽게 살필 때 이번에는 윤철이 연오의 팔을 잡아끌었다.

"연오 씨, 가요."

"네? 아, 네."

연오가 이현에게서 떨어지지 않는 시선을 떼며 윤철의 팔에 끌려 몸을 돌렸다. 이현은 두 사람이 지하주차장의 엘리베이터로 걸어갈 때까지 시선을 떼지 않았다. 엘리베이터를 기다리면서 자신에게 시선조차 주지 않는 연오를 그가 하염없이 바라볼 때였다.

찰칵! 라이터의 불빛이 어둠 속에서 번쩍이는가 싶더니 희미한 담배 연기가 올라왔다. 채령이 나지막이 말했다.

"강이현, 이거였어? 이런 거였어?"

연오와 윤철이 엘리베이터를 타고 올라가자 이현이 그제야 채령을 돌아보았다.

"먼저 가라. 오늘 좀 피곤하다."

그녀가 다 태우지 않은 담배를 떨어뜨려 구두로 짓이기더니 씨익 웃었다.

"그러든가."

✽

오프 날이면 연오는 종종 윤철의 차를 얻어 타고 퇴근하기도 했다. 이제는 연오도 남들 시선을 굳이 신경 쓰지 않았다. 본격적인 겨울이 다가왔고 크리스마스를 맞아 그녀는 남들 몰래 윤철을 위해 목도리를 뜨기 시작했다. 바쁜 스케줄에 크리스마스를 함께할 수는 없어도 그간 윤철로부터 받은 것들에 보답하고 싶었다.

윤철은 연오를 보기 위해 내과에서 외과로 향하는 계단을 오르락내리락했는데, 그 모습 때문에 병원 사람들은 그가 얼마나 연오에게 적극적인지를 알았다. 연오도 그런 윤철을 밀어내지 않으면서 두 사람의 연애는 공식적인 사실로 받아들여졌다.

그렇게 1년이 지났다.

윤철은 병원 사람들이 다 보는 가운데 꽃다발을 들고 신경외과 의국을 찾았다. 그의 뒤에는 내과 동료들이 초를 꽂아 불을 붙인 케이크를 들고 서 있었다. 윤철의 프러포즈였다. 서로 집안 사정상 약혼식을 올린 것은 아니었지만 그것이 연오와 윤철의 결혼 약속이 되어버렸다.

그즈음 연오는 이현의 눈치를 보느라 쩔쩔매야 했다. 영화배우 서채령이 병원에 들러 한바탕 그에게 화를 쏟아냈다는 소문이 돌고 난 후 이현은 늘 저기압이었다. 윤철과 마음이 따뜻해지는 연애를 즐기다가도 연오는 그런 이현의 눈치를 보느라 의국 생활이 편치 않았다. 아무래도 자신과 달리 그의 연애사업은 순조롭지 않은 듯했다.

어느 날 그녀가 의국에 들어섰을 때, 한겨울 열병을 앓듯 풀려 있는 그의 눈동자를 마주하고 연오는 저도 모르게 숨을 들이켰다. 예전에는 단둘이 이곳에 있어도 늘 편했는데 지금은 어딘지 모르게 불편하고 이상했다. 좀처럼 가실 줄 모르는 가슴을 짓누르는 분위기에 연오는 그만 숨이 턱턱 막혀왔다. 이현이 채령을 얼마나 사랑하는지 알 것도 같았다. 헝클어지고 정돈되지 않은 이현의 모습은 정말이지 그간 보아온 평소의 그가 아니었다. 연오는 더 이상 불편하다는 이유로 그를 외면하기 힘들어 결국 그날 이현의 눈을 마주했다.

"너, 감기 아니니?"

연오의 말에 이현이 씁쓸하게 웃었다.

"그렇게 생각해?"

이현이 되물었다.

"응. 요즘 들어 너 미친 듯이 일만 했잖아. 몸이 안 상한 게 이상하지."

연오는 일부러 채령의 이야기를 꺼내지 않았다. 이현의 상처를 보듬지는 못해도 파헤치고 싶지는 않았기 때문이다.

"감기 같은…… 걸까?"

그 말에 연오가 아무런 생각 없이 그에게 넌지시 물었다.

"주사 한 대 놔줄까?"

이현의 미소가 깊어졌다.

"그럴래?"

모처럼 만에 반응을 보이는 그의 모습에 연오는 깊이 안심이 되었다.

그녀가 고개를 끄덕이고는 의국 문을 열고 나갔다. 잠시 뒤 연오가 스테이션에서 챙긴 약이 든 유리 앰플과 주사기를 들고 돌아오자, 이현이 장난스런 미소를 걸친 채 일어서더니 허리 벨트에 손을 댔다.

"뭐, 뭐 하는 거야?"

연오의 당황을 비웃듯 이현이 장난스럽게 말했다.

"주사 놔준다며."

"다른 데 놔줄게."

"엉덩이가 가장 적합하지 않나?"

연오가 말을 더듬으며 이현을 말렸고, 그 모습에 언제 우울한 모습을 달고 살았냐는 듯 이현이 웃음을 터뜨렸다. 결국 연오는 그의 팔에 주사약을 놓기 위해 마주 앉았다. 그때까지만 해도 그녀는 이어질 상황을 전혀 예상치 못했다.

연오가 능숙한 솜씨로 이현의 팔을 솜으로 닦아낸 뒤 주사바늘을 그의 푸른 핏줄 안으로 부드럽게 찔러 넣었다. 이현이 팔을 내맡긴 채 연오에게 아련한 음성으로 말했다.

"생각나지 않아? 네가 내 팔에 바늘구멍 엄청 내놓았던 일……."

연오가 부드럽게 미소를 지었다.

"생각나. 그때 정말 미안했어."

이현의 팔을 솜으로 누르며 연오가 옛 생각에 생긋 웃었다. 그때 고개 숙인 그녀의 머리로 이현의 이마가 툭 하고 맞닿았다. 마음에 파문을 일으키는 그의 행동에 연오의 손에서 솜이 바닥으로 떨어져 내렸다.

"나…… 곧 약혼해."

하지만 뒤이은 그 말에 연오의 고개가 번쩍 들어 올려졌다.

"……하지 말까?"

놀라움과 기쁨에 휩싸인 연오에게 이현의 공허해 보이는 뒷물음은 들리지 않았다. 연오가 두 손으로 입을 가린 채 그를 바라보며 외쳤다.

"축하해, 이현아!"

밝게 웃는 연오의 얼굴을 머금은 이현의 눈동자가 어쩐지 애잔하게 흔들리고 있었다.

5개월 후.

연오는 창밖 너머 여름의 태양을 노려보았다. 에어컨이 가동되고 있는 실내였지만 어쩐지 병원 냄새가 가득 밴 이곳의 공기가 짜증이 났다.

'나가고 싶다.'

그런 마음을 꾹 눌러 담으며 창가에서 떨어지지 않는 몸을 느릿하게 떼어내고는 비상계단을 올랐다. 스테이션으로 다가가자 자신을 발견한 간호사와 레지던트들이 일제히 입을 다물었다. 연오는 느낄 수 있었다. 이것은 분명 자신과 관련된 좋지 않은 일일 것이라는 예감이 들었다. 하지만 그녀는 2개월 전부터 계속되고 있는 이 꺼림칙한 느낌에 적극적으로 나서서 대면하려 하지 않고 마냥 묻어두고만 있었다. 가위에 눌렸다는 사실을 알고도 나를 좀 깨워달라, 말이 나오지 않는 상황처럼 지금 연오의 상태가 그랬다. 곪은 환부는 도려내야 한다는 것을 알고 있었음에도 그 짓무른 상처를 굳이 눈으로 확인하고 싶지 않아 끙끙 앓고만 있는 진퇴양난의 상황.

그러던 어느 날 일이 터지고야 말았다.

"이윤철 선생님을 놔주세요. 부탁드려요."

여자는 흐느끼고 있었다. 연오가 미동도 없이 미연을 바라보자, 그녀가 무릎을 꿇으려 했다. 연오가 그런 미연의 팔을 잡아 일으켜 세우며 말했다.

"내가 뭐라고 내 앞에서 무릎을 꿇어요."

말끝이 떨려 나오는 것을 연오는 악착같이 숨기려고 애썼다. 병원에는 이미 미연이 윤철의 아이를 가졌다는 소문이 돌았고, 연오는 하기 싫은 숙제를 미루듯 윤철에게 답을 요구하지 않은 채 그를 피해 다녔다. 그러던 것이 미연이 이렇게 직접 연오를 찾아온 것이었다.

"무릎 꿇는 것뿐이 아니라 더한 짓도 할 수 있어요. 아기가 아빠

없이 태어나는 것을 막을 수만 있다면요."

미연이 아직 나오지도 않은 배를 보호하듯 손으로 감쌌다. 그것이 여자로서의 본능인지, 연오에게 윤철의 아이를 잉태했음을 보여주기 위함인지는 알 수 없었지만 연오는 그 행동에 마음이 몹시도 흔들렸다. 그만 온몸에서 힘이 쭉 빠져나가 버렸다. 연오가 알겠다는 듯 희미하게 고개를 끄덕였다.

미연의 눈이 커지는가 싶더니 이내 생기가 돌았다.

"정말이에요? 정말인 거예요?"

미연이 재차 확인을 해왔고, 연오는 간신히 입가에 미소를 만들어냈다.

그 후 연오는 윤철에게 정해진 수순을 따르듯 이별을 통보했다. 그 과정에서 정신을 잃은 그녀 때문에 병원은 한차례 더 시끄러웠다. 정작 아무렇지 않게 이별을 맞았는데 주위 사람들이 자신을 안됐다는 눈으로 바라보니 연오는 더욱 외롭고 서러운 느낌에 휩싸였다.

남은 감정은 모든 것에 대한 회의였다. 부모가 없는 것이 운명처럼 느껴졌고 가난을 끼고 살았던 것이 뒤늦게야 천형인 것처럼 여겨졌다. 친척들은 연오에게 좀 더 많은 돈을 요구하며 은근한 독촉 전화를 해대고 있었다.

하루 전 윤철에게 이별을 고했고 오늘 있었던 수술에서 냉혈하기로 유명한 한태민 교수에게 꾸지람을 들은 연오의 곁에, 십년지기 친구 이현이 앉아 있었다. 두 사람이 나란히 벤치에 앉아 대화를 나누던 중 그가 물었다.

"야! 우리 결혼이나 할까?"

이현의 말에 연오가 눈물을 닦으며 피식 웃었다.

"너도 파혼했겠다, 나도 차였겠다 지금 그런 사람끼리 만나서 홧김에 결혼이나 하자는 거야?"

"뭐, 어때? 재밌잖아."

이현의 파혼은 연오가 실연당하기 며칠 전보다 더 이른 한 달 전에 그 소식이 들려왔다. 시간이 제법 흘러서인지 그에게서 파혼의 아픔 따위는 찾아볼 수 없었다. 꽤나 밝은 얼굴이었다. 다행이라고 생각하며 연오가 벤치에서 일어섰다.

"근데 너, 내가 여기 있다는 거 어떻게 알았어?"

연오의 물음에 이현이 태연하게 말했다.

"최연오야 내 손바닥 안이지."

연오는 문득 이현과의 이런 편안함이 무척이나 그리웠다는 생각이 들었다. 윤철의 경우 이현과 같이 있는 것을 싫어해 사귀는 동안 그와의 이런 친밀함을 교류하기가 힘들었는데 다시 찾고 보니 그것이 얼마나 소중한 것이었나를 깨달았다. 연오가 이현을 잔잔한 얼굴로 내려다보며 다시 한 번 말했다.

"고마워, 이현아."

이현이 갑자기 가운의 가슴께에 붙은 포켓에서 담배를 꺼내 입에 물었다.

"싫다, 최연오."

"말장난하자는 거야? 혼자 놀아!"

연오가 뒤돌아 가려 하자 그가 연오의 손을 붙잡았다.

"나하고 결혼하겠다고 말하고 가."

처음엔 장난인 줄로만 알았다. 그런데 결혼하자는 이현의 말은 점차 진지한 빛을 띠고 나타났다.

"왜 그러는데?"

연오도 정색을 하고 물었다.

"부모님께서 성화야, 결혼하라고."

채령과 헤어지고 난 뒤 이현의 부모님이 아무래도 그에게 결혼하라는 압력을 넣고 계신 것이 분명했다.

"조금만 더 기다려 봐. 그렇게 오랜 기간을 사귀었는데 헤어졌다고 바로 다른 사람하고 결혼하는 게 말이 돼?"

그 말에 이현이 얼굴을 찡그렸다. 연오는 그의 상처를 건드린 것만 같아 조심스러워졌다. 연오가 나긋나긋한 말투로 웃으며 말했다.

"그렇다고 아무나 붙잡고 결혼하자고 하면 안 되지."

비슷한 시기에 이별을 겪은지라 연오는 이현에게 더할 나위 없는 동질감을 느끼고 있었다.

"다들 병원 생활을 이해 못해. 결혼은 편한 사람과 하고 싶어. 근데 그게 너야."

"아니야, 아직도 늦지 않았어. 매력있으면서 네 일도 이해해 줄 그런 여자 분명 있을 거니까 한번 잘 찾아봐."

연오의 부드러운 조언에 이현이 피식 웃더니 그녀를 바라보았다.

"어쭈? 옵세 정말 많이 컸다. 나한테 연애 상담을 다 해주고."

연오도 따라 웃었다. 이현이 미소를 띠며 그녀를 응시하다 입을 열었다.

"이 바닥 좁은 거 알지? 좋지 않은 꼬리표 계속 달고 다니기 싫으면 이 오빠가 구원해 준다고 할 때 얼른 잡아라."

"푸훗! 장난 그만 쳐."

연오가 자리에서 일어나자 이현이 그녀의 손을 잡았다. 손목의 맥이 뛰는 그 지점을 이현이 엄지손가락으로 부드럽게 쓸자 연오는 순간 소름이 돋았다.

"장난 아니야."

이현의 진지한 표정에 연오가 혼란스러운 얼굴로 그를 내려다보자 이현이 이내 생긋 웃어 보이며 다시 농담을 걸었다.

"너, 나 좋아했잖아."

한차례 폭우를 맞고 나서인지 이제는 이현의 이런 농담도 편안하기만 했다.

"그때가 언제라고?"

연오가 웃음을 흘리며 그를 내려다보았다.

"한 번 좋아했으니까 다시 좋아할 수 있어."

"괴상한 논리야."

이현은 아무래도 뭔가를 간과하고 있는 듯했다. 결혼은 쌍방의 감정인데 마치 연오의 감정이 돌아오면 모든 것이 해결된다는 듯한 말투였다.

"게다가 그때 너를 좋아하는 건 동기들 사이에서 유행처럼 번지던 거야. 내 경우 너랑 말도 안 하고 지냈으니까 그 기간은 정말 짧았고……."

연오는 가볍게 그의 말을 반박하다가 깊이를 알 수 없이 가라앉은 이현의 눈동자를 들여다보고 그만 다시 소름이 돋았다. 말꼬리를 흐리며 연오가 이현을 그렇게 바라보다 마지못해 몸을 돌렸다.

"갈게. 넌 여기 더 있으려면 더 있고."

연오가 이현에게서 팔을 빼려 했지만 그가 놔주질 않았다.

"대답하고 가, 나랑 결혼하겠다고."

다 커서 이 무슨 땡깡일까? 이번엔 연오가 눈살을 찌푸리며 이현을 바라봤다. 이현이 거만한 웃음을 씨익 흘리며 일어섰다. 손목을 잡고 있던 반동으로 그녀가 그의 품에 끌어당겨졌다.

"넌 나하고 결혼하는 거야."

이현이 연오의 어깨를 부드럽게 끌어당겨 안으며 귓가에 속삭였다.

✻

경수가 어이없는 표정으로 이현의 아파트 내부를 한차례 둘러보았다. 총각파티를 해준답시고 모인 동기 녀석들이 휩쓸고 간 거실은 그들이 얼마나 광란의 밤을 보냈는지를 여실히 보여주고 있었다. 이현의 집을 봐주는 도우미 아주머니가 내일 와서 이 꼴을 본다면 분명 기겁을 할 것이다. 경수가 혀를 차며 이현을 흘깃 바라보았다. 그는 소파에 홀로 앉아 병을 통째로 들고 아직도 맥주를 들이켜고 있었다. 무슨 생각을 하는지 초점 잃은 눈이 한곳을 응시하고 있었고 입가에는 잔잔한 미소를 머금고 있었다.

경수가 술병들, 널브러진 안주 접시들을 피해 바닥을 살금살금 디디며 에어컨으로 걸어가 전원을 껐다. 그런 경수가 안중에도 없는 듯 이현은 여전히 자신만의 생각에 깊이 빠져 있었다.

"정신 좀 차려라, 자식아! 곱게 처자든가!"

경수가 이현을 향해 한차례 쏘아주고는 베란다로 다가가 문을 활짝 열어젖혔다. 환기가 필요했다.

"너, 찬우유한테 좋아한다는 말은 했냐?"

찬우유 소리가 나오자 이현이 고개를 들어 경수를 바라봤다. 갑자기 그의 눈이 악동의 그것처럼 반짝 빛났다.

"아니! 말 안 할 거야."

"말을 안 하는 게 아니라 겁나는 거겠지. 도망갈까 봐."

"도망가기만 하라고 해!"

단순한 농담에도 그것이 현실이기라도 한 양 술에 취한 이현이 날선 반응을 보이자 경수가 고개를 절레절레 흔들었다. 그리고는 바닥에 놓인 잔해물들을 깨금발로 피해 발을 옮기며 말했다.

"야! 나 자게 옷 좀 주라."

이현이 소파에 벌러덩 드러눕더니 뒷주머니에서 지갑을 꺼내 주민등록증 아래 놓여 있는 사진 한 장을 꺼내 바라보며 건성으로 대답했다.

"네가 꺼내다 입어."

"에잇!"

경수가 허공에 주먹을 한 번 날린 후 옷방으로 걸어갔다. 수납장에서 편한 반팔 티셔츠와 반바지를 꺼내다가 문득 스치는 생각이 있었다.

'그게 아직도 있으려나?'

조심조심 수납장 맨 위, 천장과 맞닿은 상자 하나를 꺼내 바닥에 내려놓고는 뚜껑을 열자 정체불명의 냄새가 훅 끼쳐 왔다. 경수가 인상을 잔뜩 찌푸리며 중얼거렸다.

"변태 자식!"

상자에서 나온 것은 다름 아닌 두 개의 하얀 가운이었다. 손가락 끝으로 가운을 들어 올리자 잘 개어진 상태로 놓여 있던 것과는 상반되게 군데군데 누런 얼룩이 보였다. 경수가 더럽다는 듯 가운을 톡 떨어뜨리고는 상자째 들고 거실로 나왔다.

"야! 너, 이거 아직도 안 버렸냐? 최연오 와서 보고 도망가기 전에 얼른 갖다 버려라!"

상자를 툭 내려놓고 방 안으로 걸어가려는데 반응이 없는 이현이 이상했다. 뒤돌아보니 지갑을 펼쳐 얼굴에 덮고 잠들어 있는 친구 녀석이 보였다.

경수가 그를 향해 나직이 욕설을 중얼거리고는 고개를 돌려 꺼림칙하게 상자를 바라보았다.

그 안에는 타인의 이름이 버젓이 쓰인 PK 시절 가운과 역시 같은 이름이 쓰인 신경외과 소속의 가운이 들어 있을 터였다. 두 개의 사이즈가 똑같고 이름이 같은 걸로 미루어보아 그것은 분명 동일 인물의 것이었다.

경수는 문득 PK 학생 시절이었던 6년 전 그때가 생각났다.

연오가 잠시 가운을 벗어놓고 화장실에 간 사이 외과병동에 내려왔던 이현이 가방에 가운을 잽싸게 집어넣었더랬지. 무슨 짓이냐, 하고 물었더니 그가 대답하길 '이 못된 계집애가 나를 쌩까잖아' 라고 했었다.

잠시 후 화장실에서 나온 연오가 허겁지겁 가운을 찾을 때, 이현은 자신의 옆에서 태연하게 그녀를 곁눈질했었다. 그때만 해도 연오에게로 향한 이현의 마음이 어느 만큼인지 명확히 감이 오지 않던 때라 울상을 짓는 연오를 보며 과연 이현이 연오를 골탕 먹이려 했구나, 라며 넘어갔었다.

그러던 어느 날, 이현의 아파트에서 술을 마시고 있는데 이현이 저 자식이 가운을 꺼내더니 '음, 연오 냄새' 라며 가운의 냄새를 맡는 걸 보고 중증도 저런 중증이 없다며 기함한 적이 있었다. 이현은 그때 처음으로 연오에 대한 마음을 겉으로 드러냈었다.

경수가 팔짱을 끼고 눈을 굴리다가 불결하다는 듯 상자를 발로 툭툭 건드렸다. 문득 신경외과 최연오라고 쓰인 나머지 가운에 시선이 가자 경수의 표정이 조금은 안타깝게 변했다. 그날의 기억이 떠올랐기 때문이다.

"야, 이 자식아! 너, 왜 이렇게 취한 거야?"

경수는 자기가 오기도 전에 술에 취해 테이블에 머리를 숙인 이현의 앞에 앉으며 다그치듯 물었다. 이현의 옆에는 두 명의 아가씨가 앉아 그의 팔짱을 끼고서 가슴을 비벼대고 있었다.

"어머! 이 오빠는 누구야?"

경수가 천장을 한 번 쳐다봤다가 다시 룸살롱 내부를 둘러보았다. 자신이 일하는 서국병원 근처의 한 술집에서 기다리겠노라고 음성메시지를 남기고 전화를 끊은 이현 때문에 경수는 하루 종일 쫓기듯 일을 해야만 했다. 와서 보니 아가씨들까지 있는 고급 술집에서 이현이 널브러진 채 취해 있었다. 테이블을 보니 양주병들이 널린 것이 이 많은 술을 자신이 오기도 전에 혼자 다 해치운 듯싶었다. 그것이 아니라면 덤터기를 쓴 것이 분명했지만 경수는 이 술을 이현이 혼자 다 마셨을 거라는 것을 확신했다. 그가 너무도 취해 있었기 때문이다.

"오빠도 앉아라."

한 아가씨의 말에 경수가 넥타이를 끌어내리며 말했다.

"나가주세요."

"우리? 지금 우리더러 나가라고 한 거예요?"

이현의 팔에 찰싹 매달린 여자가 그렇게 묻자 경수가 단호한 목소리로 말했다.

"그쪽들 나가달라고 한 거 맞습니다."

그 말에 여자가 이현을 흔들었다.

"오빠! 오빠! 우리더러 저 아저씨가 나가라고 하는데 오빠가 대답 좀 해봐."

그 말에 이현이 고개를 간신히 살짝 들어 아가씨를 바라보더니 그녀를 덥석 품에 끌어안았다.

"연오야!"

경수는 대충 상황을 파악할 수 있었다. 친구의 무너져 내린 모습에 그는 덩달아 화가 치밀어 올랐다. 연오가 다른 남자를 만난 뒤부터 이현은 걸핏하면 저런 모습을 보이곤 했지만 유독 오늘이 좀 더 심한 것 같다고 느끼며 경수는 한숨을 내뱉었다. 이현에게서 물러날 생각이 없는지 고개를 젖히며 웃는 여자를 보고는 그가 바닥에 침을 퉤 뱉었다. 그리고는 테이블을 발로 한 번 걷어찼다.

"나가라고 했지!"

여자들의 비명 소리가 어두운 실내를 울렸다.

잠시 후 어둠이 내려앉은 골목, 경수는 이현의 팔을 한쪽 어깨에 짊어지고는 비틀거리는 그의 무게를 이겨내지 못해 자신도 휘청거리며 간신히 걸음을 옮기고 있었다. 그에 지나가던 사람들이 두 사람을 흘깃거렸다.

아무래도 근처 모텔로 들어가야 할 듯싶었다.

"……연오야! ……연오야!"

경수는 연오의 이름을 흐느끼며 부르는 이현 때문에 마음이 좋지 않았다. 그의 얼굴에서 후드득 떨어지는 눈물을 경수는 망연자실하게 바라보아야만 했다. 갑자기 이현이 경수를 팍 밀치더니 절규하듯 말했다.

"연오 불러줘! 할 말 있으니까 연오 불러줘!"

밀려난 경수가 땀을 닦아내고는 다시 이현에게로 걸어갔다.

"자식아! 지금 너 이렇게 된 거 보면 연오가 얼씨구나 좋아요, 하겠다."

그 말에 이현의 떨어뜨린 머리카락 사이로 눈물이 또다시 떨어졌고 경수는 입을 다물 수밖에 없었다.

"내 차로 가자."

경수는 순간 이현이 지금껏 취하지 않았던 게 아닌가 하는 착각이 들었다. 너무도 분명한 발음으로 좀 전과는 달리 차분하게 자신의 차로 가자고 그가 말하고 있었다. 그것이 놀라워 경수는 멍하니 친구를 바라보는데 그만 그 절망 어린 진지함에 바라보는 자신 역시 마음이 아파왔다.

차로 향한 경수는 이현을 뒷좌석에 태우고는 그만 놀라 입이 벌어졌다. 새하얀 가운이 보였다. PK 시절 연오에게서 훔친 가운을 이현이 지금껏 차에 싣고 다니는 것으로 오해한 것이다. 새하얀 가운을 보던 이현이 경수를 향해 씩 웃었다. 웃는 얼굴과 달리 뺨에는 눈물이 흐르고 있었다.

"오늘 연오랑 결혼하려고."

나중에 안 사실이지만 그날은 연오가 사귀던 사람에게서 프러포즈를 받은 날이었다. 그리고 이현이 연오의 가운을 두 번째로 훔친 날이기도 했다.

경수는 괜히 마음이 씁쓰레해져 미련없이 상자를 집어들었다. 친구를 흘깃 보며 경수가 낮게 읊조렸다.

"안 좋은 기억은 잊고 진짜 최연오랑 행복하게 살아라."

문을 열고 아파트 바깥으로 나온 경수는 10미터 거리에 있는 헌옷수거함으로 걸어가 가운을 밀어 넣었다. 이현의 체액이 잔뜩 묻어 있을 이것들을 다른 누구에게 입으라고 준다는 게 욕 얻어먹을 짓이란 걸 잘 알았지만 달리 처리할 방법이 없었다. 가운을 밀어 넣고 경수가 손을 탈탈 털었다.

　　보름달이 오묘한 빛을 뿜어내는 신비로운 밤이었다.

3장
결혼생활, 그리고 너의 마음

삐삐삐삑! 비밀번호가 입력되는 소리가 조용한 집 안에 울려 퍼졌다. 잠시 뒤 끼릭 소리를 내고 도어락이 열리자 연오가 조심스레 문을 열고 집 안으로 들어섰다. 신발이 하나도 놓이지 않은 현관에 하얀 샌들을 벗고 그녀가 고요한 공간 안으로 걸어 들어왔다.

결혼하고서 몇 번 오지 못해서인지, 아니면 온통 이현의 체취로 가득한 이곳이 생경해서인지 연오는 올 때마다 이 공간이 낯설고 조심스러웠다. 거실창의 통유리를 통해 들어오는 밝은 햇살이 깔끔하고 넓은 공간을 가득 메우고 있었다. 깨끗해서 더 조심스러운 이곳에 맨발로 살며시 거실 바닥을 디디며 그녀가 한구석에 가방을 내려놓았다.

'뭘 해야 하지?'

주변을 이리저리 둘러보며 고개를 돌리자 그새 길어 목 근처까지 오는 머리카락도 따라 경쾌하게 흔들렸다.

'우선 옷을 갈아입자.'

연오는 옷방으로 들어섰다. 별로 입을 일이 없을 것만 같은, 한눈에 보기에도 비싸 보이는 이현의 슈트가 행거에 주르륵 걸려 잘 정돈되어 있었고 수납장에는 마치 옷가게에 온 것으로 착각이 들 만큼 캐주얼 의상들이 잘 개켜져 있었다. 연오가 이현의 옷들을 지나쳐 그가 마련해 준 자신의 공간으로 몸을 돌렸다. 처음 왔을 때 그 어떤 공간보다도 이현의 체취가 강하게 묻어나는 이 옷방을 보고 연오는 자신의 옷은 얼마 없으니 따로 보관하겠노라고 했었다. 그에 이현은 끝끝내 고집을 피워 이 공간에 연오의 자리를 함께 마련해 놓았다.

듬성듬성 비어 있는 행거를 지나 연오가 무릎을 꿇고 수납장을 열었다. 아직은 날씨가 더웠다. 심플한 디자인의 아이보리색 원피스를 벗고 꽃그림이 그려져 있는 하얀 반팔 티셔츠와 면 반바지로 갈아입고 거실로 나왔다.

이현은 지금 병원에서 한창 근무 중일 것이었다. 오프를 받은 자신만 홀로 이곳에 오니 마치 주인도 없는 공간에 손님 혼자 남겨진 기분이었다. 연오가 주방으로 가 일단 물을 한 잔 마셨다. 아직은 냉장고도 함부로 열어보기가 좀 껄끄러웠다.

'뭔가를 해야 해.'

주위를 두리번거리다가 동그란 휴지통 옆에 놓인 조그만 수납장을 발견했다. 다가가 보니 아니나 다를까 이 깔끔한 공간에 맞게 걸레가 보이지 않게 잘 개어져 있었다. 결혼하기 전 이현 혼자 살았다는 이곳은 도우미 아주머니의 도움을 정기적으로 받은 티가 여실히 나는 아주 깔끔한 공간이었다. 결혼하고 나서 연오가 어색한 말투로 도우미 아주머니 대신 서투르지만 자신이 살림을 하겠다고 하자 이현은 꽤나 좋아하는 눈치가 역력했다. 그 모습이 떠오르자 마른걸레를 집어드는 연오의 입가에 설핏 웃음기가 서렸다.

그것을 들고 욕실에서 물을 묻힌 뒤, 연오는 반질반질하기만 한 넓은 거실 한구석에 무릎을 꿇고 앉았다. 두 손으로 걸레를 네모지게 개어 거실 끝까지 쭉 밀었다가 다시 되돌아오기를 반복했다. 한참을 그렇게 하고서는 결과를 확인코자 걸레를 뒤집어보았는데 먼지 하나 묻지 않은 깔끔한 헝겊천이 드러나자 연오는 그만 허탈해졌다. 자신은 힘주어 걸레를 쥐고 거실 끝에서 끝을 오가느라 이렇게 땀을 쏟았는데 깨끗한 걸레에는 노력한 흔적이라곤 당최 찾아볼 수가 없었으니.

"아, 힘들어."

걸레를 옆에 놓고 털썩 바닥에 주저앉아 연오는 머리 위로 떨어지는 햇살을 받았다. 가만히 앉아 있자니 넓은 공간, 째깍째깍 시계 초침이 돌아가는 소리가 들려왔다.

"덥다, 더워. 이건 못할 짓이야."

연오가 일어나 에어컨으로 다가갔다. 집게손가락으로 버튼을 누르려다 그녀는 그만 손가락을 거두어들였다. 왠지 함부로 누르기도 껄끄러운, 이곳은 정말 이현의 공간.

결국 손부채질을 하며 소파에 앉았다. 생경하고 낯선 느낌 속에 주위를 한 번 둘러보는데 문득 굳게 닫힌 서재의 문이 눈에 들어왔다. 뭔가를 하며 시간을 보내야지, 그렇지 않으면 정말 이방인의 느낌 속에 갑갑함만 느끼게 될 것 같았다.

"책이나 볼까?"

일어서서 조용히 서재로 다가가 문고리를 돌렸다. 비밀의 문처럼 스르르 문이 열리자 연오는 벽면 한구석을 가득 메우고 있는 책장으로 걸어갔다. 수납장 한 켠에는 자신이 가져온 책 일부도 보였다. 그곳을 지나쳐 이현이 사놓은 자연과학 계열의 전문서적과 교양서적들을 쭉 훑으며 천천히 내부를 둘러보았다. 그러다 구미가 당기는 책은 꺼내 서평을 읽어보기도 하고 목차를 살피는 등, 연오는 처음으로 이현의 서재에서 오래 시간을 보냈다.

어느새 그의 전공서적이 놓인 선반에 다다랐다.

'이현이는 학교 다닐 때 어떤 식으로 공부를 했을까?'

그 흔적이 궁금했다. 도둑질을 하는 기분이 들었지만 연오는 밀려오는 호기심을 이기지 못하고 두툼한 책 한 권을 꺼내 펼쳐 들었다. 표지를 넘기고 두근거리는 마음으로 서평을 지나 첫 페이지를 넘기자 의대생들이 늘 그렇듯 형광펜으로 군데군데 줄이 쳐진 글씨가 눈에 들어왔다. 웃음이 나왔다. 그라고 특별할 건 없었구나, 하는 동질감을 느끼며 연오가 뒷장을 휘리릭 넘길 때였다.

팔랑. 사진 한 장이 바닥으로 떨어졌다. 집어서 들여다보니 PK 시절인지 흰 가운을 입고 병원 밖에서 찍은 3~40명 정도 되는 동기들의 모습이 눈에 들어왔다. 이현이 무리의 왼쪽에 있었고, 찾아보니 자신은 반대편인 오른쪽에 서서 햇살이 따가운지 손을 들어 햇빛을 막고 있었다. 잘 기억은 나지 않지만 이현과 말을 하지 않고 지낼 시기였을 것이 분명했다.

사진을 넣어놓으려 책으로 가져가는데 뒤에 문득 어떤 글씨가 쓰여 있는 것이 보였다. 무심코 읽어보니, '찡그린 찬우유'라는 문구가 읽혔다.

"경수 별명인가?"

연오가 사진 속에서 이현에게 장난치느라 인상을 잔뜩 쓴 경수를 보고는 피식 웃었다. 사진을 넣어놓고 책을 올려놓은 뒤, 서재의 문을 조심스레 닫고 나왔다. 거실로 나오자 이번엔 거실 벽면 한구석을 차지하고 있는 웨딩사진이 보였다.

병원 일로 피곤한 가운데 이현이 그녀를 어르고 달래 짬짬이 찍은 웨딩포토였다. 사진사의 요구로 그가 자신의 허리를 잡고 볼에 입 맞추는 시늉을 하고 있었다.

"우리 정말 결혼했구나."

연오가 눈을 깜빡거리며 사진을 바라보았다.

✳

쏴아아아.

이현이 사람들과 일일이 악수하느라 땀이 밴 손을 너무도 꼼꼼히 문지르고 있는 자신을 문득 깨닫고 피식 웃었다. 생각이 연오에게로 흐르면서 평소 병원에서 수술하느라 생긴 습관 그대로 멍하니 손을 문지르고 있었던 것이다. 한 시간 뒤에는 연오와 정말 결혼하게 될 것이었다. 거울을 보니 은빛 턱시도를 갖춰 입은 자신의 모습은 스스로 보기에도 주체할 수 없는 기쁨으로 생기가 넘쳐 났다.

그때 누군가 화장실로 들어섰다. 이현의 어깨를 툭 치며 경수가 소변기로 가 자리를 잡았다.

"결국 하냐?"

경수의 물음에 이현이 한쪽 입꼬리를 비스듬히 올리며 고개를 끄덕였다.

이현의 인맥은 화려했다. 아니, 이현 집안의 인맥은 가히 화려했다. 결혼식 당일, 각계각층에서 모인 사람들과 다양한 과의 명망 높은 의사들로 결혼식장은 붐볐다. 의사들의 경우 연오가 아는 사람들도 꽤 있었지만 그들은 대부분 신랑석에 가서 앉았다.

학교 선후배 일부와 동기들만이 시골에서 상경한 촌스러운 차림의 사람들 사이에 앉아 텅 빈 신부석을 채워주고 있었다. 의대에 입학하기 전, 자신을 홀로 키우던 아버지가 돌아가시고 연오는 혼자 지냈다. 외가 쪽 사람들은 알지도 못했고 결혼식장을 찾은 친가 쪽 친척들도 이현의 집안과 구색을 맞추기 위해 일부러 옷을 선물하고 버스를 대절해 부른 사람들이었다. 그 돈을 이현의 집안에서 모조리 대주었는데, 연오는 결혼 과정에서 오는 이 같은 스트레스 때문에 그에게 다시 생각해 달라며 결혼 약속을 무른 적이 있었다. 그때 이현은 처음으로 불같이 화를 냈었다. 결국 연오는 그 무서운 기세에 한발 물러날 수밖에 없었다. 그러자 그는 그 바쁜 와중에도 연오의 친척들을 일일이 찾아다녔고 그녀를 끌고 돌아다니며 혼수며 웨딩드레스 따위를 장만했다. 그때의 이현을 떠올려보면 지금도 연오는 꽤나 의아하면서도 한편으로 묘한 감동을 느꼈다. 사랑하지도 않는 여자와 결혼하면서 그는 결혼식에 꽤나 열을 올렸으니까.

"꾸며놓으니까 예쁘긴 예쁘네."

"야! 살 좀 쪄라. 마르니까 예쁘긴 한데, 나 같은 사람 굴욕 줄 일 있니?"

"설마, 최연오! 지금 잠 오냐? 너 눈에 잠이 가득해."

동기들의 말에 연오가 어색하게 웃어 보였다. 어젯밤에도 늦게까지 수술에 참여했던지라 연오는 이 거추장스러운 것들을 다 떼어내고 한시라도 눕고 싶은 마음이 가득했다. 그런 그녀를 바라보며 동기들은 농담을 하고는 있었지만 속으로는 이현과의 결혼에 적잖이 놀란 기색들이 분명했다.

"야! 근데 이현이랑 너 언제부터 그랬던 거냐?"

그 말에 연오가 '아무 사이 아니야'라고 순간 솔직한 속내를 말할 뻔했다. 이 상황이 스스로 생각하기에도 웃음이 나와 풋 하고 고개를 숙이는데 다른 병원에 근무 중인 아이들이 하경에게로 고개를 돌렸다.

"얘들 언제부터 사귀었냐?"

"낸들 아냐?"

하경이 어깨를 으쓱해 보였다. 모른다는 표시였지만 눈가에는 즐거운 기색이 역력했다. 동기들이 궁금증을 한 아름 안고 저마다 피로연 때 보자는 말들을 주고받을 때였다. 신부 대기실로 까맣고 얼굴에 주름이 깊이 새겨진 연오의 큰아버지가 들어섰다. 고급스런 슈트가 어딘지 모르게 어색해 보이는 모습이었다.

연오의 알려지지 않은 배경을 짐작해 보느라 그를 바라보는 동기들의 눈에 호기심이 가득했다.

그런 시선들을 무시하고 연오가 벌떡 일어나 큰아버지에게 다가갔다.

"앉아라. 나가 오늘처럼 기쁜 날이 없어야. 참말로 니가 요로코롬 좋은 집에 시집을 가니, 내 맴이 그렇게 좋을 수가 없어. 잘살어야 헌다. 잉? 그려, 잘살어야 혀."

큰아버지가 연오의 어깨를 토닥여 주며 대기실을 나섰고, 그 뒷모습을 눈으로 흘깃거리는 동기들을 보며 그녀가 친구들이 하고 있을 생각을 어렴풋이 가늠해 보았다. 결혼식장에 부모도 보이지 않는 고아의 몸으로 이현네 같은 집안에 시집을 간다는 사실이 이질적으로 느껴졌을 것이리라. 게다가 이현 하면 떠오르던 서채령이라는 멋진 약혼녀를 놔두고.

동기들과 한참 얘기를 나누는데 식장 관계자가 대기실에 들어섰다.

"곧 식이 거행되니 모두 나가주세요."

동기들이 나가고 아버지 역을 대신하기 위해 다시 들어선 큰아버지와 연오는 단둘이 대기실에 앉게 되었다. 밖에서는 어느덧 '신랑 입장!'이라는 소리가 들려오고 있었다.

"염치가 없어. 나가 너 보기가 맴이 부끄러워."

큰아버지의 눈물에 가슴이 뭉클해진 연오가 애써 눈물을 참으며 왜소하기만 한 그의 손을 잡았다. 그때 대기실의 문이 열렸다.

"나오세요. 신부 입장이에요."

큰아버지의 손을 잡고 대기실을 나서는 순간에도 연오는 왠지이 결혼이 현실적으로 다가오지 않았다. 충동적인 결정과 바쁜 병원 생활로 결혼에 대해 아무런 생각도, 느낌도 없는 그녀였다.

식장 앞에 다다르니 저 멀리 이현이 반짝이는 잿빛 턱시도를 입고 늠름한 얼굴로 환하게 미소를 지으며 자신을 기다리고 있었다. 큰아버지가 그녀를 이끌고 천천히 이현에게 다가간 후 잘 부탁한다는 당부의 말과 함께 손을 건넨 뒤, 이현의 어깨를 쓰다듬었다. 그가 연오의 큰아버지를 향해 꾸벅 인사했다.

새하얀 면사포를 쓰고 자신을 올려다보는 연오를 보며 이현은 마른침을 삼켰다. 자신의 손을 잡으며 연오가 살짝 어색한 미소를 짓고 있는 것이 보였다. 부러 손끝에 힘을 줘 그녀의 손을 맞잡았다. 그 감각이 의아했는지 그녀의 눈이 잠시 이현에게로 향했다. 그가 기다렸다는 듯 연오와 눈을 맞추었다.

자신의 뜻대로 연오는 정숙하고 단아한 웨딩드레스를 입고 서 있었다. 사실 드레스를 고르러 숍을 다녔을 때는 가슴까지 파인 탑드레스 같은 게 눈에 들어왔었다. 늘 마주쳐도 노출없는 옷만을 입어왔던 연오였기에 이현이 그녀의 맨살을 그렇게 많이 본 것도 숍에서였다. 벌어지는 입을 애써 다물며 태연한 척하려 얼마나 노력했던가?

하지만 이현은 연오에게 소매까지 망사로 덧대어진 웨딩드레스를 입혔다. 어디까지나 이 결혼은 엄숙하고 진지해야만 했다. 피곤해하는 연오의 뺨을 두들겨 가며 드레스를 수없이 입혀본 것에 이현은 지금 스스로를 칭찬해 주고 싶을 정도였다.

화려한 조명과 자신에게로 쏟아지는 많은 시선들 때문인지 연오는 식이 진행되는 동안 이 일련의 과정들이 멍한 것 같았다. 아마도 어제 수술에 참여했던 여파 때문이지 않나 생각할 무렵 주례 말씀이 이어졌다.

"……하늘 아래 이제 두 사람이 부부의 연을 맺게 되었습니다. 여기 앉아 계신 많은 이들의 축복 속에 두 사람은 항상 감사하는 마음을 지니길 바랍니다. 화목한 가정을 일구고, 자녀를 건강하게 낳아 기르고, 양쪽 집안의 어른들께 효를 다하는 것 외에 사람들의 건강을 책임지는 훌륭한 의사로서 두 사람은 협심해야 할 것입니다. 그러기 위해서는 항상 주변의 것들에 고마워할 줄 아는 마음이 선행되어져야 합니다. 나 외에도 남을 돌아볼 줄 알고 내가 가진 것에 감사하는 마음을 가지는 것은 의사로서 갖추어야 할 훌륭한 덕목이자 백년가약을 맺은 두 사람에게는 잊지 말아야 할 교훈입니다. 아울러 신랑 강이현 군은 신부 최연오 양을 지아비로서 아끼고 사랑하며……."

연오의 고개가 살짝 흔들리는 게 보였다. 이현은 내심 서운하면서도 웃음이 나왔다. 이현이 연오의 어깨를 살며시 잡았다.

가물가물한 정신 속에서 연오는 누군가 자신의 어깨를 잡는 게 느껴져 눈을 번쩍 떴다. 사람들이 웃고 있었고 주례를 봐주시는 교수님 또한 웃음을 흘리며 자신을 바라보고 있었다.

"흠, 제 주례사가 너무 길었나 봅니다."

교수님의 말에 식장 안에 또다시 웃음의 물결이 퍼져 나갔다. 이현이 연오의 어깨에서 손을 떼며 속삭였다.

"넌 나랑 결혼하는 이 순간까지 자냐?"

그 말에 연오가 얼굴을 붉히며 마주 속삭였다.

"나 어제 OP 떴잖아."

이현의 듣기 좋은 낮은 웃음소리가 면사포를 타고 흘러들어 왔다.

그제야 연오는 문득 느꼈다. 이현과의 결혼이 좋은 것은 이런 편안함이겠지. 엄청난 사랑이나 열정 같은 건 부족해도 서로를 이해해 줄 수 있는 관계. 그래서 이현이 나를 택한 것일 테고.

어느덧 주례사가 끝나고 양가 부모님께 인사할 차례였다. 이현의 아버지인 강석우 원장님이 인자한 미소를 짓고 있는 반면 한수희 여사는 얼굴에 불편한 심기를 가득 내비추고 있었다. 비단 연오가 결혼식에서 졸았다는 그런 가벼운 이유 때문은 아닌 듯싶었다. 이현을 따라 처음 집을 찾아갔을 때에도 수희는 그녀를 매우 못마땅하게 바라보았으니까. 하지만 이현의 부모님은 이 결혼을 딱히 반대하지 않으셨다. 그것이 왠지 모르게 고마워 연오는 마음을 다해 고개를 숙였다.

그리고 아버지 대신 앉아 있는 큰아버지 내외에게 인사를 하려고 돌아서는데 돌아가신 아버지가 떠오르며 연오의 눈에서 그만 왈칵 눈물이 쏟아졌다. 고개를 들어 눈물을 흘리지 않으려는 연오를 보고 이현이 그녀를 돌려세워 안았다. 연오는 편안함을 느끼며 그에게 몸을 맡겼다.

"……고마워."

"그거밖에 할 말이 없어?"

귓가에 부드럽게 이현의 목소리가 와 닿으며 연오는 포근함을 느꼈다. 자리에 앉아 있던 동기들은 그 모습에 환호성을 질러대고 있었다. '뽀뽀해! 뽀뽀해!'를 연발하는 젊은 사람들을, 앞에 앉은 점잖은 나이 든 사람들이 잠시 못마땅하게 쳐다보았지만 그들은 끝내 목소리를 죽이지 않아 일순 장내가 소란스러워지기도 했다.

그런 사람들의 반응에 정말로 화답이라도 하려는 듯 이현이 연오를 바라보자 연오가 그 시선의 의미를 눈치채고 눈을 동그랗게 떴다가 말도 안 된다는 듯 얼굴을 찌푸렸다. 그 모습에 이현이 껄껄 웃더니 동기들에게 조용히 하라는 듯 입술에 집게손가락을 가져다 대었다. 동기들이 아쉽다는 듯 여기저기서 정체불명의 소리를 냈지만 그 소리도 장내를 정리하는 사회자의 말에 어느새 사그라졌다.

그렇게 연오로서는 정신없는 과정들이 흘러갔고, 어느덧 사진 촬영 시간이 다가왔다. 연오는 저절로 한숨이 나왔다. 그녀 쪽 사람들이 이현에 비해 너무 적은 탓에 사진을 찍기 위해 연단 위에 올라선 사람들의 균형이 하나같이 맞지 않았다. 이현과 결혼하고 난 후 연오는 거기에서 처음으로 부끄러움을 느꼈다.

"휴!"

조그맣게 한숨을 쉬자 이현이 그런 그녀를 바라보더니 뺨을 가볍게 쓸었다.

"피곤해?"

연오는 이현의 다정한 몸짓에 자신들이 정말 부부가 되었다는 것을 그제야 어렴풋이 실감했다.

"아니, 그렇다기보다······."

연오가 하객들의 균형을 맞춰보려고 애를 쓰는 사진사의 모습을 슬쩍 바라보자 그것을 눈치챘는지 이현이 가만히 고개를 끄덕여 보였다. 그랬는데 그에게서 뜻밖의 말이 흘러나왔다.

"미안해."

"뭐가?"

"결혼식 사진은 평생 남는 거라 네가 싫어도 찍어야 돼."

당연한 소리를 한다고 생각하며 연오는 옆으로 돌라는 사진사의 요구에 맞게 이현과 각을 지고 섰다. 하경에게 부케를 던지는 과정까지 사진에 담고 나자 정신이 없는 연오에게 도우미들이 다가왔다.

"옷 갈아입고 폐백실로 이동하셔야죠."

연오가 이번엔 정말로 피곤함이 몰려와 한숨을 쉬는데 이현이 다정하게 웃으며 그녀를 돌려세웠다. 뺨을 톡톡 두드리며 그가 말했다.

"힘내고! 이따 봐!"

그 말을 끝으로 연오는 도우미들을 따라 메이크업실이 딸린 탈의실로 들어갔다. 어머니가 있었다면 그녀를 도왔으련만, 연오는 탈의실에서 도우미들에게 몸을 맡긴 채로 서서 모든 과정이 끝나기만을 간절히 바라야만 했다.

전통 혼례복을 갖춰 입고 폐백실로 들어서니 역시 전통 의상을 잘 갖춰 입은 이현이 동기들과 웃으며 이야기를 나누다가 연오를 맞았다. 그녀의 눈에는 활짝 웃고 있는 이현보다도 시부모님이 된 석우와 수희의 얼굴이 더 눈에 들어왔다. 그러자 긴장이 되었다. 시선을 떨어뜨리고 도우미들의 도움을 받아 예법에 따라 시아버지가 된 석우에겐 대추를, 시어머니가 된 수희에게는 포를 드렸다. 그리고 절을 했다. 석우가 아들을 낳으라는 의미의 대추를 던져 주면서 폐백의 과정이 대략 마무리되는 듯싶었다.

하지만 곤란한 순간이 그녀에게 찾아왔다. 플래시가 터지는 가운데, 연오는 굳은 표정으로 대추를 물고 있었다. 보는 눈도 많고 윗대 어른들 앞이라 순순히 대추를 물고는 있었지만 연오는 못내 이것이 싫었다. 쑥스러웠다. 동기들의 웃음 속에서 이현이 무릎걸음으로 다가와 마주 앉더니 그녀의 얼굴을 물끄러미 내려다보았다. 자제하라는 움직임에도 불구하고 밖에서는 동기들이 계속해서 깍깍거리고 있었는데 이현은 그 때문인지 정색했던 얼굴 표정을 제대로 유지하지 못하고 있었다. 누가 봐도 웃음을 참으려는 것이 역력한 모습이었다.

"최연오! 울 것 같은 표정 지어봐도 소용없어. 그냥 즐겨."

이현이 갑자기 연오의 귓가에 대고 그렇게 속삭이자, 연오가 눈을 동그랗게 떴다. 그 모습에 뒤에 앉아 계시던 이현의 친척 어른들이 흠흠 하며 주의를 주었다. 그러자 자세를 바로 한 이현이 연오에게 고개를 숙였고, 그녀는 움찔하며 반사적으로 뒤로 물러났다. 하지만 도우미들이 연오의 팔을 잡고 있었다. 여기저기서 웃음이 터지는 가운데 스치듯 입술이 닿자마자 연오가 몸을 빼는 바람에 신랑인 이현의 입에 대추가 통째로 들려 있었다.

"신부, 뭐 하는 거야?"

야유 소리가 이어지고 이번엔 대추를 문 이현이 연오에게로 다시 다가왔다. 연오가 눈을 꽉 감고 이로 대추를 간신히 물었다. 대추의 살이 반쯤 떨어져 나간 듯했다. 소매로 입을 가리고 대추를 오물오물 씹어 먹을 때, 이현은 남은 대추를 다 씹었는지 씨를 뱉어 상에 올려놓고 있었다. 그러자 이번에는 신랑이 신부를 업으라며 난리다. 난감해진 연오의 속사정을 모르는 듯 이현이 그녀에게 다가오고 있었고, 지켜보는 사람들은 왁자지껄 웃음을 터뜨려 댔다. 그렇게 폐백이 어찌어찌 마무리가 되었다.

하지만 피로연이 기다리고 있었다. 나이 든 교수님들이 빠지고 피로연은 이현과 연오의 학교 선후배, 그리고 동기들로 채워졌다. 그 자리에 편하고 간소한 복장으로 갈아입은 신랑신부가 등장하자 사람들이 환호성을 질러댔다. 젊은 사람들이 모인 공간이라 연오는 편한 분위기일 거라 생각하며 내심 마음을 놓았지만 웬걸, 그들은 거침이 없었다.

"우웃빛깔, 최연오! 사랑해요, 최연오!"

4차원 까불이라는 별명답게 피로연의 사회를 보는 동기 준우가 연오를 보자마자 그 문구를 외쳤다.

'오랜만에 들어보네, 준우의 저 구호.'

그렇게 생각하고 있을 때 준우가 입을 열었다.

"신부 최연오 양을 두고 저희들 사이에서 한참 유행하던 이 문구를 붙인 사람이 바로 접니다. 그때 당시 신랑 강이현 군이 저를 보고 비웃었던 게 생각이 나는데 어쩐 일인지 지금 신부 옆에 서 있는 사람은 제가 아니라 강이현 군이네요. 인생 참 아이러니예요? 그죠?"

준우의 말에 객석에 웃음이 번졌다. 연오는 주먹으로 입을 가리고 쿡쿡 웃는 이현을 흘깃 바라보았다. 이 과정이 재미있는 걸까? 하기야 병원을 빠져나온 것 자체가 행복이겠지. 피곤 때문에 조용히 한숨을 쉬는 연오는 앞으로 일어날 일을 미처 예상치 못하고 있었다.

"자! 본격적으로 시작합니다. 이런 거 저런 거 다 생략하고 일단 신랑, 신부 애정도 테스트 들어갑니다!"

그 말에 여기저기서 환호성이 들려왔다. 준우는 자리에 모인 사람들의 의견 중 짓궂은 것만 골라 이현과 연오에게 요구를 해댔다. 연오를 안고 이현에게 앉았다 일어났다를 반복시키거나 등에 태우고 팔굽혀펴기를 시켰다. 연오가 난색을 표하는 반면 이현은 친구들로부터 얻어맞는 게 더 싫다며 부지런히 그녀를 안고 움직였다.

장난은 점점 미성년자 관람불가의 그것이 되어갔기에 연오는 얼굴을 붉힐 수밖에 없었다. 계속되는 그녀의 거절에 결국 이현은 발바닥을 수십 차례 얻어맞아야만 했다.

"이렇게 신부가 수줍어해서야 되겠어? 사람들 재미없어하는 거

안 보이냐고? 이거 어떻게 책임질 거야? 핥는 것도 싫고 만지는 것도 싫다니, 대체 어쩌라는 거야?"

사회자 준우의 말에 연오가 고개를 들지 못했다. 어서 이 시간이 끝나기를 바라며 살짝 고개를 들어 이현을 쳐다봤다. 오랜만에 친구들과 함께해서인지 그는 발바닥을 맞으면서도 유쾌한 웃음을 그치지 않고 있었다. 준우가 다시 마이크를 잡았다.

"마지막으로 아주 가벼운 걸로 주문할 테니 이번 것도 싫다고 하면 그땐 강이현 너는 정말 죽는 거다."

장난스런 그 말이 이제는 공포스럽게 다가왔다. 미션을 수행하기는 싫었지만 이현이 매섭게 맞는 꼴도 더는 볼 수가 없었던 것이다.

"아까 보니까 대추 씨를 신랑이 물었던데 남자가 씨를 입에 담다니, 아무리 세상이 개벽을 했다지만 우리는 그런 꼴 볼 수 없습니다. 자! 신랑은 포도 알을 자근자근 씹습니다. 실시!"

이현이 푸흣 웃음을 터뜨리며 어딘가에서 건네는 포도송이를 받아 들었다. 그리고는 입안에 넣고 천천히 씹기 시작했다.

"신부에게 다가갑니다. 실시!"

그가 어쩔 수 없다는 듯 연오에게 눈웃음을 지으며 다가왔다. 연오가 저도 모르게 뒷걸음질을 치는데, 정말 순식간이었다. 이현이 연오의 허리를 잽싸게 잡아 끌어당겼다. 연오가 이현의 품에 안겨 어린아이처럼 울상을 지으며 그를 올려다보았다. 연오의 불안에 떠는 눈빛이 자신에게로 와 닿자, 이현이 자기도 곤란하다는 듯 같이 울상을 지어 보이며 고개를 절레절레 저었다. 그 모습에 피로연장에 앉아 있던 사람들이 저마다 소리를 질러댔는데 그 기대감 어린 환호성이 어찌나 야한지 연오는 더욱 얼굴이 화끈거렸다.

"신랑은 씨만 골라 신부의 입안에 넣어줍니다."

그 말속에 담긴 이중적인 의미에 피로연장이 뜨거워졌다. 이번엔 연오가 이현을 보며 고개를 절레절레 젓자, 이현이 입안에 씨를 문 채 애원했다.

"나 좀 살려주라, 최연오."

그 말에 연오가 어쩔 줄 모르고 망설이자 준우가 그런 연오를 짐짓 꾸짖다가 나중엔 협박을 했다.

"어허! 신랑이 어떻게 되어도 신부는 상관없다는 말이지?"

뒤에서 몽둥이를 든 친구들이 다가오자, 연오가 이현에게 허리가 잡힌 채로 고개를 들었다. 그녀가 조그맣지만 천천히 입을 벌리자, 이현의 눈이 순간 놀람으로 커지는가 싶더니 이내 보기 좋게 눈매를 휘어 보였다. 이현의 입술이 망설이지 않고 연오에게로 내려왔다.

연오는 포도 씨만 입안에 넣어주고 끝낼 줄 알았던 이현이 자신의 입안에 혀를 밀어 넣자 충격을 받았다. 어깨를 밀어냈지만 그는 꿈쩍도 하지 않았다. 이렇게 혀와 타액이 밀려드는 딥키스는 처음이었다. 연오의 도망가는 혀를 붙잡고 이현이 놔주질 않자, 결국에는 그 짓궂던 준우가 키스를 중단시킬 정도였다.

"그만! 그만! 여기서 애라도 만들겠다는 거야?"

여기저기서 웃음이 터져 나왔지만 연오는 이현과 벌인 키스의 충격에 사람들의 웃음소리가 제대로 들리지도 않았다. 이현이 겨우 입을 떼자, 연오가 여전히 그에게 허리가 붙잡힌 상태로 숨을 몰아쉬었다. 당혹스러움에 이현을 흘깃 올려다보자 그의 상기된 얼굴이 보였다. 아마도 분위기에 취한 이현은 자신의 말마따나 이 시간을 철저히 즐기고 있는 모양이었다. 사회자인 준우가 말했다.

"자, 신부는 입을 벌려 사람들에게 씨를 보여줍니다."

준우의 말에 연오가 난처한 표정을 지었다. 목구멍을 타고 넘어오는 이현의 타액을 미처 삼키지 못했기에 입안에 물고 있는 것은 포도 씨만이 아니었다. 어딘가에 침과 씨를 함께 뱉고 싶었지만 그럴 수 있는 상황이 못 되었다.

"신부가 신랑 침이 더러운지 입에 뭘 한가득 물고 있네요."

그 말에 피로연장은 웃음바다가 되었다. 연오는 결국 씨만 남기고 입안에 고인 타액을 꿀꺽 삼켜야만 했다.

경수가 스테이지 위에서 내려와 자신들에게 다가오는 그를 보며 씨익 웃었다. 이현은 한사코 거부하는 연오를 데리고 스테이지 위에서 한바탕 놀다가 신랑 신부가 사람들 사이를 오가며 인사하는 시간이 되자, 객석의 환호를 받으며 내려오는 참이었다.

"레지 3, 4년이 결혼을 가장 많이 하는 시기라고는 하지만 네가 할 줄은 몰랐다."

상기된 얼굴로 다가오는 이현을 향해 경수가 새삼스럽게 물었다. 이현이 자리에 앉으며 성일이 따르는 맥주를 입으로 가져갔다.

"너, 완전 입이 귀에 걸렸다. 맥주는 우리가 마셨는데 왜 네가 취한 것 같으냐?"

경수의 말에 이현이 의자에 몸을 깊숙이 묻으며 말했다.

"재밌잖아."

"하기야 여기 모인 사람들 다들 그 지긋지긋한 병원에서 탈출해서 그런지 엄청 흥분하더라."

경수가 피로연장을 휘 훑어보다가 여자들 무리 속에서 환하게 웃고 있는 연오에게로 시선을 멈췄다. 가운을 벗고 딱 붙는 원피스를 입고 있는 연오는 그 어떤 여자보다도 청아하고 화사해 보였다. 저런 모습은 처음이라고 느끼며 경수가 그녀를 자세히 훑는데 이현이 경수의 뺨을 돌렸다.

"술이나 마셔."

그에게 맥주를 권하는 이현의 행동은 꽤나 자연스러워 보였지만 경수는 피식 웃음을 흘렸다.

"너, 동기랑 연애하는 건 근친상간 같다고 말한 적 있지 않냐? 거기다 왜 하필이면 최연오야? 학교 다닐 때 연오 별로라고 했잖아."

경수는 친구를 놀리고 싶어 부러 옛이야기를 꺼냈다. 그 말을 한 귀로 흘려버렸는지 이현은 맥주를 들이켤 뿐이었다.

"내가 볼 적에 지금은 최연오도 그다지 너한테 빠진 것처럼 보이지도 않는데. 그거 아냐? 연오가 너를 쳐다보는 시선이 엄청 담백하다는 거. 니들 아까 키스한 거 빼면 정말 플라토닉해 보여."

경수는 일부러 이현을 건드릴 말만을 골라 했지만 기분이 최고

조로 달한 이현의 귀에 그런 말 따위가 들어올 리 없었다. 오히려 경수가 아까 전의 키스를 언급하자 이현은 또다시 가슴께부터 짜릿한 흥분이 지나가는 것을 느꼈다. 연오가 그 조그만 입술을 벌렸을 때 이현은 머리가 아찔할 정도로 설렘을 느꼈었다. 그것을 감추고서 그는 무심한 듯 연오를 바라보았다.

아이보리색 미니 드레스를 입은 그녀는 하얗고 보드라운 피부 때문에 보는 이들로 하여금 청량한 시원함마저 느끼게 했다. 잘 정돈된 커트머리는 어느 각도에서 보면 단발로 보이기도 했는데, 그 단아한 헤어스타일 아래 오밀조밀한 이목구비가 있었고 우아한 목선을 지나면 몇 번 본 적 없는 가느다란 쇄골이 눈에 들어왔다. 그리고 이어지는 봉긋한 가슴은 원피스에 잘 감싸여져 있었다.

하경이 연오를 바라보다 이현 쪽을 흘깃 훑었다. 연오는 느끼지 못하는 듯했지만 이현의 시선은 내내 그녀에게로 따라붙고 있었다.

"연애는 내가 먼저 했는데 어째 결혼은 네가 더 빨리 하냐? 니들 혹시 애 만들었냐?"

하경의 말에 연오가 기함을 하며 입을 벌렸다.

"결혼했으니 할 수 있는 말인데 뭐 그렇게 놀라냐? 그나저나 이현이가 너 쳐다본다."

그 말에 연오가 이현을 찾아 두리번거리다 눈이 마주치자 환하게 웃어 보였다.

이현은 연오의 보기 좋게 휘는 가느다란 아미를 바라보며 웃음을 되돌려 주었다. 그녀가 고개를 돌리고 하경과 대화를 나누는 모습을 계속해서 바라보던 이현은 몸속에서 시작된 열기에 갑자기 갈증이 일어 맥주를 꿀꺽꿀꺽 마셨다. 경수가 의미심장한 얼굴로 그를 바라보며 말을 걸었다.

"안주는 안 먹냐? 아니면 최연오가 안주야?"

그 말에 이현이 연오에게서 눈을 떼고 느리게 자세를 바로 했다. 별거 아닌 농담에도 이현은 여느 때와 달리 웃음을 감추지 못했다. 둔한 성일도 이현의 그런 모습을 눈치챌 정도였다.

"최연오랑 결혼은 왜 했나?"

이현은 바보라도 된 듯 실없이 웃음을 흘릴 뿐이었다. 하지만 경수의 물음에 어쩐지 마음 끝에 씁쓰레한 기운이 감도는 것도 같았다. 연오보다 한참은 앞서 가는 자신의 마음을 그녀가 알게 된다면 어떤 표정을 지을까. 이현은 연오가 '그냥'이라고 대답하는 장면을 떠올리며 친구에게로 휙 고개를 돌렸다.

"그냥 같이 살고 싶으니까."

경수와 성일이 서로 눈빛을 교환하다 개구쟁이 같은 표정으로 이현을 바라보았다.

"좀 솔직해져라, 자식아!"

경수의 말에 이현이 희미하게 웃으며 말했다.

"……나중에."

순간 어쩐지 아련해지는 이현의 얼굴을 바라보다 경수는 연오를 향해 냅다 소리를 질렀다.

"연오야! 이쪽으로 좀 와봐."

연오가 경수의 말에 자리에서 일어나 사람들에게 인사를 하며 이현의 테이블로 걸어왔다. 경수가 그런 연오를 바라보며 말했다.

　"최연오! 두 번 결혼한 소감이 어때?"

　연오가 무슨 말인지 이해가 가지 않는다는 듯 태평하게 땅콩을 집어 입안에 털어 넣는 경수를 바라보았다. 자신에게 등을 보이고 앉은 이현의 표정은 보이지 않았다.

　"너, 가운 자주 잃어버리지 않냐?"

　"한 번……."

　아니다. PK 시절에도 한 번 잃어버렸구나.

　"두 번 잃어버렸네. 근데 그건 왜?"

　"그럼 너, 결혼 세 번 한 거야."

　"그게 무슨 소리야?"

　경수가 어깨를 들썩이며 쿡쿡 웃자, 묵묵히 술만 마시던 이현이 대뜸 소리를 질렀다.

　"그만해라, 자식아!"

　그 말에 경수가 이현의 눈치를 살피며 손으로 입을 가리더니 연오에게만 살짝 말해준다는 듯 속삭였다.

　"가운이 하얗잖아."

　길고 하얀 가운이 언뜻 웨딩드레스를 연상시키니까 그걸 빗대어 말하는 듯했다. 연오는 경수의 농담이 실없이 느껴져 나오지 않는 웃음을 억지로 살짝 지어 보였다.

　"찾게 되면 무조건 드라이 맡겨라. 그럴 일은 없겠지만."

　연오가 눈을 깜빡이며 뜬금없는 말을 내뱉는 경수를 바라보고 있을 때 이현이 벌떡 일어나 그녀의 손을 잡았다.

"가자."

"응?"

연오가 이현을 올려다보았다.

"출발해야지."

✳

꼭 짜인 레지던트의 스케줄에 이현과 연오에게 주어진 시간은 그리 많지 않았다. 그래서 택한 것이 4박 5일간의 제주도 여행이었다. 그나마도 병원의 눈치를 보며 시간을 빼내기 위해 결혼 전날까지도 두 사람은 병원에 있어야 했다. 처음에 연오는 신혼여행을 가지 않는 게 어떠냐고 이현에게 물었지만 이현이 고집스럽게 갈 것을 주장해서 두 사람은 이렇게 제주행 비행기에 올라 있었다.

"그 환자는 그렇게 접근하면 안 돼, 지석아. CI(뇌경색)에 Pneumonia(폐렴)이 같이 온 환자야. 일단 Pneumonia은 잡았으니까 DM(당뇨) 컨트롤해. 그리고 한 과장님은 수술실에서 환자 위치 고정 잘못하면 엄청 화내시니까 주의해서……."

비행기가 이륙하기 전 연오가 레지던트 3년차인 후배 지석에게 주의 사항을 전달하고 있는데 갑자기 그녀에게서 이현이 전화기를 빼앗았다.

"야, 이 자식아! 전화 안 끊어? 니들 다시 연오한테 전화하면 그땐 나한테 혼날 줄 알아!"

신경외과 치프인 이현이 하도 엄하고 무서웠기에 후배들이 상대적으로 부드럽고 온화한 성격의 연오에게 전화를 해댔는데 이에 이현이 드디어 폭발한 것이었다. 전화를 끊은 이현이 자신을 쳐다보는 연오에게 휴대폰을 넘겨주며 고개를 절레절레 저었다.

"어떤 선배는 신혼여행 때 Harrison(해리슨:내과 교재로 두껍다)을 들고 갔다던데 네가 그렇지 않은 걸 다행으로 여겨야 할 판인가?"

"고마워."

뜻밖의 말에 이현이 연오를 돌아보았다.

"뭐가?"

"사실 나도 이 순간까지 병원 일에 시달리는 거 별로 달갑지 않았거든."

그렇게 말하며 하품을 하는 연오의 얼굴에 이현의 시선이 붙박인 듯 머물렀다.

"아, 졸려."

그것도 모른 채 시트에 몸을 묻는 그녀에게 이현이 담요도 모자라 겉옷을 벗더니 목까지 덮어주었다. 잠이 가득 묻은 얼굴로 연오가 이현을 슬쩍 쳐다보더니 빙긋 웃었다. 그녀는 이내 잠 속에 빠져들었다.

이현이 잠든 연오의 얼굴을 하염없이 바라보다 갑자기 심술이 나서 그녀를 깨우려 손을 들어 올렸다.

쌕. 쌕.

아기처럼 가느다란 숨결을 내뱉으며 잠든 연오가 그만 너무도 사랑스러워 이현은 손을 거뒀다. 문득 처음 그녀를 봤을 때가 생각났다.

　'김경수! 다 봤으면 빨리 가자.'

　　병리학 시험의 성적표 옆에서 그는 경수를 재촉했었다. 140명의 아이들이 한꺼번에 몰리면서 학과사무실 앞은 오밀조밀 모인 새까만 머리들로 가득했다. 웅성거리는 소리를 벽에 기대어 지루하게 듣던 그때…….

　'이거 필요해?'

　　경수의 물음에 여자아이가 '고마워'라고 대답하며 담뱃불을 가져갔다. 까치발을 들어 담뱃불로 자신의 이름을 지워 나가는 그 아이의 얼굴을 빤히 쳐다보았었지. 작고 동그란 머리, 그 아래로 자연스럽게 연결된 가늘고 길게 뻗은 눈썹, 하얀 얼굴에 맞는 신비스러운 눈동자, 앙증맞고 좁은 콧방울, 그리고 조그맣고 도톰한 입술까지 그 아이의 얼굴을 천천히 훑었다.

　　병리학 시험, 맨 위에 자신의 이름을 올린 여자아이였다. 친구들이 왜 호들갑을 떠는지 알 수 있을 정도로 예뻤다. 인정하고 싶지 않지만 그때부터 연오라는 아이의 눈에 띄려고 꽤나 애를 썼던 기억이 있다. 도서관에서 책을 보다가 연오가 답답한 듯 창밖을 보면 창가에 앉아 있던 이현은 창문을 닫아버리곤 했었다. 눈이 마주칠 그 찰나의 순간을 기다리며……. 그러고 나면 자신에게 다가와 창문 좀 열어달라고 할 줄 알았는데, 그녀는 아쉬운 듯 조그맣게 한숨만 내쉴 뿐 얄밉게도 책으로 다시 고개를 돌려 버렸었다. 다른 여자아이들이 다가와 자신에게 말을 걸 때 연오는 먼발치에 서서 친구들을 기다리곤 했었다. 그것이 못내 미워서 부러 연오 곁의 다른 여자아이들과 친절하게, 그리고 길게 대화를 나누었던 적이 한두 번이 아니었는데…….

'그렇게 좋게든 그렇지 않게든 너의 머릿속에 나를 각인시키고 싶은 욕구가 항상 있었다.'

늘 우유같이 하얗고 보드라운 그 아이와 마주치는 상상을 하며 교정을 걸었던 기억이 꼬리를 물고 따라왔다.

'연오야! 최연오!'

연오가 돌아보았다. 무리들 가운데 하경이 물었다.

'어디 가? 애들 잔디밭에 있대. 술판 벌어진 것 같은데 같이 안 갈래?'

연오가 웃다가 자신의 시선과 마주치자 눈을 깜빡이며 고개를 돌려 버렸지. 온다고, 내가 있는 이리로 와서 같이 어울리겠다고 말해주었으면 하고 이현은 바랐는데 그녀에게서 들려온 대답은 아쉽게도 '아니'였다.

'어디 갈 건데?'

'잠깐 책 보러…….'

'그래? 잘 가.'

그 아이와 말도 트기 전 그때, 아쉬운 마음을 애써 숨기고 친구들과 떨어지지 않는 발걸음을 돌려야만 했었다. 그때는 그도 자신의 마음을 잘 알지 못하던 때였다.

스물두 살, 본과 1년이었던 그 아이가 지금 이렇게 자신의 옆에서 잠이 들어 있었다. 이현이 연오의 뺨을 살며시 쓸었다. 그에 연오가 가볍게 몸을 떨다가 이내 가라앉았다. 그 모습이 귀여워 이현이 웃음을 배어 물었다.

한 시간 남짓한 시간, 달게 자는 연오를 이현이 흔들어 깨웠다.
"연오야, 최연오! 그만 일어나, 어서."
이현의 부드러운 목소리를 들으며 연오가 간신히 눈을 떴다. 덮쳐 오는 잠의 해일 속에서 그녀가 정신을 차리려고 눈을 깜빡깜빡 뜰 때였다. 갑자기 이현의 큰 손이 내려오더니 관자놀이를 가볍게 문질렀다. 아무런 저항 없이 가만히 있는 듯했지만 내심 이현의 다정한 행동에 놀라 연오는 실은 숨도 제대로 뱉고 있질 못했다.

"승객 여러분, 저희 비행기는 잠시 뒤 제주국제공항에 착륙하겠습니다. 좌석 벨트의 착용 상태를 다시 한 번 확인해 주시고 좌석 등받이와 테이블은 원래의 위치로 되돌려주시기 바랍니다. 감사합니다."

기내의 안내 멘트가 울리고 곧이어 비행기가 착륙했다. 들뜬 사람들이 좌석에서 일어나 짐을 내리는 등 분주하게 오갔다.

결혼식을 끝내고 곧장 왔던지라 도착한 시간은 저녁 무렵이었다. 노을이 지는 제주도의 하늘은 높고 깨끗했다. 그간의 찌들었던 병원 생활에서 잠시나마 해방되었다는 생각과 함께 가슴 속이 탁 트이는 느낌이었다. 연오가 어깨를 들썩일 정도로 크게 공기를 들이마셨다.

"좋냐?"

그 모습을 이현이 바라보며 피식 웃었다. 연오가 고개를 끄덕이자 이현은 차오르는 뿌듯함에 가슴이 부풀어 올랐다. 그것을 애써 감추며 그가 연오에게서 짐을 뺏다시피 해 짊어졌다.

호텔 객실로 들어선 연오는 벌린 입을 다물 줄 몰랐다. 비행기의 경우, 쫓기듯이 예약을 하는 바람에 이코노미석을 타고 왔지만 이현과 연오가 머물 호텔만큼은 최상급이었다. 스위트룸 입구에서서 연오가 연신 '우와, 우와!'를 내뱉자 이현이 짐을 들고 성큼성큼 안으로 들어가며 웃었다. 연오는 새삼 이현 집안의 재력을 실감하는 중이었다.

그러자 덩달아 조금은 우울한 생각이 들었다. 이제 시아버지가 된 강석우 박사의 경우 속이야 어떻든 자신에게 친절했지만 시어머니의 경우 연오가 못마땅한 것을 굳이 숨기려 들지 않았던 것이다.

"늦었다. 밥 먹어야지."

이현의 말에 연오가 상념에서 깨어났다. 눈앞에 너무도 포근해 보이는 침대가 있었다.

"정말 이대로 실컷 잤으면 좋겠다."

이현은 침대로 걸어가 하얀 면 시트에 얼굴을 비비적거리는 연오를 바라보았다.

"안 돼."

그가 단탈에 그녀의 말을 자르자, 시트에 얼굴을 묻고 엎어진 자세로 있던 연오가 앓는 소리를 냈다. 그 모습을 바라보던 이현은 야릇한 느낌이 들어 얼굴로 열기가 몰렸다.

"흠, 나 먼저······."

헛기침을 내뱉는 이현의 목소리가 갈라져 나왔다. 여전히 시트에 얼굴을 묻고 있는 연오를 바라보며 그가 목소리를 가다듬어 제법 단호한 어조로 말했다.

"나 먼저 씻고 나올 테니까 그때까지 정신 차리고 있어."

그의 말이 끝나기도 전에 연오가 고개를 끄덕였다.

샤워를 마치고 나왔을 때 연오는 바닥에 두 발을 디딘 채 침대에 상체를 기대어 엎드린 자세로 잠들어 있었다. 차마 자신의 말을 어길 수도, 그렇다고 잠의 유혹을 물리칠 수도 없었던 모양이다.

저녁을 먹으러 밖에 나갈 생각이었기 때문에 이현은 머리는 감지 않은 채로 나왔다. 그가 수건으로 얼굴을 닦으며 연오에게 다가가 물었다.

"자냐?"

예상은 했지만 그녀에게서는 정말로 대답이 없었다. 이현이 한숨을 쉬었다.

"이 잠 귀신······."

말은 그렇게 하면서도 이현은 연오를 침대에 똑바로 눕혀주었다. 발에서 구두를 벗기자 연오의 하얀 발이 드러났다. 발가락마저 예쁜, 여성스러운 발 모양에 이현은 그녀의 발을 스치듯 쓰다듬었다.

'좋아해, 이현아.'

심장이 터져 버릴 듯했던 그날의 기억이 스쳐 갔다. 그저 네 마음을 조금이라도 안달 나게 하고 싶었던 그때의 치기 어림은 안타까움과 애틋함으로 몇 년을 돌고 돌아왔지. 하지만 결국 내게 온 거야, 넌.

이현이 매트에 걸터앉아 연오를 가두듯 그녀의 허리 반대편에 팔을 뻗었다. 그렇게 한참 잠든 그녀의 모습을 훑다가 조심스럽게 연약해 보이는 목에 손을 뻗었다. 섬세한 목 근처의 맥박이 느껴졌다. 망설이던 손끝과는 달리 그의 얼굴은 일말의 주저함없이 곧장 그곳으로 향했다.

어느새 바깥은 어둠이 깊게 내려앉아 있었다.

"연오야, 최연오!"

누군가 자신을 흔들어 깨우고 있었다. 연오가 슬며시 눈을 뜨자 어둠 속에서 낯선 사내의 얼굴이 들어왔다. 그는 이현이었다.

"아, 맞다. 나 결혼했지?"

어리둥절해하던 연오가 웃으며 일어났다. 자신의 옆에 기대 누운 것이 그도 잠시 눈을 붙인 모양이었다. 자신과 이현을 덮은 시트가 하나로 연결되어져 있다는 생각에 연오는 순간 부끄러움을 느끼며 어색하게 시트를 걷었다.

"그래. 너 나랑 결혼했어."

이현의 웃음기 어린 말을 들으며 연오가 침대 밑에 다리를 내리고 뻐근한 팔을 문지르는데, 원피스의 버튼들이 하나같이 열려 있는 것이 보였다. 뒤척이며 잠을 잔 모양이었다. 연오가 이현에게 등을 지고 원피스의 버튼을 잠그려고 하는데 그가 그녀를 돌려세웠다. 피식 웃으며 가슴께의 버튼을 잠가주려 손을 대는 이현을 보며 연오는 괜스레 얼굴이 붉어졌다. 어두워서 얼굴이 보이지 않는 게 다행이었다. 하지만 그 어둠과 맞물려 그의 행동이 야릇한 분위기를 만들어내자 연오가 서둘러 손을 올리며 말했다.

"내가 할게."

이현이 말없이 그녀의 손을 치우고는 자신이 풀어버린 버튼을 다시 하나씩 채워 나갔다.

그에 연오는 내색하지 않았지만 그와의 결혼을 조금은 실감하게 되었다. 아무래도 이런 스킨십이 아무렇지 않은 것으로 보아 이현은 이 상황이 편안한가 보다는 생각도 들었다.

"나 얼마나 잔 거야?"

"지금 저녁 9시야."

"그래? 불 켜고 있지."

이현이 단추를 다 채워준 뒤 연오의 뺨을 살짝 꼬집으며 말했다.

"너, 배는 안 고프냐?"

그 말에 연오가 그에게 잡혔던 뺨을 문지르며 빙긋이 웃어 보였다.

"……고픈 것도 같네."

"나가자."

이현의 말에 연오가 자리에서 일어섰다.

어쩌다 보니 채식을 즐겨하게 된 연오였지만 생선까지 먹지 않는 것은 아니었다. 옥돔회와 매운탕 중 매운탕을 먹으며 연오는 이현과 담소를 나눴다. 두 사람 앞에는 소주도 놓여 있어 분위기는 화기애애했다.

"경수 자식이 GS 약어가 Great Surgery(대단한 의사)라며 NS를 무시하더라. 그래서 내가 GS는 General Service(일반적 서비스)아니냐고 그랬지. 그랬더니 그때부터 펄펄 뛰는 게……."

"하하하하하하!"

연오는 일반외과를 전공하고 있는 경수가 이현의 말에 열을 냈을 모습이 떠올라 웃음을 터뜨렸다.

"네가 회를 안 먹는 것에 대해 너 자신은 어떻게 생각해?"

이현의 갑작스런 물음에 연오가 웃음을 멈추고는 고개를 갸웃했다.

"음……. 그런 생각은 해본 적이 없는데."

"수술에 스트레스를 받고 있다는 생각, 해본 적 없어?"

이현의 물음에 연오가 생각에 잠겨 말을 멈추자 그가 재차 말했다.

"너, PK 때 수술 참관하고 나오면 얼굴이 완전 가관이었어."

이현은 소주 세 잔에 얼굴이 볼그족족해진 연오를 바라보며 물었다.

"왜 NS에 온 거야?"

연오가 싱긋 웃으며 대답했다.

"그냥……."

"그냥?"

이현이 되물었다. 순간 연오는 이현 앞에서 가끔씩 그냥이라고 대답하면 그가 짜증을 내곤 했다는 걸 떠올렸다. 아니나 다를까 왠지 모르게 이현의 얼굴이 차가워 보인다.

이현은 연오의 습관과도 같은 '그냥'이라는 말에 어떤 조바심을 느꼈다.

'최연오! 주말에 영화나 보러 안 갈래? 표가 두 장인데 혼자 가려니까 좀 그렇다.'

'아……. 난 그냥 있을래. 다른 사람이랑 같이 가.'

'기분 안 좋아? 왜 그러고 있어?'

활짝 웃는 연오에게서 나온 대답은 언제나 또 '그냥……'.

나와 결혼을 왜 했니, 라고 물어보면 '그냥'이라는 대답이 나올까 두려워 묻지도 못했다.

'넌 왜 신경외과에 지원했어?'

'……그냥.'

연오가 자신을 편안하게 느낀다는 것을 알고 있었지만 이현은 불현듯 찾아드는 서글픈 느낌을 애써 마음 안으로 눌러놓아야만 했다. 연오가 일정 거리 이상은 곁을 내주지 않는다는 사실을 깨달았던 건 정말이지 우울한 일이었다. 자신의 경우 연오에게 농담처럼 뭐든 말하는 식이었지만 그녀는 어느 선 이상 자신에게 관심을 보인 적이 없었다.

"스트레스를 받는다고 해도 아직까지 병원을 도망 나간 적은 없으니까 견딜 만하다는 얘기겠지."

연오의 말에 이현이 희미하게 웃음을 만들어 보였다.

두 사람은 밤 11시가 되어 호텔로 돌아왔다. 저녁을 먹기 전 충분히 잤다고 생각했는데 피곤이 쌓였었는지 연오는 머리가 몽롱했다. 술을 마신 것도 흐릿한 정신의 한 요인이었을 거다. 이현도 술기운이 오르는지 객실로 들어오자마자 덥다며 티셔츠를 벗고 있었다. 그의 드러난 탄탄한 상체를 보자 어쩐지 볼이 붉어져 연오는 서늘한 손으로 뜨거운 뺨을 꾹꾹 눌렀다. 그리고는 시선을 비켜 캐리어를 열었다. 옷을 뒤지는 척하며 뭉그적거리는데 이현의 장난기 어린 말이 날아왔다.

"야! 애들이 그러는데 너랑 나 사이에 태어난 애는 머리가 엄청 좋을 거래."

연오는 갑자기 뛰는 심장 소리를 무시하고 태연한 듯 웃어 보였다. 그리고 다시 고개를 내리는데 이현이 또다시 농을 걸었다.

"너, 오빠가 왜 이런 소리 하는 줄 몰라? 이 야심한 밤에 남녀 둘이 있는데 너는 태연하게 웃음이 나오냐?"

이현과의 결혼을 생각하면서 성관계를 생각해 보지 않은 것은 아니었다. 하지만 머릿속에서 자신 앞에서 이렇듯 노골적으로 농담을 하는 그의 모습이 떠오른 적은 한 번도 없었다.

'깊게 생각할 필요가 뭐 있어? 이현이도 농담인 것 같은데……'

"욕실 좀 쓸게."

"같이 씻을까?"

연오가 풋 하고 웃음을 터뜨리며 욕실로 몸을 돌렸다. 문소리와 함께 그녀가 사라지자 억지로 끌어올렸던 이현의 입꼬리도 덩달아 스르르 사라져 버렸다. 자기도 모르게 그는 한숨을 내쉬고 있었다.

'최연오, 널 어찌하면 좋을까?'

샤워실에 들어간 연오 역시 이 상황이 당혹스럽기는 마찬가지였다. 뜨거운 물에 몸을 맡기면서 그녀는 불안하게 뛰고 있는 심장박동을 느꼈다. 그것을 낯선 환경 탓으로 돌리며 애써 침착해지려고 노력했다.

하지만 끝없이 이어지는 상념들은 그간 미루어 왔던 질문에 대한 답을 요구하며 연오의 머릿속을 헤집어놓고 있었다. 이현과의 결혼을 허락한 이유를 자신도 잘 알지 못했다. 그저 외로움과 고된 일과, 그리고 실연의 상처로 인해 그가 내민 손을 잡았다고 설명하기엔 부족한 뭔가가 있었다. 그게 뭘까? 연오가 수증기로 뿌옇게 흐려진 거울을 닦아내며 자신의 얼굴을 들여다보았지만 여전히 막막한 느낌뿐이었다. 일단 결혼을 하기로 했지만 그 후에 일어날 일들에 대해서 이현과 상의를 해본 적이 있었던가? 단 한 차례도 없었다. 병원 일이 바쁘기도 했지만 굳이 그런 것들을 입 밖으로 꺼내어 편안하고 안정적인 그와의 관계를 무너뜨리고 싶지 않았다. 그중 하나가 잠자리 문제였다. 결혼을 했으니 이현과 관계를 맺는다는 것은 어찌 보면 당연한 일이었지만 연오는 왠지 그것이 어색해 한없이 피하고만 싶었다. 자신이 이럴진대 사랑하지 않는, 그것도 오랜 친구와 결혼한 이현의 심정은 어떨까. 그 역시 불편하기는 매한가지일 거라는 생각이 들었다.

밖에 나오니 이현은 침대에 누워 TV를 보고 있었다. 침대로 다가가지 못하고 연오가 소파로 향하며 말했다.

"내가 소파에서 잘까?"

그 말에 TV를 보던 이현의 얼굴이 미세하게 흐려지는 것을 연오는 알아채지 못했다. 채널이 이리저리 돌아가는 소리를 들으며 연오가 말이 없는 이현을 바라봤다. TV에 빠져 있는 그를 방해하고 싶지 않아 연오가 대답을 기다리지 않고 소파 위에 담요를 펼치며 조용히 말했다.

"잘 자."

눈을 감고 소파에 눕자 어색함은 금세 사라지고 다행히도 술기운에 몽롱해진 정신은 희미해져 갔다. 얼마쯤 그러고 있었을까?

"야! 자냐?"

연오가 흐릿한 눈을 뜨니 이현이 장난기 어린 얼굴로 소파를 발로 툭 차고 있었다.

"음……. 왜?"

연오가 비몽사몽한 정신으로 간신히 입을 열었다.

"왜긴 왜야? 오빠가 너 홍콩 보내주려 하는 거지."

이현의 질 낮은 야한 농담이 너무도 태연하게 입 밖으로 흘러나오자 연오의 입에서 푸흐흐 하고 웃음이 터져 나왔다.

"어? 웃어?"

이현이 와락 달려들더니 그녀의 옆구리를 간지럼 태우기 시작했다.

"악!"

연오가 비명에 가까운 소리를 지르며 더 큰 웃음을 터뜨렸다. 이미 잠은 달아나 버렸다. 한동안 그의 손을 붙잡으려 하는 연오와 간지럼을 태우는 이현 사이에 실랑이가 벌어졌다. 어느 순간 이현의 장난스러운 손길이 멈춰지고 그가 천천히 연오의 목덜미에 얼굴을 묻어왔다. 동시에 연오의 입에서도 웃음이 뚝 끊겨 버렸다. 할 말을 잃은 그녀의 몸이 뻣뻣해졌다.

"하아!"

이현이 연오의 목덜미에서 얼굴을 떼고는 그녀의 얼굴을 응시했다. 아쉬움이 묻은 그 한숨 소리가 꽤나 야하게 들려 연오가 이현의 시선을 피했다. 그러자 그가 손바닥으로 자신의 얼굴을 몇 번 쓸어내렸다. 이현은 차오르는 격정을 꾹 눌러 참고 있었다.

"나랑 결혼해 줘서 고마워."

그 진지함의 무게에 짓눌려 연오가 어찌할 바를 모르는데 이현이 기습적으로 그녀를 번쩍 안아 들었다. 순간적으로 놀란 것도 잠시, 새로운 긴장으로 몸이 굳어지는데 그가 침대로 걸어가며 내뱉듯 말했다.

"넓은 침대 놔두고 왜 소파에서 자?"

"그, 그냥 나는……."

"그냥이라는 소리 좀 집어치워."

이현이 연오를 침대에 내려놓자 그녀가 뒤로 물러서며 긴장하지 않은 척 애써 웃음을 만들어 보였다.

"얼마나 피곤한지 정말 한 이틀은 잘 수도 있을 것 같아."

그 어색한 말투와 불안하게 흔들리는 눈동자를 이현은 어렵지 않게 읽어낼 수 있었다.

"나도 한 이틀은 너랑 자고 싶어."

자신을 바라보는 그의 눈동자가 한없이 진지함을 담고 있자, 연오가 흡 하고 숨을 들이마셨다. 그 모습을 바라보던 이현이 일시에 표정을 풀더니 피식 웃었다.

"농담이니까 편히 자. 넓은 침대 놔두고 소파에서 잘 생각은 말고."

연오가 알 수 없는 이현의 태도를 살피던 끝에 고개를 끄덕여 보였다. 그리고는 어색하게 웃으며 침대에 누웠다. 이현이 불을 끄고 반대편으로 걸어가는 게 느껴졌다.

자리에 누우며 이현은 욕실에서 나왔을 때의 연오의 모습을 애써 머릿속에서 밀어냈다. 생각의 끈을 놓으면 욕망이 금세 밀려들어 발기하게 될 것만 같았다. 자신에게 등을 보인 채 누워 있는 연오가 이 상황을 얼마나 낯설어하고 경계하는지를 잘 알고 있었다. 그런 연오를 두고 자신의 욕망을 드러내 그녀를 놀라게 할 순 없었다. 그러고 싶지도 않았다.

시간이 흐르고 힘든 시간을 보내던 끝에 이현은 연오의 쌕쌕거리며 잠든 소리를 들을 수 있었다. 그녀가 깨지 않도록 몸을 돌린 뒤, 팔로 머리를 받치고 얼굴을 내려다보았다. 결국 아랫도리가 부풀어 오르며 몸이 뜨겁게 달아올랐다. 머리카락을 천천히 쓸어주며 이현은 새삼 그녀가 얼마나 예쁘게 생겼는지를 느꼈다.

유채꽃밭 위를 거닐며 소녀는 아버지를 올려다보았다. 아버지가 소녀를 향해 웃고 있었지만 병색이 완연한 그 얼굴에서는 기쁨보다도 어쩐지 슬픔의 감정이 더 묻어 나오고 있었다. 소녀는 태양빛에 눈이 부신 듯 찡그린 채 아버지를 보았다가 다시 시선을 돌렸다. 저 너머에 또래 아이들이 어울려 놀고 있었다. 아버지의 손을 쥔 소녀의 손이 꿈틀거렸다.

'벗어나고 싶어. 잠시만 친구들하고 어울려 놀고 싶어.'

밖에 나온 이 순간까지도 자그마한 소녀는 산책을 나온 아버지의 보호자일 뿐이었지, 마냥 뛰어놀 수 있는 어린아이가 아니었다.

"이제 그만 들어가자꾸나."

아버지의 갈라지고 부르튼 입술에서 다시 그 어둡고 침침한 집으로 돌아가자는 말이 나왔다. 소녀가 아쉬운 듯 친구들을 흘깃 바라보았다.

그중 한 명과 눈이 마주쳤다.

"줄다리기할 건데, 너도 낄래?"

숫자가 맞지 않는지 내동 소녀를 무시하던 아이들이 선심 쓰듯 말했다.

소녀가 허락을 구하듯 조심스레 아버지를 올려다보자 그가 딸을 향해 애써 웃음을 지어 보였다.

"조금만 놀다 오거라."

신이 난 소녀가 무리를 향해 뛰어갔다.

"영차! 영차!"

온 힘을 쏟아 줄을 당겼다. 그때 아버지의 목소리가 들려왔다.

"연오야! 연오야!"

돌아보니 아버지가 가느다란 손으로 그만 놓고 돌아오라는 몸짓을 보내고 있었다.

'지금 빠질 수는 없는데…….'

연오가 입술을 지그시 깨물며 귓바퀴를 타고 흘러들어 오는 아버지의 음성을 애써 모른 척했다.

콰당!

반대편에 선 또래 하나가 줄을 놓아서 연오는 친구들과 함께 바닥에 나뒹굴었다.

"저기 저 아저씨 죽었나 봐!"

"쉬! 연오야! 괜찮아? 눈 떠! 눈 떠봐!"

이현이 눈물과 함께 신음을 흘리는 연오의 머리를 계속해서 쓰다듬었다. 그러나 그녀는 나쁜 꿈에 깊이 빠졌는지 식은땀을 흘리며 눈을 뜨지 않았다.

"괜찮다니까. 연오야, 괜찮아."

이현이 연오의 귓가에 입술을 지그시 대고 계속해서 달래주었다. 가위에 눌린 그녀가 깨어날 기미를 보이지 않자 이현이 연오의 얼굴을 붙잡고 가볍게 뺨을 두들겼다.

"하!"

연오가 눈을 떴다.

"괜찮아?"

이현이 내려다보자, 그녀가 눈을 천천히 깜빡이더니 그를 지나 호텔 천장을 둘러보았다. 그러다 갑자기 눈물을 터뜨렸다.

"흑흑……."

"괜찮아, 연오야. 안 좋은 꿈을 꿨나 보네."

이현이 연오의 어깻죽지에 손을 대고 끌어당기자 그녀가 선선히 그의 품 안으로 들어왔다. 이현의 목덜미에 얼굴을 묻고 연오가 어린아이처럼 눈물을 쏟아냈다.

긴장한 상태로 잤기 때문일까? 가끔씩 악몽을 꾸었는데, 오늘이 그런 날이었다. 꿈에서 자신은 나이 어린 소녀가 되어 아픈 아버지를 외면하고 있었다.

울면서 어느 정도 진정이 되었는지 연오가 고개를 천천히 들어 올렸다. 이현이 그녀의 얼굴을 물끄러미 내려다보다 울어서 단단해진 코끝을 손가락으로 톡 건드렸다.

"다 울었어?"

"고마워."

연오가 어색하게 고개를 끄덕이며 뒤로 물러나려 했다.

"무슨 꿈이야?"

이현의 물음에 연오가 그에게서 조금씩 거리를 두며 말했다.

"그냥 안 좋은 꿈……."

"휴, 또 그냥이란다."

이현은 울어서 말갛게 개인 연오의 눈동자를 들여다보며 말했다. 연오는 꿈을 꾸며 아버지를 찾았었다.

'대체 연오가 자라온 환경은 어떤 것이었을까?'

자신이 알고 있는 사실은 그녀의 아버지가 뇌종양으로 돌아가셨다는 것.

　시트 아래, 연오가 여전히 이현에게 붙잡혀 있는 손을 살짝 뺐다. 아버지의 손에서 손을 뺐던 것처럼 어쩐지 마음이 불편하다. 그때 이현이 손을 다시 잡아오더니 강한 힘으로 그녀를 끌어당겼다.

　그리고는 연오의 입술에 자신의 입술을 내리눌렀다. 놀라 벌어진 입 사이로 그가 혀를 밀어 넣었다. 연오가 이현의 가슴을 밀어내느라 버둥거렸지만 그는 놔주지 않았다. 계속해서 이어지던 키스가 그녀에게서 앓는 소리가 나자 끝이 나버렸다.

　"하아, 하아……."

　연오가 숨을 몰아쉬며 이현을 올려다보았다. 달빛을 등진 그의 얼굴에 알 수 없는 표정이 서려 있었다. 낮게 가라앉아 있는 그 표정이 어쩐지 위험해 보이면서도 가슴이 두근거렸다.

　"나…… 너 안아주고 싶어."

　연오가 그 말뜻을 해석하려고 천천히 눈을 깜빡일 때였다. 나쁜 꿈을 꾼 것을 위로해 주고 싶다는 뜻일까?

　그때 이현이 연오의 손을 잡아 자신의 가슴께로 가져갔다. 티셔츠 아래 그의 심장박동이 느껴졌다. 연오는 자신의 시선을 붙잡고 놔주지 않는 이현의 눈동자를 멍하니 하염없이 들여다보았다.

　"너랑 자고 싶다고."

　연오의 눈꺼풀이 파르르 떨렸다. 이번엔 가벼운 농담이 아닌 것 같았다.

'뭐라 말을 해야 좋을까?'

둘 사이에 침묵이 이어지며 미묘한 공기가 흐르고 있었다. 연오가 무슨 말이든 하려고 다물어진 입을 살짝 벌렸다가 입술을 지그시 깨물었다. 그에 이현이 엄지손가락으로 그녀의 이 사이에서 핏기가 가신 입술을 부드럽게 빼냈다. 그 다정한 행동에 연오는 그만 얼어버렸다. 갑작스럽게 이러는 이현이 이해가 되질 않았다.

'이현이도 신체 건강한 남자니까, 여자와 단둘이 있으면 몸이 반응하는 건 당연한 거겠지.'

그렇게 생각하며 슬쩍 올려다본 그의 눈은 어둠 속이라지만 너무도 뜨거웠다. 연오의 얼굴을 내려다보는 이현과 그런 그의 시선을 비킨 채 어색한 표정을 짓고 있는 연오 사이에 침묵이 계속 이어졌다.

그러자 이현이 연오의 뒷머리를 단단히 붙잡고 그대로 입술을 내렸다. 그렇게 키스를 이어가다 그가 그녀의 몸 위로 올라왔다. 그에 연오가 어깨를 흠칫 떨었다.

"연오야, 너를 갖고 싶어, 너무나. 어쩔 수 없어."

이현이 연오의 귓가에 속삭이며 굳어버린 그녀의 뺨을 쓰다듬다 손을 천천히 내렸다. 연오가 눈물을 보이며 자신의 품에 안겼을 때부터 안쓰러움과 욕망이 뒤범벅되어 이현은 참을 수가 없었다. 이현의 손이 연오의 목덜미를 지나 파자마 위에 볼록 솟은 가슴을 더듬었다.

연오는 허벅지에 닿은 이현의 단단해진 욕망을 느끼며 갈팡질팡했다.

'우린 결혼한 거야. 언젠가는 자연스러울 이 과정이 빨리 찾아온 것뿐이야.'

자신에게 그렇게 되뇌며 연오가 마음속 결심을 굳혔다.

"이현아……. 잠깐만, 이현아."

연오가 자신의 몸을 더듬는 이현의 손을 다급하게 잡았다. 열기가 느껴지는 이현의 달뜬 눈과 허공에서 두 눈이 마주쳤다.

"내가…… 내가 할게."

그의 눈에 설마 하는 놀라움이 들어찼다가 사라졌다. 이내 낮게 가라앉은 욕망이 두 눈에 넘실거렸다. 이현이 고개를 끄덕이며 무릎으로 매트를 디딘 채 일어나 앉았다. 그리고는 그녀에게 시선을 고정한 채로 티셔츠를 벗어 올렸다. 연오가 침대 헤드에 바짝 붙어 몸을 기대고 앉아 덜덜 떨리는 손으로 파자마의 단추에 손을 댔다.

조금 떨어져 앉은 두 사람의 모습이 달빛을 받아 은은했다. 상체를 벗은 이현이 연오를 바라보다 단추를 잘 풀지 못하는 그 손을 치우고 재빨리 단추를 풀어냈다.

"내가 할 수 있어."

떨리는 음성을 듣고는 이현이 연오의 턱을 잡아 살짝 입 맞췄다. 고맙고 또 용기를 내어준 그녀가 사랑스러웠다. 연오는 그에게서 몸을 돌리고 주섬주섬 옷을 벗어 내렸다. 그러느라 이현이 자신을 바라보고 있다는 것을 미처 몰랐다.

그는 연오가 마지막 남은 팬티를 그 날씬한 다리 사이로 미끄러뜨리는 것을 보자 그만 머리가 아찔해져 왔다.

몸을 감싸던 천들이 사라지자 허전함과 부끄러움에 그녀가 고개를 숙였다. 가슴을 가리려는 연오의 두 팔을 이현이 잡았다. 침대에 마주 앉아, 그렇게 이현의 손에 연오의 손이 마주 잡혔다. 연오는 가슴이 터질 것처럼 방망이질치는 것을 느꼈다. 붉어진 얼굴로 이현을 마주하자 그가 키스를 해왔다.

그 혼미한 감각에 연오는 어느새 자신의 몸이 침대에 뉘어지고 있다는 것도 알지 못했다. 볼을 스치는 이현의 매끈하고 긴 손가락이 너무도 뜨거워 놀랄 지경이었다. 연오의 볼을 거쳐 목덜미를 쓰다듬으며 이현은 천천히 그녀의 얼굴 전체에 입을 맞췄다.

그리고는 이현이 연오의 목덜미와 가슴께를 입술로 지분거리며 내려왔다. 그러다 하얀 가슴의 돌기를 입안으로 넣었다.

"읍……."

연오가 그 적나라한 감촉에 손으로 입을 막았다. 이현의 손이 가슴을 탐하다 한 줌도 안 될 듯한 허리를 쓰다듬으며 내려왔다.

그리고는 다시 위로 올라와 새하얀 가슴의 분홍빛 돌기를 비틀었다. 흥분한 이현의 눈가가 뜨거워졌다. 흐릿한 시선으로 적당한 크기와 보기 좋은 모양새를 한 그것을 슬쩍 훑으니, 한 손에 쏙 들어오는 앙증맞은 모양새에 발가락 끝까지 전율이 일었다. 그대로 얼굴을 내려 그 조그만 것을 사정없이 빨고 씹었지만 그대로 닳아 없어질 것만 같이 아쉽고 또 아까웠다. 그만 이 사이로 거세게 베어 물었다.

"아윗!"

연오가 고통에 순간적으로 몸을 비틀자, 이현이 안쓰러움과 사랑스러움에 얼른 그녀의 귓가로 입술을 가져갔다.

"미안, 쉬!"

그리고는 떨어지는 눈물을 핥았다.

더는 생각할 수 없었다. 진즉부터 일어선 아랫도리가 미칠 듯이 아우성치고 있었다. 이현이 재빨리 자신의 바지와 속옷을 벗어버렸다.

동글동글한 발가락에 키스하며 그대로 쭉 곡선을 더듬고 핥았다.

"이, 이현아……."

이현을 말리려 하는 연오의 신음 소리를 들었지만 신경 쓰지 않았다. 이현이 은밀한 곳으로 손을 뻗자 연오가 또다시 다리를 오므리려 했다. 그가 무릎으로 연오의 다리를 억지로 벌렸다. 이대로 행위를 한다면 그녀가 분명 아프리라. 아직 젖지 않은 그녀가 얄미워 엉덩이를 세게 움켜쥐고 그대로 입술을 내렸다.

"흑! 이현아……. 제발……."

연오의 부탁이 재촉이 아닌 만류라는 것을 알고 있었지만 듣지 않았다.

"아……."

그녀에게서 드디어 애액이 흘러나왔다. 손으로 입을 막아 신음을 감추는 연오가 사랑스러웠다.

그녀의 맨 피부를 온몸으로 느끼고 싶어 이현은 자신의 몸 전체로 그녀를 감싸 안았다. 그리고는 부끄러움에 떨고 있는 연오의 손을 쥐어 자신의 남성으로 가져갔다. 그것에 말아 쥐듯 닿은 연오의 부드러운 피부가 이현의 피를 달궜다. 더는 참을 수 없었던 이현이 연오의 허벅지를 잡아 들어 올렸다.

"미안해, 연오야."

자신도 무슨 정신으로 그런 말을 내뱉는지 모른 채로 이현이 연오의 안으로 들어갔다.

그녀는 처음으로 경험한 낯선 감각에 고통으로 입술을 깨물며 이현의 어깨를 세게 붙잡았다.

"아흑!"

"하아……."

연오의 눈물 어린 한숨과 달뜬 이현의 신음이 방 안에 뒤섞였다.

이현이 연오의 엉덩이를 잡고 더욱 깊숙이 몸을 묻었다. 좁고 빡빡한 그 느낌에 그는 정신을 잃을 것같이 흥분했다. 수백 번, 수천 번 상상해 오던 일이 현실이 되었다.

"연오야, 너를 너무나…… 하아……. 가지고 싶었어."

이현이 연오를 음미하며 느릿하게 얼마간의 피스톤 운동을 했다. 하지만 이내 행동이 빨라지며 사랑스런 여체도 동시에 흔들렸고, 그의 어깨를 꼭 잡은 그녀의 손가락에도 힘이 실렸다.

"하악!"

이현이 마침내 연오의 안에 자신의 것들을 쏟아부으며 그녀에게로 쓰러졌다. 연오의 눈물도 관자놀이를 타고 주르륵 미끄러졌다.

친구로서의 이현을 정말 떠나보내야만 하나 보다. 연오는 어딘지 모르게 서러워졌다. 그만 울고 싶어졌다. 이현이 이 관계를 어떻게 만들어 나갈지 그제야 사뭇 걱정이 되었다.

그는 여전히 안에 머무른 채로 긴 사정 뒤에도 남은 느낌을 음미하며 그녀의 중심에 자신의 것을 문지르고 있었다. 정신을 놓을 정도로 격렬하고 아팠던 순간이 끝나고 찾아온 그 행위의 감각이 오히려 너무도 적나라하게 느껴져 연오의 얼굴이 화르르 달아올랐다. 뒤늦게 눈에 들어온, 살짝 내리감은 눈으로 마지막에 취해 있는 그의 얼굴도 왠지 낯이 부끄러워 차마 쳐다볼 수가 없었다.

"저기……."

"뭐?"

밖으로 토해져 나온 이현의 불안정한 음성은 아직도 격정적이기만 하다. 연오가 그런 이현의 어깨를 살며시 밀어내자 그녀의 머리칼을 쓸며 이마에 더운 숨결을 쏟아내던 이현이 고개를 내렸다.

연오가 말했다.

"이제 나 좀 놔줘."

이현이 느릿하게 얼굴을 들어 올렸지만 연오와의 거리가 너무도 가까워 코끝이 닿을 것만 같았다. 그 은밀함에 또다시 부끄러움을 느낀 연오가 고개를 살며시 돌리자 이현이 고개를 더 숙였고 결국 두 사람의 코끝이 부딪쳤다. 이현은 자신을 놔줄 생각이 없는지 여전히 그녀의 얼굴에 더운 숨결을 내뱉고 있었다. 연오가 미동도 없는 이현의 어깨를 살며시 밀 때였다.

그녀의 안에서 무언가가 부풀어 올랐다.

"아!"

놀란 연오의 신음을 이현이 입으로 막으며 부드럽게 다시 움직였다.

"연오야……."

이현의 부름에 망설이던 연오가 마지못해 대답했다.

"……응."

"연오야……."

이현이 또다시 그녀의 이름을 불렀다.

"……."

'응'이라고 대답하던 연오가 자신의 이름이 두 번째로 불리우자 그 낯설고 애틋한 느낌에 그만 입을 다물어 버렸다.

둘 사이에 길고 긴 침묵이 흘렀다. 돌아누운 연오와 그런 그녀에게로 몸을 향한 이현이었다. 이현이 연오의 땀에 젖어 이마에 달라붙은 머리칼을 매만지자 연오가 얼른 제 손으로 머리를 귀 뒤로 넘겼다.

사르륵. 시트가 걷히는 소리가 들리고 연오는 이현이 몸을 일으켰다는 것을 알았다. 침대 매트가 눌리는가 싶더니 그가 침대에서 내려서는 소리가 들렸다.

연오는 그만 눈을 질끈 감아버렸다. 관계할 때보다 관계가 끝나버린 지금, 이현을 어떤 얼굴로 마주해야 할지 알 수 없었다.

쏴아아아. 열려진 욕실 사이로 불빛이 새어나왔고 수돗물 소리가 들리기에 그가 씻는가 보다 싶었다. 그런데 잠시 후 트레이닝복 바지만을 걸친 이현이 욕실 문을 열고 걸어나왔다.

연오는 이현이 그의 자리로 가지 않고 자신에게로 곧장 걸어오자 심장이 다시 뛰기 시작했다. 일부러 눈을 감고 있는데, 머리맡에서 자신의 이름을 부르는 그의 목소리가 들렸다.

"연오야."

눈을 떠보니 그가 눈높이만큼 쭈그리고 앉아 있었다. 눈이 마주친 순간 이현이 빙긋 웃더니 연오의 어깨를 잡아 일으켜 세웠다. 그녀가 시트로 몸을 가린 채 욱신거리는 하체의 감각에 저도 모르게 양미간을 모으며 일어나는데 그가 시트를 걷으려 했다.

"왜 그러는데?"

연오가 그것을 꼭 쥐고 놔주지 않자, 이현이 그녀의 손가락을 하나씩 쥐고 부드럽게 폈다.

"아!"

떨어진 시트 사이로 연오의 은밀한 곳에 따뜻한 물수건이 와 닿았다.

다리 힘이 모두 빠져나갈 정도로 놀라고 떨린 연오가 이현의 손을 잡아 밀어내며 다리를 침대 위로 다시 올렸다. 그리고는 시트를 말아 쥐었다.

"부끄러워서 그래?"

그렇게 직접적으로 물어오는 말은 꽤나 차분하고 안정적이기만 했다. 실제로 그는 웃음까지 띠고 있었다. 관계할 때 연오를 그렇게 애타게 부르던 이현이 맞나 싶었다.

꼼짝도 하지 않는 연오를 쭈그리고 앉아 올려다보던 이현이 물

수건을 침대 옆 협탁 위에 살며시 놓으며 일어섰다.

"편할 대로 해, 연오야. 네가 불편한 건 나도 싫어."

부드럽고 나직한 그의 음성을 들으며 연오가 고개를 끄덕였다. 이현이 침대 모서리를 돌자 그때서야 연오가 대충 옷을 집어들고는 꼼지락거리며 입었다. 그리고는 욕실로 들어갔다.

침대에 앉아 연오의 하는 양을 소리없이 지켜보던 이현이 그녀가 사라지자 왼쪽 가슴을 지그시 눌렀다. 행복감에 터질 것만 같이 가슴이 부풀어 올랐다.

어느덧 신혼여행의 마지막 날이었다. 그간 이현은 자신과 단둘이 있지 않기 위해 억지로 밖으로 도는 연오를 보며 한약을 한 사발 마신 듯 마음에 퍼지는 씁쓰레함을 느껴야만 했다. 정작 호텔 밖으로 나가길 그토록 원한 연오는 즐겁게 해주려는 자신의 노력에도 불구하고 바닷가와 식물원을 도는 순간까지 어딘지 모르게 그를 어색해했다.

마지막 날, 호텔로 돌아온 연오가 씻고 나오는데 어쩐지 자신의 눈을 피하는 것만 같았다. '나 잘게' 하고 먼저 시트 안으로 쏙 들어가 버리는 연오를 보며 이현은 조용히 한숨을 내쉴 수밖에 없었다.

그가 씻으러 들어가자 연오는 그제야 감았던 눈을 살며시 떴다. 가슴이 두근거리고 미열이 있는 듯 온몸이 달뜬 것은 이현과의 첫

날밤 이후부터이다. 그의 얼굴을 마주하는 게 이리 어색할 줄 몰랐다. 더 이상 그를 상대로 농담을 하는 것이 편하지가 않았다. 농담을 하거나 그의 장난에 맞대응할 그런 시도조차 안 해봤지만.

Rrrrrr. 그때 이현의 휴대폰이 울렸다. 시트를 걷고 나와 테이블로 갔다. 휴대폰을 들어 이현에게 가져다줘야 하는지를 망설이는데, 욕실 안에서 그가 소리쳤다.

"연오야! 전화 좀 받아봐."

그 말에 연오가 망설이던 끝에 액정의 슬라이드를 밀었다.

"여보세요."

—연오 쌤, 저 지석이에요.

"어, 병원에 또 무슨 문제 있는 거야?"

—그게 아니라요, 치프 쌤이 쌤 거랑 연오 쌤, 전문의 시험 원서 접수하고 오라고 심부름 시키셨잖아요. 근데 치프 쌤 주민번호가 정확하지 않아서요. 좀 알 수 있을까요?

"어, 그래? 잠깐만!"

이현을 부르려고 몸을 돌렸다가 테이블 위에 놓인 그의 지갑에 연오의 시선이 꽂혔다. 지갑 안에 주민등록번호를 알려줄 무언가가 꽂혀 있을 것이 틀림없었다. 다가가 지갑을 펼치자 아니나 다를까 주민등록증이 한눈에 들어왔다. 딱딱하고 납작한 그것을 빼내려 손가락으로 집어 올리는데 언뜻 그 아래 사진 같은 것이 눌려 있는 게 보였다.

"뭐지?"

그것은 이현과 자신의 대학 졸업사진이었다. 의아함이 왈칵 밀려들던 그때, 달각 소리가 나서 연오가 욕실을 쳐다보자 이현이 젖은 머리를 넘기며 그녀를 바라보고 있었다. 사진에서 눈을 돌려 그를 바라보는 연오의 눈은 멍하기만 했다.

'이게 왜 여기 있었을까?'

머리를 탈탈 털며 다가온 이현이 연오에게서 태연하게 휴대폰과 주민등록증을 넘겨받으며 설핏 웃음을 지었다.

'최연오, 그거 보고 무슨 생각드니?'

이현이 짐짓 아무것도 모른 척 흘깃 연오를 바라보는데, 그녀가 어딘지 어색해하며 그에게 얼른 지갑도 건넨다.

"아, 난 그냥 지석이가 너 주민등록번호 좀 알려달라고 하기에⋯⋯."

그 말에 이현이 빙긋이 웃으며 고개를 끄덕였다.

"응, 810412—12⋯⋯."

정작 그는 아무렇지 않아 보이는데 연오는 마치 도둑질을 하다 들킨 것처럼 어색하게 서서 후배에게 자신의 주민번호를 알려주는 이현을 물끄러미 바라보았다.

그 사진이 의미하는 게 뭐였을까? 나를 좋아했다고 하기에는 이현에게는 오랜 연인인 채령이 있었다. 순간이지만 연오는 골똘히 생각에 빠져들었다. 결혼한다고 한 이후로 끼워 넣은 것일까?

그러다 전화를 끊고 돌아서는 이현과 눈이 딱 마주쳤다. 그녀가 어색하게 시선을 피했다. 생각은 어느새 저만치 물러가 있었다.

"맥주 한잔할래?"

이현의 물음에 연오가 그를 잠시 바라보다 고개를 끄덕였다. 취해 버린다면 그와의 이 어색함도 사라질 것만 같았다.

이현이 캔 뚜껑을 따 연오에게 내미는데 그녀가 맥주를 받아 들다 맞닿은 손가락에 얼른 자신의 손가락을 비키는 게 느껴졌다. 이현이 짐짓 아무것도 모른 척 연오 앞에 앉았다. 그녀를 가지고난 후부터 어딘지 모르게 자신을 두려워하고 낯설어하는 연오 때문에 이현은 행복감을 느끼면서도 마음 한구석이 내내 좋질 않았다. 그녀를 안심시켜 주고 싶다! 신혼여행 기간 내내 해오던 생각이었고 지금 이 순간에도 마찬가지였다. 무슨 말이든 해야 했다.

"이번 년도는 전문의 시험 원서 접수가 좀 빠른 것 같아."

레지던트 4년차가 끝나면 치러야 하는 것이 전문의 시험이었다. 익숙한 주제가 나와서 그런지 연오가 웃음을 만들어 보였다. 여전히 어딘지 모르게 굳어 있는 그 얼굴을 손으로 만져 펴주고 싶다는 충동을 느끼며 이현이 대화를 이끌어 나갔다.

"조금 있으면 4년이네. 시간이 이렇게 가버린 게 신기해."

"정말, 언제 가나 지겹다 생각하면서 달력 보고 한숨지었던 게 엊그제인데……."

"지겨웠어?"

이현의 물음에 연오가 맥주 거품을 입에 묻힌 채로 고개를 끄덕였다.

"조금."

'난 아니야. 너와 함께 있어서 마음이 죽도록 아픈 날도 있었지만 대체적으로 행복한 날이 더 많았어.'

이현은 차마 내뱉지 못하는 말을 속으로 삼키며 그녀의 입술에서 간신히 시선을 뗐다.

"석훈이랑 명수는 곧 병원 근처 아파트 얻어서 전문의 시험 대비 합숙한다던데, 너도 할 거야?"

석훈과 명수는 같은 레지던트 4년차로 연오는 여자였기에 합숙은 당연히 곤란했고, 그녀로서는 이현의 경우가 궁금했다.

"내가 거기 가서 합숙할 것 같아?"

이현의 물음에 연오가 물었다.

"어떤데?"

그 천진난만해 보이기까지 한 되물음에 이현이 씁쓸하게 웃었다. 연오와 결혼한 마당에 자신이 그곳에 가서 합숙할 이유가 대체 어디에 있단 말인가?

'너하고 합숙하는 거지.'

그 농담을 속으로 주워 삼키고 있으려니 연오의 눈꺼풀이 느리게 감기는 게 보였다.

"잠 와?"

자신도 모르게 느릿하게 연오를 훑으며 말했다. 그에 그녀가 화들짝 놀라며 고개를 젓는다. 아무래도 신혼여행 동안 자신이 그녀에게 스트레스를 많이 준 모양이었다.

'어쩔 수 없어, 연오야. 익숙해질 때까지 참아줘.'

이현이 쓰게 웃으며 맥주를 입으로 가져갔다. 그리고는 새로운 화제를 꺼내 계속해서 이야기를 해나갔고, 결국 연오는 눈을 감고 소파에 기대 잠들어 버렸다.

"자?"

연오에게서 아무런 대답이 없다.

"연오야, 자?"

볼을 건드려 보았지만 술을 마신 탓인지 아무런 미동도 하지 않는다.

이현이 연오의 무릎 뒤로 손을 넣어 침대로 안고 갔다. 시트를 걷어 잘 눕혀준 뒤, 자신도 침대 반대편으로 걸어가 누웠다. 멀뚱히 천장을 바라보다가 그가 하아 하고 한숨을 내쉬며 손을 들어 열기로 가득 찬 눈가를 문질렀다. 그러기를 수차례, 결국 이현이 연오에게 손을 뻗었다.

"하아, 연오야……."

잠을 자던 연오가 자신을 강하게 덮쳐 오는 이현 때문에 비몽사몽간에 눈을 떴다가 순간적으로 몸을 굳혔다. 목덜미를 파고드는 그를 느끼며 연오가 천천히 긴장을 풀려고 노력했지만 심장은 오히려 또다시 거세게 뛰기 시작했다.

연오의 몸을 더듬으며 애가 타는 이현의 목소리가 어둡고 고요한 호텔 방 안을 울렸다.

현재.

당직을 끝내고 오프를 받은 이현이 집에 돌아와 잠든 연오의 얼굴을 내려다보고 있었다. 문득 옛 생각이 났다.

도서관 그녀의 지정석에서 고개를 왼쪽으로 돌리고 연오가 잠들어 있었다. 창가 쪽에 앉은 이현은 자신의 방향을 향해 잠이 든 연오의 얼굴을 몰래몰래 훔쳐보았다. 설레게도 하얀 얼굴 위로 나비처럼 내려앉은 연오의 긴 속눈썹이 꽤 멀리 떨어진 자신의 자리에서도 보였다. 손가락이 꿈틀거렸다.

'가까이에서 저 아기처럼 잠든 얼굴을 보면 어떨까?'

책의 내용이 눈에 들어오지 않는다. 이현이 자리에서 벌떡 일어났다. 그녀의 자리 사이로 걸어가 연오의 옆에 앉은 송희에게 쓸데없이 말을 걸었다.

'송희야.'

'어, 왜? 이현아.'

송희가 고개를 들어 자신을 올려다보지만 그 시선보다도 연오의 책상에 손을 디딘 그 딱딱한 감촉이 더 선명하다. 그녀가 얼굴을 대고 누워 있을 그 책상의 감촉이.

'조직학 강의 필기해 놓은 것 있으면 줄래?'

송희가 가방에서 노트를 꺼내는 사이 이현은 무심한 듯 뒤를 돌아 연오의 얼굴을 눈에 담았다. 보드랍고 뽀얀 피부가 한눈에 들어왔다.

만지고 싶다…….

연오가 부드러운 입술의 감촉에 잠에서 깨어나 눈을 살며시 떴다. 이현의 눈동자와 정면으로 마주치자 깜짝 놀라 숨을 들이마셨다.

잠시 후 이현의 입술이 떨어져 나갔다. 마주한 그의 얼굴은 흡

사 달콤한 무엇을 먹은 양 부드러운 미소가 감돌았다.

"언제…… 들어왔어?"

연오가 이불을 걷고 침대에서 내려서며 어색하게 물었다. 둘만 있으면 자연스레 공기가 얼어버린 양 아직도 묘한 긴장감이 서렸다. 물론 이 긴장감은 전적으로 그녀만 느끼는 듯했지만.

"방금."

"밥 먹었어?"

"어, 병원에서. 너 밥 먹어야지?"

이현의 말에 연오가 고개를 끄덕이고는 쭈뼛거리다가 그의 몸이 닿지 않게 조심하며 침대에서 내려서 안방을 나섰다. 이현이 머쓱해지려 하는 마음을 애써 털어내고는 그 뒤를 따랐다. 주방으로 향하는 그녀를 응시하던 그가 일단은 옷을 갈아입기 위해 옷방으로 향했다.

이현이 집에 오자, 어제까지만 해도 이곳에 놓인 뭐 하나 만지기 껄끄러웠던 연오가 아무렇지 않게 냉장고 문을 열었다. 지금으로서는 공간에 대한 낯설음보다 그의 등장이 더 신경 쓰였다. 그간은 스케줄이 맞지 않아 부딪칠 일이 없었는데 신혼여행을 갔다와서 시댁에 들르고 같이 집에 들어온 그 첫날 이후 두 사람은 이렇게 다시 한 공간에서 마주하게 된 것이었다.

연오가 냉장고를 훑으며 밑반찬들을 둘러볼 때였다.

"이거랑 이거, 그리고 이거, 저것도 괜찮아."

어느새 다가와 뒤에 선 이현이 그녀의 어깨 너머로 팔을 뻗어 반찬들을 꺼내기 시작했다. 그는 자신의 공간 안에서 연오가 이렇게 움직이고 있다는 것이 마냥 즐겁고 신기했다.

"알아. 어제 먹어봤어."

이현과 냉장고 사이에 갇힌 채로 연오가 어색하게 웃음을 지어 보였다.

"그래?"

이현이 연오의 얼굴을 멍청하게 내려다보다 연오가 눈을 깜빡거리며 서 있자 자신이 그녀를 막고 서 있다는 것을 그제야 알아채고 얼른 비켜났다. 그에 냉장고 문을 닫고 국을 레인지 위에 올려놓으며, 연오가 낯선 분위기마저 덥히려는 듯 부러 활기찬 음성으로 입을 열었다.

"어제 어머니한테 전화 왔었어. 오라셔."

"응."

짧게 대답하는 이현을 연오가 훑으며 물었다.

"근데 너, 피곤하지 않아?"

"아니, 나 괜찮아."

"그래?"

왠지 옆에 선 이현이 어색해 쓸데없는 말 한마디씩을 더 보태고 있다는 걸 연오 자신은 정작 몰랐다. 레인지의 불을 끄고는 전기밥솥에서 김이 모락모락 나는 밥을 퍼 담아 식탁 위에 놓고는 자리에 앉는데 밥을 먹고 왔다는 이현이 맞은편 의자를 빼내고 앉는다.

연오가 침을 꼴깍 삼켰다. 자신이 밥 먹는 것을 지켜볼 요량인가? 이현이 왜 이렇게 어색한지 연오는 제발 그가 자신의 곁에서 잠시 사라져 주었으면 좋겠다는 생각을 했다.

생각대로 젓가락질은 편치 않았다. 대화가 오가다 이현의 질문을 놓친 연오 때문에 갑자기 흐름이 끊기곤 했다. 이현도 그녀의 불편을 눈치챘는지 약간은 체념의 미소를 지으며 연오를 바라보고만 있었다. 그러자 그건 그것대로 이현의 시선이 엄청 신경 쓰이는 연오였다. 무슨 반찬을 집어서 먹고 밥을 어떻게 씹어 삼켜야 하는지 머릿속이 깜깜해졌다. 그제야 그가 연오의 불편을 알아채고 자리에서 일어났다.

연오는 그 순간 안도하면서도 살며시 미안한 마음이 들어 거실로 가 TV를 켜는 이현을 눈으로 좇았다.

연오와 이현의 어색한 줄다리기가 그렇게 시작되고 있었다.

✳

이현을 따라 처음 인사드리러 갔을 때도 그 규모와 화려함에 놀랐지만 다시 봐도 그의 집은 사람의 기를 팍 꺾어놓는 무엇이 있었다. 그것은 비단 잘 가꾸어진 정원이나 세련된 실내 인테리어에서 기인된 것만은 아니었다. 그녀로서는 살면서 단 한 번도 느껴본 적이 없는 부의 냄새가 집 안 구석구석에 스며 있었다.

문을 열고 들어가자 맛있는 음식 냄새가 이현과 연오를 맞았다.

"어서 오너라."

석우가 두 사람에게 따뜻한 미소를 보였다. 그 뒤로 수희가 팔짱을 끼고 연오를 바라보고 있었다. 그녀와 눈이 마주치자 연오가 자기도 모르게 시선을 피했다. 별다른 말은 없으셨지만 수희를 보고 있노라면 자신을 싫어한다는 것을 느낄 수 있었다. 그만큼 그녀를 대하는 수희의 태도는 데면데면했다.

다행이라면 병원 먼발치에서 어쩌다 가끔 마주칠 수 있었던 그 범접하기 힘든, 이제는 시아버지가 된 석우가 자신에게 상냥하다는 것이었다. 그것이 몸에 밴 예의 같다는 생각을 안 해본 것은 아니지만 연오는 석우에게 고맙고 또 감사했다.

점심 무렵에 도착한 아이들을 위해 석우와 수희는 이현과 연오를 곧장 식탁으로 이끌었다.

"아주머니, 불고기랑 더덕구이 좀 더 주세요."

연오는 메이드가 수희의 말에 따라 식탁 위의 그릇을 가져갔다가 다시 채워오는 것을 흘깃 바라보았다. 중년의 나이에도 세련된 미모를 자랑하는 수희가 연오는 어쩐지 식사 내내 신경 쓰였다. 차갑고 도도한 듯하면서도 어딘지 모르게 엇나가는 그녀는 이현과 석우 사이에서 겉도는 느낌이 있었다. 남편인 석우의 말에 피식 비웃는다던가 그의 만류에도 계속해서 와인을 들이켜는 모습을 보이던 수희였는데 그러면서도 연오는 그녀가 이현을 많이 위한다는 것을 느낄 수 있었다. 그녀는 연신 이현이 잘 먹는 반찬들을 살피며 아들의 표정을 훑곤 했다.

"새아기가 매실장아찌를 잘 먹는구려. 이것도 좀 내달라 하지."

"제 앞에 놓여 있으니 잘 먹는 것 같은데요?"

석우의 말에 수희가 다소 냉랭한 대답을 하는 것을 들으며 연오는 살갑고 애교스러운 말 한마디가 떠오르지 않아 고개를 숙였다.

"아주머니, 이거랑 이것 좀 더 주세요."

결국 무심한 듯 밥만 묵묵히 먹던 이현이 나섰다. 오늘따라 그는 더 과묵했다.

"내년이면 이현이는 공보의로 가게 되니 올해는 꼭 아이를 만들어라."

석우의 덕담과도 같은 말에 연오가 깍두기를 집다가 식탁에 떨어뜨렸다. 당황한 그녀와는 달리 이현이 태연히 연오가 흘린 깍두기를 집어 입으로 가져가더니 말했다.

"어디서 근무하게 될지는 모르겠지만 가급적 연오도 데려갈 생각입니다. 아이는…… 차차 가져도 좋겠지요."

한 번도 생각해 보지 않은 문제였는데 이현의 입에서 너무도 자연스럽게 술술 말이 흘러나오자 연오가 놀라 그를 바라보았다. 그런 자신을 수희가 못마땅하게 쳐다보는 것이 느껴져 그녀는 얼른 표정을 갈무리했다.

"허허, 그렇구나. 새아기가 이현이를 내조하기로 결정했다니 아비로서는 좋지만 그럼 의사로서의 새아기 경력은 어떻게 되는 거냐? 그것까지 고려를 한 것이냐?"

"그 문제까지 고려해 차차 생각해 보려고요."

이현의 일방적인 생각을 듣고 있노라니 연오는 속이 부글부글 끓어오르면서 음식이 입으로 넘어가질 않았다. 어찌어찌 식사가 마무리되고 그녀는 뒷마무리를 돕기 위해 주방에 남았다.

석우와 이현은 차를 들고 정원에 나와 마셨다. 무더운 계절이라 왕성하게 자란 정원의 나무들을 쓰다듬던 석우가 흔들의자에 앉아 거실 한가운데를 뚫어지게 바라보는 아들에게로 고개를 돌렸다.

"결혼해야 한다고 그렇게 난리를 쳐대서 나는 네가 어떤 아이를 데려올지 몹시도 궁금했었다."

이현이 아버지를 흘깃 올려다보며 물었다.

"그러셨어요?"

"네가 왜 그 난리를 쳤는지 이유를 알 것도 같구나. 혹시 신경외과를 지원한 이유도 저 아이 때문이냐?"

이현이 입으로 차를 가져가다 멈칫했다. 하지만 이내 웃으며 차를 입에 가져가 대는 것으로 대답을 대신했다.

석우가 이현의 곁으로 다가와 서자, 그의 눈에도 연오가 바지런히 움직이는 모습이 거실의 창을 통해 바로 보였다. 이리 좋을까? 어쩐지 아들이 좋아하는 여자를 두고 마음고생했을 모습이 떠올라 그는 시원한 녹차의 뒷맛이 더 쓰게 느껴졌다.

유독 자라오면서 정석만을 고집하던 아들이었다. 최고의 것들을 접하고 가장 좋은 배경의 아이들과 교류하며 가장 좋은 것들을 취하도록 교육시키기는 했지만 녀석이 자신의 배경에 맞는 것들을 골라 택하는 그 과정을 지켜보노라면 유난한 집착이 아닌가 하는 생각이 들 정도였다. 그 이유를 모르지 않는 석우였다.

그런데 어느 날 결혼할 여자가 있다며 무조건 허락해 달라는 말을 단호하게 하던 아들 녀석의 태도가 심상치 않았다. 마치 반대란 있을 수 없다는 태도였지. 어렴풋이 아들의 마음을 홀린 여자아이가 자신들보다 못 미치는 집안의 여식일 것임을 그는 강하게 느꼈었다.

석우는 절로 한숨이 나왔다. 아들이 했을 그간의 고심을 떠올리자 미안함이 밀려왔다. 이제는 드러내도 좋을 때다.

"너에게 강요한 적은 없었다만…… 많이 힘들었니?"

그 말에 이현이 발에 힘을 주어 멈추었던 흔들의자를 천천히 끌었다. 끼익, 끼익. 어느 여름의 오후로 달려가는 그 평화로운 한때, 석우가 아들에게 물었다.

"나와 …… 마가 …… 복하지 않아서였니?"

흔들의자의 마찰음이 석우의 말을 한 움큼씩 잡아먹었다. 순간 이현의 눈이 어둡게 내려앉았다.

연오는 자꾸만 곁눈질로 잡히는 수희의 모습이 몹시 신경 쓰였다. 석우와 이현은 밖에 나가고 없었지만 그녀는 와인잔을 한 손에 쥐고 뒤늦게 취기가 오른 듯 비틀거리며 주방으로 걸어와 식탁을 치우는 자신을 뚫어지게 바라보고 있었던 것이다. 이윽고 수희가 입을 열었다.

"결혼 전에 남자가 있었다고?"

그 말에 연오가 놀라 하마터면 접시를 놓칠 뻔했다. 당황하는 그녀를 보며 수희가 입술 끝을 올리며 피식 웃었다.

"비밀이라고 생각했나 보지? 병원 사람 누구나 붙잡고 물어보면 알 만한 사실이라던데……."

연오가 고개를 반쯤 숙이고 긴장한 채 수희의 다음 말을 기다렸다. 수희가 연오에게 시선을 고정시킨 채 와인을 한 모금 마셨다.

"넌 꼭 날 닮았구나."

무슨 뜻일까? 연오가 그제야 물끄러미 수희를 바라보았다.

"너, 어떻게 우리 아들 꼬였니?"

난데없이 날아온 느린 템포의 그 말은 상당히 우아하게 들렸지만 내용만큼은 전혀 그렇질 못했다. 연오가 그 노골적인 말에 놀라 시선을 아래로 향한 채로 눈을 깜빡였다.

"그 예쁜 얼굴, 그 늘씬한 몸매로 우리 아들 꼬였겠지? 하지만 이거 하나는 명심해 두어라. 오르지 못할 나무를 쳐다봤고 또 품었다 해서 행복해질 수 있는 건 아니다. 지금이야 좋을지 몰라도 너랑 안 맞는 옷을 입었다는 걸 똑똑히 알게 될 테니. 이건 너를 위해 하는 말이야. 너는 머리가 좋으니 무슨 뜻인지 알겠지? 응?"

연오는 그 말에 멍청하게 긍정할 수도, 감히 부정할 수도 없어 멀거니 서 있었다. 그런 연오를 수희가 못마땅하게 훑더니 몸을 돌렸다. 그 말을 남기고 뒤돌아선 그녀의 입에서 흡 하는 단말마의 낮은 신음이 터져 나왔다. 아들 이현이 서 있었다. 하지만 그녀는 이내 화사하게 눈웃음을 지으며 와인잔을 치켜올리는 여유를 부렸다.

"한잔하지 않을래?"

"취하셨군요. 그쯤하고 들어가시죠. 연오와 저는 이만 일어나겠습니다."

"우리 사랑하는 아드님, 왜 그러실까?"

수희가 흐느적거리며 이현에게 다가갔지만 이현이 그런 수희를 외면하고 지나치더니 덥석 연오의 팔을 잡았다.

"가자."

"ㅎㅎㅎㅎㅎㅎ."

간드러지는 수희의 웃음소리가 주방을 울렸고, 뒤따라온 석우가 못마땅한 듯 이를 바라보다 아들 내외에게 말했다.

"가보거라."

어찌할 바를 모르고 어리둥절하게 선 연오의 손을 이현이 꽉 쥐었고 빠른 보폭으로 집을 나올 때까지 연오는 그렇게 그의 손에 붙들려 있어야만 했다.

연오는 왠지 못 볼 것을 본 것만 같아 차를 타고 가는 내내 말없이 이현의 눈치만 살폈다. 공보의가 되면 자신을 데리고 갈 거라는 그 말에, 시댁을 나서면 그 점에 대해 분명히 따져야겠다고 생각했지만 분위기가 좋지 않아 그럴 수 없었다.

"신경 쓰지 마."

신호를 기다리며 이현이 빙긋이 웃었다. 그 말에 연오가 어색하게 웃음을 되돌리자 그가 연오의 볼을 잡아당겼다.

"지금 나 배려해 주는 거냐?"

그 잠깐의 장난으로 분위기는 사뭇 따스하게 변했고, 연오와 이현은 이런저런 얘기들을 나누며 집으로 향할 수 있었다.

연오가 신발을 벗고 모던하고 깔끔한 디자인의 자신의 공간으로 발을 들여놓는 것을 이현이 전화를 받으며 지켜보았다. 공동 보금자리라고는 했지만 자신의 취향, 색깔, 체취, 생활 방식이 고스란히 묻어 있는 곳에 그녀가 서 있고 더 나아가 자신과 살을 부대끼며 살아갈 것이라는 게 이현은 뿌듯하기 그지없었다.

연오를 그렇게나 이곳에 데려오고 싶어 애쓰던 기억들이 되살아났다.

'최연오! 이번 주말에 동기들 모일 건데, 오지 않을래?'

이현은 그녀가 내심 자신의 아파트에 왔으면 싶었다. 보통의 레지던트들은 병원 앞 근처의 조그만 아파트에 끼리끼리 모여 살거나 원룸을 얻어 살았는데 연오 또한 마찬가지라는 것을 알고 있던 터였다. 그녀가 이곳에 와서 자신의 사는 양을 보았으면 싶은, 그 다분히 속물적인 생각이 가미된 상상을 얼마나 하곤 했던가? 이미 떠나 버린 것만 같은 그녀의 마음에 그런 식으로나마 자신에 대한 자극을 주고 싶었다.

'미안해, 이현아. 주말은 곤란해.'

너는 언제나 거절했었지.

친구로 지낼 때 연오를 비롯한 동기들을 자주 부른 적이 있기는 했지만 그녀만큼은 늘 모습을 드러내지 않아 이현은 못내 아쉬움을 느껴야만 했다.

결국 결혼을 결정하고 나서야 그녀를 이곳에 데려올 수 있었다. 올 때마다 낯설어하고 쭈뼛거리는 모습을 지켜보는 것은 의외로 꽤나 큰 즐거움이었다.

"어디로 나오라고? 오늘은······."

이현의 통화 내용을 듣던 연오가 고개를 돌리더니 '나 신경 쓰지 말고 가' 라고 조그맣게 말했다. 이현이 웃었다.

"알았어. 그리로 갈게. 응."

전화를 끊은 이현이 당연한 듯 연오의 손을 잡아끌었다.

"가자. 경수가 나오래."

그 말에 연오가 얼굴을 찌푸리며 손을 저었다.

"나 정말 피곤해."

난색을 표하는 그녀를 억지로 데려갈 수도 없는 노릇. 그렇다고 해서 한 번 수락한 약속을 물릴 수도 없어 이현은 아쉬운 표정으로 현관문을 나섰다.

"여어! 새신랑!"

경수가 일본식 선술집에 들어서는 이현을 향해 손을 쳐들었다. 하지만 이내 그의 표정을 보고 묻지 않을 수가 없었다.

"표정이 왜 그러냐?"

이현이 오히려 퉁명스럽게 되물었다.

"왜 불렀냐?"

이현은 즐겨하지는 않아도 부르면 곧잘 나와서 친구들과 이야기하고 기분 좋게 취할 정도로 술을 마시곤 했었다. 옆에 있던 성일과 남철이 그의 데면데면한 반응에 의아한 듯 서로를 바라보았다.

"우리가 잘못 부른 거냐?"

경수가 장난스런 웃음을 싸악 흘리며 이현을 응시했다.

"설마 연오랑 같이 있고 싶었던 거냐?"

그 말에 이현이 잔을 내밀었다.

"술이나 따라라."

"그런 거냐?"

경수의 놀림에, 이현은 연오가 생각나 저도 모르게 웃음이 나왔다.

"그래, 맞다, 이 눈치없는 자식들아!"

그 말에 친구들이 일제히 '오!' 하면서 반응을 드러냈다.

술이 어느 정도 들어간 그들 사이로 어느덧 이야기도 무르익고 있었다. 취기가 오르자 경수와 성일, 남철은 밀려드는 호기심을 감추지 못했다. 이현이 연오를 마음에 품고 있다는 것은 알았지만 채령과 약혼까지 한 마당에 그가 돌연 정말로 연오와 결혼을 성사시킬 줄은 몰랐던 것이다. 대놓고 묻지는 못하고 경수가 말을 빙빙 돌렸다.

"네가 연오랑 결혼할 줄이야……."

경수의 말에 성일이 끼어들었다.

"연오도 이현이 좋아했고 뭐, 이현이도 연오한테 그랬으니까 결혼한 거겠지. 난 솔직히 이현이 녀석이 연오 쳐다보는 눈빛에서 벌써 연오가 이현에게 잡아먹히겠구나 싶었다."

그 말에 그들은 술잔을 기울이며 낄낄거렸다. 그들과 달리 홀로 웃음을 보이지 않던 이현이 되물었다.

"연오가 날 좋아하긴 했어. 그렇지?"

그 물음에 성일이 냉큼 대답했다.

"연오가 널 좋아한다는 소문이 의대 전체에 쫙 퍼졌었는데 뭘.

사실 그 공부만 하던 애도 강이현 너를 좋아한다고 하는 거 보고 우리끼리 그랬다. 연오도 여자긴 여자라고."

성일이 혼자서 쿡쿡 웃어댔고, 이현은 회상에 잠겨 미소를 띠었다.

"연오가 공부를 열심히 하긴 했어. 정말로……."

"죽기 살기로 했지. 그런 연오를 꺾은 너는 또 얼마나 대단하냐?"

경수의 말에 이현이 한쪽 눈썹을 치켜 올렸다.

"그런가?"

"그렇지. 정신없이 놀던 너도 연오 이기려고 밤새 공부했었잖아."

그 말에 이현은 옛 기억이 떠올라 피식 웃었다.

"너, 이건 생각 나냐? 예과 때 그렇게 놀고 본과 올라가서 네가 미팅이다, 소개팅이다 죄다 정리하면서 돌변하는 거 보고 내가 물었지. 1등 안 하면 안 되는 거냐고. 그랬더니 네가 뭐라고 했는지 알아?"

이현이 회상에 잠겨 술잔을 골똘히 바라보다 천천히 읊었다.

"……최연오를 이기는 건 여자랑 자는 것보다 짜릿하다……."

"쩝, 기억하는구만."

경수와 성일, 남철이 맞다고 맞장구치며 웃었다. 경수는 차분한 어조로 말하는 이현이 재미없다는 듯 술잔을 기울였다.

그들에게서 동떨어져 이현은 자신만의 생각에 잠겼다. 몸에 열이 올랐다.

'최연오를 이기는 건 여자랑 자는 것보다 짜릿하다.'

자신이 내뱉고도 묘하게 흥분되는 말이었다. 문득 연오의 안에 머물렀던 순간순간의 기억들이 되살아나며 머리칼이 곤두설 정도로 몸에 흥분이 일었다.

'연오랑 자고 싶다.'

아무래도 결혼을 했다는 생각 때문인지 욕망이 고삐 풀린 망아지마냥 날뛰어댔다. 자신을 바라보던 그 어여쁜 눈망울이 떠오르자 이현의 눈가가 열기로 붉어졌다. 이런 자신이 우스워 이현이 자조적으로 미소 지으며 술잔을 꺾었다.

"왜 그러냐?"

경수가 생각에 잠겨 표정이 변하는 이현을 바라보다 물었다.

"아니다. 나가자."

이현이 자리를 털고 벌떡 일어서자 경수와 성일, 남철은 자리가 파하는 게 싫었던지 떨떠름한 표정을 지으며 따라 일어섰다.

이현이 잠이 든 연오를 서재의 문 앞에 기대 바라보고 섰다. 집에 돌아왔을 때, 거실을 제외한 나머지 방은 죄다 불이 꺼져 있었고 찾던 그녀는 서재에서 잠들어 있었다.

그녀가 보고 싶어서 한달음에 달려왔다.

그런데 막상 제 사랑을 마주하니 그는 어찌해야 할지 알 수 없었다. 욕구를 참으며 천천히 몸을 돌려 옷방으로 갔다. 이현은 넥타이를 거칠게 끌어내렸다. 같은 공간 안에 연오가 있다는 생각에 가슴이 울렁거렸다. 동시에 그녀에 대한 갈증이 치밀어 올랐다.

옷을 벗고 대충 씻고는 곧장 서재로 향했다. 그 공간 한 켠에 마련된 조그만 침대에는 읽다 말았는지 베개 맡에 책이 놓여 있었다. 그리고 연오가 몸을 돌려 웅크리고 잠들어 있었다. 신혼여행 때부터 보아온 저 자세는 아무래도 연오의 잠버릇인 것 같았다. 사랑스럽고 귀여워 이현의 입가가 올라갔다.

그녀의 무릎 뒤에 손을 넣어 이현이 연오를 조심스레 안아 들고 안방으로 향했다. 한기를 느꼈는지 연오가 자신에게로 파고든다. 그 조그만 행동에도 하반신으로 욕구가 몰렸다. 그가 연오의 이마에 살짝 입을 맞추고는 안방 문을 발로 살며시 밀었다.

술기운이었을 거다. 침대에 내려놓자마자 이현은 좀 전의 조심스런 태도와는 달리 연오의 몸을 강하게 덮쳤다. 그녀가 잠이 깨든 말든 개의치 않았다. 솔직히는 잠이 깨길 바랐다. 연오의 목덜미에 얼굴을 묻고 그녀만의 체취를 한껏 들이마셨고 손으로는 날씬한 등을 쓰다듬다가 파자마 위로 솟아오른 가슴을 움켜쥐었다.

연오는 자신의 몸을 더듬는 타인의 억센 손길에 절로 눈이 떠졌다. 이현과 눈이 마주쳤는데 그는 놀란 자신의 눈동자를 마주하고도 전혀 망설임없이 얼굴을 숙여 키스해 왔다. 떨어지려는 연오를 이현이 붙잡고 놔주질 않았다. 상쾌한 치약의 민트 향에서 달짝지근한 술 냄새가 희미하게 풍겼다. 그의 입술이 떨어지고 연오가 숨을 몰아쉬며 물었다.

"술…… 마셨구나."

이현은 뺨에 닿는 연오의 숨결에 잔뜩 흥분이 되었다. 그렇지만 자신을 밀어내는 그녀의 말에는 마치 '술 마셔서 네가 이렇구나'

하는 뉘앙스가 다분함을 느끼고 기분이 언짢아졌다. 남에게 싫은 소리를 못하는 연오가 거부 의사를 저런 식으로 표현한다는 것을 잘 알고 있었다.

"너 안을 정신은 있어."

그 말과 함께 이현이 연오의 파자마 속으로 손을 집어넣으며 다시 입술을 부딪쳐 왔다.

연오는 다른 사람들이 어찌 사는지가 궁금했다. 결혼을 하게 되면 서로 관계를 가지고 사랑을 나누는 것이 일반적이겠지만 이현은 놀라울 정도로 뜨거웠고 자신을 원하는 횟수도 잦았다.

그녀의 것을 흠뻑 취한 이현과 달리 연오는 아직도 자신의 타액을 마시는 것이 익숙하지 않은 모양이었다. 잠시 입술을 떼자 행위에 몰입하지 못하고 입안의 이물질이 불편한 듯 그녀가 입안에 무언가를 문 채로 난처한 눈을 하고 있었다. 그가 그녀의 양 뺨을 잡아 제 것을 삼키도록 했다.

연오가 괴로운 듯 얼굴을 찡그리며 이현의 악력에 못 이겨 입안의 것들을 꿀꺽 삼켰다.

요즘 들어 그녀가 자신을 무척이나 어색해하고 있다는 것을 이현도 잘 알았다.

"네가 익숙해질 때까지 하는 거야."

취기였을 것이다. 일부러 자신의 타액을 연오에게 계속해서 밀어 넣었다가 입술을 뗐다. 표정을 일그러뜨린 연오가 보였지만 이현은 그녀를 놔주지 않았다. 그녀가 자신의 침을 어렵사리 삼키고 나면 이현은 다시 연오의 입술을 벌려 타액을 밀어 넣었다.

"강…… 이현……."

연오의 눈에서 괴로운 듯 눈물이 흘러내렸지만 이현은 멈추지 않았다.

'널 한순간도 좋아하지 않은 적이 없어, 연오야. 처음 봤을 때부터 지금까지 쭉 좋아해 왔어. 무려 10년이란 시간 동안 그렇게 계속.'

부드러운 키스가 계속해서 이어졌다. 연오는 지쳤는지 나중에는 그와 입을 맞추는 동안 밀려드는 타액을 그때그때 삼켰다.

그녀의 입술을 충분히 맛본 이현이 연오에게서 천천히 입술을 떼고 몸을 일으켰다. 공중에서 두 사람의 호흡이 얽혔다.

"연오야……."

이현의 애절함 섞인 그 말투에 연오의 정신없던 감각이 되돌아오며 앞으로 이어질 행위가 머릿속을 스치고 지나갔다. 이렇게나 뜨거운 그를 받아주고 나면 분명 내일은 한동안 또 멍하리라.

"내일! 나 내일 병원 가봐야 돼!"

그 말에 이현이 멈칫했다. 연오는 이현이 천천히, 움찔하는 자신의 가슴에 얼굴을 묻은 채로 몸을 늘어뜨리는 것을 느꼈다. 그녀가 자신의 가슴에 규칙적으로 퍼지는 따뜻한 숨결을 느끼다가 조심스럽게 이현을 밀어내며 몸을 돌렸다.

자신에게서 멀어져 침대 구석으로 몸을 끄는 연오를 보다가 이현 역시 몸을 돌려 정자세로 누웠다. 욕구를 해결하지 못한 아랫도리가 빳빳하게 굳어 있었지만 이현은 참기로 했다.

"숙맥."

이현의 누그러진 목소리가 조용한 방 안을 울렸다. 장난기가 다분한 말이었지만 연오는 웃을 수가 없었다. 그가 고개를 돌려 자신을 바라보고 있다는 것을 알았지만 연오는 애써 모른 척했다. 그러던 중 용기를 낸 연오가 입을 열었다.

"이, 이현아."

"응. 왜, 연오 씨?"

그의 목소리에는 여전히 장난기가 다분했다.

"넌 왜 나하고 결혼한 거야?"

다음날 아침, 먼저 눈을 뜬 것은 뒤척이다 늦잠을 잔 연오가 아닌 술을 마시고 자리에 누운 이현이었다. 그도 그럴 것이 연오는 밤새 이런저런 생각에 휩싸여 머리를 싸매다 겨우 잠이 들었기 때문이다.

이현이 연오를 부드럽게 흔들어 깨웠다. 그 잔잔한 움직임에도 연오가 화들짝 놀라며 눈을 떴다. 언제 호출이 올까 평소 긴장하고 자는 습관이 몸에 밴 탓이었다. 그런 모습에 이현이 안타까움을 느끼며 설핏 웃음을 지었다. 그녀가 멍하니 그의 미소를 쳐다보았다.

문득 어젯밤 이현의 그 가라앉은 진지한 목소리가 그녀의 머릿속을 스치고 지나갔다.

'네가 좋으니까.'

무슨 의미였을까? 내가 어떻게, 무슨 의미로 좋다는 뜻일까? 결혼 전에 이현이 집안의 성화 때문에 결혼을 서둘렀고, 일을 이해해 줄 만한 여자를 찾다 보니 자신을 택했다는 이야기는 익히 들어 알고 있었다. 하지만 그는 처음부터 자신을 안는 데 거리낌이 없었고, 그것이 꽤나 자연스러운 것처럼 보였다. 그럴 수 있을까? 남자들은 다 그럴까?

'최연오, 네가 듣고 싶은 대답이 뭔데?'

"무슨 생각해, 최연오?"

이현의 목소리에 연오는 황급히 멍한 눈을 시계로 돌려 시간을 체크했다. 알람을 맞춰놓은 6시보다 20분이 지난 상태였다. 시곗바늘을 확인한 연오의 얼굴이 울상이 되어버렸다. 알람을 꺼버린 채 자신을 깨우지 않은 이현이 원망스러웠다. 회진에 늦지 않으려면 서둘러야 했다.

"안 늦었어."

이현이 황급히 이불을 걷고 침대에서 내려오는 연오를 보며 느긋하게 말했다. 지난밤 연오가 뒤척이는 것을 잘 알고 있던 이현이었다. 좀 더 잘 수 있도록 내버려 뒀는데 정작 그녀의 표정을 보니 한없이 난감한 모습이다.

잰걸음으로 욕실로 향하는 연오를 이현이 붙잡았다.

"왜?"

다급해하는 그녀에게 이현이 식탁 위에 올려진 딸기셰이크를 들어 건넸다. 바빠서 정신이 없던 연오의 눈에 고마움과 미안함이 섞였다. 감정을 표현할 새도 없이 셰이크를 들고 마시자 이현이 지켜보고 섰다가 컵을 받아 들었다.

하지만 욕실 문을 닫고 마주한 거울에 비친 여인의 얼굴을 바라보던 연오는 새삼 이제는 자신이 한 남자의 아내가 되었다는 생각을 하게 되었다. 어젯밤, 그렇게도 이 결혼의 의미에 대해 곱씹어 보던 그 복잡했던 생각들이 사라지고 이상하게도 어느덧 따스한 감정이 스며들고 있었다.

씻고 나오자 이현이 소파에 앉아 있다가 말했다.

"태워다 줄게."

오늘은 그가 오프였고 연오가 출근을 하는 날이었다.

"괜찮아."

이현은 연오가 시선을 피하자 절로 인상이 찌푸려졌다. 그것을 꾹 참고 단호한 어조로 말했다.

"걸어가면 늦을 거야. 준비하고 나와."

옷방에 들어선 연오의 머릿속으로 어젯밤의 생각들이 또다시 밀려들었다. 친구 사이로 시작했기에 연하고 담백한 관계를 떠올렸는데 그와의 관계는 그렇질 않았다. 둘 사이에 흐르는 이현이 만들어내는 성적인 긴장감은 꽤나 뜨거웠고 그의 다정한 행동은 연오의 볼을 늘 붉게 물들이곤 했다. 그것은 그녀를 한없이 헷갈리게 만들었다. 결혼 전에 스킨십을 예상 못 한 것은 아니었지만 그것이 이렇게나 이현과의 관계를 변화시킬 줄은 몰랐다. 문득 억울함이 들었다. 자신은 이렇게나 어색하고 불편한데 이현은 남편으로서의 자리를 꽤나 빨리 찾은 것 같았다.

이현이 소파에 앉아 옷을 갈아입고 나오는 연오를 바라보다 자리에서 일어나 그녀에게 다가갔다. 그러자 연오가 자신을 피해 주춤거린다. 문득 이현은 피식 웃음이 나왔다. 그녀가 귀여우면서도 자신에게 불편함을 느끼는 데 대한 벌을 주고 싶어 일부러 연오의 팔꿈치를 잡았다. 움찔하는 그녀의 몸짓은 무시해 버렸다.

하지만 차를 타고 가는 내내 어색한 침묵이 돌자 이현은 생각보다 이것이 쉽게 지나칠 문제가 아니라는 것을 깨닫고 그녀와 대화가 필요하다는 것을 느끼게 되었다. 병원 지하주차장에 이르러 시동을 끈 이현이 결국 핸들에 몸을 기대며 연오를 불렀다.

"연오야."

문을 열려 하는 연오를 향해 이현이 나직하게 말했다.

"너, 나하고 있으면서 내가 널 만지는 게……."

"늦었어. 가볼게."

연오는 이현을 등진 채 참았던 숨을 조용히 내쉬며 차문을 열었다. 지금도 어색한데, 이현과 그런 이야기를 나눈다는 것이 못내 껄끄러웠다.

이현은 차에서 내려 지하주차장의 엘리베이터를 향하는 연오를 바라보며 조용히 한숨을 쉬었다.

"시간 많이 안 줄 거야, 찬우유. 헤매지 말고 잘 찾아와."

✳

삐삐삐삑. 비밀번호의 버튼을 누르고 이현은 아파트로 들어섰다. 차키를 수납장 위에 놓고 햇살이 환하게 들어오는 거실의 창으로 다가갔다. 생각이 절로 연오에게로 향하자 이현은 자신을 다 그치듯 중얼거렸다.

"그만하자, 강이현."

소파로 걸어가 털썩 앉았다. 유독 가죽에 닿는 마찰음이 빈 공간에 크게 울린다.

총각 때는 좋기만 하던 공간인데 홀로 덩그러니 앉아 있으려니 어쩐지 썰렁한 느낌마저 들었다. 새삼 이 공간에 얼마 없는 그녀의 흔적을 버릇처럼 다시 좇았다. TV 옆에 놓인 사진이 눈에 들어온다. 다가가 그것을 들여다보았다.

제주도에서 말을 타며 연오가 겁이 나는지 찡그린 얼굴로 자신을 바라보고 있었다. 어느 집에나 있을 법한 이 평범한 사진이 이현은 갑자기 무척이나 애틋하게 느껴졌다. 연애를 하다 결혼한 것이 아니었기에 그녀와 찍은 제대로 된 사진이랄 게 없었다.

'하나 있군.'

습관처럼 지갑 속 주민등록증을 꺼내자 그 뒤에 숨어 있던 오래된 사진 하나가 나왔다. 대학졸업식 때 연오를 붙잡아 충동적으로 찍은 사진이었다. 웃고는 있지만 이때 역시 연오는 뭔가 경직되어 있다. 이현은 마치 자신의 손짓으로 그녀의 굳은 표정이 부드럽게 풀어질 것처럼 사진 속 얼굴을 손으로 쓸어보았다. 술을 마시거나 혼자 있을 때 하던 버릇이었다. 가족들 모르게 따로 이 사진만 인화하려고 애쓰던 기억도 되살아났다.

문득 신혼여행 당일, 이 사진을 목도한 연오의 혼란스러운 표정이 떠올랐다. 그녀에게서는 가타부타 말이 없었다.

"찬우유, 무슨 생각 들어?"

허공에 대고 혼잣말을 날리며 피식 웃는 이현이었다.

생각해 보면 언제나 신경이 연오에게로 향해 있었다. 부모님의 전철을 밟기 싫어 결혼만큼은 집안에서 정해준 혼처인 채령과 할 것이라는 생각을 가지고 있을 때에도 자신도 모르게 저절로 시선이 그녀에게로 갔다. 그리고 연오가 자신을 좋아한다는 걸 알았을 때는 세상을 다 얻은 것처럼 신이 났다. 어리석게도 그 순진한 눈망울을 조금 더 애타게 만들려던 순간의 욕심이 먼 세월을 돌고 돌게도 만들었지만.

졸업식의 이 사진을 찍을 무렵은 그녀에 대해 불안하면서도 서운한 마음이 들 때였다. 더 이상 그녀가 자신을 남자로서 눈에 담고 있질 않다는 생각에 얼마나 마음을 졸였던가? 우연한 기회를 억지로 만들어 연오와 마주해도 그런 자신의 마음을 모르는지 언제나 그녀는 자리를 떠버리곤 했지. 가령 그 흔한 술자리에서조차 그녀는 격식만 차리는 데 급급해 빨리 마시고 자리에서 일어나는 통에 이현은 애가 닳았었다.

그러다 충동적으로 졸업식에서 같이 사진을 찍자고 말을 걸었다. 친하지도 않은 자신이 사진을 찍자고 해서인지 연오는 꽤나 당황한 눈치였었다. 살며시 그녀의 어깨와 허리를 끌어다가 자신에게로 밀착시켰더랬다. 첫 접촉의 그 흥분이 생각나 이현은 몸을 떨었다.

그는 마음을 저릿하게 만드는 그 편린을 지갑 속에 다시 고이 넣고는 서재로 향했다. 연오가 이곳에 오면서 그녀의 짐 대부분은 서재로 향한 터였다. 문을 열고 책장으로 걸어가 대학 시절 연오가 사용하던 책 한 권을 꺼냈다. 결혼 막바지, 그녀가 이 공간에 옮겨놓은 얼마 안 되는 물건을 이현은 몰래 이렇게 만지곤 했는데 봐도 봐도 또 보고 싶고 그러다 새로운 것을 발견하면 그렇게나 기분이 좋을 수가 없었다.

책을 펼치자 자그맣고 꼬불꼬불한 글씨가 빈 공간에 빼곡히 쓰인 게 눈에 들어왔다. 여성스러운 그 글씨체에서 이현은 연오를 느꼈다. 한 장 한 장 넘기며 어쩌다 생화학 구조를 그린 그림이라도 발견되면 그는 눈을 떼지 못했다. 속사포처럼 말을 뱉어내는 교수 앞에서 이 공식을 그리려 얼마나 애를 썼을지가 머릿속에 그려졌다.

최연오의 글씨체마저 궁금해 늘 연오가 없는 시간이면 그녀의 자리로 걸어가서 듬성듬성 붙여진 메모지들을 스치듯 훑곤 했다. '조금만 참자, 최연오', '아자아자, 힘내!' 따위의 쪽지들을 하나씩 손에 움켜쥐고 주머니에 넣었던 기억이 새록새록 생각났다.

'하경아.'

'최연오, 왜 그렇게 울 것 같은 표정이야?'

'다이어리가 없어졌어.'

'뭐, 정말? 다른 물건은?'

연오의 그 조그만 머리가 절레절레 흔들렸다. 본과 2년의 어느 가을날, 이현은 태연하게 자리에 앉아 방금 가져온 연오의 다이어리를 펼쳐 놓고 읽었다. 작년 여름부터 자신을 모른 척 대하던 연오 때문에 애가 타들어갔고, 급기야 그는 그녀가 괘씸하게 느껴졌다. 자신에 대한 생각 한 조각이라도 읽어낼 수 있지 않을까 싶어 몰래 훔쳐 온 다이어리에는 웬걸, 온통 하루 일과를 마친 소감과 스케줄로 빼곡했다. 그것만으로도 소중하고 귀여웠지만 자신을 벌써 잊었나 하는 생각에 못내 서운했더랬지.

하지만 그때 그녀가 아버지 때문에 신경외과를 지원하게 되었다는 사실을 알아낸 것은 큰 수확이었다.

그 후부터였을 것이다, 연오가 책상에 아무것도 놓지도 붙이지도 않으며 말끔히 사용하기 시작한 것은. 늘 긴장하며 제 물건을 지키는 그녀의 모습을 안쓰럽게 바라본 적도 수차례였지만 이것들을 훔친 것에 미안한 마음이 들지는 않았다. 언젠간 끝날 감정일 것이라 스스로를 다독이고는 있었지만 그때도 기본적으로 연오는 아무도 건드릴 수 없는 자신의 것이라는 생각을 그는 품고 있었다. 그 감정이 대학을 졸업하면 사라질 막연한 것일지라도 자신의 눈에 들어온 이상 연오는 제 것이어야만 했다. 그녀에 대한 그 소유욕을 깨달은 것은 연오가 소개팅을 했던 날이었다.

'야! 양민호 선배가 소개시켜 달라잖아. 나쁜 짓 하는 것도 아닌데 뭘 망설여?'

시끄러운 경수 자식에게 주먹을 날리고 싶은 마음을 꾹 참았더랬다. 심사가 뒤틀리고 기분이 나빴지만 연오를 마음에 품고 있다는 그 사실을 인정하지 못해 이현은 성화를 부리는 친구들에게 그녀를 자신과 친한 민호 선배와 엮어주겠노라 마지못해 고개를 끄덕였다.

'너, 왜 이렇게 담배를 피워대냐? 목 안 아파?'

초조함에 책이 눈에 들어오지 않았었다, 그날은. 그리고 연오가 돌아왔을 때에야 깨달았다. 그녀가 누구와도 어울리는 게 싫다는 자신의 마음을 말이다.

결혼은 비슷한 배경의 사람과 하더라도 그녀와 언젠가 한 번은 연애를 하고 싶다는 얄팍한 상상을 수도 없이 했었다. 하지만 그때는 이미 연오의 마음이 닫힌 상태였다. 어찌해야 할까. 마음은 안타깝고 안타깝게 이어져 그렇게 세월이 흘러 버렸다. 늘 갖고 싶고 품에 안고 싶어 주변을 그렇게도 맴돌던 기억들이 생생한데……

Rrrrrrr. 그때 휴대폰이 울렸다. 이현이 연오를 떠올리며 서둘러 전화를 받았다. 하지만 전화를 건 사람은 경수였다.

"왜 전화했냐?"

—야! 섭섭하게 왜 전화했냐니? 내가 아니면 누가 너를 챙겨주냐?

그 말에 이현이 피식 웃자 수화기 너머 경쾌한 목소리가 뒤따랐다.

—동기들이 니들 집들이하라고 성화야.

"연오한테 물어볼게."

—아참! 연오는 잘 지내냐?

"연오? 나도 궁금하다."

이현이 시계를 바라보며 지금쯤 그녀가 무엇을 하고 있을지를 떠올렸다.

—무슨 뚱딴지같은 소리냐?

"됐다. 아무튼 연오랑 상의해서 집들이하게 되면 알려줄게."

✳

연오는 새로 온 병동의 환자에게로 걸어갔다. 나이 어린 그 소년은 뇌에 퍼진 악성 종양이 다른 장기에까지 전이된 상태였다. 마음 한구석에서 고통스럽게 돌아가신 아버지의 모습이 스멀스멀 떠오르자, 그녀는 애써 그 영상을 몰아내려 애썼다.

"우와, 예쁜 선생님이다."

너무도 밝은 목소리에 얼굴을 찌푸린 채 차트를 보고 있던 연오가 고개를 들어 소년을 바라보았다. 병마 속에서도 두 눈에는 생동감이 넘쳐흘렀다. 문득 피곤함에 찌들고 죽음에 무감각해진 자신이 오히려 환자 같다는 생각이 들었다. 연오는 일부러 환하게 웃으며 소년에게 이런저런 질문을 했다.

"불편한 데는 없고?"

"네, 그럭저럭 이 생활도 견딜 만해요."

소년은 어깨를 으쓱이며 어른스럽게 대답했다. 새삼 그가 예뻐 보여 연오가 병원 침대 한편에 쓰인 소년의 이름을 확인했다. 민태혁. 그것이 아이의 이름이었다.

"태혁이는 병원 나가면 뭘 하고 싶어?"

그 말에 옆에 선 소년의 어머니가 갑작스레 손수건을 꺼내 눈물을 찍는 것이 보였다. 소년이 그런 어머니를 보고 얼굴을 찌푸렸다.

"엄마도 참!"

그의 말에 그녀는 연신 '죄송합니다'를 연발하며 벌떡 일어섰다. 연오는 자신의 질문이 그녀를 울린 것만 같아 미안해졌다. 눈물을 감추며 병동을 나서는 태혁의 어머니를 안쓰러운 표정으로 바라보는데 소년의 차분한 음성이 되레 연오를 놀라게 했다.

"선생님, 나 얼마나 살아요?"

연오가 꿀꺽 마른침을 삼켰다. 젊은 사람의 암은 그 조직병리학적 형태가 악성이고 진행도 매우 빠른 것이 대부분이다. 연오는 의사로서의 무력감이 덮치는 것을 느꼈다.

"치료 꾸준히 받으면 오래 살 수 있어."

애써 환하게 웃음을 보이는데, 소년의 얼굴에 눈에 띄게 실망한 빛이 어른거린다.

"왜 그러니, 태혁아?"

"하늘나라는 고통이 없을 것 같아 그곳에 가고 싶다는 생각을 하곤 했거든요."

그 말에 연오는 가슴이 갑갑하게 죄어오는 것을 느꼈다. 소년이 희미하게 웃으며 재차 말했다.

"근데 내가 죽으면 우리 엄마가 엄청 슬퍼하겠죠?"

그만 눈물이 핑 돌았다. 죽음에 무뎌진 줄 알았는데 그게 아니었나 보다. 뇌종양으로 돌아가신 아버지의 모습이 머릿속을 가득 메워왔다. 그때의 나눌 수 없었던 그 고통이, 아픔이 다시 찾아와 연오를 휘감았다.

태혁과 일부러 빨리 대화를 마감하고 병동을 나선 연오는 소년이 들려준 음료수를 손에 쥐고 있었다.

'천국에도 이런 맛이 있을까요?'

가슴이 먹먹해져 오고 있었다.

그때 그녀에게 호출이 왔다. 2층에 위치한 MRI실로 가봐야 했다. 연오가 슬픔을 묻은 채 가운 자락을 펄럭이며 엘리베이터로 가 섰다.

엘리베이터에 몸을 실은 연오는 소년이 건넨 음료수의 만화 캐릭터를 보며 애써 빙긋이 웃었다.

"이 캐릭터 내가 중학교 때도 있었던 건데······."

문득 자신과 같은 시기를 보냈을 이현이 떠올랐다. 순식간에 그에게로 생각이 이동한 것은 연오 자신도 뜻밖이라 의아할 정도였다.

'절대 사랑은······ 아니지. 그런데 이현일 보면서 요즘 들어 가슴이 두근거리고 그의 페이스에 자꾸만 휩쓸리는 것은 왜일까? 몸을 주니 마음도 따라 움직이는 건가? 아니면 내 안에 그를 향한 어떤 마음이 있었던 걸까?'

연오는 문득 자신이 왜 이현과 결혼을 했는지가 스스로도 궁금해졌다. 풀지 못할 수수께끼에 직면한 듯 그렇게 상념에 빠져 있을 때 엘리베이터 문이 스르르 열렸다.

"······연오야."

눈을 크게 뜨고 자신을 바라보고 있는 이는 윤철이었다. 연오가 엘리베이터의 층수를 확인하니 내과병동인 3층이었다. 버튼을 보니 2라는 숫자는 애초에 눌러져 있지도 않았다. 아마도 생각에 빠져 버튼 누르는 것을 잊어버린 모양이었다. 3층으로 이동한 엘리베이터에서 윤철과 마주하자 연오는 몹시 당황했다.

윤철이 엘리베이터에 올랐다. 연오가 서둘러 2라는 숫자를 눌렀다.

"왜 내 전화 안 받니?"

뻔뻔한 그의 물음에 연오가 순간 굳어진 어깨를 펴고는 부러 당당한 목소리를 냈다.

"나 결혼했어. 자꾸 연락하는 이유가 뭐야?"

"너 어쩜 내게 이렇게 매정……."

그때 MRI실이 있는 2층에 엘리베이터가 멈춰 섰다. 연오는 누구라도 자신과 윤철이 단둘이 있는 것을 볼까 봐 겁이 났다. 빨리 이 자리에서 벗어나고 싶었다. 그에 문이 열리자마자 황급히 한걸음 내딛는데 윤철이 닫힘버튼을 눌러 버렸다.

"뭐 하는 짓이야?"

"얘기 좀 해."

"이 손부터 놔."

연오가 윤철에게 잡힌 손을 빼려 했지만 윤철의 악력이 더 셌다. 음료수가 엘리베이터 바닥에 툭 하고 떨어졌다. 연오는 순간적으로 공포를 느꼈다.

"그 자식! 강이현 그 자식 때문이었어. 연오 네가 그 자식이랑 같이 있는 걸 보고도 마음이 괜찮을 사람은 아무도 없을 거야. 하룻밤 실수로 미연일 안았어. 그뿐이었는데 어쩌다가 내가 이렇게 고통받아야 하니? 병원에서 얼굴 들고 다니기도 힘들고 널 잃었다는 생각에 나는 정말 미칠 것만 같아."

"듣고 싶지 않아, 그런 변명 따위……. 손이나 놔줘."

"연오야, 내 말을……."

윤철이 연오의 양어깨를 붙잡고 돌려세우는 순간 문이 열렸다. 레지던트 한 무리와 간호사들이 저들끼리 까르르 웃다가 엘리베이터 안의 두 사람을 보고는 얼굴이 급격하게 굳어졌다.

연오는 밀려오는 창피함과 근원을 알 수 없는 두려움 때문에 얼굴에 열이 올랐다. 윤철의 손에서 팔을 비틀어 빼자 사람들 앞이어서인지 윤철도 그녀를 스르르 놓아주었다. 고개를 숙이고 그들 사이를 지나쳐 오는데 긴장이 풀린 탓에 다리가 후들거렸다.

가운 자락에 땀이 밴 손을 닦아낼 때, 주머니에서 진동이 느껴졌다. 휴대폰을 확인하니 이현이었다. 내 편, 내 사람! 그 반가움에 연오의 눈가에 눈물이 맺혔다.

"이현아!"

—목소리가 왜 그래?

"어? 아냐."

—아니긴. 평소랑 다른데.

"그냥 네가 반가워서."

—…….

수화기 너머 이현이 침묵했다가 이윽고 입을 열었다.

—보고 싶어, 연오야.

✽

학교 때 보던 여동기들만의 모임이 있는 날이었다. 연오는 오프를 냈고, 다니던 학교 앞에서 하경을 기다리고 있었다. 아무도 없는 집에서 마땅히 할 일이 없어 30분 일찍 나왔더니 아니나 다를까 나와 있는 친구들이 한 명도 없었다.

연오는 발걸음을 천천히 교정으로 돌렸다. 열심히 자연과학대 건물을 지나 모퉁이를 돌자 의대 건물이 보였다. 남학생 몇 명이 농구를 하고 있었다. 필시 자신의 후배들일 터였지만 연오는 발이 좁아 기수 차이가 많이 나는 후배는 알지 못했다.

기숙사로 향했다. 아무래도 친구들과 부대끼며 고통을 감내하고 미래를 향해 꿈을 꾸던 곳인지라 도서관과 그곳이 제일 가보고 싶었다. 환한 대낮, 당연히 길은 해부동을 낀 샛길을 선택했다. 해부동을 쭉 돌아 그 좁은 길에 이르자, 여전히 학생들이 이곳을 많이 드나들고 있음을 보여주기라도 하듯 풀, 잔디가 없는 민숭민숭한 땅이 이어졌다.

그 길을 천천히 걸으며 문득 연오는 지금의 남편이 된 이현에게 고백하던 날이 떠올랐다.

'나도 참 무모했어.'

괜히 부끄러워져 연오가 고개를 떨어뜨리고는 왔던 길로 다시 돌아 나왔다. 결국 기숙사까지는 가보질 못했다. 대신 계단이 주르륵 나 있는 의대도서관으로 향했다. 그곳에 이르자 이곳에 방학이 찾아왔다는 것을 알았다. 학생들이 뜸했기 때문이다.

'그래, 이맘때쯤일 거야, 그 짧디짧은 방학이.'

코끝을 스치는 희미한 포르말린 냄새에 연오가 빙긋 웃었다.

'여전하네, 이 냄새는⋯⋯.'

유리 미닫이문 앞까지 와서야 그녀는 잠시 망설였다. 의대도서관은 지정석이었다. 과연 어떻게 생긴 사람이 자신의 옛 자리에 앉아 있을지 자못 궁금했다. 아니, 사실 그보다도 공부하고 엎드려 조각 잠을 잤던 그 나무 책상이 못내 궁금하고 그리웠다. 망설임 끝에 연오가 미닫이문을 열었다.

다행인지, 자신의 자리는 비어 있었다. 모두들 방학이라 짐을 싸서 나간 모양이었다. 그녀가 살며시 다가가 의자를 빼내 자리에 앉았다. 공부하는 자세를 잡아보기도 하고 의자에 기대어 창밖을 흘깃 보기도 하고 엎드려도 보았다.

그러다 자신도 모르게 충동적으로 고개를 깊이 숙여 한 번도 본 적이 없는 책상 아래를 훑었다. 설핏 웃음이 나온다. 밀려드는 옛 추억을 마음 안으로 되새기며 그렇게 고개를 돌리려 할 때 책상 밑바닥에 쓰인 글씨 하나가 눈에 띄었다. 그녀가 조그맣게 글씨를 읊었다.

"58기 찬⋯⋯ 우유⋯⋯ 내 거."

생각할 겨를이 없었다. 고개를 숙이느라 피가 몰린 얼굴을 책상에서 들어 올리는데, 주머니의 휴대폰이 진동을 했다. 황급히 도서관을 빠져나와 복도에 섰다.

"응, 하경아."

—너, 왜 안 오는 거야?

"아! 지금 몇 시야?

―약속 시간 하고 10분 지났어. 빨리 와! 애들이 다 너 궁금해하니까.

순간 자신이 강이현과 결혼한 나름 유명한(?) 친구가 되었다는 사실을 기억해 냈다.

"……."

―그러니까 빨리 Blue로 와.

전화를 끊고 연오가 웃으며 도서관을 잰걸음으로 나섰다.

하경이 일러준 카페의 문을 열자 시원한 에어컨 공기가 확 끼쳐왔다. 한쪽에 앉아 있던 친구들이 손을 들어 올리며 아는 척을 했다. 그리로 걸어가자 5년이란 시간이 무색하게 친구들은 그대로 소란스럽고 정신이 없었다. 이 분위기가 너무도 그리웠다. 연오가 씩 웃으며 자리에 앉았다. 그들과 인사하고 다시금 금세 친숙함을 느끼며 팥빙수를 한입 떠먹는데…….

"최연오! 말 좀 해봐! 강이현이랑 언제부터 그런 거야?"

대뜸 들려오는 말에 연오가 갑작스레 사레가 들려 기침을 해댔다. 뭐라고 대답을 해야 할지 망설일 때 또 다른 질문이 날아왔다.

"이현이가 잘해주냐?"

"그냥 잘해주다 뿐이겠냐? 끝내주겠지."

송희의 말에 정은이 의미심장하게 대답하자 볼을 붉힌 연오와 달리 친구들이 한바탕 웃음을 터뜨렸다. 이제 친구들도 20대 초반의 그 부끄럼 타던 아이들이 아니었다.

"나도 이현이한테 관심있었는데…….."

송희가 커피를 홀짝이며 말하자 연오는 친구들의 관심이 더 깊어지기 전에 이현의 화제에서 벗어나고 싶어졌다.

"너희들 혹시 우리 기수 중에 찬우유라는 별명 가진 애가 누군지 알아?"

"찬우유? 그거 강이현인데…….."

이현의 곁에 곧잘 붙어 있던 송희의 대답에 연오가 살짝 미간을 찌푸렸다.

'경수인 줄 알았는데 이현이라니, 이현이가 아닌 것 같은데…….'

"근데 그건 왜 궁금해? 남편 닉네임 이제야 안 거야?"

그 말에 연오가 웃음으로 얼버무리며 뭔가를 물어보려다 입을 다물었다. 다시 이현의 화제로 돌아가는 게 연오는 껄끄러웠다. 그걸 알아채고 송희가 물었다.

"왜 그러는데?"

그에 연오가 잠시 망설이다 용기를 내어 물었다.

"넌 이현이 별명이 찬우유라는 걸 어떻게 알았어?"

"별명이라기보다는 닉네임이잖아. 걔 전공서적 같은 거 보면 온통 표지 끝에 '찬우유 거'라고 써놓고 다녔는데…….."

그럼 그 사진 뒤 찡그린 찬우유란 문구는 결국 이현 자신을 가리키는 말이었나?

"왜 하필 찬우유야?"

연오의 물음에 송희가 갑자기 웃음을 터뜨렸다.

"지금 네 서방 일을 나한테 묻는 거냐?"

그 말에 연오가 스스로도 웃긴지 배시시 미소를 보이자 송희가 그런 그녀의 얼굴에 의아한 듯 시선을 보내다 커피를 휘저으며 말했다.

"걔가 찬 우유를 좋아했거든. 내 기억엔 아마 그랬어. 어울리지 않게 빨대를 꽂아 종이 곽에 이슬이 맺힌 찬 우유를 쪽쪽 빨아 마시던 기억이 선명한데?"

찬우유란 별명, 아니 닉네임은 그의 것이 맞나 보다. 도서관에서 본 낙서는 아무래도 이현이가 하도 인기가 좋으니까 그를 흠모하던 누군가 아무 데나 끼적여 놓은 듯싶었다.

정은이 연오의 손등을 톡톡 치며 말했다.

"야, 야! 집에 가서 신랑한테 자세히 물어봐. 여기서 이러지 말고."

그 말에 연오가 어색하게 웃어 보였다.

'이현에게 물어봤다간 내가 서재에서 몰래 책을 훔쳐보았다는 걸 말해야 하는데……'

7028. 이현이 알려준 아파트의 비밀번호는 결혼 날짜였다. 결혼식이 열리기도 전에 예정일인 이 번호를 알려주며 아무 때나 들르라고 했었다. 식이 열리기 전 짐을 가져다 놓기 위해 이현과 함께 단 한 차례 들른 것 이외에는 그 후 혼자서 이곳에 들른 적이 없었지만.

문을 열며 생각해 보니 그가 왜 그렇게 결혼식을 서둘렀나 하는 생각이 든다. 부모님이 성화셨다지만 수희의 경우 자신에게 싸늘하기만 한데.

제법 익숙해진 이 공간에 발을 들여놓으며 연오는 더운 날씨로 지친 몸을 이끌고 소파에 가서 털썩 쓰러지듯 옆으로 누웠다. 팔을 길게 뻗고 눈만 깜빡거리며 그렇게 가만히 있자니 문득 송희의 말이 생각났다.

'별명이라기보다는 닉네임이잖아. 걔 전공서적 같은 거 보면 온통 표지 끝에 '찬우유 거'라고 써놓고 다녔는데.'

낯선 호기심이 똬리를 틀자 연오가 슬쩍 서재를 건너보았다. 망설이다가 벌떡 일어나 그리로 걸어갔다. 문을 열고 이현의 책이 주르륵 놓인 선반 위로 다가가 책 한 권을 꺼내 들었다. 이리저리 살피던 끝에 책 모서리가 눈에 들어왔다.

〈찬우유 거.〉

"푸훗!"

연오는 터져 나오는 웃음에 손으로 입술을 지그시 눌렀다. 이때의 이현은 꽤나 차가운 부잣집 도련님 이미지였는데 이런 귀여운 면이 있을 줄은 몰랐다. 요즘 들어 어색하기만 한 그가 다시 친근하게 느껴질 정도였다.

늦여름의 오후, 서재에 지는 햇살의 기운이 한가득 퍼졌다. 연오가 나른하게 기지개를 켜고는 선반 위에 다시 책을 꽂아놓았다. 뜻밖에 알게 된 그의 색다른 면모에 연오는 어쩐지 가슴이 두근거렸다.

✱

오프였다. 연오도 오늘 퇴근한다는 것을 이현은 잘 알고 있었다. 요즘 들어 자신의 일과 중 하나가 그녀와의 스케줄을 조정하는 일이었다. 그녀의 스케줄을 아예 외워 버린 이현은 연오와 같이 퇴근하는 날을 학수고대하곤 했다.

아이처럼 신이 나서 여자 숙소로 향하는데 1년차 승훈이 복도를 지나며 꾸벅 인사했다.

"수고해라."

"치프 쌤! 저 오늘 오프예요."

승훈이 싱글벙글 웃으며 덧붙였다.

"연오 쌤이 대신 당직 서주기로 하셨거든요."

의국 안에서 연오는 저녁으로 무얼 먹을지 벽에 붙은 스티커들을 훑고 있었다. 그때 문이 열리고 이현이 들어섰다. 연오는 고개를 돌렸다가 순간 그에게서 뿜어져 나오는 무서운 기운에 몸을 움찔할 수밖에 없었다.

"어쩐…… 일이야?"

"너 데리러 왔어."

조용하지만 힘이 있는 어조였다.

"아, 나 당분간 풀당이야."

어쩐지 연오가 자신과의 시간을 피하려고 꼼수를 부리는 것만 같이 느껴졌다. 괘씸했다.

"누구 맘대로? 내가 1년차 잡아놨으니 넌 퇴근이야."

그 말에 그녀의 표정이 울상이 되었다.

"하지만 내가 쉬라고 한 건데 그걸 그렇게……."

레지던트 1년차의 고된 일과와 피곤, 서러움을 연오는 잘 알았다. 이현과 아파트에서 부딪치는 시간을 피하기 위해 승훈에게 대신 당직을 서겠다고 한 그녀였지만 신나서 고개를 꾸벅이는 1년차를 보고 속으로 뿌듯함도 느꼈던 터였다.

"또 바꿀 생각했다가는 그땐 내가 치프 권한으로 네 당직 스케줄 움직일 테니 그런 줄 알아."

연오가 움찔했지만 이현은 눈에 뵈는 게 없었다.

"아야! 아파, 강이현! 이것 좀 놔줘."

사람들의 시선을 아랑곳 않고 그가 연오의 손목을 움켜쥐고 병원 복도를 나섰다. 그들을 지나치는 간호사와 아래 연차의 레지던트들이 이현의 살벌한 태도에 모두들 굳은 채로 인사를 했다.

연오는 그들을 스치고 지나가며 뒤통수에서 느껴지는 넘쳐 나는 호기심을 참아내야만 했다.

"손 좀 놔줘! 내가 알아서 갈게."

그 말을 이현은 가볍게 무시해 버렸다. 연오는 성큼성큼 걷는 그에게 손이 붙들린 채로 엘리베이터까지 끌려갔다. 이현이 지하 주차장의 버튼을 누름과 동시에 문이 닫혔고 연오가 그런 이현을 노려보았다.

"너……."

침묵의 시간이 이어지는데 3층에서 문이 열렸다. 윤철이었다.

윤철이 차마 엘리베이터에 타지 못하고 연오를 애절한 눈으로 응시하는가 싶더니 이현에게로 노기 어린 시선을 날렸다. 이현이 미간을 찌푸리고는 윤철의 얼굴을 차갑게 쳐다봤다. 그에 윤철이 이현의 시선을 이기지 못하고 눈을 피했다. 문이 스르르 닫히며 눈앞에서 윤철의 얼굴이 서서히 사라졌다.

"너, 왜 이렇게 독불장군식이야? 왜 모든 사람한테 그래? 다들 네 발밑으로 보이는 거야?"

결국 연오는 참았던 화가 터져 버렸다. 이성을 잃고 그녀가 이현에게 심한 말을 쏟아내자 이현도 참지 않았다.

"너, 지금 저 자식 두둔이라도 하는 거야?"

언성이 높아진 이현의 날선 반응에 연오가 움찔할 때 엘리베이터가 지하주차장에서 멈췄고, 그는 화를 있는 그대로 드러내며 연오의 손을 그러쥐고 차까지 끌고 갔다.

보조석에 연오를 거칠게 밀어 넣고 이현 또한 운전석에 앉았다.

고집스레 차창 밖을 바라보는 연오의 고개가 갑자기 돌려지는가 싶었는데 그의 입술이 날아왔고 거친 키스가 이어졌다. 어깨를 밀며 거부하는 그녀의 입술을 이현이 꽉 깨물었다. 도톰한 살갗이 터지고 핏물이 배어 나오는 느낌에 연오는 아픔과 당황을 느껴 저항을 멈췄고 그에 따르듯 이현의 혀도 부드럽게 움직였다. 벌주듯 그녀의 입술을 탐하려 했지만 어느새 몸이 반응한 이현이었다. 자기도 모르게 가녀린 목에 손을 올리는데 그런 이현을 밀치고 연오가 씩씩거리며 그를 노려보았다. 그도 표정을 굳히고 몸을 바로 한 뒤 차에 시동을 걸었다.

집에 도착하자마자 연오는 아파트 입구의 비밀번호를 누르고 혼자 쌩하니 들어가 버렸다. 그 뒤를 이현이 따랐다. 그렇게 찬바람을 날리며 두 사람이 집에 들어섰다.

"대체 왜 그러는 거야?"

평소 조용하고 화 한 번 낼 줄 모르는 연오에게서 냉기가 감돌았다. 이현이 한숨을 내쉬며 그런 그녀를 바라보았다.

"도대체 내가 어떻게 해야 네가 나를 어색해하지 않을까? 응? 대답해 봐, 최연오."

"내가, 내가 언제 너를 어색해했다고……."

그녀가 말을 얼버무렸다.

"하루 종일 네 생각만 했어. 수술방에서도 집중이 안 되고 병동을 돌 때도 네가 보고 싶고 생각나고…… 도대체 내가 어떻게 해야겠니?"

생각지도 못했던 고백에 연오가 연신 눈만 깜빡였다.

"제발 피하지 마, 연오야."

그의 말이 뜻밖이었는지 그녀의 눈이 더할 나위 없이 커져 있었다. 이현이 천천히 다가갔다. 최면에 걸린 듯 그의 눈동자에 연오는 사로잡혔다. 그러나 이현이 손을 뻗자 마법에서 깨어난 듯 그제야 연오가 움찔 뒤로 물러났다. 이현이 아랑곳 않고 연오를 붙잡아 제 품 안으로 끌어당겼다.

"널 좋아해, 그것도 아주 많이."

시선이 얽혔다. 꼼짝도 못하고 서 있는 연오를 이현이 숨이 막힐 정도로 끌어안았다.

이현의 애정 표현은 노골적이 되었다. 의국에서 마주치면 연오를 안거나 키스를 해왔는데 행동의 수위가 조금 높아서 아래 연차들이 우연히 의국에 들렀다가 놀라 문을 닫곤 했다.

연오는 점차 그의 스킨십이 익숙해지며 사랑 없이 한 결혼도 이런 것들이 가능하다는 것을 새삼 느끼게 되었다. 옛날 어르신들이 얼굴도 안 보고 결혼을 하고도 평생을 같이 사는 이유를 이해할 수 있을 정도였다. 이현과 자신의 경우가 그와 비슷할 것이었다.

"최연오 선생 어디 있어요?"

이현이 늘 그렇듯 연오의 행방을 묻자 스테이션의 간호사들이 웃음을 깨물며 손으로 한곳을 가리켰다.

"중환자실에 계세요. 요즘 들어 자주 만나는 남자 환자가 있더라고요. 분위기가 심상찮아요."

농담기가 다분했지만 이현의 귀에는 농담처럼 들리지 않았다. 그가 간호사들에게 가볍게 목례하고는 NSICU로 걸어갔다.

중환자실에 들어섰을 때 연오는 안타까운 눈으로 누워 있는 소년을 내려다보고 있었다. 이현 자신도 병동을 돌며 몇 차례 대화를 나눈 적 있는 환자였다. 그 소년은 상태가 악화돼 중환자실로 옮긴, 예후가 좋지 않은 사례였다.

연오가 뭔가를 말하자 소년이 희미하게 웃음을 보이고 있었다. 그 모습에 이현은 소년에게마저 질투를 느꼈다. 다가가 곁에 서며 이현이 일부러 연오의 어깨에 팔을 둘렀다.

"안녕."

이현의 인사에 태혁의 눈동자가 연오와 이현을 번갈아 향했다.

"누구……?"

태혁이 회진 때 몇 번 부딪치곤 했던 자신을 알아보지 못하고 연오에게 물었다. 이현이 대답을 가로챘다.

"최연오 선생님 남편."

"아!"

태혁의 눈동자가 눈에 띄게 굳어지는 것을 보며 연오가 괜히 당황했다. 어깨에 둘러진 이현의 팔을 억지로 끌어내리며 그녀가 이현에게 속삭였다.

"여긴 왜 왔어요? 빨리 가봐요."

환자 앞이라 존댓말을 쓰는 그녀가 귀여우면서도 얄밉다.

"왜? 내가 있으면 안 돼?"

그때 두 사람 사이를 태혁의 목소리가 파고들었다.

"쌤, 그만 가보세요. 저 피곤해서요."

태혁이 애써 웃음을 보이자 그 어른스러운 모습에 연오는 더 안타까움을 느꼈다.

"왜 그랬어?"

중환자실을 나서자마자 연오가 성난 얼굴로 이현에게 따졌다. 이현이 아무것도 모른다는 듯 딴 얘기를 한다.

"점심 먹었어?"

연오가 그의 얼굴을 흘기며 앞서 걸었다.

"야! 왜 열을 내는데? 너야말로 웃긴 거 아냐? 다른 남자 앞에서 왜 남편 소개 하나 떳떳하게 못하는데?"

"다른 남자? 걔가 남자야? 강이현, 너야말로 애 아니야?"

흥분한 연오의 모습을 보고 있노라니 이현은 그녀가 줄곧 보이던 어색함을 털어버리고 예전의 모습을 되찾은 것만 같아 기분이 좋았다. 하지만 그녀는 자신의 손에 붙들려 병원 식당으로 내려올 때까지 짜증을 냈다. 그러거나 말거나 이현은 병원 사람들 앞에서 연오의 손을 잡고 가며 신혼부부 티를 내는 것을 즐기고 있었다.

식판 위에 자장 소스와 밥, 국, 김치 류를 배식받고 자리에 앉았다. 여전히 부루퉁해 숟가락으로 밥을 비비는 둥 마는 둥 하는 연오를 보며 이현이 그녀의 식판을 끌어왔다. 자장과 밥을 골고루 비벼주며 이현이 능청스레 말했다.

"너, 이런 남편 둔 걸 자랑스럽게 생각해."

연오가 새침하게 고개를 돌렸다. 표정을 흘깃 보니 그녀의 화가 어느 정도 풀려 있음을 느낄 수 있었다.

'그래, 연오야. 어색해하는 것보다 차라리 토라진 게 나아.'

"지금 뭐 하는 거야?"

"너 고기 안 먹잖아."

이현이 자장 속에서 돼지고기를 속속 건져 내다가 무슨 생각이 들었는지 젓가락질을 멈췄다.

"아니다. 너 골고루 먹어야 돼. 건강한 아이 낳으려면 몸이 튼튼해야지."

그 말에 연오의 얼굴로 삽시간에 열기가 번졌다. 그녀가 괜히 미간을 찌푸리며 식판을 자신 쪽으로 다시 가져간다. 이현이 밥 한 숟갈을 뜨며 그 모습을 흐뭇하게 바라보았다.

대화를 주고받으며 얼마쯤 밥을 먹는데 연오의 호출기가 진동을 했다. 이현이 그녀의 손에서 호출기를 빼앗아 수신자를 확인했다.

"내가 가볼게. 너, 여기서 밥 마저 먹어."

연오를 조금이라도 더 먹이고 더 재우고 더 쉬게 해주고 싶다. 이현이 일어났다.

"아니야. 내가 갈 거야."

"어허! 신랑 말 들어."

일어나면서 그가 외친 말에 밥을 뜨던 식당 안 사람들이 둘을 바라보았다. 연오가 결국 아무 말도 못하고 자리에 앉아 식판에 고개를 수그렸다. 마지막까지 소유권을 주장하듯 이현이 사람들 앞에서 그녀의 머리칼을 손으로 가볍게 헝클어뜨리고는 발길을 돌렸다.

연오와의 신혼생활이 이렇게나 재미날 수가 있을까. 행복감이 물밀 듯이 밀려와 이현의 입이 자꾸만 벌어졌다.

연오가 스테이션에 설치된 모니터로 중환자실에 있는 환자들의 심전도를 체크하고 있었다.

"점심 먹었어?"

부드러운 이현의 말소리에 연오가 고개를 돌리며 그에게 웃음을 되돌려주었다. 그 모습을 지켜보던 간호사와 레지던트 2년차인 민수가 한마디씩 거들었다.

"어머, 두 분 보기 좋으세요."

"연오 선생님은 아직도 수줍으신가 봐요."

그들이 보기에도 이현과 연오는 영락없는 신혼부부의 모습을 연출하고 있었다. 연오는 얼굴을 붉히며 이현이 간호사들에게 싹싹하게 웃는 모습을 지켜보았다.

"점심 전이면 같이 먹자."

"그럴까?"

연오가 머뭇거리다 스테이션을 돌아 나올 때였다.

"김민수 선생님!"

중환자실을 담당하는 레지던트 2년차인 민수에게 간호사가 다급한 목소리로 말했다.

"중환자실 민태혁 환자가 이상해요!"

연오가 순간적으로 뒤를 돌아보았다. 민수가 스테이션을 나와 중환자실로 뛰고 있었고, 연오는 심상치 않은 분위기에 스테이션으로 가 모니터를 자기 쪽으로 돌렸다.

그래프가 느릿하게 왈츠를 추듯 커다란 파동을 그리고 있었다. 생각할 새도 없이 그녀가 따라 뛰었다.

"연오야! 최연오!"

뒤에서 이현이 불렀지만 연오는 말을 듣지 않았다. 중환자실에 들어서니 벌써 긴박한 상황이 펼쳐지고 있었다. 심전도 모니터링

과 기도삽관, 폴리의 라인들을 매단 태혁에게 민수가 제세동기를 가져다 대었다.

"200joule! Charge!"

태혁의 가슴이 뛰어올랐다가 내려왔다. 하지만 심전도 그래프는 잠시 움직였다가 다시 제자리를 찾았다.

"에피네프린(Epinephrine) 0.5mg!"

강심제가 투여됐지만 심전도는 반응이 없었다.

"300joule! Charge!"

또다시 그래프가 불균형한 춤을 추다가 내려왔다. 계속해서 DC Shock(심장전기충격)를 주던 민수가 땀범벅이 되어 물러났다. 간호사와 옆에 선 의료진들을 둘러보던 레지던트 2년차 민수의 시선이 보호자인 태혁의 어머니에게로 향했다. 그녀가 그 포기의 눈빛을 눈치채고 미친 사람처럼 하얀 가운을 입은 몇몇 사람에게 다가가 울부짖었다.

"우리 아들 좀 살려주세요! 부탁드립니다. 우리 아들 좀 살려주세요!"

그녀의 손이 연오에게도 닿았다. 평소 태혁과 친하게 지냈던 연오의 손을 붙잡고 그녀가 눈물을 쏟아냈다.

"선생님! 제발요!"

연오는 그녀의 눈빛을 피할 수밖에 없었다. 스르르 무너지는 태혁의 어머니를 연오가 부축하기 위해 몸을 숙였다. 그녀가 연오의 손을 툭 쳐내더니, 민수에게로 달려들어 멱살을 잡았다.

"내 아들 살려내! 내 아들 살려내!"

한참을 난리치는 태혁의 어머니로 인해 중환자실에 선 의료진들은 그만 망연자실해졌다. 연오는 목에 무언가가 걸린 듯한 느낌 속에서 허탈하게 돌아섰다. 눈이 빡빡했다. 이현을 스치며 그녀가 중환자실을 나섰다.

눈물을 감추려 비상구의 계단으로 향할 수밖에 없었다. 문을 열자마자 울음이 터져 나왔다. 돌아서서 벽에 팔을 기대고 얼굴을 묻는데 무력감이 전신을 덮쳤다. 이 느낌을 극복해 냈다고 생각했는데 아니었나 보다. 소맷자락에 눈물이 번져 나왔다.

그때 비상구의 문이 열렸고, 연오는 상대가 자신을 모른 척하고 지나쳐 주길 빌었다. 하지만 병원 내 동료 의료인일 그에게선 아무런 인기척이 느껴지지 않았다. 결국 연오가 소매로 얼굴을 대충 닦고는 뒤돌아섰다. 뜻밖에도 이현이 자신을 바라보고 서 있었다.

그의 눈동자가 흔들리고 있었다. 왜일까?

"최연오…… 그새 잊은 거야? 나잖아. 나한테 와야지."

이현이 살며시 팔을 내민다. 연오의 눈에서 한 방울 눈물이 흘러내렸다.

"어서!"

연오가 천천히 걸어가 두 손으로 얼굴을 가린 채 그의 품에 안겼다. 한참 동안 자신의 어깨를 쓸어주며 달래는 그 손길이 너무도 따스하고 부드러웠다. 휴대폰이 울렸지만 나중에 연락하라는 말을 남기고 전화를 끊는 이현의 목소리가 들렸다.

떨어지고 싶지 않을 만큼 그 달콤한 품 안에 취해 연오가 저도 모르게 입을 열었다.

"우리 아버지…… 를 보낼 때의 그 느낌이 너무나 생생해져서 마음이, 마음이 너무도 아파."

연오는 가족들에 대한 이야기를 단 한 번도 자신 앞에서 꺼낸 적이 없었다. 어느 날 그녀에게서 훔친 다이어리를 통해 본 연오의 마음 한 자락을 직접 이렇게 들으니 이현은 새삼 가슴이 묵직해져 왔다. 소중한 무언가를 그녀가 자신에게 살며시 내비친 것도 같아 이현은 한없이 고마움을 느꼈다. 그가 연오를 꼭 끌어안았다.

*

이현과 연오는 모처럼 만에 같이 쉬는 날을 일부러 마련해 집들이를 열었다. 대학 때 친구들로 구성된 무리들이 속속 모여들기 시작했다. 스케줄이 있어 결혼식 때 오지 못했던 친구들도 꽤 모여들었다.

"동기끼리 결혼하는 경우가 많기는 해도 니들이 그럴 줄은 정말 몰랐다."

이현, 연오와 같이 한국대병원에서 근무하는 친구들은 저간의 내막을 알고 입을 다물었지만 다른 병원에서 근무하고 사정을 알지 못하는 친구들은 이현과 연오의 결혼 사실에 스스럼없이 놀람을 표시했다.

"연오야 이현이를 좋아했다고 쳐도, 이현이 너는 동기간 연애를 비웃기까지 했는데 어쩌다 연오한테 넘어간 거냐?"

그 질문에 이현은 잠자코 웃기만 했다.

연오는 밀려드는 친구들의 질문을 뒤로하고 상 위의 음식들을 체크한 뒤 부족한 음식들을 채우기 위해 주방으로 갔다. 이런저런 음식들을 접시 위에 담고 있을 때 경수의 목소리가 등 뒤에서 들려왔다.

"오랜만이다, 최연오."

연오가 고개를 돌리고 물을 마시는 경수를 보며 빙긋 웃었다.

"응, 오랜만이야, 경수야."

차분한 듯하면서도 장난기가 있는 경수는 학창 시절부터 만나면 자주 농담이나 장난을 걸어왔는데 연오는 적당한 선에서 웃으며 받아주곤 했었다.

경수가 냉장고의 홈바를 열고 물을 제자리에 가져다 놓으려다 우유를 보며 설핏 웃었다.

"찬 우유……."

경수의 말에 초고추장을 덜어내던 연오가 멈칫하고 뒤를 돌아보았다. 그녀와 경수와 눈이 딱 마주쳤다. 호기심을 담은 자신의 눈을 경수가 장난스럽게 마주해 온다 싶더니 대뜸 그녀에게로 향한 것만 같은 말을 내뱉는다.

"찬우유!"

자신을 보고 빙그레 웃으며 그렇게 말하는 경수를 연오가 의아하게 쳐다보자, 그가 개구쟁이처럼 눈을 이리저리 굴리다 휘파람을 불며 거실로 나갔다.

"싱거워."

연오가 경수의 생뚱맞음에 고개를 갸웃거리고는 그렇게 혼잣말을 할 때, 이현이 주방에 들어왔다.

"못 도와줘서 미안해. 애들이 붙잡아서……."

"괜찮아."

연오가 방긋 웃어 보였다. 그가 접시들이 놓인 쟁반을 한손에 들고서 그녀의 팔을 붙잡았다.

"얼른 나와."

연오가 고개를 끄덕였다.

서로 안부인사를 주고받던 분위기가 어느덧 무르익고 정부정책에 관한 사회 전반적인 문제에서부터 의료수가의 문제점을 지적하는 다소 무겁고 심각한 이야기들로 화제가 뒤바뀌었다.

그런 와중에 이현은 멀리 떨어져 앉은 연오를 슬쩍 바라보았다. 한정호가 그녀를 붙잡고 아까부터 놔줄 줄을 모르고 있었다. 정호는 대학 시절 대놓고 연오에게 호감을 표시했던 동기 녀석으로, 자신이 옵세라고 무시했던 그는 인기 과목인 안과를 전공하고 있었다. 이현은 정호보다도 사람들을 뿌리칠 줄 모르는 연오에게 더 시선이 갔다.

한참 그렇게 연오에게 정신이 팔려 있는데 어디선가 커다란 목소리가 들려왔다. 술김에 내뱉은 실언임이 분명했다.

"야! 영화배우 서채령이 그렇게 이쁘냐?"

뜻밖에도 대답을 한 것은 이현이었다.

"채령이? 예쁘지."

그 말에 일제히 조용해지더니 모두들 그를 바라보았다. 그 시선들 속에서 이현은 연오의 두 눈동자 역시 자신에게 향했음을 알았다. 그녀의 눈동자가 흔들리는 것을 보고 난 후에야 이현의 마음속에 만족감이 자리 잡혔다. 그러나 그가 유독 연오를 오래 응시하자 친구들도 둘을 번갈아 살피기 시작했다. 연오가 이현의 집요한 눈길에 어색하게 웃음을 되돌려 보냈다.

순간 상에 앉은 사람들은 이현의 눈에서 강렬한 불빛이 튀는 것을 보았고, 이미 그에게서 시선을 돌린 그녀의 얼굴이 의외로 담담해 보이자 모두들 이 커플의 사랑의 우위가 누구에게 더 있는지를 눈치채는 분위기였다. 다들 놀라운 사실에 호기심을 바짝 세우고 있는데 등잔 밑이 어둡다고 당사자인 연오와 눈치없는 정호만이 이를 느끼지 못하는 듯했다.

침묵이 어색하게 자리잡은 그때 누군가 우스갯소리를 했다.

"야! 이런 말 알지? 여자 의사 최고의 신랑감은 남자 의사고 남자 의사 최악의 신붓감은 여자 의사라는 말……. 여자들이야 자기 이해해 주는 남자 만나면 여러모로 좋겠지만 남자들은 바쁜 와이프 모시느라 내조는 꿈도 못 꾸니 솔직히 맞는 말 아니냐?"

"야! 죽을래, 성정욱? 어디서 그런 성 차별적인 말을 해? 지금 시대가 어느 땐데!"

여자 동기들이 맞받아치면서 분위기는 다시 제자리로 돌아왔다. 그 속에서 이현은 아까부터 연오를 잡고 놔주질 않는 정호를 끈질기게 응시하고 있었다. 정호가 그녀의 안경을 두 손으로 빼들고 가져가는 모습이 보였다.

대학 시절 정호가 그녀의 뒤꽁무니를 졸졸 쫓던 그때가 생각났다. 이현은 그런 정호를 공개적으로 비웃었다. 고리타분한 애들끼리 만났다거나, 옵세들도 사랑을 하냐는 등 친구들 앞에서 그를 무시하는 발언을 서슴지 않고 했더랬다. 그 당시의 이현은 분명 지나친 구석이 있었다.

"이건 뭐 눈빛 살인이네."

경수의 말을 건너 들으며 이현은 정호가 연오에게 다정하게 웃으며 안경을 살피는 것을 보았다. 연오가 해사하게 웃었다. 이현이 순간적으로 일어서려는데 반대편에 앉아 분위기를 살피던 하경이 정호에게 소리를 질렀다.

"야! 한정호! 해파리냉채 좀 주라."

찰나지만 정신을 되찾은 듯 이현이 애써 표정을 감추고 다시 자세를 가다듬자, 경수가 그런 이현에게 한마디 했다.

"너 좀 애 같다."

이현이 경수를 쳐다보자 그가 갈비를 뜯으며 태연하게 말했다.

"본과 4학년, 나랑 연오가 같은 조였을 때 너 어울리지도 않게 왜 그렇게 나를 찾아왔었냐? 네가 먼저 연락하거나 찾아오는 성격이 절대 아닌데……."

그의 말에 이현이 정호와 연오를 바라보며 지었던 살벌했던 표정을 일시에 풀고 피식 웃었다. 경수가 갈비뼈를 내려놓고 물수건에 손을 닦으며 이번에는 진지한 어조로 말했다.

"너, 유독 연오 일에는 민감했다는 거 알아?"

이현이 쓰게 웃자, 주변에 앉았던 친구들이 슬금슬금 그의 표정을 살폈다. 대학 때 자신들이 느꼈던 바에 의하면 이현은 분명 연오한테 관심이 있었다. 당사자인 이현이 대놓고 가끔씩 연오를 싫어한다는 말을 해서 동기들은 자신들의 그 느낌을 때로 헷갈려 하기는 했지만.

"잠깐만."

이리저리 오가는 시선들 속에서 이현은 친구들에게 양해를 구하고 자리에서 일어났다.

경수와 그 주변 동기들은 이현이 급기야 연오에게 다가가는 것을 물끄러미 바라보았다. 그가 멀뚱한 표정의 연오에게 씩 웃어 보이더니 한 손으로 그녀의 허리를 감싸고 다른 한 손으로는 머리를 넘겨주고 있었다. 연오가 어색해하는 모습까지 지켜보던 성일이 경수에게 중얼거리듯 말했다.

"게으른 천재 강이현이 연오와 관련된 일에는 그렇게 열심이라는 게 좀 이상하긴 했어. 그리고 동기들도 연오한테 관심있는 애들이 많았는데 이현이가 분위기를 이상하게 만들었었잖아. 그래서 대놓고 연오 좋아한다는 소리를 남자애들이 못했는데 저 눈치 없는 자식 한정호는 달랐지."

경수는 정호에게 이현이 눈빛과 행동으로 수컷으로서의 경고 메시지를 보내고 있는 것을 바라보았다. 맹추 같은 정호도 그 무서운 기운을 알아차렸는지 표정이 얼어 있었다. 이현은 연오에게 건네진 잔을 대신 마시며 그녀의 귓가에 뭔가를 속삭이다 우연인 듯 입술을 스치는 등, 연오를 난처하게 만들면서까지 과하게 영역 표시를 하고 있었다. 그 모습은 경수뿐만이 아닌 다른 동기들의 시선까지도 불러 모으기에 충분했다.

*

　연오는 술기운에 달아오른 얼굴을 하고 집으로 향하는 친구들을 이현과 함께 배웅했다.

　"애들 오랜만에 보니까 너무 좋다. 그지?"

　엘리베이터 안 연오가 부러 경쾌한 어조로 이현에게 물었다. 집들이 내내 자신을 지분거리며 야릇한 분위기를 만들어내던 그는 웬일인지 지금 현재 냉기를 뚝뚝 흘리고 있었다. 범접할 수 없는 그 분위기에 치여 연오는 그만 입을 다물 수밖에 없었다. 일부러 한층 밝은 톤으로 이현에게 말을 걸었지만 여전히 그는 싸늘하기만 하다.

　연오는 그렇게 이현의 눈치를 보며 집으로 돌아왔다. 하지만 널브러진 상을 마주하고는 그에게 쏠렸던 신경이 순식간에 달아나 버렸다. 연오가 절로 한숨을 내쉬었다.

　"와! 이거 언제 다 치워?"

　그때였다. 갑자기 자신을 뒤에서 안아오는 사내의 널따란 가슴 근육이 느껴졌다. 익숙한 감각이었지만 연오는 꽤나 당혹스러워 숨을 들이마셨다.

　조금은 이른 아침, 몰래 셰이크만 먹고 출근하려던 연오가 문이 열리는 소리에 화들짝 놀라 뒤를 돌아보았다. 이현이 침실 문을 연 것이었다.

긴 트레이닝복 바지에 상의는 아무것도 걸치지 않은 이현이 문가에 기대 그녀를 바라보고 있었다. 헝클어진 머리와 보기 좋은 몸매, 다갈색 피부의 이현은 마치 화보 속 모델을 연상시켰다. 그 섹시한 모습에 어젯밤이 떠올라 연오가 눈을 피하며 물었다.

"먹을래?"

연오가 딸기셰이크를 내밀자, 이현이 고개를 가볍게 끄덕이더니 그녀에게 다가왔다. 그가 나른하게 웃으며 셰이크를 내밀고 있는 연오의 손가락을 자신의 긴 손가락으로 감쌌다. 그 의도적인 행동에 연오가 얼른 손가락을 빼내자, 이현의 다문 입술이 부드럽게 호선을 그렸다. 그녀가 귀여웠다. 셰이크가 담긴 잔을 들어 입으로 가져가고는 있었지만 맛을 느낄 수는 없었다. 다시금 아랫배에서 욕망이 시작되는 느낌이 이현을 예민하게 훑고 지나갔기 때문이다.

"나 먼저 갈게. 오늘 컨퍼런스 준비라 일찍 가봐야 해."

그의 신체적 반응을 꿈에도 모를 연오가 출근 인사와도 같은 말을 하며 몸을 돌렸고, 그에 이현이 황급히 그녀의 팔을 잡았다.

"어때?"

"뭐, 뭐가?"

연오가 이현의 의미심장한 눈길을 짐짓 모른 척 피했다.

"몸 어떠냐고. 괜찮아?"

연오가 빠르게 고개를 끄덕이며 몸을 돌렸지만 이현의 아귀힘이 더 셌다.

"아프진 않고?"

말없이 얼굴을 붉히며 그녀가 고개를 끄덕였다. 사실 연오는 대답과 달리 괜찮지 않았다. 이현이 밤새 물고 빨고 했던지라 쓰라리고 아팠다. 욕실에 들어가서 씻으려 보니 몸 여기저기에도 열꽃이 피어 있었다.

가방을 다시 고쳐 메고 자신을 지나쳐 현관으로 향하는 연오를 보며 끝나지 않을 것만 같은 그녀의 어색함에 이현은 그만 웃음을 흘렸다. 이제는 그녀가 귀엽기까지 했다.

"너, 나 만나기 전까지 이 좋은 것도 못해보고 인생 뭐 살았냐?"

다른 남자의 손을 타지 않은 연오가 좋으면서도 이현은 농담하듯 날카로운 말을 뱉어냈다. 그 말에 움찔하는 연오의 어깨가 눈에 들어왔다. 그렇게 그녀를 건드리는 게 이현은 좋았다.

하지만 그의 말에 연오는 둘 사이에 있었던 일이 남녀 간의 교합 그 이상도 그 이하도 아니라는 생각에 괜히 서운한 마음이 한가득 들었다.

"나 먼저 가볼게."

연오가 몸을 돌렸다.

"데려다 줄게. 기다려."

"아니야. 정말 괜찮아."

이현은 서둘러 현관문을 열고 나가는 연오를 바라보았다. 도망치듯 빠져나간 그녀 뒤로 남겨진 것은 묵직한 현관문이 닫히는 소리였다. 옷도 제대로 갖춰 입지 않은 자신이 그녀를 쫓아간다는 것은 아무래도 불가능해 보였다. 뻐근해지는 아랫배의 감각을 애써 무시하며 이현이 중얼거렸다.

"놔주는 건 지금뿐이야, 최연오."

이현은 몸을 돌려 식탁 위에 놓인, 연오가 마시고 간 셰이크 병을 집어들어 가만히 입에 대었다. 그녀도 가고 없는데 어젯밤이 떠올라 열기는 점점 더 차오르는 듯싶었다.

드드드드드드. 그때 어딘가에 부딪쳐 울리는 전화기의 진동 소리가 들렸다. 자신의 휴대폰은 아닌 것 같고 아무래도 연오가 휴대폰을 놓고 간 모양이었다. 이현이 몸을 돌려 그것을 찾기 시작했다.

잠시 뒤 진동 소리가 멈추었을 때에야 이현이 현관 옆 수납장에 놓인 휴대폰을 발견하고 집어들었다.

그것을 들어 올린 순간 띵동 하고 문자가 날아왔다. 전화를 받지 않으니 상대측에서 메시지를 보낸 모양이었다.

[최연오, 내가 제일 가슴이 아팠던 게 뭔지 알아? 나와 헤어지고 나자마자 강이현 그 개자식한테 갔던 거야. 나를 사귀면서 너에게 진정성이란 게 있었냐고 묻고 싶더군. 너, 정말 나를 사랑하긴 했던 거니?]

"미친 새끼!"

순식간에 몸에서 열기가 식어 내리는가 싶더니 차가운 분노가 그 자리를 대신했다. 이현이 낮게 읊조리며 삭제버튼을 누르는데 얼마 안 가 또다시 문자가 날아왔다.

[네가 하는 건 사랑이 아니야. 결국 강이현이란 자식이 가진 조건에 넘어갔을 뿐이지. 이렇게 날 무시하고 얼마나 가나 보자.]

이현의 입매가 잔인하게 비틀렸다.

＊

어두운 지하주차장, 윤철이 엘리베이터에서 내려 자신의 차를 향해 뚜벅뚜벅 걸어가고 있었다. 짜증과 피곤, 스트레스로 어서 이 지긋지긋한 병원을 벗어나고 싶었다. 안 그래도 전문의 시험 준비로 바쁜데, 사람들의 질타 어린 시선은 윤철을 더욱 예민하게 만들었다. 손에 쥔 차키를 반복적으로 절그럭거리며 목을 이리저리 꺾을 때였다.

"이윤철!"

난데없이 날아든 이현의 목소리에 윤철이 소스라치게 놀라 소리 난 쪽으로 고개를 돌렸다. 이현이 주머니에 손을 넣고 네모난 번호 표시 기둥에 기대어 있다가 몸을 일으켰다. 어둠 속에서 드러나는 그 느릿한 행동의 실루엣에 윤철은 순간 위압당했다. 늘 느끼는 거였지만 그에게서는 사람을 압도하는 무언가가 있었다.

윤철의 팔에 오소소 소름이 돋았다.

"웨, 웬일입니까?"

물음에 아무런 대답 없이 이현이 그를 향해 움직였다. 윤철은 재빨리 차에 키를 꽂았다. 그러자 이현의 몸놀림도 빨라졌다. 순식간에 윤철에게 다가온 이현이 그의 손을 덥석 잡아 비틀었다.

"악!"

윤철의 고통에 찬 신음 소리가 지하 공간을 울렸다.

"너를 다른 곳으로 보내 버릴 수도 있었어. 하지만 얼마 남지 않은 수련의로서의 시간과 병원에서 물의를 일으키고 싶지 않다는 생각에 꾹 참았더랬지. 그런데 어쩌지? 요즘 들어 그런 유혹이 새록새록 생기는데……."

악물린 잇새로 이현이 한 자 한 자 경고했다. 그에 윤철이 손이 비틀린 채로 이현을 한껏 노려보며 악에 받친 말을 내뱉었다. 그의 목소리가 부들부들 떨려 나왔다.

"너랑 연오가 붙어먹은 거…… 진즉부터 알았어."

쾅!

윤철이 이현에 의해 자동차의 모서리에 머리를 심하게 찧었다.

"연오한테 다시 한 번 연락했다가는 나도 내 마음이 어떻게 움직일지 몰라. 명심해 둬!"

윤철이 잠시 꿈틀거리며 반항했지만 이현의 악력이 더욱 거세지자 이내 고개를 끄덕였다. 이현이 서서히 힘을 빼자 그가 얼른 차에 올라타 시동을 걸었다. 차가 급하게 지하주차장을 빠져나가는 것을 이현이 싸늘하게 쳐다보았다.

"캬! 식도 길이 30센티의 이 느낌……. 느껴지냐?"

경수가 소주를 들이켠 후 짧은 감탄사를 뱉어냈다.

"광고 찍냐?"

이현이 경수의 한껏 감정에 취한 표정을 보고 피식 웃었다. 경수가 낄낄 웃더니 노릇하게 구워지는 곱창 하나를 집어 올리며 식당 내부를 둘러보았다. 학교 다닐 때와 똑같이 벽은 학생들의 낙서로 가득했다.

"오랜만에 오니까 좋네."

이현이 경수의 말에 따라 웃으며 집게로 곱창을 뒤적였다. 친구의 희미한 웃음이 머금고 있는 아련함에는 기나긴 시간의 그 절절함도 묻어 있어 경수는 부러 밝게 물었다. 이제는 아픔으로 느껴질 리 없는 친구의 절대 행복이 되어버린 그녀.

"연오랑 같이 오지 그랬냐?"

"오늘 당직이야. 그리고 연오 고기 안 먹어."

"뭐? 고기를 안 먹어? 왜?"

"왜 그러겠냐?"

경수가 외과의로서의 고충을 생각해 보다가 '아!'라고 짧게 대답했다. 예민한 신경을 가진 연오의 한 단면이 그려지는 듯했다.

"저 자리 말이야."

이현이 곱창을 굽던 집게로 벽 한쪽 구석을 가리켰다.

"응, 왜?"

"연오가 앉았었던 자리야. 그날 연오랑 무지 말하고 싶었는데 그냥 갔지, 연오가."

그 말에 경수가 이현의 표정을 살폈다. 본과 2년의 어느 여름날, 자신들이 일부러 이현을 위해 연오와 화해의 장을 마련해 주려 했던 그날을 그는 떠올리고 있는 듯했다.

"너 빠져도 엄청 빠졌구나. 정말 중증이다."

그 말에 이현이 설핏 웃었다.

"그런가? 하긴 이렇게 떨어져 있을 때조차 정말 보고 싶은 거 보면 내가 연오한테 빠진 게 맞는 것도 같다."

"참나, 오래 살고 볼 일이네. 대학 때 연오 감정 무시했던 사람이 누구더라?"

경수의 말에 이현이 아련히 떠오르는 옛 기억에 가슴이 벅차올라 크게 숨을 들이마셨다.

'좋아해, 이현아.'

해부동 그 샛길을 홀로 지나게 될 연오가 걱정되어 일부러 술을 마시다 말고 나갔더랬지. 그 당시는 학교에서 그녀를 스치게 될 때의 그 설렘과 기대감에 마음이 온통 싱숭생숭하던 시기였다.

연오의 고백을 받고는 심장이 터질 것처럼 좋았는데, 사내의 치기 어린 욕심이란 엉뚱하기만 했다. 널 너무나 좋아했나 봐. 그 순수한 눈망울을 휘저어놓고 자신으로 인해 아파하는 모습까지도 보고 싶었던 순간의 욕구는 오랜 가슴앓이로 이어져 결과적으로 나를 괴롭히게 되었으니까.

이현이 희미하게 웃으며 말했다.

"연오를 좋아했지만 그 아이에 대해서는 정말 모르던 때였어. 내가 밀어내면 그 아이가 나에 대한 끈을 잡고 계속해서 당겨줄 줄 알았나 봐. 근데…… 완전 나가떨어져 버리더라."

이현의 말에 경수가 잔을 꺾다가 눈알을 굴려 흘깃 친구를 쳐다보았다.

"최연오를 상대로 소위 밀당을 했다는 거냐?"

그 말에 이현의 미소가 깊어졌다.

"어. 맨 처음, 그때는 그게 그런 건지도 몰랐지. 그냥 걔를 건드려 보고 싶었는데……. 근데 그게 시작도 없이 끝나 버리더라. 연오가 나를 놓아버린 거지. 지금은 정말 후회해. 내가 만약 조금만 더 부드럽고 조금만 더 곁을 내줬다면 나에 대한 연오의 감정이 이렇게 사그라지지는 않았을 것 같다는 생각을 내내 했으니까."

이현의 말을 경수가 낚아챘다.

"너, 사실 틈 무지하게 많이 보였어. 주변 동기들 네가 흘려대는 그 감정 다 눈치챘어도 차마 말을 못했을 뿐이야. 순전히 네 아우라에 눌려서. 그걸 당사자인 연오가 알았다면 좋았을 텐데……. 내가 네가 연오 좋아한다는 사실 어떻게 알았는지 알아?"

이현이 물음을 담은 눈빛으로 경수를 바라보았다.

"너 그 오피스텔에서 자취할 때, 거기서 우리 종종 모였잖아. 애들이 어쩌다 연오 얘기 꺼내면 너 연오 싫어하는 척하면서 은근슬쩍 계속 물어봤던 거 기억 안 나?"

그 말에 이현이 고개를 숙이고 웃었다. 그 모습을 바라보며 경수가 말을 이었다.

"네가 말끝마다 엄청 비꽈대니까 애들이 눈치 보면서 연오 얘기 그만하려고 하면 네가 다시 스리슬쩍 화제를 연오로 바꿨지. 그러면서 한정호가 연오 따라다니면서 어쨌다더라, 연오가 기숙사에서 어쨌다더라, 이런 시시콜콜한 얘기 듣는 걸 넌 은근히 즐겼어."

경수의 말에 이현이 말없이 미소 지었다.

"곁에 있고 싶은데 그러질 못하니까 얘기라도 듣고 싶었던 거겠지."

"그러면서 다른 애들이 연오한테 관심 보이는 건 죄다 막고?"

그 말에 이현의 아련했던 표정이 뻔뻔하게 바뀌었다.

"그거 하나는 잘했네."

이현의 말에 경수가 낄낄 웃었고 이현도 따라 웃었다.

한차례 대화가 끊기고 뽀얀 연기를 몽롱하게 바라보던 이현이 주머니에서 휴대폰을 꺼내며 일어났다.

"어디 가냐?"

"연오."

이현의 말에 경수가 장난기가 다분한 목소리로 비아냥거렸다.

"강이현, 어찌 이렇게 변해 버렸냐?"

이현이 대답 대신 경수의 어깨를 세게 움켜쥐어 보이고는 밖으로 나갔다.

—여보세요?

연오의 여성스럽고 청아한 목소리에 술기운을 더한 이현의 심장이 점차 반응했다. 결혼을 한 사이였지만 연애 초기라고 해도 맞는 말이었다.

"신랑 전화번호 저장 안 해놨어? 여보세요가 뭐야?"

—아, 저장해 놨는데 지금 다른 사람들이랑 같이 있어서.

"그럼 더 당당하게 신랑 이름 불러야 하는 거 아니야?"

이현의 말에 수화기 건너편에서 풋 하는 웃음소리가 들려왔다.

"보고 싶다."

—……

"내가 그리 가면 안 될까?"

—뭐? 안 돼. 술 마신 것 같은데…….

"밖에서 잠깐 얼굴만 보고 들어갈게."

—…….

연오의 침묵을 긍정으로 받아들인 이현이 재차 입을 열었다.

"금방 갈게. 기다려."

이현이 벙실벙실 웃으며 자리로 돌아오자 경수의 비아냥거림이
다시 시작됐다.

"완전히 맛이 갔구만."

"자식아! 일어나. 그만 가자."

"뭐? 이제 달려야지, 무슨."

"나 연오 보러 가야 돼."

이현이 미간을 찌푸린 채로 떨떠름한 표정을 짓고 있는 경수의
팔을 억지로 잡아끌었다.

그녀가 나오길 기다리며 이현은 택시를 탔을 때부터 최고조로
달리던 설렘을 주체하지 못하고 병원의 정원을 자꾸만 이리저리
서성거렸다.

"이현아!"

듣고 싶었던 그 목소리를 기어코 들었을 때에야 이현은 연오에
게 중독이 되어버린 것만 같다는 사실을 깨달았다. 뒤돌아 그녀의
얼굴을 확인하자 설렘의 감정이 짜릿함으로 바뀌어 척추를 타고
흘렀다. 이현이 연오를 부드럽게 끌어다가 안았다. 환자의 보호자

들과 의료진들이 간간이 로비 근처를 오가고 있었지만 이현은 어둠 속이라는 핑계를 대고 그녀의 몸을 더듬었다.

"하지 마!"

누가 들을세라 목소리를 잔뜩 낮춘 다급한 말에 이현은 간신히 연오의 옆구리에서 손을 뗐다. 하지만 이내 입술이 그녀의 귓가로 향했다.

"술 마셔서 키스는 못하겠다."

그러면서도 이현은 연오의 얼굴 이곳저곳에 입술을 가져다 대었다. 연오는 힐끔힐끔 쳐다보는 환자와 보호자들 때문에 얼굴을 붉힐 수밖에 없었다.

"이대로 너 데리고 집으로 가고 싶다."

"나도 그러고 싶어."

연오가 한숨을 내쉬자, 이현이 그녀에게서 얼굴을 떼고는 미간을 찌푸린 채 물었다.

"나랑 같이 있는 게 좋아서야? 당직이 싫어서야?"

이현의 투정에 연오가 웃었고, 그런 연오의 손을 잡고 이현은 짐짓 엄한 목소리로 혼을 내주겠다며 이슥한 곳으로 이끌었다.

"어, 야!"

이현의 아귀힘에 끌려가는 연오의 미약한 거부를 병원의 머리맡에 뜬 보름달이 먹어 삼켰다.

이현은 소파에 반쯤 드러누워 TV를 보는 척했다. 하지만 시각과 청각을 비롯한 모든 감각은 집안일을 하기 위해 돌아다니는 연오에게로 향해 있었다. TV에서 누군가가 사람들을 웃기려 벌러덩 넘어지기라도 하면 소리 내어 따라 웃고는 있었지만 내용에 몰입해 보는 것은 아니었기에 진심으로 웃는 게 아니었다.

연오가 빨래를 걷어와 소파 한구석에 놓고 다시 사라졌다. 잠시 뒤, 세탁기에서 이제 막 꺼낸 빨래들을 낑낑거리며 들고 와 그녀가 베란다로 향한다. 내심 도와달라는 말을 기대했지만 그녀는 아까부터 혼자서 부지런히 움직이기에 바빴다.

빨래를 탁탁 털고 너는 소리에 그의 온 신경이 쏠렸다.

"하하하하하."

TV 프로그램 속 효과음이 웃으면 이현도 따라 웃었다. 평소 소리 내어 웃으며 개그 프로를 보지 않는데도 말이다.

"그렇게 재밌어?"

연오가 빨래를 널다 말고 베란다에서 TV를 흘긋 본다. 한참을 보는가 싶더니 다시 빨래를 널러 그녀가 사라졌다. 연오가 사라지자 이현이 무심한 듯 소파에서 일어나 베란다로 다가갔다.

"도와줄까?"

"아니, 괜찮아."

연오의 콧잔등에 땀이 송골송골 맺혀 있는 게 보였다. 아까부터 느낀 거지만 정말 사랑스러웠다.

"왜 그러고 있어? 안 도와줘도 되니까 가서 TV 보던 거 봐."

연오가 거실 창틀에 몸을 기대서 있는 이현에게 말갛게 웃어 보이더니 다시 몸을 돌렸다. 이현이 결국 참지 못하고 살그머니 연오에게로 다가갔다.

"엄마야!"

연오를 품에 안고 쿡쿡 웃어대는 이현의 넓은 등 근육이 꿈틀거린다.

"뭐가 그렇게 바쁜 거야?"

"뭐야? 놔줘."

"잠깐만 이러고 있을게."

이현이 애처럼 조르자, 연오가 한숨 섞인 미소를 지었다. 그러다가 슬리퍼도 신지 않고 맨발로 베란다 바닥을 딛고 서 있는 이현의 발이 그녀의 눈에 들어왔다. 연오가 이현의 품 안에서 간신히 벗어나 빨랫줄에 널려고 했던 수건 하나를 집어들어 그에게 건넸다.

"거실로 들어가기 전에 꼭 발 닦고 들어가. 아침에 청소 다 해놓았단 말이야."

오랜만에 둘 다 오프였기 때문에 이현은 밤새 연오를 안고 늦잠을 잤다. 부산하게 움직이는 소리에 일어나 침실 밖으로 나가 보니 연오가 화장실과 거실을 오가며 걸레질에 여념이 없었다. 그와 눈이 마주치자 지난밤이 떠올랐는지 그녀는 얼굴을 붉히며 자신에게 일어났느냐고, 식탁 위에 밥 차려놓았으니 먹으라 했었다. 주방으로 걸어가 식탁보를 걷자 연오가 만든 반찬과 찌개가 놓여 있었다. 그때부터였다. 설명하기 어려운 마음의 벅찬 감정이 그의 몸에 또다시 희미한 불씨를 지펴놓은 것은.

연오를 자신의 공간에 데려왔고, 그곳을 쓸고 닦고 치우느라 정신이 없는 그녀를 보고 있자니 이현의 마음속에 소유욕과도 비슷한 뿌듯함이 차올랐다. 그리 막힌 남자가 아니라고 스스로 생각해왔는데 왠지 어딘가에서 꼼지락거리며 부산을 떠는 연오가 귀여워 자신은 나서지 않았다. 그러면서 연오 모르게 그녀의 행동거지를 내내 눈 안에 담고 있었다.

연오가 내미는 수건은 받아 들 생각을 않고 이현이 갑작스레 그녀를 번쩍 들어 어깨에 멨다.

"꺅!"

연오가 외마디 비명을 지르며 젖은 수건을 쥔 주먹으로 이현의 등을 마구 두드려 댔다.

"내려줘. 뭐 하는 짓이야?"

이현이 물 묻은 발바닥으로 거실을 지나 안방으로 걸어 들어가자 연오의 성화도 계속 이어졌다.

"너…… 너 정말 이럴 거야?"

이현이 침대에 연오를 던지듯 내려놓자 그녀가 이현을 씩씩거리며 흘겼다. 그런 연오의 이마를 손가락으로 밀며 이현이 씩 웃는다.

"너라니! 서방님한테? 빨리 그 말투부터 고쳐."

그러거나 말거나 연오는 안방에 흩뿌려진 물 자국을 다시 닦아 내기 위해 몸을 일으켰다. 하지만 이현의 손에 여지없이 붙들려 다시 침대에 쓰러지고 말았다. 가느다란 그녀의 몸을 커다란 사내의 덩치가 눌러왔다.

"너, 어째 그렇게 눈치가 없냐? 내가 너 때문에 지금 얼마나 급한 줄 알아?"

연오의 눈이 휘둥그레지다가 자신의 허벅지를 눌러오는 딱딱한 감촉에 얼굴을 찌푸렸다.

"으! 저질! 어제……."

연오가 말을 채 내뱉지 못하고 잠시 멈췄다.

"어제…… 충분히 했잖아."

목소리가 모깃소리만큼 기어들어 가자 이현이 고개를 젖히며 크게 웃었다.

"야! 레지던트 생활하면서 붙어 있을 수 있는 시간은 가뭄에 콩 나듯 하는데다 너만 보면 서는데 나더러 대체 어떡하란 말이냐?"

이현의 노골적인 말에 연오는 얼굴을 붉힌 채 말이 없다. 그것을 시작으로 이현이 연오의 머리카락을 부드럽게 쓸었다. 분위기는 어느새 야릇하게 뒤바뀌어 있었다.

미지근한 물이 연오의 등을 타고 흘러내렸다. 이현이 질리지도 않는지 욕조 안의 물을 떠서 그녀의 어깨에 천천히 흘려주는 일을 멈추지 않았다. 그 야한 감각에 연오는 수줍어서 무릎을 바싹 끌어안은 채 고개를 숙이고 있었다. 자신의 등을 감싼 이현의 널따란 가슴팍이 오르락내리락하는 것이 느껴졌다.

이현은 연오의 몸 이곳저곳에 자신이 남긴 키스마크를 따라 물을 끼얹고 있었다. 그녀는 괜찮다고 했지만 왠지 연오가 아프지 않았을까 하는 생각에 미안한 마음이 들었다. 어느덧 이현이 손길을 멈추고 그곳에 뜨거운 화인과도 같은 자신의 입술을 가져다 대었다. 연오가 아기 새의 날갯짓처럼 화드득 놀라자 그녀의 어깨에 입술을 묻은 이현이 웅얼거리듯 물었다.

"아파?"

전혀……. 그저 입술이 닿는 그런 미미한 행동 따위에 아플 리가 없었다. 연오는 대답 대신 고개를 저었다. 그녀의 피부에 닿은 이현의 입술에 더욱 힘이 실렸다. 연오는 꼼짝도 할 수가 없었다. 그가 싫다는 자신을 안고 욕조 안으로 들어왔을 때부터 그렇게 부동자세를 고수하던 연오였다.

물에 젖은 이현의 손이 연오의 조그만 머리통과 가녀린 뒷목을 감싸 그를 향해 돌렸다. 촉촉한 속눈썹을 따라 그의 긴 손가락이 천천히 움직이자 파르르 떨리던 그것이 이내 내리 감겼다. 이현이 망설이지 않고 연오의 눈두덩에 입술을 내리눌렀다. 얼마 뒤 입술이 떨어져 나가자 연오의 두 눈도 수줍게 열리며 동공 가득 그를 담았다. 붉은 불빛 아래 물에 젖어 뒤로 넘긴 머리와 촉촉하게 빛나는 입술이 더할 나위 없이 남성적이고 섹시하다. 어찌 더 이상 친구라는 이름 아래 이현을 볼 수 있을까? 연오가 그 입술에 떨리는 손가락을 살며시 가져다 대자, 이현이 그 행동에 놀라 눈을 크게 떴다. 망설이듯 주춤거리던 연오가 결심한 듯 천천히 이현의 입술에 자신의 입술을 눌렀다. 1초, 2초, 3초……. 아무런 움직임도 없는 입맞춤이었지만 이현의 내부에서는 이미 불길이 시작되고 있었다.

한차례 격정이 휩쓸고 지나간 시각, 두 사람은 점심도 거른 채였다.

연오는 식탁에 턱을 괴고 앉아 이현의 하는 양을 지켜보았다. 그녀가 손으로 입을 가리며 하품을 하다 결국 무거운 눈꺼풀을 이기지 못하고 이현에게 조르듯 물었다.

"나 들어가서 자면 안 돼?"

밤에 제대로 잠을 자지 못한데다 이전에 가진 격렬한 섹스 때문에 연오는 온몸이 노곤했다.

"안 돼. 먹고 자."

"그럼 요리 다 끝나고 난 후에 나를 부르는 건 어때?"

"싫어."

이현의 단호한 대답에 연오가 히잉 하며 우는소리를 내자, 그 모습에 봉골레 파스타를 만들던 이현이 뒤돌아서 설핏 웃었다.

"서방님이 하는 거 지켜보란 말이야."

장난스런 핑계를 댔지만 이현은 연오와 같이 있고 싶은 마음에 유치하나마 그녀를 주방에 붙잡아두고 있었다.

"곧 완성되니까 조금만 기다리세요."

이현은 결국 식탁에 엎드려 자는 연오를 보며 목소리를 낮춰 말했다.

요리가 끝나자 연오는 용케 냄새를 맡고 부스스하게 일어났다.

"자! 완성됐어."

이현의 말에 다 죽어가던 연오가 언제 그랬냐는 듯 활짝 웃으며 손뼉을 쳤다. 껄껄 웃는 이현의 웃음소리가 뒤를 이었다. 식탁에 자리를 잡고 앉아 아무렇지 않게 면을 그릇에 담는 척했지만 그는 연오의 반응이 궁금해 온통 신경이 그녀에게로 가 있었다. 연오가 한입 먹더니 우와, 라는 말을 연신 내뱉었다.

"내가 파스타 맛은 잘 모르지만 너 레스토랑 차려도 되겠다."

이현이 뿌듯한 마음을 감추고 과장 섞인 농담을 했다.

"그치, 최연오? 신랑 하나 잘 건진 줄 알아. 어떤 식으로든 이 오빠가 너 하나는 확실히 먹여 살린다!"

면을 입으로 가져가는 연오의 입에서 푸흐흐 하는 웃음소리가 식탁 주변을 맴돌았다.

"어? 비 오네."

식사 중간, 여름의 끝자락을 타고 온 빗방울이 기습적으로 창문을 두드려 댔다.

투둑! 투둑! 비 오는 소리에다가 약간이나마 사위가 어두워지자 연오는 몸이 피곤해서인지 왠지 더 아늑하고 포근한 기분에 휩싸였다. 희미한 미소를 머금고 창밖을 바라보는 연오에게 이현이 부드럽게 물었다.

"와인 한잔할래?"

"나 그런 거 안 키워."

이현이 풋 하고 웃음을 터뜨렸다. 많은 날들을 좋아해 왔지만 연오는 자주 볼 수 없는 아이였다. 본과 시절 그녀가 자신에게 화를 내고 돌아선 그날 이후, 이현은 더욱 연오를 볼 수 없어 애를 태우곤 했었다. 그 후 화해를 하긴 했지만 연오는 내성적인 성격 탓에 동기들 사이에서 자신을 잘 드러내지 않았다.

그는 늘 상상해야만 했다. 연오가 좋아하는 것은 뭘까? 뭘 싫어할까? 그렇게 애 닳았던 마음이 연오와 결혼함으로써 어느 정도 풀렸지만 여전히 그녀에 대해 궁금한 게 많다.

"그럼 뭐 좋아해?"

"뻔하지, 뭐. 좋아한다기보다 그냥 맥주가 흔하니까……. 맥주?"

"또?"

"또? 글쎄…… 막걸리는 마셔봤지만 그다지 좋아하지는 않고, 소주도 독해서 그다지……."

"또?"

이현이 연신 묻자 연오가 살짝 얼굴을 찡그리고 '또?'라고 되묻는다. 이현이 파스타를 입에 물고 고개를 끄덕거리자 연오가 고민에 빠졌다.

"난 술은 별로 안 마셔서……."

"그럼 싫어하는 건 뭔데?"

이현의 물음에 연오가 심술 난 척 신경질을 냈다.

"뭐야, 너? 지금 장난하는 거지?"

이현이 부드럽게 웃으며 연오를 바라본다.

"장난 아냐. 항상 궁금했어. 너에 관한 것이라면 모조리 알고 싶을 정도로……. 궁금해서 혼자서 미친놈처럼 상상하고 또 상상하고 그랬지."

그 진지한 말에 연오가 말없이 이현을 바라보자 이현이 연오의 손 위에 자신의 손을 포개었다.

"살면서 가르쳐 줘, 평생."

파스타를 먹고 나란히 서서 두 사람은 설거지를 했다. 이현이 세제를 묻혀 그릇을 닦으면 연오가 헹구는 일을 했다. 소꿉장난을 하고 있는 것만 같은 기분을 두 사람 다 말 한마디 나누지 않아도 느끼고 있었는데, 그릇을 주고받으며 고무장갑을 끼지 않은 서로의 손이 스치는 일은 꽤나 소소한 재미가 있었다. 그러다 장난기가 발동한 이현이 몸을 돌려 연오의 얼굴을 향해 물방울을 튕길 것처럼 손가락을 힘껏 모으자, 연오가 순간적으로 눈을 질끈 감았다.

차가운 물이 사방팔방 얼굴에 튈 거라는 예상과 달리 이마에 부드럽고 촉촉한 감촉이 느껴지자 연오가 살며시 눈을 떴다. 이현의 입술이 잠시 머물렀다 떨어져 나갔다. 마주 보고 선 두 사람은 괜히 서로를 바라보며 미소를 지었다.

설거지를 마치고 나란히 소파에 앉아 차를 마실 때였다.

Rrrrr. Rrrrr. 이현에게 전화가 걸려왔다.

"예, 백부님."

이현이 전화를 받으며 연오를 흘깃 쳐다보자, 연오는 직감적으로 전화를 건 사람이 자신의 큰아버지라는 것을 알았다. 자신을 놔두고 이현에게 전화를 했다는 것이 연오로서는 다소 의아했다.

"무슨…… 일이시래?"

이현이 잠시 수화기에 손을 대고 연오에게 큰아버지의 말을 전했다.

"농사지으신 것 좀 보내준다고 하셔."

혼자 대학을 나와 병원 생활을 하기까지 큰아버지가 연오에게 이런 안부 전화를 한다거나 무언가를 챙겨 보내주신 적은 한 번도 없었다. 결혼을 하고 나니 오히려 신경 써주려 하시는 것 같은 큰아버지의 마음에 연오는 마음이 뭉클해졌다.

이현이 연오에게 전화기를 건넸다.

"예, 큰아버지."

─응, 그려. 나여. 잘 지내고?

"네, 큰아버지도 별고 없으시고요?"

─나야 항시 그렇지 뭐. 그나저나 너, 좋은 소식은 없냐?

큰아버지가 아기를 가졌는지를 물어오셨다.

"예, 아직……."

─그려, 천천히 혀도 되지잉. 암튼 나가 감자 쪼깨하고 오이, 호박, 상추 같은 거 몇 가지 싸서 보낼텡게 그리 알어.

"감사해요, 큰아버지."

─뭘 그런다냐? 남세스럽게.

큰아버지와 전화를 끊고 연오는 새삼 혈육의 정을 느껴 코가 빨개졌다. 그런 연오를 이현이 다가와 부드럽게 안는다.

"뚝! 내가 있잖아, 연오야."

그윽하게 귓가를 울리는 이현의 목소리가 연오의 맘을 적셨다.

기습적으로 내리던 소낙비가 그치고 하늘에서 해가 드러났다. 오후의 끝 무렵이어서 그런지 약간의 주홍빛을 머금은 햇살이 비 온 거리에 운치를 더했다.

"호랑이 장가가나 봐."

베란다 유리를 통해 바깥 풍경을 바라보며 연오가 중얼거렸다. 이현은 어쩐지 연오의 그 말이 귀여워 웃음이 나왔다.

"왜 웃어?"

연오가 이현의 반응이 의아한 듯 눈을 동그랗게 뜨고 물었다. 그에 이현의 웃음소리가 가라앉기는커녕 더욱 커졌다. 그때 거실의 TV에서 채령의 목소리가 흘러나왔다.

―*바르면 바로바로 흡수되는 파운데이션! 올 여름 피부 걱정 끝! 산뜻해요!*

순간 연오는 바짝 몸이 굳어버렸고 소파에 앉아 있던 이현에게서는 이미 더 이상 웃음소리가 들려오지 않았다. 그는 연오의 표정을 가만히 응시하고 있었다. 연오는 왜 자신이 이렇게 떨떠름한 기분이 드는지, 그리고 이현의 시선을 느끼고 선 지금 어떻게 행동해야 덜 머쓱한지를 왜 고민하고 있는지 그런 생각이 불현듯 들었다. 15초의 그 CM이 다 끝나기도 전에 연오가 주방으로 향했다. 아니, 그녀는 어색함을 피해 달아나 버렸다.

"집에 없는 게 많은 것 같아."

연오의 유독 톤이 높아진 목소리를 들으며 이현은 잔잔하게 미소 지었다.

'조금만 더 다가와, 최연오.'

외출 준비를 마친 이현은 베이지색 면바지에 깨끗한 하얀색의 폴로티를 받쳐 입은 깔끔한 모습이었다. 넓은 어깨와 잘 면도된

턱선, 단정하게 넘긴 머리칼은 남성적이면서도 산뜻한 이미지를 풍겼다. 연오를 기다리며 이현은 거실 소파에 앉아 책장을 넘겼다. 하지만 책의 내용에 빠져들지는 못하고 있었다.

"이현아, 그냥 이거 입고 가면 안 될까?"

연오가 옷방에서 나와 아까 손에 쥐었던 옷을 그대로 들고 나오자, 이현이 책을 옆으로 던지듯 내려놓고는 소파에서 벌떡 일어났다. 그는 연오의 손에 들린 면치마에 티셔츠를 보고는 단번에 잘라 말했다.

"안 돼."

이현이 옷방으로 들어선 뒤 그녀를 제치고 한쪽 행거에 걸린 연오의 옷들을 이리저리 젖혀가며 살폈다. 연오는 그런 이현을 이해할 수 없어 인상을 찡그렸다. 가뜩이나 피곤한데도 불구하고 밖에 나가는 것을 허락해 줬는데 한술 더 떠 치장까지 강요하는 남편이라니…….

"잠깐 나갔다 오는 건데 그냥 이거 입고……."

연오가 심플하고 깨끗하지만 또한 실용적으로 보이는 옷들을 내밀자 이현이 그녀에게서 그 옷들을 잡아채더니 구석에 휙 하고 던져 버렸다. 그리고는 자신이 사다 나른 연오의 옷들을 행거 사이에서 이리저리 살폈다. 그런 이현을 연오가 입술을 잘근잘근 깨물며 바라보았다.

옷걸이에 얌전하게 걸려 있는 저 옷들은 결혼 전 이현이 연오를 여기저기 데리고 다니면서 입혀본 것들인데 결혼하고 나서 얼마 후에 그것들이 집에 도착하자 연오는 꽤나 놀랐던 기억이 있다.

이현이 하늘빛 원피스를 꺼내 그의 하는 양을 멍하니 바라보고
서 있는 그녀에게 갖다 댄다.

"이거 입으면 예쁘겠다."

그 말에 조그맣게 투덜거리는 연오를 이현이 어깨를 잡아 옷방
에서 돌려세웠다.

"옷은 이거로 된 거고, 이제 화장해야겠네."

"화장?"

이현이 눈을 동그랗게 뜬 연오를 보더니 씩 웃으며 그녀의 콧잔
등을 손으로 톡 건드렸다.

"나하고 하는 데이트야. 신경 써줘."

데이트라는 이현의 말에 연오는 신기하게도 마음속의 짜증이
서서히 풀리는 느낌을 받았다. 자신의 손을 잡아 화장대로 이끄는
이현을 못 이긴 척 따라갔다.

"너, 화장하는 건 많이 못 본 것 같아."

BB크림을 꺼내 드는 연오를 보며 이현이 거울을 통해 눈을 맞
추어왔다.

"화장할 일이 없었으니까. 그리고 좀 답답하기도 하고."

BB크림을 손에 짜서 얼굴에 바르는 연오를 침대에 앉아 가만히
지켜보던 이현이 연오에게 다가섰다. 연오가 크림을 펴 바르다 말
고 자신에게로 다가오는 이현을 의아한 듯 쳐다보았다.

"내가 발라줄게."

이현이 연오를 돌려 앉혔다. 연오가 웃으며 그의 양손을 잡아
밑으로 끌어내리며 말렸다.

"장난 그만해. 내가 할 거야."

"장난 아니야."

이현이 나직이 말하더니 연오의 뺨에 크림을 천천히 문지르기 시작했다. 처음에는 눈을 깜빡이며 이현을 의아하게 바라보던 연오였지만 그녀는 어느새 체념을 하고 이현의 고집에 몸을 맡기고 있었다. 하지만 어느 순간이 되자 왠지 가깝게 마주한 이현의 얼굴이 신경 쓰여 연오는 숨도 제대로 내뱉지 못할 정도로 몹시 불편했다. 그것을 느낀 이현이 일부러 느릿하게 연오의 얼굴 이곳저곳을 손가락으로 매만지며 시간을 끌었다. 그 다정하면서도 은밀한 행동에 연오의 뺨으로 서서히 열기가 몰렸다.

멍하게 시선을 두고 있다가 재미있다는 듯 자신을 바라보고 있는 이현과 눈이 마주쳤다. 기다렸다는 듯 그가 씩 웃더니 연오의 입술에 쪽 하고 입을 맞췄다.

"딸 키우는 것 같네."

그 말에 긴장이 일시에 풀린 연오가 풋 하고 웃었다. 이현이 연오를 향해 숙였던 허리를 펴고는 거울 속의 그녀를 쳐다보았다. 어쩐지 뭔가를 덧바르자 연오의 얼굴색이 더 죽어버린 느낌이 들 정도로 연오의 피부는 하얗고 보드라웠다.

"이다음 단계가 어떻게 돼?"

이현의 말에 연오가 서랍을 열며 빙긋이 웃어 보였다.

"다 끝났어. 립스틱만 바르면 돼."

이현은 내심 풀 메이크업을 한 연오의 얼굴이 궁금했지만 무언가를 덧바르면 본디 얼굴색이 죽어버리는 연오의 깨끗한 피부에 더 이상의 욕심을 접었다. 하지만 서랍에서 분홍빛 립스틱을 꺼내 드는 연오의 손, 그 옆에 놓인 새빨간 립스틱이 이현의 눈을 순식간에 사로잡아 버렸다.

"연오야, 이거 한번 발라보자."

그 립스틱은 아는 지인이 일본에서 선물로 사온 것이었는데 색이 정말 빨개서 바르면 자신의 하얀 피부와 대비되어 꽤나 선정적으로 보였다. 때문에 연오는 그것을 몇 번 바르지 않고 서랍에 넣어두었다.

"그건 안 돼, 이현아. 정말로 진한 빨간색이야."

그 말에도 이현은 고집을 꺾지 않았다. 연오의 얼굴을 자신에게로 바짝 돌려 고정시킨 이현은 흥분했는지 눈을 빛내고 있었다. 결국 연오가 체념한 듯 가만히 앉아 그에게 얼굴을 내맡기고 있자, 이현이 연오의 양 뺨을 쥐고 그녀의 입술에 립스틱을 덧발랐다.

다 발라진 느낌에 연오가 이현을 떨떠름한 표정으로 바라보며 물었다.

"재밌어, 이현아?"

이현의 풀린 눈이 연오의 입술로 향해 있었다. 하얀 피부에 빨간 립스틱을 바른 연오는 청순한 듯하면서도 어쩐지 닳고 닳은 여자 같은 야한 분위기를 내뿜고 있었다. BB크림을 발라주던 그때와는 달리 전세가 역전되어 지금은 이현이 연오에게 넋을 놓아버렸다. 그가 연오의 목덜미에 살짝 손을 얹었다.

"이거 정말 안 되겠다."

"그렇지? 이 색깔은 나한테는……."

"다른 사람 볼까 두려워."

그리고는 이현이 티슈를 꺼내 연오의 입술을 문지르다가 자신의 입술을 그대로 그 붉은 곳으로 내렸다. 키스가 깊어지면서 혀뿌리가 뽑힐 정도로 그녀의 입안을 휘젓는 그의 행위가 너무도 강렬해 연오는 정신이 혼미할 지경이었다. 이현을 따라 연오의 심장도 빠르게 고조되었다.

✳

"여기 오면서 이렇게까지 꾸며야 해?"

연오가 대형마트의 식품 코너에서 카트를 밀며 포장된 두부를 집어드는 이현에게 살짝 소곤거렸다. 연오의 손을 꼭 쥔 이현이 태연하게 자신의 생각을 다시 한 번 그녀에게 못 박듯 말했다.

"너 나하고 데이트하는 거야."

"강이현, 잘 몰랐는데 너 정말 특이한 것 같아."

이현이 사람을 피해 카트를 밀다 말고 연오를 돌아보며 설핏 웃었다.

'최연오, 넌 잘 모르겠지.'

이현은 늘 꿈꿔오던 이런 순간순간을 꼭 현실로 만들어보고 싶었다. 연오와 영화관에 앉아 하나의 팝콘에 손을 집어넣어 먹다가 진한 키스를 나눈다거나, 마트를 돌아다니며 음식을 두고 같이 시식을 해보는 일, 그런 소소한 것들까지도 늘 상상하고 떠올렸었다. 순서가 바뀌어 연오의 몸을 먼저 탐하게 되긴 했지만 결국 그녀와 일상까지도 모조리 함께하고 싶었던 그 상상은 이렇게 현실이 되었다.

"맛보고 가세요."

기름에 두른 고소한 두부부침개를 이현이 집어 연오에게 내밀었다. 연오가 호 하고 불며 입으로 가져가는 순간 이현의 휴대폰에서 찰칵 하는 기계음이 들렸다.

"뭐 하는 거야?"

이현이 연오를 향해 웃어 보이며 휴대폰에 찍힌 사진을 확인했다. 이현의 카메라 속, 눈을 동그랗게 뜬 연오가 무척이나 귀여웠다.

"두 분 보기 좋으세요."

입에 발린 말이겠지만 아주머니의 그 칭찬에 이현은 기분이 흐뭇해졌다. 예의 그 보기 좋은 미소와 함께 고맙다고 말하는 것을 그는 잊지 않았다. 연오의 가녀린 어깨에 과시하듯 팔을 두를 수 있는 이 순간이 이현은 너무도 행복했다.

연오도 겉으로 티를 내지는 않았지만 이현이 만들어내는 상황 속에서 속속들이 느끼고 있었다.

'이런 게 부부인가?'

그의 얼굴을 자신도 모르게 물끄러미 바라보고 있자니 이현이 이를 눈치채고 연오의 이마에 재빠르게 입을 맞췄다 떼었다. 연오는 왠지 사람들이 그 찰나를 쳐다봤을 것만 같아 그만 얼굴이 붉어졌다.

"강이현, 이런 짓 하지 마."

연오가 일부러 과하게 인상을 쓰자 그가 씩 웃으며 말했다.

"내가 내 마누라한테 뽀뽀한다는데 누가 뭐라고 해?"

"그거 민폐야."

연오의 말에 이현이 그녀의 얼굴을 돌리더니 이번엔 입술에 쪽 하고 입을 맞췄다. 연오의 눈이 놀라 커다래졌다. 그녀가 팔꿈치로 이현을 밀어낸 뒤 붉어진 얼굴에 손부채질을 하며 앞서 걷자, 이현이 뒤따라오며 카트로 연오의 허벅지를 밀었다. 그 장난에 연오가 더 이상 화를 내지 못하고 그만 웃음을 터뜨렸고 이현도 따라 웃었다.

그렇게 장난을 치며 마트 안을 돌다가 다다른 곳은 우유 코너였다. 이현이 1,000㎖짜리 우유를 집어들어 카트에 담더니 연오를 보고 씩 웃었다.

"찬우유!"

문득 연오는 송희가 했던 그 말이 떠올랐다. 이현이 종이곽에 이슬이 맺힐 정도로 차가운 우유를 쪽쪽 빨아먹어다는 그 말……

"우유 좋아해?"

연오가 묻자 이현이 멈칫했다가 이내 환하게 웃으며 그녀의 콧잔등을 건드렸다.

"몰랐어? 좋아해. 그것도 아주 많이."

이현에게 닉네임을 알게 된 사연을 말할까, 잠시 고민하다 연오가 물었다.

"우유가 맛있어?"

연오의 물음에 이현이 잔잔하게 웃으며 턱을 쓸더니 생각에 잠긴 척했다.

"음……. 차가운 듯하면서 하얗고 보드랍잖아."

우유에 대한 세밀한 묘사를 이토록 진지하게 말하는 이현이 웃겨 연오가 웃음을 터뜨렸다. 이현의 웃음소리도 뒤를 이었다. 자신을 향해 웃는 그의 얼굴을 보며 연오는 문득 이것이 행복이 아닐까, 그런 생각을 했다.

'행복하다……. 이현과 둘이 있어서 행복하다.'

✳

다음날 두 사람은 이현의 차를 타고 나란히 병원으로 향했다. 레지던트 4년차였기에 오늘을 마지막으로 아래 연차들에게 업무를 인수인계하고 전문의 시험 준비에 들어가야 했다. 1월 10일경에 1차 필기시험이 있었고 1월 20일경 즈음 2차 실기시험을 보았다. 이 시험을 위해 각 병원의 레지던트 4년차들은 하반기부터는 아래 연차들에게 대부분의 일을 맡기고 시험공부에 주력을 했다. 오늘은 교수님의 말씀을 듣고 아래 연차들에게 이런저런 지시 사항이나 당부의 말을 건네고 작별을 하는 시간이었다.

신경외과 의국의 아침 시간, 레지던트들과 교수들이 한자리에 모였다.

"그래, 석환이랑 명수는 숙소를 얻어 함께 시험 준비를 한다고?"

"네, 그렇습니다, 교수님."

이현, 연오와 같은 레지던트 4년차인 석환이 씩씩하게 대답했다.

　"대답하는 걸 보니 그 기세로 공부하면 만사 오케이겠구나."

　"감사합니다, 교수님."

　석환의 계속되는 군대식 호령에 한태민 교수가 웃으며 핀잔을 주었다.

　"김석환, 너는 군대도 안 갔다 온 자식이 대답이 뭐 그래?"

　"시정하겠습니다, 교수님."

　레지던트 4년차가 되어 능글능글해진 석환이 내뱉는 대답은 주변을 웃음바다로 만들었다. 한 교수가 웃음을 거두고 이현에게로 고개를 돌렸다.

　"그래, 우리 치프. 남은 시간 어떻게 보낼 거지?"

　이현이 옆에 앉은 연오를 잠시 쳐다보더니 교수에게 말했다.

　"연오랑 같이 공부하려고요."

　그 말에 한태민 교수가 커피를 마저 쭉 들이켜며 재미있다는 듯한 표정으로 말했다.

　"둘이 같이 있어서 공부가 되겠어?"

　그러자 이현이 석환처럼 능글맞게 대답했다.

　"그래서 걱정입니다만 떨어져 있으라면 그건 또 죽어도 못할 짓이어서요."

　평소 볼 수 없던 이현의 유들유들한 태도에 한 교수가 의아해진 눈을 들어 그를 바라보더니 연오에게로 시선을 돌렸다.

　"한창 때인 건 알겠는데 적당히들 하라고."

교수가 건네는 농에 이현이 묘하게 웃으며 연오를 쳐다보자 주위에서 야릇한 소리들을 내며 소란을 떨었다. 연오는 부끄러워 얼굴을 붉히면서도 이런 화기애애한 분위기에 감사했다. 내과 윤철과 사귀는 동안 그가 신경외과 의국을 자주 들락거렸기에 모두들 자신의 사정을 알고 있을 텐데도 이렇듯 모른 척해주는 동료와 스승이 고마웠다.

연오가 숙소에서 쓰던 물건들을 상자에 담아 들고 나왔을 때, 이현은 스테이션에서 아래 연차들에게 작별 인사를 하고 있었다.

"치프 선생님, 종종 들러주세요. 여긴 걱정 마시고요."

"지석이 너는 내가 좀 못 믿겠다. 호출 오면 바로바로 일어나고 OP 때 그만 졸고. 알았어?"

"치프 선생님, 왜 저만 가지고 그러세요?"

"네가 문제니까 그렇지, 인마."

연오는 뒤에 서서 이현과 장난을 치는 남자 후배들을 바라보았다. 이현이 인기척을 느꼈는지 뒤를 돌아보고는 연오에게 오라는 손짓을 보냈다. 그녀가 다가가 아래 연차들을 바라보았다.

"연오 쌤! 가신다니 너무 서운해요."

병국의 장난스런 말에 연오가 웃음을 보였다. 죄다 남자들만 모인 이곳에서 여자로서의 고충을 토로할 이 하나 없어 연오는 퍽도 고생했었다. 문득 대학 때부터 함께한 이현이 옆에 없었다면 힘든 이곳에서 버티는 건 무리였을 거라는 생각이 들었다.

"어! 호출 온다."

병국의 말을 시작으로 이현이 그만 가보라는 듯 손을 내젓자 아래 연차들은 각자의 할 일을 향해 한숨을 쉬며 돌아갔다.

"우리도 가야지."

이현과 연오는 엘리베이터에 올랐다. 연오가 지하주차장의 버튼을 누르는 이현에게 나직이 말했다.

"내가 너와 결혼하지 않았을 때에는 너를 비롯한 석환이랑 명수에게 질투심이나 열등감 같은 게 있었어. 특히 너한테."

이현이 생각지도 못했던 연오의 말에 그녀를 내려다보았다.

"나와는 없는 친밀함이 너와 후배들하고는 있어 보였거든. 그게 난 안 되니까 조금은 너를 보며 스트레스도 받고 했었는데 지금은 어쩐지 그런 게 사라져 버린 느낌이야."

이현이 연오에게서 상자를 받아 들며 물었다.

"그런 게 사라져 버렸다니, 무슨 말이야?"

"나도 모르겠어. 아까 너랑 애들이 인사하는 거 보고 그냥 뿌듯한 마음이 들더라."

연오가 갑작스럽게 지하 3층 버튼을 누른 것을 취소하고 1층 버튼을 누르며 이현에게 말했다.

"결혼하니까 왜 그런지 모르게 많은 것들이 변한 것 같아, 이현아."

연오의 말을 듣던 이현의 눈이 미세하게 흔들렸다.

"결혼하니까…… 달라졌어?"

"응."

연오가 고개를 끄덕이며 생각에 잠겨 물었다.

"이현아, 부부라는 게 뭘까? 너도·나를 보면서 같은 편이라는 생각이 들어?"

이현은 가슴이 터질듯 순식간에 부풀어 오르는 것을 느꼈다. 정작 그 말을 내뱉어 옆 사람의 심장에 무리를 준 당사자는 너무도 태연한 얼굴을 하고 있는데. 이현이 한 손에 상자를 옮기고는 나머지 손으로 연오의 머리칼을 쓰다듬었다. 그녀는 영문도 모르는지 아이처럼 헤헤 웃으며 순진하게 그의 손길을 받아주고 있었다.

"고마워, 최연오."

자신의 말이 뜬금없이 들렸는지 연오가 물었다.

"뭐가?"

이현이 잠자코 미소만 지은 채 서 있었다. 깊은 사랑을 말하고 있지는 않았지만 자신을 이렇게 서서히 받아들여 주는 연오가 이현은 대견했다.

'아직도 모르겠니?'

"그런 게 있어."

병원 전경을 보고 싶다는 연오의 말에 이현은 그녀를 따라 1층에서 내렸다. 병원 로비는 환자와 그들 곁을 지키는 보호자, 병원을 방문한 신규 환자들로 언제나 그렇듯 혼잡했다. 그들을 지나쳐 병원 바깥으로 나간 연오가 고개를 들어 병원 건물을 바라보며 옆에 선 이현에게 물었다.

"이곳에서 보낸 시간들이 생각나. 정말 도망가고 싶던 날도 많았는데 내가 이렇게 버텼다는 게 신기해."

이현이 연오를 마주 바라보며 씩 웃었다. 이현도 연오와 함께했던 그 지난날들이 떠올라 가슴이 뭉클했다.

"그 벤치 한 번 가볼까?"

"그 벤치?"

"너 가끔씩 혼자 가는 곳 있잖아."

그 말에 연오가 고개를 끄덕이며 눈을 빛냈다. 두 사람은 나란히 정원의 구석진 그곳을 가기 위해 몸을 돌렸다.

정문의 층계를 밟고 내려서며 두 사람의 소담스런 대화는 계속 이어졌다. 그때 반대편에서 걸어오는 누군가의 모습이 연오의 시야에 들어왔다. 윤철이었다. 순간 이현은 스르르 풀리는 그녀의 손을 느끼고 부러 맞잡은 손에 힘을 주었다. 연오는 이현의 손힘을 느끼며 어느덧 불안했던 마음이 서서히 걷히는 것을 느꼈다.

언젠가부터 윤철은 문자나 전화를 보내오지 않고 있었다. 한동안 윤철의 접근을 이현이 알게 되어 그것 때문에 그가 불쾌함을 느낄까 봐 속으로 꽤나 앓았었는데 윤철은 이제 자신을 포기했는지 더 이상 그런 행동을 하지 않았다. 하지만 마음이 놓였던 것도 잠시, 이렇게 윤철을 이현의 앞에서 마주치게 되자 기분이 좋지 않았다. 어쩐지 이현에게 몹시도 미안하면서 한편으로는 자신의 애틋한 마음을 전달하고 싶은 욕구로 마음이 복잡해졌다. 하지만 할 수 있는 일이라고는 연오 역시 그의 손을 마주 세게 쥐어주는 것밖에는 없었다.

윤철과 거리가 점차 가까워질수록 머릿속이 하얘지고 얼굴이 차갑게 식어 내리는데, 찰나의 그 순간 윤철이 시선을 피해 그들을 스쳐 지나갔다. 그렇게 긴장했던 그 일은 아무렇지 않게 끝이 나버렸다. 연오는 일시에 힘이 풀려 버려 조용히 숨을 내뱉었다. 그때 이현이 나지막하게 자신을 불러왔다.

"연오야."

연오는 순간 바짝 긴장했다.

"응, 왜?"

"나한테 숨기는 거 없어야 해, 알았지?"

연오의 눈이 잠시 이현의 얼굴로 향했다. 연오가 침을 한 번 삼키고 고개를 끄덕였다.

'이현이 알고 있었던 걸까? 윤철에게서 결혼하고 나서도 연락이 왔었다는 걸.'

"……혹시 알고 있었어?"

연오가 용기를 내어 물었고, 이현이 장난스럽게 맞받아쳤다.

"내가 말했지? 최연오는 내 손바닥 안이라고."

이현의 장난 섞인 그 대답에 그녀는 그만 왈칵 눈물이 나도록 미안해졌다.

"미안해, 이현아."

연오의 물기 어린 떨리는 목소리를 못 들은 척 이현이 그녀의 손을 잡아 구석진 곳에 놓인 낡은 벤치로 이끌었다.

"기억나? 내가 너한테 여기서 청혼했던 거……."

그 말에 연오가 황급히 눈물을 소매 끝으로 훔치고는 활짝 웃었다.

"에? 그게 청혼이었어?"

연오의 말에 이현이 웃으며 그녀를 끌어안았다.

"다시 해줄까?"

"끝났어, 강이현."

이현이 자신의 가슴팍을 미는 연오를 떼어내 부드럽게 바라보았다.

"나도 그 순간을 다시 새로 하고 싶지는 않아, 엄연히 네가 나한테 온 귀중한 날이니까."

❋

시간은 흐르고 흘러 어느덧 10월이었다. 연오와 이현은 전문의 시험 준비로 병원에서 나와 집에서 머물며 공부에 매진했다. 그렇게 아래 연차들에게 자리를 물려주고 시험을 준비하는 레지던트 4년차들의 모습은 어느 병원에서나 찾아볼 수 있는 흔한 광경이었다.

그 가을의 어느 날 아침 안방에서 나온 연오는 햇살을 받아 은은하게 실루엣이 진 이현을 보고 그만 숨이 턱 막혀 버렸다. 그가 아침 공기에 아스라이 사라져 버릴 것처럼 웃고 있었다. 그 아련함에 연오는 문득 아버지를 잃었던 순간이 주마등처럼 떠올라 소스라치게 놀랐다. 이제 더는 그 없이 살 수가 없는데…….

일부러 씩씩하게 이현에게 걸어갔다. 그가 연오를 향해 환하게 웃는다.

"아침 공기 차니까 들어가."

"싫어. 메롱!"

베란다 화분에 물을 주는 이현의 옆에 쪼그리고 앉아 연오는 물
끄러미 그 모습을 바라보았다.

"악!"

갑자기 이현이 방향을 틀더니 호스를 베란다 바깥에 앉아 있는
연오에게로 들이댔다. 연오가 벌떡 일어나더니 외마디 비명을 지
르며 얼른 베란다 문을 닫았다. 거실 한가운데는 이미 호스에서
뿜어져 나온 물로 흥건했고 연오 역시 젖은 옷과 머리를 하고서
이현을 노려보았다. 그가 쿡쿡 웃어댔다.

연오도 이현을 따라 결국 웃음을 터뜨렸고 베란다 유리 너머로
두 사람의 눈이 마주쳤다. 10월의 어느 아침, 햇살을 받아 반짝이
는 이현을 연오는 마음이 아리도록 바라보고 있었다.

언제부터일까? 그가 이렇게 신경 쓰인 것이……. 대학 때 한
창 이현을 좋아할 그 무렵으로 연오는 다시 되돌아간 것만 같았
다.

'좋아하는 것 같아. 이현아…… 너를.'

연오는 따뜻한 가슴 한구석이 서늘해지도록 찬 가을 공기를 들
이마셨다. 그렇게 이현을 바라보고 있노라니, 그가 인상을 찌푸린
채 호스의 수도꼭지를 잠그는 게 보였다.

'왜?'

연오가 '왜'라는 입 모양을 해 보이자 이현이 베란다 문을 열더
니 그녀의 모습을 아래부터 훑었다. 맨발로 서서 젖은 옷을 입고
젖은 머리를 한 연오는 너무도 어려 보여 앳된 소녀같이 보였다.

이현이 베란다에서 나왔다.

"왜 그래?"

이현의 표정에 연오가 왜냐고 물었다. 이현이 그녀의 허벅지 뒤쪽을 잡아 위로 들어 올리며 안방으로 걸어갔다.

"왜 그러는데?"

연오가 이현의 어깨에 손을 짚고 재차 물었다. 그 물음에 이현이 연오를 침대에 내려놓고는 해사하게 웃어 보였다.

"추워 보여. 그러니까 옷 벗어."

"나 하나도 안 추워."

그렇게 말하면서도 연오의 입술이 파르르 떨리자 이현이 이불로 연오를 덮어씌우며 웃었다.

"조금만 기다려."

옷방으로 가 서랍에서 연오의 옷을 가지고 온 이현이 그녀의 뺨을 살짝 꼬집고는 이불을 걷었다. 그리고는 그녀의 티셔츠를 말아 올리기 시작했다.

"손 올려."

연오가 얌전히 손을 올리자 이현이 입술을 꾹 깨물고는 티셔츠를 벗겨냈다. 하얀 얼굴 위로 젖어서 더욱 검게 보이는 머리칼이 가닥가닥 들러붙어 있었다. 그것을 쓸어 올리다가 이현이 참지 못하고 연오의 입술에 자신의 입술을 강하게 밀어붙였다. 여전히 수줍은지 달아나는 혀를 이현이 붙잡아 옭아맸다.

그렇게 연오의 입술을 탐하며 한 손으로는 그녀가 입고 있는 긴 플레어스커트의 버튼을 찾아 끌렀다. 연오가 숨을 몰아쉬며 이현의 손을 붙잡았다.

"……이현아, 아침이야."

"그래서?"

"밥도 안 먹었잖아."

"왜? 밥 먹으면 더 잘할 수 있을 것 같아?"

그 말에 연오가 얼굴을 붉히긴 했지만 농담이 우스웠던 모양이다. 큭큭대며 웃는 연오를 이현이 온몸으로 덮치자 연오가 이현의 아래 깔린 채로 버둥거렸다.

"놔줘! 놔줘!"

"싫어!"

연오와 이현의 투닥거리는 소리가 안방을 울렸다.

너무 닮아 있다. 이 느낌은 그때와……. 문득 연오의 머릿속에 어떤 생각 하나가 스쳤다.

레지던트 2년, 이현과 사이좋게 장난을 치던 그 시절.

'세게 하지 마. 이현아, 응? 부탁이야.'

이현이 연오를 졸라 심심하다며 게임을 제안했고 지는 쪽이 알밤을 먹기로 했다. 의국의 테이블을 사이에 두고 그렇게 두 사람은 이현이 가져온 블록게임을 하고 있었다. 그의 차례에 블록이 무너지면 연오가 이현의 이마에 알밤을 먹이는 것이었고 그녀의 차례에 블록이 무너지면 그 반대가 되는 게 게임의 규칙이었다.

연오의 차례, 아슬아슬한 느낌 속에서 나무토막 하나를 빼내자 블록이 와르르 무너져 버렸다. 이현이 무표정한 얼굴로 자리에서 일어나 그녀에게 다가오자 연오가 이현의 그 장난기 어린 정색한 표정에 웃으며 뒤로 물러섰다. 그에 이현이 달아나려는 연오의 손목을 거세게 움켜잡고는 다시 자리에 앉혔다.

진짜 세게 때릴 것처럼 이현이 손가락을 풀자 그때부터 연오는 슬슬 두려움이 밀려들었던 것 같다. 결국 이현이 연오의 뺨을 잡아 다른 손으로 고정시키고 때릴 준비를 하자 연오가 눈을 질끈 감았다.

'세게 하지 마. 이현아, 응? 부탁이야.'

이마에 내려질 고통을 예상하며 그렇게 눈을 감고 있는데…….

쪽! 입술에 와 닿는 감촉에 연오가 눈을 커다랗게 떴다. 이현이 하얀 가운 자락을 날리며 자리에서 벌떡 일어나는 모습에 연오는 멍하기만 했다.

'많이 봐준 거다, 최연오.'

연오가 그제야 그가 자신의 입술을 훔쳤다는 것을 명료하게 깨닫고는 잔뜩 인상을 찌푸린 채 소매로 입술을 박박 닦아냈다.

'어우! 뭐야? 너! 진짜 못 말린다. 완전 바람둥이야.'

연오의 핀잔에도 이현은 아랑곳 않고 블록을 다시 쌓고 있었다.

'됐어. 나 이제 안 해.'

앵돌아져 자리에서 일어나 의국 문을 열고 밖으로 나가려는 연오를 이현이 붙잡자 연오가 소리를 질렀다. 그런 연오를 꼼짝 못하도록 이현이 뒤에서 세게 안았다. 장난이라는 걸 알았지만 연오는 순간 숨을 쉴 수 없을 정도로 놀라고 당황했더랬다.

그 기억이 연오의 머릿속을 불현듯 스쳤다. 연오가 아련한 얼굴로 이현을 바라보며 미소 지었다. 반항을 멈춘 그녀를 이현이 잡아 침대에 똑바로 눕혔다.

"왜 그런 얼굴이야?"

이현이 어딘지 애잔한 얼굴이 되어버린 연오에게 속삭이듯 물었다.

"아무것도 아니야."

애써 웃음을 지어 보이는 연오였다.

밥을 먹고 두 사람은 소파에 나란히 앉아 TV를 보았다. 이현과 가벼운 이야기들을 나누며 그렇게 시간을 보낼 때였다. 개그 프로가 끝나고 TV에서는 경쾌한 CM송이 흘러나오고 있었다. 아이스크림 선전이 끝나자 화면이 바뀌며 채령의 얼굴이 클로즈업되어 나왔다.

둘 사이에 순식간에 어색한 침묵이 내려앉았다. 연오는 어쩐지 지금 당장 이현의 얼굴을 확인하고 싶었다. 그런 마음을 꾹 눌러 참고 있는데 그가 채널을 다른 곳으로 돌려 버렸다.

'아직도…… 그 사람 못 잊었니?'

연오는 갑작스레 마음이 묵직해져 왔다. 너무도 이현의 이야기가 궁금했다.

"이현아."

"응."

연오가 이현을 향해 고개를 돌리며 물었다.

"채령 씨랑은 왜 헤어졌어?"

그 물음에 이현이 리모컨을 내려놓더니 연오에게로 몸을 돌렸다.

"왜 헤어졌을 것 같아?"

연오는 왠지 모르게 강렬해 보이는 그의 눈을 바라보다 그 진지함을 감당해 내지 못하고 눈을 깜빡였다. 실없는 웃음을 지으며 어색함을 애써 감추려는데, 그 모습을 훑던 이현이 갑작스레 씩 웃더니 그녀에게로 얼굴을 가까이 했다. 그에 연오가 뒤로 물러났고, 이현이 점점 더 가까이 다가왔다. 그러더니만 이현이 그녀의 어깨를 밀면서 위에서부터 안아왔다. 연오를 덮친 자세로 이현이 낮게 속삭였다.

"웃지 마, 최연오."

그 말에 연오가 영문을 몰라 눈을 깜빡이는데 이현이 그녀의 입술로 고개를 숙였다.

"기분 나빠."

그에 이현의 입술을 받아들이며 연오는 생각했다.

'어색해서 웃었던 것뿐인데 기분이 나빴던 걸까?'

채령과의 헤어짐을 말하며 연오의 반응이 기분 나쁘다고 말하는 이현 때문에 그녀는 마음 한구석 어딘가가 시렸다. 단지 네가 좋아서, 너에게 빠져서, 그래서 궁금했던 것뿐인데…….

연오가 이현과의 키스에 집중하지 못하고 숨을 헐떡일 때, 입술을 뗀 이현이 진지한 얼굴로 그녀를 바라보았다.

"채령이 하고는 아무 사이 아니었어."

대답을 듣지 못할 줄 알았는데 뜻밖에도 이현은 그녀에 대한 말을 꺼냈다. 그것도 아무 사이가 아니었다고 자신에게 그렇게 말하고 있었다. 연오의 눈동자가 일렁였다. 이현이 미소를 지으며 머리를 한번 쓸어 넘기더니 다시 한 번 말했다.

"아무 사이 아니었어."

그 말과 함께 고개를 숙이는 이현이 너무도 멋져 보여 연오는 머리가 띵했다. 그의 눈에 한없이 빨려 들어갈 것만 같아 연오가 눈을 감아버렸다. 그렇게 속수무책으로 연오는 이현에게 빠져들고 있었다.

'이렇게 행복한데……. 나에겐 이제 너밖에 없는데…….'

마음속 어딘가에서 불현듯 솟아오르는 그 간절함에 연오는 이현의 부드러운 입술과 혀의 감촉을 절박하게 받아들였다.

오래오래 행복하게 잘살았어요, 라는 동화책 속 해피엔딩처럼 두 사람의 이야기가 그렇게 영원히 밀봉될 것만 같은 오후였다.

✳

이상했다. 연오는 휴대폰의 다이어리 기능을 만지작거리며 고개를 갸웃했다. 으레 있어야 할 것이 속옷에 비춰지지 않고 있었기 때문이다. 하지만 뭐라 단정 짓기 어려운 것이 연오는 그간 생리 주기가 일정하지 않았다. 게다가 요즘 들어 이현은 전문의 시험을 준비하는 연오를 배려해 콘돔을 사용하고 있었다. 처음 그것을 사용하던 날 밤, 자신을 안으며 아직 아무런 느낌이 없냐고 묻던 이현에게 연오는 고개를 저었더랬다.

"연오야! 뭐 해? 찌개 끓으니까 얼른 나와."

주방에서 이현의 목소리가 들렸다.

"갈게."

연오는 손을 씻고 화장실을 나섰다.

'좀 더 기다려 보자.'

주방으로 나가자 이현이 팔팔 끓는 된장찌개를 냄비받침에 올려놓고는 뜨거운지 손을 휘휘 젓고 있었다. 연오가 다가가 이현의 손을 매만졌다.

"많이 뜨거워?"

"응, 호 해줘."

이현의 혀 짧은 말에 연오가 웃음을 터뜨렸다.

"강이현, 이런 모습은 정말 적응 안 돼."

연오를 안은 이현의 넓은 어깨도 웃느라 간간이 떨리고 있었다.

"우리 이맘때쯤 결혼하길 정말 잘했다. 병원에서 나와서 너랑 같이 있는 이 시간이 정말 좋아."

이현의 말에 연오가 고개를 끄덕였다. 이현은 어깨에 느껴지는 연오의 고갯짓이 귀여워 그녀를 으스러뜨릴 것처럼 꼬옥 안았다.

"아! 놔줘, 이현아."

연오가 고통에 몸부림치자 이현이 살며시 팔을 풀었다.

"나를 죽일 참이야?"

"아니, 할 수만 있다면 너와의 간격이 하나도 없어질 때까지 너를 이렇게 안고 싶어."

연오가 그 낯간지러운 말에 이현의 가슴팍을 밀며 괜히 새침하
게 말했다.

"치! 안 믿어."

그에 이현이 삐죽 나온 연오의 입술을 손가락으로 잡으며 말
했다.

"밥 먹자."

이현의 말에 연오는 식탁의 자신의 자리에 앉았다. 라디오에서
는 듣기 좋은 DJ의 목소리가 흘러나와 평화로운 가을 아침의 공
기 안으로 부드럽게 녹아들고 있었다.

—다음에 들려드릴 곡은 예전에 크게 유행하던 곡이었죠? 노래
를 부르는 가수의 애절한 목소리가 노래에 운치를 더하는데요, 이
가을 여러분과 함께 듣고 싶은 추억의 노래 3위로 뽑혔네요. 함께
감상해 보시죠.

그리고 노래가 이어져 나왔다.

—잡으려면 멀어지고 잡으려면 멀어지는…… 너는 그렇게 나비
같구나. 팔랑이는 그 날갯짓이 얄미워 너를 잡아다 가두어 버릴
까. 그러면 너는 시름시름 앓다 죽어 내 마음을 찢어놓겠지? 어느
날 내게로 불현듯이 날아와…….

"이 노래 알아, 최연오?"

이현의 물음에 연오가 밥을 오물오물 씹으며 고개를 끄덕였
다.

"응, 우리 대학 때 유행하던 노래였잖아."

"아는구나. 그럼 이 노래가 얼마나 사람 마음을 아프게 하는지도 알겠네?"

연오가 고개를 갸웃했다.

"그런가?"

"응, 네가 나 한참 피해 다닐 때 그때 유행했던 노래거든."

그 말에 연오가 밥을 먹다 말고 목이 막혀 콜록거렸다. 이현이 음식을 씹어 삼키며 그런 연오의 등을 아무렇지 않게 두들겨 주었다. 진정이 된 연오가 이현의 얼굴을 물끄러미 눈에 담았다. 자신이 내뱉은 말이 일상의 평범한 인사말이기라도 한 듯 그는 태연한 모습이었다.

"다 지난 일이지, 뭐."

아무 일도 아니었던 것처럼 밥 한술을 크게 떠 입으로 가져가던 이현은 자신에게 닿은 연오의 시선을 느끼고는 그녀를 향해 환하게 웃어 보였다. 연오는 왠지 모르게 목까지 울음이 차올라 그것을 숨기려고 고개를 숙일 수밖에 없었다.

"여, 연오······."

가물가물한 정신 속에서 누군가 자신의 이름을 부르는 소리가 들려왔다. 연오는 멍한 정신으로 생각했다. 누굴까? 왜 내 이름을 똑바로 부르지도 못하고 저리 조그만 목소리로 간절히 부르는 걸까?

"연오야······."

'잠깐만! 아버지?'

연오가 눈꺼풀을 번쩍 밀어 올렸다.

"아버지……."

비쩍 마른 아버지가 연오를 향해 무언가 눈짓을 보냈다. 연오는 화들짝 놀란 가운데서도 아직 떨쳐 내지 못한 잠의 기운에 취해 그 신호를 제대로 알아들을 수 없었다. 그러자 뇌종양으로 언어장애가 생긴 아버지가 다시금 힘겹게 입을 열었다.

"여, 연……."

연오가 힘겹게 간이침대에서 몸을 일으켜 세우자 공부하느라 곁에 두었던 책이 바닥에 툭 하고 떨어졌다. 그 둔탁한 소리에 조금은 정신이 깨어나는 듯했다. 실내의 눅눅한 공기가 사방에서 몰려와 코로 숨을 쉴 때마다 매캐한 소독약 냄새가 밀려들었고, 이곳이 병원이라는 것을 깨닫게 했다.

"왜 그러세요, 아버지."

아버지가 연오의 손을 쥐었다. 쌕쌕 소리를 내며 숨을 쉬던 아버지가 맞잡은 손에 힘을 주었다. 그 심상치 않은 분위기에 연오가 눈을 비비며 아버지를 마주했다.

"고, 고새……."

순간 연오의 졸음기 어린 눈에 눈물이 핑 돌았다. 아버지는 '고생했어'라는 말을 제대로 내뱉지도 못하고 계셨다.

"아버…… 지."

아버지의 손이 그녀의 손에서 힘없이 빠져나가는가 싶더니, 눈꺼풀이 바르작거리며 힘없이 떨렸다. 당황한 연오는 좋지 않은 예감에 황급히 머리맡의 스위치를 눌렀다. 이미 잠은 달아나고 없었다.

"아버지! 아, 안 돼."

다급해진 연오가 병실을 빠져나와 병원 복도를 뛰었다. 멀리 간호사가 보였다.

"도와주세요! 도와주세요!"

내가 사랑하는 누군가가 나의 곁을 떠나려 한다. 연오가 울부짖었다.

"도와주세요!"

이현은 아버지를 부르며 흐느끼는 연오의 뺨을 쥐고 흔들었다. 요즘 들어 과거의 좋지 않은 기억에서 많이 벗어났는지 잠을 자다 안 좋은 꿈을 꾸는 일이 없어 보이던 그녀였는데 오늘 밤은 그렇지 않은 모양이었다. 이현은 저도 모르게 주먹을 꽉 쥐었다. 연오를 괴롭히는 기억을 할 수만 있다면 모조리 떨쳐 내주고 싶었다.

"연오야? 연오야!"

나지막이 자신을 부르는 소리와 부드럽게 어깨를 흔드는 손짓에 흐느끼던 연오가 멈칫하더니 천천히 눈을 떴다. 걱정이 가득 담긴 두 눈이 자신을 안쓰러운 듯 바라보고 있었다.

"왜 그래? 응?"

"……이현아."

이현이 정신이 온전히 돌아오지 않았는지 뻥한 눈빛을 한 연오의 뺨을 부드럽게 쓸며 재차 물었다.

"왜 그러는지 나한테 말해봐."

순간 자신이 꿈을 꾸었고 또다시 이현의 잠을 방해하고 말았다는 것을 연오는 깨달았다.

"아, 아무것도 아니야."

그 말에 어둠 속에서도 이현의 두 눈이 낮게 가라앉는 것이 느껴졌다.

"무슨 꿈 꿨는지 말해봐, 어서."

그가 제법 단호한 어조로 말했지만 연오는 희미하게 웃어 보일 뿐이었다. 그리고는 일어나 앉아 머리맡의 시계를 확인했다.

"내일도 일찍 일어나서 시험 준비해야 하잖아. 그러고 있지 말고 빨리 자."

하지만 이현에게서는 물러날 기미가 보이지 않았다. 자신을 꾸짖는 듯, 엄한 그의 눈길에 결국 연오가 졌다는 듯 입을 열었다.

"아버지가 돌아가실 때, 내가 어찌해 볼 수 없이 무력했던 그때가 꿈에 나왔어. 너무도 생생하게……."

그녀를 바라보는 이현의 눈동자가 어둠 속에서 반짝 빛났다. 그가 연오를 끌어다가 자신의 가슴 깊숙이에 안았다. 그리고는 등을 토닥여 주었다.

"많이…… 불안했어?"

그 다정한 말에 울컥한 연오가 입술을 깨물었다. 눈물을 참으려 했지만 한 방울씩 스미어 나와 이현의 티셔츠 위로 방울방울 떨어져 내렸다.

"나는 너무 어렸고…… 아버지가 싸우는 병마가 어떤 건지 알 수도 없어서…… 그냥 그렇게 아버지를 속수무책으로 보내야만 했어."

"쉬! 연오야, 괜찮아. 이제는 내가 있잖아."

눈물이 아롱지는 연오의 눈에 이현이 천천히 입술을 가져다 대었다. 연오는 자신을 꼭 끌어안는 이현의 단단한 힘을 느꼈다. 그녀가 몸을 떨며 이현의 이름을 속삭였다.

"……이현아."

이현의 커다란 손이 부드럽게 연오의 등을 쓸어내렸다.

TV를 보는 척했지만 이현의 신경은 사실 연오에게로 죄 쏠려 있었다. 입술을 자근자근 씹으며 생각에 빠져 있는 모습에 그는 당장에라도 그녀를 다그쳐 묻고 싶었다.

'어젯밤의 그 꿈 때문일까?'

여전히 TV로 시선을 고정한 채 이현이 연오의 입술로 손을 뻗어 살며시 쥐었다가 놓았다.

"입술 상해."

이현의 손짓에 순간 놀란 듯 몸을 굳히던 연오는 아까처럼 입술을 물어뜯지는 않았지만 또다시 말이 없었다. 아마도 다시금 생각에 빠져든 모양이었다.

"무슨 생각 해?"

결국 참지 못하고 이현이 물었다.

"응?"

연오가 이현에게로 고개를 돌리자 이현이 그제야 TV에서 눈을 떼며 연오와 눈을 맞춰왔다.

"무슨 생각을 그렇게 해?"

"그냥…… 아무 생각 아니야."

그 말에 이현이 정색을 하며 고개를 돌리려는 연오의 턱을 쥐어 자신에게로 향하게 했다.

"혹시 어젯밤 꿈 때문이야?"

"그건 아냐."

"그럼 뭣 때문에 그래?"

이현의 물음에 연오가 미간을 찌푸리며 잠시 망설이다 입을 열었다.

"저기 나…… 그게 없어."

"그게 뭔데?"

대답 대신 자신을 올려다보는 연오의 눈망울이 미세하지만 불안하게 떨리고 있었다. 이현의 눈빛이 물음을 담아 또다시 그녀에게 답을 요구했다.

"매달 하는 거……."

망설임 끝에 나온 그 말에 이현은 저도 모르게 리모컨을 툭 떨어뜨렸다.

"정말이야?"

연오가 미간을 좁히며 고개를 끄덕였다.

"확실한 건 아니야. 그냥 내 말은 그렇다는……."

"너, 여기서 잠깐만 기다려. 자면 안 돼."

이현이 연오의 귀밑 턱을 양손으로 붙잡고 그 불안해 보이는 눈망울에 지그시 눈 맞춤을 하며 잠들지 말라, 자신의 요구를 다시 한 번 확인시켰다. 그리고는 벌떡 일어나 옷방에서 점퍼를 꺼내 들고는 팔에 꿰는 둥 마는 둥 하며 밖으로 향했다.

"어디 가, 이현아?"

"잠깐이면 돼."

밤 10시였다. 밖에 나온 이현은 문이 열린 동네의 약국을 찾아 이 늦은 시각, 온몸이 땀에 젖도록 뛰어다녔다. 하지만 이 밤에 문을 열고 있을 약국을 찾기란 여간 어려운 일이 아니었다.

"하아……."

그렇게 약국을 찾아 뛰다 보니 집과의 거리가 버스 세 정거장이나 될 정도로 벌어져 있었다. 숨을 몰아쉬며 고개를 돌릴 때 '24'라는 숫자와 함께 녹색 십자가가 눈에 확 들어왔다. 불 켜진 약국을 찾은 기쁨에 이현이 차도로 그냥 뛰어들려다가 빵빵거리는 차에 다시 발을 뺐다. 그제야 신호등이 눈에 들어왔다. 그것을 바라보며 이현의 초조한 발걸음이 제자리를 찾지 못하고 안절부절못했다. 파란불이 떨어지자마자 그는 약국을 향해 전속력으로 뛰어가 문을 열어 젖혔다.

"무슨 일로 오셨습니까?"

"임신 테스터기 좀 주세요."

중년의 약사가 이현의 다급하고 불안해 보이는 행동과 땀에 젖은 모습을 보더니 웃으며 물었다.

"두어 개 드릴까요?"

"다섯 개……. 아니, 열 개 주세요."

"그렇게나 많이요?"

"네."

약사의 물음이 끝나기도 전에 이현이 서둘러 대답했다. 약사가
꺼내놓은 기다란 네모난 곽을 이현이 정신없이 봉투에 담아 품에
끌어안고는 또다시 왔던 길을 뛰기 시작했다.

연오는 시간이 지나도 이현이 오지 않자 베란다 창문으로 다가
갔다. 그때 멀리서 이현이 뛰어오는 모습이 보였다. 대체 그는 말
도 없이 어디를 나갔다 온 것일까? 그가 돌아오면 자초지종을 물
어야지 생각하며 베란다 문을 닫고 이현을 맞을 준비를 하는데
아니나 다를까 그새 밖에서는 비밀번호를 누르는 소리가 들려왔
다.

"어디 갔다 왔……."

이현을 올려다보던 연오가 땀에 흠뻑 젖은 그를 보고는 말을 멈
추었다.

"이현아……."

"테스터기야. 이거 가지고 빨리 검사해 봐."

이현의 말에 연오가 자신에게 내밀어진 봉투를 내려다보는데
기다랗고 네모난 플라스틱 상자들이 보였다. 그 개수에 놀라던 연
오가 조심스레 하나를 집어들자 이현은 초조하면서도 그녀가 사

랑스러워 이마에 입을 맞추었다. 문득 연오는 마음이 따듯하고 든든해져 왔다. 그녀가 이현을 향해 불안한 듯 웃어 보이고는 화장실로 들어갔다.

이현이 거실에 서서 초조하게 서성거렸다.

연오는 테스터기에 새겨진 연한 두 줄을 보며 머리가 멍해졌다.

'내가 아이를 가졌다니……. 그것도 이현의 아이를.'

다른 사람들은 기뻐서 소리도 지르고 그런다는데, 연오는 기쁨이나 설렘 같은 감정보다도 그저 머릿속이 텅 빈 것처럼 멍하기만 할 뿐이었다.

잠시 뒤, 욕실 문이 열리자 이현이 고개를 번쩍 들었다.

"뭐야?"

"임신 맞는 것 같아."

연오의 차분한 말투와 달리 이현은 그 말에 몹시도 흥분한 듯했다. 그는 연오의 말에 일시에 굳은 듯 멈칫했다가 다가와 그녀를 강하게 끌어안았다. 연오가 그 힘에 놀라 움찔했다.

"좋아하지 마. 확실한 거 아니잖아."

연오가 자신의 얼굴에 키스세례를 퍼붓는 이현을 피하려 들며 말했다. 그런 연오를 붙잡아 이현이 높이 안아 올렸다. 한 번 흥분한 이현은 그 밤 내내 그렇게 들떠 있었다.

이현은 연오의 임신 여부를 정확히 알아보기 위해, 그녀를 데리고 병원에 가기로 마음먹었다. 또한 자신 역시 가볍게 감기에 걸려 있었던지라 연오에게 옮기지 않기 위해서라도 병원에 가는 것을 서둘러야만 했다.

연오를 산부인과에 데려다 주고, 자신은 아는 선배가 있는 이비인후과로 향하면서 이현은 괜히 가슴이 떨려왔다.

"왔어?"

선배의 말에 이현이 자리에 앉으며 인사했다.

"형도 잘 지냈어?"

"응, 너 좋아 보인다. 연오가 잘해주나 봐."

연오라는 말이 떨어지자마자 바보같이 입을 벌리고 웃는 이현의 모습에 한동안 선배는 신기한 듯 그를 바라보다가 좋을 때라며 함께 웃어주었다.

"그래, 어디가 어떻게 안 좋은데?"

"나 아모롤하고 비졸본 좀 써줘."

이현은 목감기용 약을 처방받고 이비인후과가 한가한 틈을 타 선배와 이런저런 얘기를 나누었다.

"시험 준비하느라 스트레스받겠네."

선배의 말과 달리 이현은 연오와 함께 보낼 수 있는 시간이 많다는 것에 행복을 느끼고 있었다.

"그렇지 않아. 병원 생활보다 차라리 이 짓이 나은걸?"

"하기야 신혼이겠다, 둘이 같이 있는 게 낫지."

이현이 웃으며 시계를 보았다.

"형, 나 연오 데리러 가봐야 할 것 같아."

"그래, 잘 가라. 연락 좀 하고 살자."

이현이 이비인후과 선배에게 인사를 하고는 7층에 있는 산부인과로 향하기 위해 엘리베이터에 탔다. 갑자기 가슴이 두근거려 와 그는 크게 심호흡을 한 번 했다. 7층에서 문이 열리고 이현이 성큼성큼 산부인과로 향했다.

"축하한다, 연오야."

알고 지내던 병원 산부인과 여자 선배의 말에 연오가 모니터를 보며 신기한 듯 눈을 깜빡였다.

"보여? 여기 조그만 거……."

연오가 모니터를 뚫어지게 바라보자 선배가 웃으며 말했다.

"2주 후에 심장 소리 들으러 한 번 더 올래?"

그녀의 말에 연오가 그제야 임신한 것이 실감이 나 그만 눈물을 보였다.

이현은 산부인과 진료실 밖에서 연오를 기다리고 있었다. 문이 열리고 그녀의 모습이 보이자 이현의 심장이 뛰기 시작했다. 그의 묻는 듯한 표정에 연오가 가볍게 고개를 끄덕였다.

"임신 맞대. 4주째래."

이현이 입을 벌리고 벙싯벙싯 웃더니 한없이 차분해 보이는 연오를 안아 올리고는 병원 복도를 뛰기 시작했다.

"이현아! 나 좀 내려줘. 뭐 하는 거야?"

연오의 말에 이현이 연오를 복도 바닥에 내려놓고는 조심스럽게 그녀의 얼굴을 훑었다. 갑작스럽게 변한 그의 모습이 기괴스럽기까지 했다. 연오가 미간을 찡그리며 그의 얼굴을 살피는데 이현이 대뜸 말했다.

"최연오! 웃어봐!"

"왜?"

"기쁘잖아. 그러니까 웃어! 어서!"

그 환희가 담뿍 배어 있는 말에 일부러 웃음을 꾹 눌러 참고 있던 연오도 배시시 웃음을 보였다.

"끼야호!"

연오의 미소에 이현이 병원 복도가 떠나가라 환호성을 질러댔다. 그에 연오가 눈을 동그랗게 뜨고는 쳐다보는 사람들에게 일일이 고개를 숙이고는 이현의 입을 막았다.

집에 돌아와서도 이현의 흥분은 쉬 가라앉질 않는 듯했다. 연오를 카펫 위에 눕힌 이현은 일어나려는 그녀의 어깨를 위에서 누르고는 아직은 납작하기만 한 배를 손으로 살살 문질렀다. 팔로 바닥을 기댄 채 배에 무언가를 속삭이는데, 그 간질거리는 감각과 이현의 아이 같은 행동에 연오가 결국 웃음을 터뜨렸다.

'아빠가 된다는 게 저리 좋을까?'

왠지 이현의 차갑고 도도했던 대학 시절의 모습이 떠오르며 연오는 격세지감을 느꼈다.

"이현아, 아빠 되는 게 그렇게나 좋아?"

그 말에 이현이 그녀의 배에 숨겼던 고개를 들어 올리더니 누워 있는 연오의 얼굴을 위에서 내려다보며 그대로 입술을 내렸다. 그리고는 연오의 부드러운 아랫입술을 빨며 속삭였다.

"우리가 만든 첫 작품이잖아."

아이를 가진 어느 가정에서든 흘러나올 것 같은 말이었지만 연오는 이현의 반응에 감동해 가슴이 뭉클해졌다. 그런 그녀의 속마음을 읽기라도 한 듯 마주 닿은 이현의 입술은 몹시도 뜨거웠다.

"신혼여행 때 생각나? 너 자꾸 밖으로 돌아서 내가 얼마나 속이 쓰렸는지 알아?"

"그땐 솔직히 네가 좀 무서웠어."

"왜? 내가 계속 덮칠까 봐?"

연오가 대답을 회피하자 이현이 웃음을 배어 물었다.

"그때 내가 정말 하고 싶은 대로 했으면 연오 씨 버얼써 도망갔겠네."

그 말에 이번에는 연오가 웃음을 터뜨렸다.

"최연오! 그런 농담 좋아하는구나. 몰랐네."

이현의 계속되는 장난에 연오는 웃음을 참지 못했다. 그녀의 웃음을 보며 이현은 행복이란 걸 느꼈다.

"너 데리고 하고 싶은 게 정말 많아. 해주고 싶은 것도 많고."

이현의 진지한 말에 연오가 고개를 돌려 이현을 바라보았다. 이현이 갑자기 진지해진 분위기를 바꾸려는 듯 생긋 웃어 보였다.

"셋이 됐으니까 무얼 하든 재미도 세 배일 것 같아."

그 말에 연오가 웃으며 고개를 천천히 끄덕였다. 이현의 아이를 가졌다는 게 서서히 실감이 되고 있었다.

＊

"좌측 측두엽 절제했더니 우측 상사분맹이 관찰되었다면?"

"마이어스 루프 손상."

"오호!"

연오의 물음에 이현이 간결하게 대답하자 연오가 마치 그렇구나 하는 표정으로 이현의 얼굴을 바라보았다. 이현은 그런 연오가 귀여워 웃음을 깨물며 진지한 표정을 유지하려 노력했다.

"다음 문제 내봐."

그에 연오가 페이지를 넘기며 책을 훑었다.

"뇌압이 상승했을 때 머리를 15도에서 30도로 들어 올리는 이유는?"

"ICP를 떨어뜨리려고."

"딩동댕!"

연오의 딩동댕 소리에 결국 이현이 풋 하고 웃음을 터뜨렸다.

"웃지 마. 다음 문제 낼 거야. 이번 문제는 뇌 병변에 따른 호흡 양상에 관한 문제인데……."

Rrrrr. 그때였다. 연오의 목소리가 전화기의 벨소리에 묻혀 버렸다.

"내가 받을게."

이현이 식탁에서 일어나 집으로 걸려온 전화를 받기 위해 거실로 나갔다.

"여보세요."

―이현이구나.

"어쩐 일이세요, 어머니?"

이현은 연오의 임신 소식을 전하려다 찾아뵙고 말씀드릴 생각에 꾹 참았다.

―새아기 좀 바꿔줘 봐라.

"무슨 일이신데요?"

―이번에 싱가포르의 병원하고 제휴계약 맺은 거 때문에 만찬회를 열 거야. 새아기도 와서 우리 집 며느리로서 얼굴을 내밀어야 할 거 아니니?

수희의 말에 이현이 연오에게로 시선을 돌렸다. 그녀는 전화를 받고 있는 자신을 바라보며 귀를 쫑긋 세우고 있었다.

'어머님이셔?'

연오의 입 모양에 이현이 설핏 웃으며 전화기를 가져다주었다. 이현은 연오가 어머니와 마주칠 때마다 얼마나 긴장하는지를 잘 알았다. 때문에 무심히 책을 보는 척했지만 실은 연오의 목소리를 듣고 있었다.

―그래서 그날은 네가 와서 하루 고생해야 할 듯싶구나.

만찬회가 열리기 전 집에 와서 일을 도우라는 수희의 목소리에서는 연오에 대한 마뜩찮음이 물씬 풍겼다. 그에 긴장한 연오의 목소리도 덩달아 딱딱해졌다.

"예, 제가 일찍 가서 도울게요."

―그래, 잊지 말고 오너라.

그 말을 끝으로 수희가 전화를 끊자 연오가 한숨을 푹 내쉬었다.

"그렇게 긴장돼?"

이현은 미안한 마음이 가득 들면서도 자신이 관심을 보이면 그녀가 더 신경 쓸까 봐 책에서 눈을 떼지 않고 물었다.

"아니야."

배시시 웃는 연오가 사랑스러웠다.

"뭐라고 하셔?"

"이번에 조금 일찍 와서 일 도우라고 하셔."

이현이 그제야 책에서 눈을 떼고 걱정스럽게 연오를 바라보았다.

"피곤하면 안 가도 돼. 내가 말씀드릴게. 너 조심해야 돼."

그 말에 연오가 고개를 저었다.

"괜찮아. 그리고 내가 가고 싶어. 가서 어머니랑 좀 더 친해지고 싶어."

그에 이현은 그녀가 고맙고 또 대견하게 느껴져 활짝 웃어 보였다.

✻

토요일 오전, 이현이 연오를 차에서 내려주며 물었다.

"같이 들어갈까?"

"아니야, 있다가 와."

"그래. 있다가 보고 그때 가서 부모님께 너 아이 가졌다고 말하자."

연오가 고개를 끄덕이며 차문을 닫았다. 이현의 차가 떠나는 것을 바라보던 연오가 몸을 돌려 한남동의 고급 주택 안으로 들어섰다. 정원에 나와 있던 메이드들이 그녀를 보고 인사를 하며 본채로 이끌었다.

연오가 집에 들어섰을 때, 쾌활한 어느 여성의 목소리가 거실과 주방을 분리시켜 주는 반투명한 유리를 사이에 두고 들려왔다. 연오는 괜히 이상한 느낌이 들었지만 이내 머리를 내젓고는 조심스럽게 소리가 나는 주방으로 향했다.

"엄마, 여기에는 단맛이 좀 더 들어가야 할 것 같은데?"

"그래야 할 것 같니?"

"응. 매실액 좀 넣어봐."

"그럴까? 역시 계량컵으로 일일이 맞춰도 간 보는 건 필수야."

메이드를 향해 매실액을 더 넣어보라고 말하는 수희의 뒷모습이 보였다. 그리고 그녀의 옆에 선 젊은 여자가 보였다. 까만 긴 머리에 커다란 링 귀걸이, 타이트한 상의와 짧은 바지, 그리고 그 사이로 곧게 뻗은 갈색빛 다리가 한눈에 들어왔다. 그 젊은 여자가 무척이나 낯익은 느낌이라고 연오는 생각했다. 단지 뒷모습일 뿐인데도 연오는 어떤 한 사람이 물씬 떠올라 버렸다. 하지만 이내 아닐 거라고 생각하며 주방에 발을 한 발 디뎠다.

"어머니, 저 왔어요."

"어머나! 너도 참 왜 그렇게 기척도 없이 다녀?"

놀란 수희의 목소리에 연오가 죄송하다며 고개를 숙일 때였다.

"안녕하세요!"

경쾌한 목소리였다. 연오가 움찔했고, 어깨에 멘 핸드백이 바닥에 툭 떨어졌다. 놀라 커진 눈동자를 들어 올렸을 때 채령의 모습이 선명하게 동공에 새겨졌다. 연오와 채령의 시선이 공중에서 얽혔고, 연오는 무언가에 사로잡힌 듯 멍하니 그녀를 바라보았다. 하지만 이내 정신이 들었고, 어쩐지 채령의 웃는 낯에서 독기가 느껴져 시선을 내려뜨릴 수밖에 없었다. 채령이 잠시 그런 연오를 눈으로 훑었다.

"가려던 참이었어요."

이윽고 채령의 서늘한 목소리가 연오를 향해 날아왔다.

"벌써 가려고?"

수희가 끼어들었다.

"엄마도 참! 가봐야지, 그럼."

채령이 주방에서 천천히 걸어나오며 고개 숙인 연오를 흘깃 쳐다보았다.

"안녕히 계세요."

탕! 현관문이 닫히는 소리가 들리고 바닥에 시선을 둔 연오에게 수희의 나지막한 목소리가 들려왔다.

"내 손님이니 넌 신경 쓸 것 없다."

연오가 간신히 '네' 라는 대답을 쥐어짜냈다. 그런 연오를 못마땅하게 지켜보던 수희가 입을 열었다.

"어차피 너도 저 아이를 알고 있을 테니 내 한마디 한다. 사실 저 아이가 나는 몹시도 안쓰럽구나. 이현이 짝으로 정하고 몇 년을 저리 두었는지……. 나한테도 그렇게 살갑던 아이였는데……."

연오가 고개를 들어 수희의 눈을 바라보았다.

"제가…… 제가 더 노력할게요, 어머니."

그 말을 무시하며 수희가 레인지 위에서 팔팔 끓고 있는 갈비로 시선을 돌렸다. 연오가 애써 밝게 웃으며 소매를 걷어 올린 뒤 그녀에게로 다가갔다. 그런 연오를 힐끔 쳐다본 수희가 갑자기 혀를 찼다.

"말이 나왔으니 말인데, 이현이가 너희 집안에 지난 세 달에 걸쳐 돈을 보내고 있다는 사실을 알았을 때 내 아들이 남의 집안 뒤치다꺼리나 하는 게 못내 싫어 너를 따로 부르고 싶었었지. 꾹 참았더라만."

그 말에 연오의 눈이 화등잔만 하게 커졌다.

"몰랐던 모양이구나."

당혹스러움이 걷히자 이제는 주방을 오가며 그들의 대화를 엿들었을 메이드들이 신경 쓰이기 시작했다. 그들 앞에서 망신을 당한 것만 같아 얼굴이 붉어졌다. 수희와 연오 사이에 침묵이 고이던 그때 수희의 눈이 연오의 어깨 너머로 향했다.

"어, 그래. 채령아, 무슨 일이니?"

언제 왔는지 채령이 주방 한쪽에 놓인 자신의 가방을 집어들며 활짝 웃고 있었다.

"이것 때문에……."

달아오른 얼굴로 채령을 살며시 바라보는데 언제부터였는지 모르겠지만 그녀의 시선 역시 자신에게로 향해 있었다. 연오는 더더욱 창피함을 느꼈다.

"하시던 말씀 마저 나누세요."

어쩐지 재미있다는 듯 연오의 얼굴을 향해 조소를 보이는 채령 때문에 그녀는 오물 한 바가지를 뒤집어쓴 듯 참담한 기분이 들었다. 하지만 이것은 전초전이었다는 듯 뒤이은 말은 연오를 완전히 비참하게 만들어 버렸다.

"엄마, 나 진짜 갈게. 연오 씨, 돈 필요하면 연락해요."

채령은 발랄하게 말을 내뱉고는 뒤돌아 나가 버렸는데 연오는 뺨을 한 대 세게 얻어맞은 듯 볼이 달아오르다 못해 정말로 욱신거리기까지 했다. 그런 자신의 기분을 알고 말을 걸어준다거나 다가와 위로해 주는 이는 아무도 없었다. 분주한 주방에서 멍하니 이방인이 된 채 그렇게 서 있는데, 뒤에서 석우의 목소리가 들려왔다.

"새아기 왔구나."

연오가 얼굴을 들었다.

"아니, 그런데 새아기는 얼굴이 왜 그러냐? 혹시 어디 아픈 것 아니니?"

미열이 있는 것처럼 붉은 기운이 가시지 않은데다 힘이 없어 보이는 눈동자는 영락없이 아픈 사람의 그것이었다. 석우의 다정한 말에 연오는 그만 울컥 눈물이 나올 것만 같아 입술을 얼른 배어 물었다. 그 모습을 수희가 못마땅하게 쳐다보다 석우를 향해 말했다.

"여기서 도움 주실 거 아니면 나가 주시죠, 강 박사님."

그 말에 석우가 수희를 흘깃 쳐다보다 연오의 등을 툭툭 두드리며 주방을 나섰다.

"아주머니들 하는 거 지켜보거라. 그것도 일이니……."

수희의 그 말과 함께 그렇게 연오의 일이 시작되었다. 연오는 음식들의 간을 보고 메모지에 적힌 음식들을 꼼꼼하게 살피며 주방에 머물렀다. 하지만 메이드들이 묻는 말에도 넋을 놓고 있기 일쑤였고 음식의 간을 맞추는 일도 제대로 해내지 못했다. 아무런 맛도 느껴지지 않았기 때문이다.

연오는 정원으로 날라지는 음식을 바라보며 어서 이 시간이 지나가기를 속으로 빌고 또 빌었다. 금방이라도 눈물이 후드득 떨어질 것만 같아 몹시도 난처했다.

그러던 중 드디어 손님들이 모이기 시작했고, 사람들은 정원과 넓은 거실을 오가며 이제 막 파티의 여흥을 즐기고 있었다. 그런 그들을 헤치고 수희가 연오를 데리고 사람들 사이를 오가며 인사시켰다.

"저희 집 며늘아이예요."

"아, 얘기 많이 들었어요. 그 아이로구나."

연오는 평범하기만 한 그들의 인사말에서 괜한 자격지심을 느끼며 고개를 숙였다. 그렇게 집 안을 돌아다니던 중, 어느새 왔는지 이현이 자신에게로 시선을 고정시킨 채 서 있다는 것을 알았다. 이현의 그 시선을 연오가 무표정한 얼굴로 스치듯 지나쳤다.

이현은 사람들에게 붙잡혀 대화를 나누면서도 돌아서면 늘 연오를 찾아 두리번거렸는데 수희를 따라 사람들에게 인사를 하고 다니는 그녀의 모습이 뿌듯하면서도 사랑스러웠다. 그런데 어쩐지 그녀의 얼굴 표정이 어두워 이현은 연오에게 다가갈 타이밍을 속으로 계속해서 가늠해 보는 중이었다.

연오가 주방으로 들어가자, 그것을 지켜보고 있던 이현이 손님에게 양해를 구하고는 그곳으로 향했다. 연오는 수희의 전달 사항을 메이드들에게 지시하고 있었는데, 그런 그녀를 보고 빙긋이 웃어 보인 이현은 그대로 다가가 연오를 품에 안았다. 순간 멈칫하는 연오가 느껴졌다.

"나."

"……그래."

이현이 주위 사람들의 눈을 의식해 연오를 반쯤 풀어주며 자신의 앞으로 몸을 돌려세웠다.

"잘 지냈어?"

장난기가 섞인 인사에도 연오는 자꾸만 자신에게서 벗어나려 버둥거렸다.

"어허! 오랜만에 신랑 봐놓고는! 사람들 앞이라 부끄럼 타는 거야?"

그렇게 말하며 웃던 이현의 얼굴이 순간 굳어져 버렸다. 분명 자신의 팔에 눈물 한 방울이 떨어지는 것을 보았기 때문이다. 이현이 재빨리 연오의 턱을 잡아 들어 올렸다. 연오의 얼굴에 두 줄기 눈물이 흘러내리고 있었다.

"왜 그래, 너?"

"놔줘."

연오가 그렇게 말하며 이현의 팔을 풀어냈다. 그리고는 몸을 돌려 거실로 황급히 나갔다. 하지만 흐르는 눈물을 어쩌지 못해 자꾸만 고개를 숙이던 연오는 결국 사람들을 지나쳐 구석으로 향할 수밖에 없었다. 그런 연오를 수희가 와인잔을 들어 올리며 못마땅하게 쳐다보았다. 눈물을 황급히 닦아내던 그녀에게 마침 사람들을 헤치며 다가오는 이현의 목소리가 들렸다.

"잠시만요. 실례하겠습니다. 잠시만요."

그 목소리가 가까워 오자 연오는 저도 모르게 발길을 입구 쪽으로 돌렸다. 신발이 너무도 많아 연오는 자신의 것을 찾다가 그만 울음을 터뜨렸다.

"연오야, 왜 그래?"

자신을 쫓아오는 다급한 이현의 목소리에 연오가 결국 찾지 못한 구두를 포기하고 맨발로 문을 열고 나갔다. 정원에 있던 사람들의 시선이 쏟아지자 연오는 그만 모든 것이 자신 때문에 어그러진 것만 같아 몹시도 죄스러웠다.

'빨리 이 자리를 피해야 한다.'

그 생각만이 가득 차 연오가 뛰기 시작했다.

"잠깐만요. 비켜주세요."

이현은 자신과 대화를 나누기 위해 다가오는 사람들 때문에 연오에게로 가는 것이 쉽지가 않자 급기야 팔로 그들을 뿌리쳤다. 연오가 뛰어서 대문을 열고 사라지는 것이 보였다. 이현의 심장박동수가 급격하게 올라갔다.

사람들을 밀치며 이현도 따라 뛰었다. 뒤에서 석우가 자신을 부르는 소리가 들려왔지만 이현은 뒤도 돌아보지 않았다. 맨발을 하고 이 저녁에 밖으로 뛰쳐나간 연오 때문에 이현은 정신이 하나도 없었다.

　대문을 열어젖히고 밖으로 나가자 한적한 주택가를 뛰어내려가는 연오가 보였다.

　"연오야! 최연오!"

　키가 큰 이현이 뛰자 그녀와의 거리가 금세 좁혀졌다. 이현이 연오의 팔을 휙 낚아채 돌려세웠다. 눈물로 범벅이 된 얼굴이 보였다. 이현이 자신에게서 팔을 빼내려고 안간힘을 쓰는 연오를 품에 꼭 끌어안고는 더 이상 발이 땅에 닿지 못하도록 들어올렸다. 몸을 비틀고 주먹으로 자신의 가슴을 때리며 연오는 반항을 했고, 이현은 그녀의 저항이 멈출 때까지 기다리고 또 기다렸다. 결국 그녀가 잠잠해지자 이현이 근처 돌담으로 걸어가 연오를 내려놓았다. 연오가 주먹으로 눈물을 닦아내며 울고 있었다.

　"휴."

　이현이 한숨을 쉬며 양복 재킷을 벗어 연오의 어깨에 덮어주고는 그녀의 발로 고개를 숙였다. 자신의 발이 이현에 의해 붙잡히자 연오가 움찔했다. 흙이 잔뜩 묻은 연오의 발을 이현이 손으로 털어주며 꼼꼼히 살폈다.

　"안 다쳤어?"

　정신없이 뛰느라 아무런 감각을 느끼지 못했던 연오였다. 그녀가 고개를 젓자 이현이 나지막하게 물었다.

"누가 그랬어?"

어쩐지 낮게 깔린 그 음성이 위험스럽게 느껴져 연오가 대답을
하지 않았다.

"누가 그랬냐고!"

이현이 갑작스레 소리를 지르자 훌쩍이던 연오가 이현의 와이
셔츠 자락을 살짝 쥐었다.

"내가 망친 것 같아. 어떡해, 이현아?"

"됐어. 저 빌어먹을 만찬회 따위……. 누가 그랬냐고 묻잖아!"

그 말에 연오가 고개를 세차게 저었고, 말이 없는 그녀를 내려
다보던 이현이 다시 한숨을 내쉬며 연오의 무릎에 손을 넣어 안아
올렸다.

"……이현아, 나 저기 못 들어가."

"알아."

이현이 낮게 내뱉고는 주머니에서 차키를 꺼내 밖에 주차되어
있는 자신의 차문을 열었다. 연오를 차 안에 내려놓으며 이현이
말했다.

"금방 올게."

이현이 저벅저벅 걸어 대문 안으로 사라지는 것을 연오가 눈물
을 훔치며 지켜보았다.

"죄송해요, 아버지."

모두들 석우에게 꾸벅 머리를 숙이는 이현을 흘깃거리고 있었

다. 석우는 이 상황이 몹시 난처했지만 애써 태연하게 웃어 보였
다.

"새아기한테 무슨 일이 있는 것 같은데 집에 데려가거든 네가
좀……."

"새아기는 기사 시켜서 태워 보내고 너는 남아야 하는 것 아니
니?"

석우의 말을 자르고 수희가 끼어들었다.

"아니에요. 저도 가봐야 할 것 같습니다."

혀를 차는 수희를 뒤로하고 이현이 집을 나섰다. 차를 향해 걸
어가는데, 뒤에서 다급하게 자신을 부르는 소리가 들렸다.

"도련님! 도련님!"

이현이 뒤돌아보자 오랜 기간 한남동의 집을 봐주었던 아주머
니가 연오의 핸드백과 구두를 손에 들고 헐레벌떡 뛰어오고 있었
다. 그녀에게로 다가가 감사하다는 말과 함께 연오의 짐을 받아
드는데, 이현은 순간 자신의 귀를 의심했다.

"저기……. 나 정말 이런 얘기 하면 안 되는데……. 채령 아가씨
왔다 가셨었어요."

이현이 고개를 번쩍 들어 올리는데 속삭이듯 말을 내뱉었던 아
주머니는 벌써 황급히 몸을 돌려 왔던 길을 뛰어올라 가고 있었
다.

"아주머니! 아주머니!"

이현의 부름에 아주머니가 뒤를 돌더니 난처한 얼굴로 아무 말
도 하지 마라, 고개를 내젓는다. 그에 이현은 더는 그녀를 부르지

못하고 천천히 뒤돌아섰다. 마음과 머릿속은 연오가 겪었을 상황을 떠올리느라 온통 뒤죽박죽이었다.

차로 돌아왔을 때, 연오는 눈물을 그친 상태였지만 굳은 표정으로 자신을 외면하고 있었다. 그 모습에 이현이 허공을 향해 긴 한숨을 토해내고는 운전석에 올랐다.

집으로 향하는 내내 이현은 멍하니 앉아 있는 연오를 룸미러로 힐긋거리며 살폈다.

"연오야, 나한테는 말해줄 수 있잖아. 무슨 일이야?"

"아무 일도 아니야."

그렇게 싸늘한 연오의 태도는 집에 돌아와서도 마찬가지였다. 발을 씻겨주겠다는 이현의 말을 거부하고 혼자 씻으러 들어간 연오를 쫓아 그가 욕실 문 앞에 서 있었다. 숨을 죽이고 우는 연오의 목소리에 이현은 눈이 뒤집혀 다시 한남동에 가서 만찬장을 엉망으로 만들어 버릴까 하는 충동을 느꼈다. 욕실 문을 두드리려던 이현이 그런 생각을 애써 누르며 들어 올렸던 손도 내렸다.

다 씻었는지 말간 얼굴로 나온 연오를 소파에 앉아 응시하던 이현은 그녀가 자신의 시선을 외면한 채 침실로 쏙 들어가 버리자 넥타이를 거칠게 끌어내렸다. 답답하고 화가 나 씻을 생각도 하지 못했다. 욕실에서 대충 손만을 씻고 나온 뒤 연오를 따라 이현이 침실로 들어갔다.

이불을 뒤집어쓰고 누운 연오에게로 이현이 몸을 구부리며 다정하게 물었다.

"무슨 일이야, 연오야? 나한테는 얘기해 줄 수 있잖아."

묵묵부답인 연오를 보며 이현이 결국 길게 한숨을 쉬었다.

"씻고 올게."

한참 뒤, 이현이 몸을 씻고 나와 침대의 이불을 걷어 올렸을 때는 연오는 이미 잠이 들어 있었다. 그녀의 자세를 좀 더 편하게 해 주려 베개를 만지던 이현은 축축하게 젖은 베갯잇을 느끼고 또다시 한숨을 쉬었다.

"왜 그래, 연오야? 왜 그런 거야?"

이현이 잠이 든 연오를 품으로 데려가 머리를 넘겨주며 나지막이 속삭였다.

다음날, 이현은 눈을 뜨자마자 서재로 들어가 누군가와 통화를 하는가 싶더니만 아침도 먹지 않고 집을 나섰다.

"잠깐 나갔다 올게."

연오는 자신이 만들어내는 차가운 분위기 때문에 이현이 밥도 먹지 않고 밖으로 나가 버린 것이라는 생각이 들었고, 그러자 그에게 조금은 미안해졌다. 일어난 이후로 그와 눈도 마주치지 않은 터였다. 이현이 그렇게 나가고 나자 연오는 씁쓸한 기분이 들었다. 그녀가 결심을 굳힌 듯 전화기를 집어들었다. 어제는 한없이 창피하고 부끄러웠던 일이 하루가 지나자 몹시도 화가 났다. 큰아버지에게 사실 여부를 여쭤야 했다.

이현이 커피숍으로 들어섰다. 상대를 찾아 고개를 두리번거리기도 전에 어딘가에서 경쾌한 채령의 목소리가 들려왔다.

"여기야, 여기!"

그녀의 커다란 목소리에 사람들의 시선이 채령에게로 한꺼번에 쏠렸다가 당연한 수순인 듯 이현에게로 향했다. 이현은 채령의 환한 분위기를 목도하고 그녀에게 자초지종을 묻기도 전에 화가 치밀어 올랐다. 도우미 아주머니의 말씀을 떠올려 보면 연오의 눈물은 채령과 무관하지 않은 듯싶은데 또 다른 당사자는 아무것도 모르는 듯 저리 밝게 웃고 있다니. 이현이 표정을 굳힌 채로 채령에게 다가가자, 선글라스 아래 그녀의 가지런한 치아가 환하게 드러났다. 이쪽을 흘깃거리는 주변의 분위기로 보건대, 사람들은 이미 실내에서 선글라스를 끼고 있는 이 독특한 여성이 영화배우 서채령이라는 것을 눈치챈 듯했다.

"아메리카노 먹을 거지? 음, 나도 같은 걸로 먹을게."

채령의 말에 이현이 자리에 앉으며 차갑게 내뱉었다.

"돈 줄게, 네가 갔다 와라."

채령은 잠시 어이가 없다는 듯 이현을 응시하다가 주변을 살짝 둘러보았다. 아무래도 이현의 말을 누가 들었는지에 대해 신경 쓰는 듯했다.

"야야! 장난 좀 적당히 쳐. 오랜만에 먼저 만나자고 연락한 주제에."

툭! 테이블에 카드가 던져졌고, 그것을 응시하던 채령이 선글라스를 벗고는 이현을 바라보았다. 팔짱을 낀 이현이 그녀를 차갑게 마주 바라보고 있었다. 그 시간이 길어지자 채령이 짐짓 발랄하게 일어섰다.

"얘는! 알았어, 내가 갔다 올게."

주변 사람들을 의식한 채령이 무안함을 덜어버리려 황급히 몸을 일으킨 것이다. 잠시 뒤 그녀가 김이 모락모락 오르는 두 개의 머그잔이 놓인 트레이를 들고 왔다. 이현은 CF의 한 장면처럼 커피를 한 모금 마시고 과장된 표정을 지어 보이는 채령의 얼굴을 물끄러미 응시하다가 천천히 입을 열었다.

"너, 어제 한남동 왔었지?"

채령의 어깨가 순간 움찔하는 것이 보였다.

"어우, 좀 뜨겁네."

그녀는 자신의 당황한 모습을 뜨거운 커피 탓으로 돌리며 웃었다.

"왜? 내가 가면 안 되는 거니? 나 너 보러 간 거 아니고, 니네 엄마 보러 간 거야."

이현은 말없이 그녀의 태연한 얼굴을 바라보았다. 채령이 약 올리듯 씩 웃어 보이더니 다시금 커피를 호로록 들이켰다.

"너, 연오한테 뭐라고 했어?"

풉, 하는 소리와 함께 뒤이어 그녀가 커피를 잘못 삼킨 듯 콜록거렸다. 순전히 그냥 찔러본 말이었는데 당황하는 채령을 보니 이현은 불길한 예감에 절로 미간이 좁혀졌다. 채령의 성정을 모르지 않는 이현이었다. 그녀가 연오에게 정말 무어라 심한 말이라도 했을까 봐 이현의 마음에 불안감이 스치고 지나갔다.

기침을 멈춘 채령은 부러 한껏 여유를 부리듯 턱을 치켜 올렸다. 그리고는 다리를 바꿔 꼬며 핸드백에서 물티슈와 거울을 꺼내 들어 얼굴을 살핀다. 그렇게 한참의 시간이 흘렀다. 잠시 뒤 거울에서 시선을 뗀 채령이 차갑게 웃으며 이현을 쳐다보았다.

"이 아침에 고작 네 마누라가 일러바친 거 따지러 나 부른 거야?"

장난기가 어려 있던 그녀의 얼굴에 점차 표독스러운 기운이 감돌았다.

"강이현! 너 나한테 파혼 선언했을 때도 나 그 모욕감 다 참고 견뎠어. 분명 나 너한테 충실한 적 없지만 적어도 나는 얼굴 팔아서 먹고사는 사람이란 것쯤 너도 알고 있으니 그따위로 나를 대하면 안 되는 거 아니었나? 아오, 파혼 딱지나 안겨준 남자 만나러 이 아침에 화장하고 미용실 들렀다 온 나도 미친년이지. 근데…… 너도 미친놈이야! 기껏 요란 떨며 붙잡은 그년 말이야! 벌써부터 그 망할 집구석 빚 갚아주느라 너 니네 집 돈 끌어다 썼다며?"

채령의 말에 차갑기만 하던 이현의 얼굴이 당혹감으로 서서히 물들어갔다. 다름 아닌 연오가 그 사실을 알게 되었다는 점에, 그것도 다른 이의 입을 통해 알게 되었다는 사실에 이현의 마음이 순식간에 바닥으로 떨어져 내렸다.

그런 그의 얼굴을 바라보던 채령이 풋 하고 비웃음을 흘렸다.

"너의 어머니가 니 마누라한테 뭐라 뭐라 하는데 조금 불쌍하긴 하더라. 난 잘못한 거 하나도 없다, 야! 오히려 칭찬해 줘야 되는 거 아니니? 돈 떨어지면 빌려주겠다고 했는데 그게 잘못한 거야? 어?"

좌악!

시간이 한참 지난 터라 데일 우려는 없었지만 순식간에 얼굴에 닿은 액체의 감촉은 분명 화끈할 것이었다. 그 때문인지 채령의 입에서는 비명이 아닌 흡사 바람 새어 나오는 소리와도 같은 헉, 소리가 흘러나왔다. 커피숍이 웅성웅성거리는 가운데, 채령은 정신을 놓은 듯 멍한 얼굴로 자리에서 일어서는 이현을 올려다볼 뿐이었다. 그의 기다란 손가락이 테이블 위의 뭔가를 슥 밀고 있었다.

"치료비로 쓰고 고소하고 싶으면 고소해."

몸을 돌려 나가는 이현의 뒷모습에 그제야 정신이 돌아온 채령이 그의 이름을 고래고래 부르며 악다구니를 썼다.

연오는 통화 대기음을 들으며 마른침을 삼켰다.

"큰아버지, 저 연오예요."

수화기 건너편에서 큰아버지의 환대가 들려왔다.

―으응, 잘 지냈냐? 시방 안 그래도 나가 전화하려고 했는디…….

큰아버지의 말을 연오가 중간에서 끊었다.

"큰아버지, 혹시 이현이에게서 돈 받았어요?"

늘 얌전하기만 하던 연오의 서슬 퍼런 기색에 큰아버지의 목소리가 주저거렸다.

―……아, 그게 말이다. 그러니까 강 서방이 우리한테 돈을 주기는 했는디, 그건 어디까지나 우리가 어려운게 맴씨 좋은 강 서방이 나서서…….

큰아버지의 말에 설마 했던 연오의 마음은 쩍쩍 갈라져 나갔다.

"제가 갚은 돈으로도 모자라 이현이한테 돈을 받아요? 그래 놓고는 왜 저한테 한마디 말씀도 없으셨던 거죠? 저 몰래 그 돈 받고 좋으시던가요?"

—아야, 너 무슨 말을 그러코롬 한다냐? 참말로 서운타. 내가 느이 아버지 병원에 누워 있을 때 어떻게 혔는지 니가 몰라서 그런 소리를 한다냐?

큰아버지는 당황한 마음을 그렇게 연오에게 서운함을 토로하는 것으로 감추려 했다. 연오는 할 말이 없었다. 아버지의 병원비를 대주었다는 큰아버지의 말씀은 늘 자신을 죄인으로 만들어 버렸다. 눈물이 턱을 타고 흘러내리는 가운데 그녀는 논리적으로 따지지도 못했다.

"다음부터 그러지 마세요! 이현이한테 돈 얘기는 꺼내지도 마시라고요!"

그렇게 전화를 끊고 나자, 연오는 스스로도 속이 좋지 않아 쿠션을 끌어안고 한참을 울었다.

삐삐삐삑! 이현이 비밀번호를 누르고 문을 열었다. 어두운 집 안만큼이나 그곳을 둘러보는 그의 눈동자 역시 낮게 가라앉아 있었다. 이현은 입 안쪽의 살을 짓씹으며 집 안으로 들어섰다.

'내가 그 아이한테 네가 그 집에 돈 대준 거 말했다. 됐니?'

수희의 그 말에 이현은 치밀어 오르는 화를 간신히 눌러야만 했다. 그렇게 한남동에 들러 어머니와 한바탕 설전을 벌이고 다시 은행에 들러 돈을 대출받아 그것을 그녀에게 던지듯 가져다주고 나오자 어느덧 저녁이었다.

거실로 들어선 이현은 불도 켜지 않은 채 소파에 잠들어 있는 연오에게로 다가갔다.

"연오야, 밥 먹었어?"

연오가 부은 눈을 하고 눈꺼풀을 힘겹게 들어 올렸다. 이현이 뒤돌아 식탁을 흘깃 보고는 다시 그녀에게로 몸을 구부렸다.

"밥 먹자. 일어나."

자신 역시 하루 종일 한 끼도 챙기지 못했지만 이현은 연오가 더 걱정이 되었다. 하지만 그녀에게 닿은 손은 탁 소리와 함께 매정하게 밀려 나왔다. 이현이 조그맣게 한숨을 쉬며 말했다.

"미안해, 연오야."

"너하고 말하고 싶지 않아."

연오의 거부 반응에 이현이 다시금 조그맣게 한숨을 내쉬었다.

"어머니가 한 말 신경 쓰지 마."

그 말에 놀란 연오가 흡 하고 숨을 들이마셨다.

"어떻게 알았…… 어?"

이현은 차마 연오 앞에서 채령에 대한 이야기는 꺼낼 수가 없다. 마른침을 한 번 삼키고는 입을 열었다.

"방금 한남동 갔다 오는 길이야."

연오가 소파에서 일어나 앉더니 고개를 숙인 채 눈물을 방울방울 떨어뜨렸다. 이현은 손등으로 눈물을 닦아내는 연오가 안쓰러워 바닥에 무릎을 대고 그녀를 안아주려 손을 뻗었다.

그 손을 밀어낸 연오가 이현의 넓은 어깨를 지나쳐 일어나려 했다. 이현이 다시 연오를 앉혔다.

"뫄! 내가 안됐어? 불쌍해?"

"그렇지 않아, 연오야."

연오는 끌어안으려는 이현의 팔을 뿌리치고는 거실과 제일 가까운 옷방으로 걸어가 문을 잠갔다.

똑똑똑. 문을 두드리는 소리와 함께 이현의 목소리가 들렸다.

"연오야, 문 좀 열어봐."

똑똑똑똑.

"연오야, 화내도 좋은데 밥은 먹고 들어가. 응?"

하지만 그녀에게서는 대답이 없었다.

그렇게 꽤 긴 시간이 지났다. 연오는 불을 켜지 않은 채 옷방의 수납장에 기대 쭈그리고 앉아 있었다. 사위가 어두웠지만 무서운 생각은 들지 않았다. 이현이 옷방 문 앞에 앉아 자신의 이름을 나직이 부르는 소리가 내내 들려왔기 때문이다.

불도 켜지 않은 채 앉아 있는 것은 연오만이 아니었다. 이현 역시 거실 불을 켜지 않고 옷방 문 앞에 스르르 기대 앉아 자꾸만 가라앉는 기분을 끌어올려 보려고 노력하고 있었다. 하지만 쉽지 않았다. 그녀를 대할 때마다 느끼던 그 예전의 아쉬움이 다시 시작된 것만 같았다. 뭔가 채워지지 않는 그 안타까운 느낌은 연오를 처음 봤을 때부터 늘 이현에게 따라붙던 감정이었다. 어둠의 정적 속에서 문득 그 시절이 떠올랐다. 이현이 아련해지는 기억에 눈을 감았다.

　이현은 도서관 자신의 자리에 앉아 창밖을 내다보고 있었다.
테니스장이 내려다보이는 그곳에 의과대학의 여자아이들이 한
자리에 모여 점심 후의 간식을 즐기고 있는 모습이 눈에 들어왔
다.

　그의 눈은 유독 한 여학생에게로 향해 있었다. 남자아이들이 내
기를 건 대상이 바로 다름 아닌 저 여자아이였다. 왜 저 아이를 예
과 때는 보지 못했을까? 아마도 학과 생활에 무지하게 관심이 없
는 아이임이 틀림없었다. 왠지 저 아이를 꺾어버리고 싶었다. 자
꾸만 시선이 가는 것은 그런 이유 때문일까? 얼굴이 꼭 그녀 자신
이 들고 있는 흰 우유처럼 하얗고 보드라워 보였다. 최연오. 무의
식중에 노트에 그 이름을 적었다가 누가 볼세라 펜으로 까맣게 지
워 버렸다.

　창밖을 향한 이현의 시선은 나른한 봄날의 오후를 훑고 있는 듯
했지만 그렇게 흘깃흘깃 그 여자아이를 훔치고 있었다.

　탕! 탕! 경쾌한 테니스 공 소리가 주기적으로 울리는 가운데, 갑
자기 그 아이가 웃음을 터뜨렸다. 친구들의 농담에 무엇이 수줍은
지 손으로 입을 가린다. 그러다 자신에 대한 화제가 지나갔는지
다른 아이의 말에 또다시 귀를 기울인다. 종이곽에 꽂은 빨대를
쪽쪽 빨면서.

　저 아이도 나에 대해 알고 있을까? 문득 그것이 몹시도 궁금해
졌다. 저 아이가 마시는 우유의 맛도 갑자기 궁금해졌다. 이현의

목울대가 느리게 움직였다.

여자아이들이 자리를 털고 일어나면서 그 아이는 이현의 시야에서 사라지려 했다. 자기도 모르게 몸을 옆으로 기울여 그 아이를 바라보았다.

다른 여자애들은 자신에게 다가와 말만 잘 걸었는데 저 아이와는 한 번도 말을 섞지 못한데다 뭐가 그리도 바쁜 건지 마주치기도 힘들었다. 2년간의 예과 생활을 마치고 본과에 올라와서야 만날 수 있었다니……. 왠지 심기가 뒤틀렸다.

내기를 한 이상 도서관 체질은 아니지만 저 아이를 꺾어야 한다. 성적표의 맨 앞자리에 이름을 올리고 나면 의과대학 누구라도 자신을 알게 될 터였다. 저 아이도 마찬가지로 내 이름을 똑똑히 알게 되겠지.

이현은 여자아이들이 일어나 엉덩이를 털며 차례차례 테니스코트의 스탠드를 빠져나가는 것을 쭉 지켜보았다. 그 아이도 몸을 돌렸고, 이제는 뒤통수만 눈에 들어왔다. 짧고 단정한 그 검은 머리에 대비되는 하얀 목덜미를 내내 바라보는데 어느덧 시야에서 그 아이가 완전히 사라지려 했다.

가네, 가는구나…….

자기도 모르게 느낀 감정은 아쉬움이었다.

아쉬워. 최연오……. 최연오, 아쉬워…….

"연오야……."

이현이 어둠 속에서 연오의 이름을 나직이 불렀다. 안에서는 여전히 대답이 없다.

연오는 눈만 깜빡거리며 이현이 자신의 이름을 부르는 것을 듣고 있었다. 정적이 내려앉은 그때, 갑자기 이현의 노랫소리가 들려왔다.

"잡으려면 멀어지고 잡으려면 멀어지는…… 너는 그렇게 나비 같구나. 팔랑이는 그 날갯짓이 얄미워 너를 잡아다 가두어 버릴까. 그러면 너는 시름시름 앓다 죽어 내 마음을 찢어놓겠지? 어느 날 내게로 불현듯이 날아와……."

듣기 좋은 목소리가 그렇게 바깥에서 흘러나오고 있었다. 수납장에 기대 있던 연오가 어둠 속에서 문을 사이에 두고 지척에 앉아 있는 그를 향해 고개를 돌렸다. 여전히 듣기 좋은 그 목소리가 굳게 닫힌 문을 넘어 연오의 귓가로 흘러들어 왔다. 어쩐지 그렇게도 화가 났던 기억이 잊히고 마음이 사르르 녹는 것만 같은 기분이 들었다.

잠이 몰려왔다. 하루 종일 신경을 곤두세워 몹시도 피곤한 하루였다. 하지만 자존심 때문에 문을 열고 나갈 수는 없었다. 한기를 느끼며 연오는 옷방 수납장을 뒤적였다. 덮을 무언가를 뒤지는데 수납장 밑바닥에 낯선 감촉이 느껴졌다. 어두운 사위 속에서 연오는 딱딱한 가죽의 감촉과 네모진 모양새를 통해 그것이 다이어리라는 것을 알아챘다. 이현과 산 몇 개월, 아직도 자신의 손이 닿지 않은 그의 은밀한 물건들이 많다는 것을 느끼며 연오는 궁금증을 눌러 담고는 그것을 한쪽으로 밀어냈다. 그리고는 두툼한 옷가지를 꺼내 덮고는 그렇게 잠이 들었다. 밖에서는 이

현의 부드러운 노랫소리가 여전히 들려와 잠이 든 연오를 감싸고
있었다.

✳

　내리비추는 아침 햇살에 연오가 눈을 떠보니 이현의 벗은 상체
가 눈에 들어왔다. 그가 자신을 품에 안고 잠들어 있었다. 연오는
의아해하며 어깨에 둘러진 팔을 걷어냈다. 그에 이현이 졸린 눈을
깜빡이며 눈을 떴다.
　"일어났어?"
　"내가 왜……."
　이현이 반쯤 몸을 일으킨 연오를 잡더니 그녀의 어깨를 자신의
품 안으로 끌어당기며 말했다. 아무래도 그가 옷방 문을 열쇠로
열고 들어와 자신을 안고 다시 침실로 들어온 듯했다.
　"졸리다. 더 자자."
　자꾸만 자신을 안으려는 이현을 밀치고 연오가 일어나 밖으로
나갔다. 화는 풀렸지만 괜한 자존심에 그가 일어나도 말을 하지
말아야지, 연오는 단단히 별렀다.
　그리고는 주방에 들어가 국을 끓이기 위해 레인지 위에 육수 물
을 올려놓았다. 가장 기본적인 아침 준비를 대충 마친 뒤, 어질러
져 있을 옷방으로 향했다. 어젯밤, 어둠 속에서 옷가지들을 뒤졌
던 흔적이 고스란히 그곳에 남아 있었다. 연오가 떨어진 옷들을
주워 개키려는데 눈에 띄는 무언가가 바닥에 놓여 있었다.

'어젯밤의 그……'

천천히 다이어리를 줍던 연오는 문득 화들짝 놀라고 말았다. 자신이 잃어버렸던 그 본과 시절의 다이어리였던 것이다.

"이게 왜……?"

설마 하는 마음으로 다이어리를 펼치는데 종이는 손을 많이 탔는지 빛바래고 때가 타 있었다. 그 위를 들여다보니, 정말로 자신의 글씨체로 보이는 자그만 문자들이 새겨져 있었다. 읽어 내려간 사연들도 가물가물하지만 분명 당시 자신이 썼던 것들이 맞았다. 단지 이상한 것이 있다면 자신이 써놓은 그날그날의 이야기 밑에 누군가의 코멘트가 덧붙여져 있다는 것.

'수업을 따라가기 너무 힘들다. 내용이 버겁다기보다 3일째 잠을 제대로 자지 못했더니 정신이 너무 몽롱하다. 뭘 씹어도 맛도 안 느껴지니 먹고 싶지도 않다. 소원이 있다면 일주일 정도 실컷 잠만 잤으면 싶다'라는 문구 옆에 '이번 기말은 정말 나도 힘들었을 정도니 네 심정이 이해가 돼. 하지만 방학이 오는 건 싫어. 넌 끔찍해하겠지만 아무리 타 학과에 비해 짧은 기간이라 해도 네 얼굴 못 보는 거, 궁금하고 애가 닳아 초조해지더라. 일주일간 나도 실컷 자긴 하고 싶어. 근데 너랑 같이 자고 싶다는 게 문제겠지. 제발 피하지 좀 마라. 나는 너랑 별짓 다 하는 상상하며 하루를 마감하는데 어째 너는 얼굴에 금이라도 발랐는지 내 앞에서 뜸하기만 한 거냐? 사고치는 남자, 보고 싶지 않으면 적당히 해라. 응?'이라고 쓰여 있었다.

'이게…… 뭐야?'

연오가 멍하니 서 있다가 다음 장을 넘기려 다이어리에 손을 댈 때, 이현이 거실 밖으로 나오는 소리가 들렸다. 연오는 죄를 지은 것마냥 화들짝 놀라 황급히 다이어리를 수납장에 넣어놓고는 옷방 문을 열고 나왔다.

"잘 잤…… 어?"

연오는 다이어리의 여파로 인해 이현과 말을 섞지 않으려던 결심을 잊고 먼저 말을 건넸다. 그러다 자신을 향해 씩 개구진 웃음을 보이는 이현을 보고는 그만 아차 싶어 황급히 주방으로 몸을 돌렸다. 일부러 바지런히 할 일을 찾아 그녀가 칼과 도마를 꺼내 들었다.

화가 났다는 것을 보여주려 큰 소리로 파를 탁탁 내려치는데 뒤에서 누군가 자신을 안아온다. 연오가 몸을 비틀며 이현을 새침하게 노려보자 눈가에 잠기운을 가득 묻히고는 그가 빙긋이 웃었다.

"이제 나 쳐다보네."

"놔줘. 밥해야 돼."

"같이 하자."

그 부드러운 말투에 연오가 할 말을 잃고 눈동자를 굴리다가 못 이기는 척 그렇게 그의 품에 안겼다.

"그거 알아? 우리 결혼하고 처음으로 부부싸움한 거……."

이현의 말에 연오가 부부싸움이라는 말이 왠지 생경해 눈만 깜빡이는데 그가 말을 이었다.

"재미있다."

순간 연오가 눈살을 찌푸리자 이현이 그녀를 돌려 안으며 말했다.

"재미있어, 최연오. 진즉에 너랑 이러고 살걸."

어물쩍하긴 했지만 그렇게 화해를 하고 두 사람만의 아침 식사
가 시작되었다. 하지만 어쩐지 그녀에게서는 말이 없었다. 그러던
중 내내 침묵하던 연오가 감자국을 입안에 떠 넣으며 이현에게 지
나가듯 물었다.

"……그 노래 말이야."

이현은 머뭇거리는 연오의 분위기를 통해 그녀도 이제는 뭔가
를 눈치챘다는 것을 알았다.

"무슨 노래?"

이현은 반찬을 집는 척 짐짓 딴청을 피웠다.

"어젯밤에 부른 노래 말이야."

"……"

"혹시 무슨 사연이라도 있어?"

이현이 밥을 먹다 말고 빙긋이 웃었다.

"궁금해, 찬우유?"

그를 바라보던 연오의 눈이 흔들렸다.

"찬우유?"

이현이 식탁에서 일어나 침실로 가더니 지갑을 가지고 왔다. 그
가 그것을 연오에게 내밀었다. 연오가 이현에게 시선을 고정한 채
로 지갑을 받아 들었다.

"펴봐."

이현의 말에 연오가 지갑을 펼쳤다.

"너 신혼여행 때도 그 사진 봐놓고는 가타부타 말이 없더라."

기억이 난다. 이 지갑 속에서 보았던 그 사진 한 장……. 연오가 떨리는 손으로 이현의 주민등록증을 꺼냈다. 그리고 그 아래, 자신과 이현이 나란히 붙어 찍은 대학 때의 졸업사진을 하염없이 바라보는데 이현이 지갑을 다시 가져갔다. 그가 지갑에서 사진을 꺼내더니 다시 연오에게 내밀었다. 그에 연오가 의아해져 그를 바라보며 사진을 건네받는데 이현이 지극히 평이한 어조로 말했다.

"뒷장을 봐봐."

연오가 사진을 살며시 뒤집었다.

[잡으려면 멀어지고 잡으려면 멀어지는, 너는 그렇게 나비 같구나. 팔랑이는 그 날갯짓이 얄미워 너를 잡아다 가두어 버릴까. 그러면 너는 시름시름 앓다 죽어 내 마음을 찢어놓겠지? ─내 마음이 보이니, 찬우유?]

연오의 눈이 파르르 떨렸다.

"찬우유가……."

의자에 기대 앉아 그녀를 바라보고 있던 이현이 느릿하게 웃었다.

"너야."

어쩐지 그 웃음이 뿌옇다고 느끼는데 연오의 눈에서 눈물 한 방울이 톡 하고 떨어졌다.

✳

"큰아버지, 저 연오예요."

수화기 건너편에서 큰아버지의 민망해하는 목소리가 들려왔다.

―으응, 연오야.

"큰아버지, 죄송했어요."

수화기 건너편에서 침묵이 이어졌다.

―내가 참말로 미안타.

"아니에요, 큰아버지. 저번에 화내서 정말 죄송해요."

그 말에 큰아버지의 목소리가 눈에 띄게 밝아지는 것이 느껴졌다.

―먹고 잡은 거 있으면 말혀. 보내줄 탱게.

"항상 감사해요, 큰아버지."

그렇게 연오가 큰아버지와의 대화를 이어나가는데 밖에 나갔던 이현이 현관문을 열고 들어섰다.

"연오야, 날씨가 많이 싸늘해졌다."

이현이 현관에서 신발을 벗다 말고 수화기를 든 연오를 바라보았다. 그녀가 눈을 굴리다가 전화기를 손으로 가리고 조그맣게 말했다.

"큰아버지, 끊어요."

그에 이현이 다가와 연오에게서 전화기를 확 낚아챘다.

"백부님! 연오 아이 가졌어요."

―뭣이다냐? 연오가 애를 가져?

수화기 너머 큰아버지의 커다란 목소리를 들으며 연오가 꿍 하고 앓는 소리를 냈다. 두 남자의 긴 대화가 시작되고 있었다.

✳

삐삐삐삑! 도어락의 버튼 누르는 소리에 연오가 그만 화들짝 놀라 책을 떨어뜨렸다. 밖에서는 문을 잡아당기는 소리가 들렸다.

'이현이가 이 시간에 왜……'

연오가 책을 집어들고 얼른 식탁 위에 내려놓은 뒤 거실로 달려갔다. 병원에 볼일을 보러 간 이현이 이리 빨리 들어온 것이 의아하기만 했다.

쿵! 쿵! 문이 열리지 않는지 계속해서 문을 잡아당기는 소리가 들렸다.

"누구세요?"

"나다!"

수희였다. 그 말에 연오가 놀라 황급히 문을 열자, 그녀가 운전기사로 보이는 사람을 뒤에 끼고 서 있었다. 수희가 연오를 느릿한 듯 무심하게 한 번 훑은 뒤 진한 향수 냄새를 풍기며 안으로 걸어 들어왔다.

"이쪽으로 놔주세요."

남성이 꽤 묵직해 보이는 찬합통을 들고 주방으로 가더니 그것들을 내려놓았다.

"밖에서 기다리세요."

"네."

수희의 말에 남자가 나가고 나자, 연오가 어쩐지 기분이 서늘해져 팔을 문지르며 말했다.

"오셨…… 어요?"

"번호 바꿨구나."

"예. 결혼하고 나서 결혼식……."

"굳이 말할 필요 없다. 결혼한 자식 집, 비밀번호까지 캐는 시어미는 되고 싶지 않구나."

수희는 반찬을 가지고 잠시 들렀다 했다.

"감사해요."

"너한테서 그런 말 들으려고 반찬 해온 거 아니다. 그 음식을 내가 한 것도 아니고……."

수희가 거실에 서서 집 안을 한 번 훑더니 소파로 가 앉았다. 연오가 얼른 주방으로 갔다.

"날씨가 많이 추워졌어요."

"……."

"따뜻한 거 뭐라도……."

연오가 냉장고 문을 열 때였다.

"이현이가 얼마 전에 집에 와서 불같이 화를 내더구나. 네가 시킨 거냐?"

그녀의 말에 연오가 냉장고 문을 열고 멍하니 서 있었다. 찬 공기를 맞으며 서 있던 연오가 멍청하게 다시 냉장고 문을 닫았다. 연오의 눈에 느릿느릿하게 자신을 향해 걸어오는 수희의 모습이 보였다. 수희가 식탁 근처에서 멈추더니 한 손을 의자에 얹었다.

그녀가 의자를 끌어다 앉으며 말을 이었다.

"이현이가 나를 싫어한다는 것을 알고는 있다. 그래도 그렇지, 대체 그 아이에게 무슨 말을 했기에 그 아이가 나를 이리 대하는 것이냐?"

"어머니……."

멀거니 서 있는 연오에게 수희가 일어서며 반찬통의 보자기를 끌렀다.

"임신했다는 얘기는 들었다. 산모한테 좋은 걸로 몇 가지 싸왔으니 챙겨 먹어라."

그 순간 연오는 마음이 찡해지는 것을 느꼈다. 자신이 아이를 가졌다고 해서 챙겨줄 사람이 몇이나 되겠는가? 부모도 없는 자신의 처지를 생각하자, 연오는 수희가 한없이 감사하게 느껴졌다. 그만 눈물이 핑 돌았다.

"이제 가마."

수희가 돌아서려 했다. 연오가 그녀를 조심스레 불렀다.

"어머니."

수희가 연오의 얼굴을 바라보다 멈칫했다.

"너, 우니?"

연오가 활짝 웃었다.

"아니에요, 어머니."

얼른 눈물을 닦아내고 연오는 억지로 입꼬리를 끌어올렸다. 그리고는 수희에게 마음을 다해 고개를 숙였다.

"어머니, 감사해요."

"뭐, 뭘 말이냐?"

"그냥, 이런저런 것들이요."

수희가 눈을 깜빡이더니 이런 분위기가 불편하고 낯선 듯 연오의 얼굴을 부루퉁한 표정으로 바라보다가 어색하게 입을 열었다.

"새삼스럽구나."

그런 수희를 바라보는 연오의 얼굴에 미소가 걸렸다.

"어머니한테 그러지 마, 이현아."

차를 타고 시댁으로 향하며 연오가 이현에게 넌지시 말을 꺼냈다.

이현은 어린 시절부터 아버지와 어머니의 갈등을 보고 자랐고, 그 싸움의 유발자가 다른 아닌 어머니라고 생각하고 있었다. 연오도 눈치상 다는 몰라도 이현과 시어머니와의 어그러진 관계는 대충 알고 있었다.

"어머니도 속이 좋지 않으실 거야, 네가 그러면⋯⋯."

그제야 이현의 굳은 턱선이 조금은 풀어지는 듯했다. 덩달아 안타깝게 좁혀져 있던 연오의 고운 미간도 풀리기 시작했다. 그것을 룸미러로 확인한 이현이 결국 연오를 보며 졌다는 듯 웃어 보였다.

"저희들 왔습니다."

이현과 연오가 문을 열고 들어가자 석우가 그 어느 때보다도 연오를 반겼다.

"새아기 왔구나. 그래, 몸은 좀 어떠니?"

"좋아요."

"얼마나 됐지?"

석우의 물음에 이현이 대답했다.

"17주요."

"그래, 시험 보는 데 불편하지는 않더냐?"

연오가 따뜻한 시아버지의 말에 활짝 웃어 보였다.

"그런 거 없었어요."

"애썼다."

석우가 연오의 손을 잡고 톡톡 두드린 뒤 이현의 어깨에 손을 얹으며 말했다.

"너도 수고가 많았어. 그래, 앞으로의 계획이 어떻게……."

그때 수희가 주방에서 무표정한 얼굴로 슬리퍼를 끌며 나타났다. 어쩐지 아이같이 토라진 듯한 그 얼굴을 보던 이현이 그녀에게 환하게 웃으며 다가갔다.

"배고픈데 지금 밥 먹을 수 있을까요?"

수희가 사근사근한 이현의 태도에 멍하게 눈을 깜빡이며 그를 바라보다가 이내 표정을 풀며 다소 어색하게 말했다.

"이리로 오너라."

그 모습을 연오가 뒤에서 흐뭇하게 바라보았다.

가족들 사이에서 겉도는 수희에 대한 이현의 배려는 거기서 끝나지 않았다. 식탁에 앉아 이현 쪽으로 반찬들을 미는 수희를 보며 이현은 내내 활짝 웃어 보였다. 그리고는 사이드 접시에 맛깔스런 반찬들을 집어다가 오히려 그녀에게 내밀곤 했다. 그 모습이 어색했던지 석우도 헛기침을 하고 있었다. 갑자기 수희가 자리에서 벌떡 일어나더니 뒤돌아 나갔다. 눈물을 보이는 어머니에게로 이현이 일어나 따라 나갔다.

수희가 거실 유리창에 서서 소매로 눈물을 찍어내고 있었다. 다가오는 이현의 기척을 느낀 수희가 오랜 세월의 힘인 듯 담담하게 물었다.

"내가 밉지 않니?"

"……이제는 아니에요."

그 말에 수희가 천천히 뒤돌아섰다.

"넌 마치 내 속에서 낳은 자식이 아닌 것처럼 모든 게 너무도 훌륭했지. 기대에 어긋난 애미의 모습만 보인 것 같아 미안하구나. 항상 이 말이 하고 싶었다."

그 말에 이현이 수희에게 다가가 웃으며 안아주었다.

"……새아기가 시키던?"

수희의 말에 이현이 쿡 하고 웃자, 그녀가 잠시 아들을 흘기다가 따라 웃음을 터뜨렸다.

"맹랑한 것!"

식사를 마치고 연오가 주방에서 뒷마무리를 하려고 일어섰다.

"앉아 있어라. 홀몸도 아닌데……."

"하지 마, 연오야."

수희의 말을 옆에서 이현이 거들었다. 연오가 웃으며 그녀에게 싹싹하게 대답했다.

"이 정도는 움직여도 돼요."

수희가 잠시 뜸을 들이다가 고개를 살짝 끄덕였다. 석우와 이현은 거실로 가고 주방의 메이드들 틈 속에 남은 연오는 그릇들을 싱크대로 날랐다. 그녀는 그 어느 때보다 편안함을 느끼며 일을 했다. 연오가 기름이 묻은 접시와 그렇지 않은 접시를 분리하고 있을 때 수희가 다가와 연오의 곁에 섰다.

"내가 한 번도 말한 적 없는 나하고 네 시아버지와의 결혼 생활…… 들려줄까?"

조용한 음성이었다. 연오가 물끄러미 물에 손을 씻는 수희를 바라보았다.

"난 이현이 아버지를 열여섯에 만났더랬다. 그 집 가정부의 딸이었지. 지금은 가정부라는 말을 잘 쓰지 않지만 그때 당시 웬만큼 사는 집들은 가정부라고 불리는 입주 도우미들을 데리고 같이 살았어. 처음 만났을 때 이현 아버지는 내 눈에 동화 속 왕자님 같았다. 그에게 예쁘고 똑똑한 약혼녀가 있었음에도 난 이현 아버지에게로 향하는 시선을 멈출 수가 없었지. 제법 예쁘다는 소리를 들어왔던지라 그런 자신감이 생겼던 걸 거야. 지금 생각해 보면 미친 짓이지만. 스무 살에 이현 아버지를 꼬여서 이현이를 가졌다. 결혼 생활이 어땠을 것 같니?"

연오가 할 말이 없어 조용히 고개를 내릴 때였다.

"이현 아버지를 위해 해줄 수 있는 게 아무것도 없었지. 난 무력했어."

연오가 조용히 마른침을 삼켰다. 수희의 말이 이어졌다.

"너는 그러지 않았으면, 진정 행복을 찾았으면 하고 이제는 바란다."

수희의 그 말이 연오의 가슴에 콕 들어와 박혔다. 연오가 겨울에 내리는 햇살처럼 은은한 미소를 수희에게 되돌려 보냈다.

시험이 끝나고 한가한 어느 오후, 둘은 시내 외곽을 돌다가 한정식 집에서 밥을 먹었다. 그리고 자연스럽게 다니던 학교 근처로 차를 몰았다. 경수와 약속을 한 터라 이현은 학교 다닐 때 자주 드나들던 생맥주 집으로 향하는 길이었다. 오늘은 연오를 데리고 경수와 어울릴 생각이었다.

연오와 이현이 먼저 생맥주 집에 자리를 잡고 앉았다. 그녀가 한사코 말렸음에도 이현은 연오의 맞은편이 아닌 옆에 자리를 잡고 앉아 어두운 조명 아래 그녀의 뺨을 지분거렸다. 그렇게 두 사람만의 시간에 빠져들고 있을 때 경수의 목소리가 들려왔다.

"야! 니들 바람피우는 것 같다."

연오가 화들짝 놀라 뒤로 물러났지만 이현은 태평하게 몸을 돌려 경수를 맞았다.

"바람이라니? 정식 부부한테……."

경수가 두 사람의 맞은편에 앉으며 춥다며 진저리를 치더니 이현을 향해 핀잔을 주었다.

"밖에 나와서 애정 행각 벌이는 사람들치고 부부인 사람 없대잖냐? 그게 아니면 니들은 정말 늦게 불붙은 거고."

연오는 달아오르는 뺨을 가리며 애써 웃음을 보였다.

"어? 최연오, 벌써 취했어?"

경수는 연오의 임신 사실을 아직 모르고 있었다.

"아니, 왜?"

"너 취하면 항상 웃잖아, 벙실벙실."

경수의 말에 연오가 고개를 갸웃했다.

"너하고 술 마신 적이 없는 것 같은데 내 술버릇을 어떻게 알아?"

그 말에 경수가 푸핫 하고 웃으며 맥주를 들이켰다.

"야! 말도 마라. 강이현이 대놓고 안 쫓아다녀서 그렇지 실제로는 너 거의 스토킹당한 거나 다름없어."

그 말에 연오가 눈을 동그랗게 뜨고 이현을 쳐다보았다. 이현의 미소가 맥주잔에 가려져 버렸다. 연오의 시선을 회피하며 꿀꺽꿀꺽 술을 마시는 이현 대신 경수가 입을 열었다.

"강이현이 학교 다닐 때 너 싫어하는 척, 관심없는 척하면서 만날 술 마시면 네 얘기 했잖아. 애들 거의 대부분 강이현 앞에서는 말도 못하고 속으로 으이구, 저 화상 또 시작했구나, 이렇게 생각했을걸?"

뜻밖의 말에 연오가 어떤 반응을 보여야 할지 몰라 눈만 깜빡였다.

"그만해라."

어색한 이야기에 이현은 일어나서 화장실로 향했다. 경수가 갑자기 집게손가락으로 연오를 콕 찍어 가리켰다.

"찬우유!"

그 말에 연오의 눈매가 예쁘게 곡선을 그렸다.

"왜? 경수야."

"어라? 너 이제 아는구나."

연오가 미소를 지으며 고개를 끄덕였다. 경수가 안주를 집어먹으며 쿡쿡 웃었다. 연오는 이현의 전공서적에 쓰여 있던 문구를 생각하며 아직도 풀리지 않은 의문에 경수에게 물었다.

"단순히 자음 때문에 내가 찬우유가 된 거야?"

"그건 아니고, 강이현이 노트에다가 'ㅊ ㅇ ㅇ'라고 써놓은 것을 어느 날 애들이 이현이 오피스텔에 놀러 갔다가 본 거야. 애들이 이게 뭐냐고 물으니까 이현이가 찬 우유라고 대답하더라. 애들이 수업 받다가 찬 우유가 먹고 싶었던 거냐고 묻는데, 그날부터 이현이 자식이 걸핏하면 진짜로 찬 우유를 찾아대는 거야. 안 어울리게 웬 우유를 빨고 있냐고 물으면 하얗고 보드랍고 차갑고 어쩌고 하는데 어찌나 웃음이 나는지……. 아무튼 그래서 최연오 네가 찬우유라는 거 아니냐? 그런 게 죄다 너에 대한 묘사라는 걸 알고도 모른 척해준 이 몸도 생각해 보면 참 장하다, 장해! 아참! 처음에 웃겼던 게 뭔지 알아? 나는 그 자음이 너를 의미한다는 걸 대번에 눈치챘어. 다른 애들은 아니었지만. 근데 그 4차원 준우

녀석이 대뜸 그 자리에서 너 아니냐고 물었더랬지. 이현이가 단번에 아니라고 잘라 말했지만. 준우, 그 녀석 하여간 미스터리야."

경수는 뭐가 그리도 웃긴지 낄낄거리는데 연오는 어쩐지 마음이 아려와 마음 한 켠이 알싸해졌다. 그때 이현이 돌아왔다.

"무슨 얘기야?"

연오는 자신의 옆자리에 앉는 이현을 새삼스런 눈빛으로 말없이 훑었다. 그에 이현이 연오에게 다정하게 웃어 보이며 물었다.

"왜 그래, 연오야?"

연오가 웃음을 지그시 깨물고 고개만 절레절레 저었다. 이현보다 배로 술을 들이켜던 경수만이 혼자 취해 떠들 뿐이었다.

"사실 나도…… 너한테 관심있었어. 이현이가 널 마음에 품었다는 걸 알고 접어야 했지만."

"김경수, 취했다."

이현이 경수에 대한 걱정으로 얼굴을 찌푸리며 말했다.

"취했나?"

"그래, 그만 가자."

이현이 경수의 팔을 잡자, 경수가 일어서며 연오를 향해 말했다.

"아! 가기 전에! 이 말은 꼭 해야겠다. 너 본과 1학년 때 소개팅 말이야. 그거 기억나?"

어떻게 그 사건을 잊을 수 있을까? 이현에게 자신의 마음이 짓

밟혔다고 생각한 그날을. 연오가 경수를 올려다보았다.

"강이현이 너 좋아하는 거 아닌가 하는 생각이 들 무렵이었지. 그래서 내가 강이현 마음 떠보려고 민호 형한테 너 소개시켜 줄 수 있냐고 물었어. 이현이가 난처했을 거야. 결국 너 그 형한테 소개시켜 주고 이현이 그날 아무것도 못하더라. 너 거기 가 있는 동안 시계만 힐끔거리던 이현이가, 그 모습이 정말 생각나."

"자식이 쓸데없는 소리를 해!"

이현이 경수를 부축하며 데리고 나갔다. 연오는 목구멍까지 차오르는 묵직한 느낌을 참으려고 애써 침을 삼켰다. 하지만 눈물이 볼을 타고 흘러내리는 것을 어쩌지 못했다.

대리운전을 불러 경수를 실어 보내고 이현이 돌아섰다.

"우리도 가야지."

그 말이 끝나자마자 연오가 이현의 셔츠 깃을 두 손으로 잡아 이현을 끌어당기더니 키스를 해왔다. 단순한 입맞춤이 아니었다. 연오의 수줍은 혀가 이현의 입안으로 들어오자 이현의 눈이 크게 뜨였다. 하지만 이내 이현이 연오의 허리를 으스러지도록 끌어안았고 그녀의 입안을 열렬히 빨아들였다. 이현의 노련한 혀와 연오의 수줍은 혀가 엇박으로 만났지만 두 사람 사이의 열기는 몹시도 뜨거웠다.

빠빵. 어두운 길가에 위태롭게 서서 키스하는 연인을 보고 차들이 오가며 경적을 울렸다.

"모텔 많잖아, 이것들아! 길가상에서 뭐 하는 짓들이야!"

그 말에 이현이 입술을 떼자 연오가 이현의 셔츠 끝자락을 붙잡고 골목길로 이끌었다. 이현이 감출 수 없는 웃음을 매달고 연오에게 끌려가며 물었다.

"최연오, 술도 안 마셨는데 왜 그래? 지금 나 유혹하는 거야?"

연오가 고개를 절레절레 저었다. 자세히 보니 연오의 눈썹이 八 자를 그린 것이 꼭 울 것만 같았다. 덩달아 이현도 심각해져 그녀의 그렁그렁한 눈을 쳐다보았다.

"왜 그래, 연오야? 무슨 일이야?"

그 물음에도 연오는 말없이 이현의 목에 팔을 감고는 그의 입술을 찾았다. 이현이 안 되겠다 싶어 연오의 팔을 풀어 끌어내리고는 눈높이를 낮춰 그녀와 얼굴을 마주했다.

"무슨 일이야?"

이현이 다정하게 연오의 머리칼을 쓸며 물었다. 그녀의 눈에서 한줄기 눈물이 흘러내렸다.

"……그때 왜 나를 거절한 거야?"

연오는 먼 길을 돌아 맺어진 이현과의 인연에 그만 목이 메었다. 그 물음에 이현이 숨을 들이켰다.

"그거 물어보려고 그런 거였어?"

이현이 이내 다정하게 웃으며 연오의 이마에 자신의 이마를 갖다 대며 웃었다.

"말해줘, 궁금해."

그에 이현이 멈칫했다. 고개 숙인 연오를 따라 이현이 더 고개를 숙이며 연오와 눈 맞춤을 시도했다.

"그냥 어느 바보의 치기였지, 뭐."

미소를 짓는 이현의 눈동자가 어딘지 모르게 애틋하고 슬펐다.

연오가 까치발을 하고 이현의 목에 손을 다시 감으며 그의 입술을 머금었다.

어두운 골목길을 간간이 비추는 자동차의 불빛이 두 연인을 감쌌다.

4장
우유 패밀리

"슨상님요! 그라지 말고 나 주사 한 대만 놔주이소!"

주름이 자글자글한 할머니가 이현 앞에서 자꾸만 주사 한 대를 놔달라고 떼를 부렸다. 허리가 90도로 휜 할머니는 무릎을 짚어가며 다른 할머니들을 훑었다. 같이 온 할머니에게 감기 주사를 놔주었더니 그것을 지켜보다 왜 자신은 주사를 놔주지 않느냐며 할머니가 따지는 중이었다.

할머니에게 주사를 놔주고 나면 줄줄이 같이 오신 할머니들이 자신들도 주사를 놔달라고 할 게 분명했다. 난감해진 이현이 볼을 긁적이더니 고심 끝에 책상에서 비타민제를 꺼냈다. 그리고는 할머니의 손을 잡고 보건소의 저 뒤편으로 이끌었다.

"할머니, 이건 특별 영양제인데요, 먹으면 힘이 나실 거예요.

아! 다른 할머니들께는 절대 비밀로 하셔야 해요."

그제야 순박한 이 시골 노인의 눈에 기쁨이 들어차는 것이 보였다.

"근데 요것이 얼마요?"

허리춤에서 쌈짓돈을 꺼내려는 할머니의 손을 이현이 잡으며 허리를 숙였다.

"그냥 드리는 거예요. 드시고 건강해지시라고요."

그에 할머니가 얼마 없는 치아를 드러내며 활짝 웃더니 연신 고맙습니데이를 연발했다. 그리고는 공이 진 손마디로 이현의 등을 쓰다듬었다.

그렇게 우여곡절 끝에 할머니들에게 손을 흔들며 이현은 오전 일과를 마무리 지었다. 건물 안으로 들어선 이현은 파리가 날리는 시골의 보건소 내부를 둘러보며 자리에 앉았다. 책상 위의 조그만 액자 안에는 연오가 웃고 있었다.

이현이 습관처럼 사진을 매만지며 마주 웃다가 참지 못하고 연오에게 전화를 걸었다. 수신음이 흐르다가 이윽고 그녀가 전화를 받았다.

─응, 나야.

"뭐 하고 있었어?"

─지금 점심 준비 중이야. 금방 갈게.

"힘들잖아. 오지 말라니까."

─아니야. 조금만 기다려.

전화가 끊기고 이현은 아무래도 연오가 걱정되었다. 집과의 거리는 자전거를 타고 불과 5분 거리.

"저 잠깐만 나갔다 올게요."

하얀 가운을 벗으며 보건소 직원인 중년 여성에게 이현이 인사를 하고 나왔다. 자전거를 끌고 나가는 이현의 뒤로 〈봉화보건지소〉라는 명패가 보였다.

이현이 이곳에 온 지도 4개월. 공중보건의로서 지게 되는 의무를 이현은 일부러 한적한 시골 마을로 지망했다. 기실 신체급수가 좋은 그였기에 군병원이나 시골의 종합병원으로 가는 것이 맞았지만 이현은 이곳을 강력하게 원했기에 아버지의 힘을 빌린 뒤에야 자신이 소망했던 한적한 시골 마을로 공보의 생활을 하러 올 수 있었다.

탈탈거리는 자전거를 타고 비포장도로를 지나가다 보니 마을 어르신들이 이현을 알아보고 인사를 해왔다.

"선생님요, 어데 가십니꺼?"

"집에 잠깐 점심 먹으러 가요."

이현은 일일이 동네 사람들에게 인사를 하며 마을 어귀를 돌았다. 넓은 논 위에는 아직은 덜 여문 푸른 벼들이 펼쳐져 있었고 한쪽에는 복숭아가 탐스럽게 여물어갔다. 그 사잇길을 지나며 이현은 점점 뜨거워지는 태양볕에 농민들이 힘들겠다는 생각을 했다. 문득 집에 두고 온 아내 생각도 났다.

'연오도 날씨 더워지는데 힘들겠다.'

안쓰러움과 사랑스러움이 동시에 지나갔다. 그때 멀리서 연오가 손에 보자기를 들고 걸어오는 것이 보였다. 이현의 미간이 절로 찌푸려졌다. 그가 자전거 페달에 힘을 실었다.

"내가 나오지 말라고 했지?"

"아직은 괜찮아."

뜨거운 햇살이 눈이 부신지 연오가 손으로 얼굴을 가리고는 자전거에 앉은 이현을 바라보았다. 이현이 자전거에서 내려와 연오 옆에 섰다. 부푼 배를 안고 자전거를 타고 가기에는 연오가 꽤나 힘들 것이었다.

"더우면 먼저 가."

연오가 그리 말하며 이현의 손에 보자기를 들려주자 이현이 눈을 크게 떴다.

"그걸 말이라고 하냐, 최연오?"

더울 테니 자신더러 먼저 자전거를 타고 가라는 연오의 말에 이현이 미간을 심하게 찌푸렸다.

"너, 덥잖아."

"괜찮아. 그리고 이제 너라고 부르지 마. 알려준 호칭 있잖아."

그 말에 연오가 웃음을 배어 물었다.

"내가 왜 너한테 오빠라고 해야 하는데?"

"나 4월생이고 너 11월생이잖아. 너 뱃속에서 꼬리 흔들면서 헤엄치고 있을 때 이 몸은 이미 사람이었어."

"말도 안 돼. 그런 억지가 어디 있어?"

그에 이현이 여자 흉내를 내며 계속 고집을 부렸다.

"어우, 야! 오빠 소리 한 번만 들어보자."

"치! 하는 짓을 보니 네가 나한테 언니라고 해야겠다."

자전거를 끌고 가던 이현이 큰 소리로 웃음을 터뜨렸다. 그 웃음소리에 밭두렁에서 새참을 드시던 마을 이장이 고개를 들어 두 사람을 쳐다보았다.

"슨상님! 보기 좋습니데이!"

"감사합니다, 어르신."

이현이 고개를 숙이며 인사했고, 연오도 따라 인사했다. 자전거를 옆에 끌고 논밭 길을 걸어가는 두 사람의 모습이 농촌 풍경 속에 자연스레 스며들었다.

얼마 가지 않아 두 사람의 시야에 예쁘고 아담한 집 하나가 들어왔다. 조그만 텃밭이 있고 외벽 마감재가 원목으로 된 이 집은 이현이 공보의로 발령이 나면서 마련한 집이었다.

"다 왔다."

연오의 손을 잡고 집으로 들어서자마자 몸을 구부려 이현이 연오를 안았다. 그녀의 부푼 배가 이현의 복부를 눌러왔다. 그 느낌이 좋아 이현은 종종 이렇게 연오를 안아보곤 했다.

"엄마랑 잘 놀았어?"

이현이 연오의 배를 문지르며 말하자, 그 순간 연오의 배가 꿈틀했다. 이현이 연오를 올려다보며 웃었다.

"우리 아들 녀석은 참 말도 잘 들어. 아빠가 물어보면 바로 대답도 해주고."

그때 이현의 휴대폰이 울렸다. 액정을 확인해 보니 경수였다. 그의 경우 서울에서 공보의 생활을 하고 있었다.

"어, 왜?"

—야! 이번 주말에 애들이 니네 집으로 놀러 가자는데 가도 되나?

이현이 수화기를 떼고 연오를 힐끗 보았다.

"연오야, 애들 온다는데 어떻게 할까?"

연오가 보자기를 풀며 고개를 끄덕였다.

"와라!"

—와! 강이현, 일일이 연오한테 허락받냐? 완전 잡혀 사네.

"시끄러! 자식아."

수화기 너머 경수의 낄낄거리는 웃음소리를 들으며 이현은 전화를 끊었다.

"배고프지? 얼른 와서 먹어."

연오를 따라 식탁으로 다가가 찬합을 바라보자, 각종 밑반찬과 방금 한 마늘종조림, 된장국이 이현의 식욕을 자극해 왔다.

"맛있겠다."

의자에 앉으며 이현이 숟가락을 들었다. 그런 모습을 연오가 흐뭇하게 바라보고 서 있자 이현이 연오에게 얼른 숟가락을 건넸다.

"먹자, 연오야."

연오가 맞은편 의자를 빼내 이현 앞에 앉았다.

"너, 내가 그렇게 좋냐?"

연오가 숟가락으로 밥을 뜨는 이현의 얼굴을 턱을 괴고 바라보자, 이현이 씩 웃으며 묻는다.

"피!"

새침하게 고개를 돌리는 연오의 모습에 이현이 흐뭇하게 웃음을 지었다.

"어! 이거 언제 담은 거야?"

이현이 젓가락으로 무말랭이무침을 들어 보이자 연오가 빙긋이 웃었다.

"지난번에 어머님 오셨을 때 가져다주신 거야."

"아, 그때?"

이현이 된장국을 뜨며 이어 물었다.

"근데 어머니가 무슨 말씀 하신 거야? 주방에서 한참 얘기했었잖아."

"어, 애기 낳을 때 여기 와 계시면 안 되냐고 물으시더라."

"뭐라고 했어?"

"뭐라고 하긴, 감사하다고 했지."

수희와의 사이를 이렇게 부드럽게 만든 것은 전적으로 연오의 힘이 컸다.

이현이 반찬을 집어 입으로 가져가는 연오를 새삼 사랑스럽게 쳐다보았다.

"여기 와서 힘든 거 없어, 연오야?"

일부러 시골에 가기를 희망한 이현이었다. 연오와 단둘이서 인생에 다시 찾아오지 않을 조용하고 평화로운 시간을 가지고 싶었던 때문이다. 연오는 이곳에 와서 뇌 회백질에 관한 새로운 연구 논문을 준비 중이었다. 그렇지 않았더라면 아마도 그녀의 경력을 고려해 수도권에서 공보의 생활을 했을 것이었다. 하지만 연오는 이곳에 오기 전 수술에 회의를 느끼고 있다는 그녀의 속내를 넌지

시 비춰왔고, 이현은 고심 끝에 그녀에게 현대의학의 미개척 분야
인 뇌에 대한 연구를 해보는 것이 어떠냐는 제안을 했더랬다. 그
때 그녀가 얼마나 활짝 웃었는지 이현은 아직도 생생히 기억하고
있다.

"힘든 거? 글쎄⋯⋯."

'너랑 있어서 행복해, 이현아.'

연오는 낯간지러운 그 말을 속으로 삼키며 배시시 웃어 보였다.
이현의 얼굴에 더욱 미안한 표정이 떠올랐다. 힘든 게 왜 없겠는
가? 늘 누려오던 문화적인 혜택도 덜 받고 친구들도 제때 보지 못
하는데. 사실 연오의 공부야 어디에서 하든 상관없는 일 아닌가.
이현은 자신의 이기심에 동참해 준 연오에게 감사하고 또 미안했
다.

✳

이현은 마을 어귀에 차를 세워놓고 동기들을 기다리고 있었다.
잠시 뒤 경운기 두 대가 털털거리는 소리와 함께 흙먼지를 일으키
며 이현 앞에 섰다. 동기들이 그를 발견하고는 떨떠름한 표정으로
경운기의 뒷좌석(?)에서 내렸다.

"슨상님 찾으신다고 하길래⋯⋯."

아무래도 마을 어르신 두 분이 길을 묻는 동기들을 입구까지 태
워다 주신 모양이었다.

"감사합니다, 어르신."

"감사는 무슨……. 친구 분들입니꺼?"

"네, 제 친구들입니다. 야! 인사드려."

이현의 말에 동기들이 일제히 머리를 숙이자 어르신이 쓰고 계시던 모자를 벗으며 마주 인사했다.

"재밌게 놀다 가이소!"

경운기가 사라지자 동기들이 이현의 차에 구겨지듯 올라탔다. 다 타지 못한 친구들을 배려해 이현이 외쳤다.

"얼마 안 머니까 걸어와!"

"와! 무슨 손님 접대를 이따위로 하는 거야?"

그 말에 이현이 피식 웃으며 핸들을 잡았다. 얌체같이 편한 보조석을 꿰찬 경수가 이현을 향해 투덜거렸다.

"너는 와도 꼭 이런 데를 와서 사람 오도 가도 못하게 하냐? 읍내에서부터 길 찾느라 죽을 뻔했다. 여기까지 꽁꽁 숨은 이유가 대체 뭐야?"

"시끄러, 자식아!"

이현이 천천히 액셀러레이터를 밟으며 비포장도로를 지나자 뒤에 서서 따라오던 친구들이 이현의 차를 쏘아보며 손으로 날리는 먼지를 휘휘 쳐내거나 콜록거렸다. 그 모습에 뒤에 탄 4차원 까불이 준우가 키득거리며 웃어댔다.

어느덧 집에 도착하자 정원에 나와 있던 연오가 친구들을 향해 손을 흔들었다. 그 모습에 이를 악무느라 이현의 턱선이 꿈틀거렸다. 차를 주차하기도 전에 이현이 문을 열고 나오더니 연오에게 다가갔다.

"최연오! 날씨 더운데 왜 나와 있는 거야? 얼른 들어가."

"애들 온다는데 마중은 나와봐야……."

"얼른 들어가라니까!"

그 모습을 차 안의 경수가 보고는 끌끌 혀를 찼다. 이현이 다시 차로 되돌아와 집 앞에 제대로 주차를 해놓기까지, 그 과정을 경수를 비롯한 동기들이 입을 벌리고 빤히 쳐다보았다.

그러거나 말거나 차에서 내린 이현이 친구들을 향해 외쳤다.

"집에 들어가기 전에 너희들에게 할 말이 있어. 일단 거친 말이나 욕은 안 돼! 저녁 늦게까지 놀겠다고 진상 부리면 가차없이 내쫓는다. 술은 조금만 마실 것! 알겠어?"

술을 조금만 마시라는 이현의 말을 들은 성일이 조그맣게 중얼거렸다.

"미쳤구만, 미쳤어."

성일과 비슷하게 떨떠름한 표정을 짓고 있는 동기들이었지만 친구의 행복해 보이는 모습에 한편으로 그들은 흐뭇한 미소가 지어지는 것을 어쩌지 못했다. 이현을 따라 집 안으로 들어서자 연오가 부푼 배를 안고 환하게 웃으며 그들을 맞았다.

"어서 와!"

이현은 오랜만에 친구들을 보아서도 그렇지만 연오가 활짝 웃는 모습에 덩달아 기분이 좋아졌다. 그때 연오에게 향하는 하경을 제치고 준우가 허리를 숙여 연오의 배에다 대고 뭔가를 말하려 했다. 그 모습에 연오가 흠칫 놀랐다가 이내 어깨를 떨어트리며 긴장을 풀었다.

"이런 미친……."

준우의 목덜미를 거칠게 잡으며 이현이 욕설을 내뱉으려다 꿀꺽 삼키자 동기들이 저마다 웃음을 터뜨렸다. 하경이 다가와 그제야 연오를 얼싸안고 좋아했다.

"보고 싶었어, 최연오!"

연오가 활짝 웃으며 하경을 끌어안았다. 다른 동기들이 그 모습을 흐뭇하게 바라보다 시선을 돌렸다. 이현과 연오의 작고 예쁜 보금자리를 훑어보는 그들에게 이현이 말했다.

"집 안 무너지니까 앉아라."

그 말을 끝으로 이현이 부지런하게 움직이기 시작했다. 연오가 다가가 컵을 나르는 이현을 도와주려 했지만 이현이 연오를 말리며 소파로 데려갔다. 결국 연오는 하경과 함께 소파에 앉아 있을 수 있었다.

"내 결혼식 이후로 우리가 만난 게 얼마만이냐?"

"3개월 지난 것 같아."

하경은 연애하던 성형외과 의사와 결국 결혼에 골인했다. 하경의 물음에 연오가 날짜를 세며 말했다.

"세상에나! 그렇게나 됐어? 너 여기로 오니까 자주 못 봐서 안 좋은 것 같아. 애 낳고 나면 이현이한테 근무지 변경하라고 조르면 안 되냐?"

연오가 그 말에 미안한 듯 입술을 깨물자 송희가 끼어들었다.

"놔둬라! 얘들 딱 보면 모르겠냐? 이건 뭐 완전히 사랑의 밀월여행이지."

다들 한차례 웃음을 터뜨렸고 정은이 연오의 길어진 머리를 보며 물었다.

"머리는 언제부터 기른 거야?"

"응……. 꽤 된 것 같아."

"너, 머리 기르니까 되게 분위기 있어 보인다. 커트 때도 이쁘긴 했는데 머리 긴 것도 진짜 예쁜데?"

그때 이현이 주방에서 걸어나오며 말했다.

"내가 기르라고 한 거야."

시원한 오미자차를 꿀꺽꿀꺽 삼키던 경수가 컵에서 입을 떼더니 큰 소리로 물었다.

"왜?"

그 말에 이현의 눈동자가 잠시 연오에게 머무르자 그녀가 얼굴을 붉혔다. 손가락에서 빠져나가는 그녀의 머릿결을 더 느껴보고 싶다며 이현이 자신에게 머리를 기르라고 꼬이던 기억이 났다.

두 사람을 번갈아 바라보던 경수가 키득거렸다.

"저 자식의 판타지가 이런 식으로 실현이 되냐?"

경수의 웃음에 동기들도 따라 키득거리자 이현이 잠시 연오의 배를 바라보고는 욕설을 꾹 참아냈다. 그러거나 말거나 경수는 신이 나서 떠들어댔다.

"솔직히 이런 시골에 내려와서 연오 데리고 사는 것도 조금 의심스럽지 않냐?"

그 후 성적인 농담이 오가자, 이현이 앉아 있는 경수에게로 발길질을 한 번 한 뒤 얼굴을 붉히고 있는 연오에게 다가가 그녀의 귀를 막았다.

"듣지 마, 연오야."

그 모습에 남철이 농담을 보탰다.

"연오야, 진짜 미안하다. 우리 봐봤자 태교에 도움이 하나도 안 되겠지만, 오늘만큼은 네가 참아줘라."

준우도 끼어들었다.

"근데 우윳빛깔 최연오 양은 살도 안 쪘네. 신랑이 잘 못해주나?"

연오가 웃음을 간신히 참으며 손을 저었다.

"우윳빛깔 최연오, 진짜 오랜만에 듣는다. 그나저나 준우 저 녀석은 진짜 신기해. 우리는 찬우유가 연오라는 걸 나중에 알았는데 준우 저 자식은 이현이 노트 한 번 보더니 대번에 최연오라고 했잖아. 그 뒤부터 연오만 보면 우윳빛깔 최연오를 외쳐 댔고!"

그 말에 준우가 자랑하듯 어깨를 으쓱으쓱 거리자 또 다른 동기가 물었다.

"넌 어떻게 알았냐?"

준우가 잠시 뜸을 들이더니 연오 옆에서 팔을 두르고 앉은 이현을 바라보았다.

"약리학 시간에 니들 생쥐 없어졌던 거 생각나?"

동기들이 일제히 고개를 끄덕였다.

"알지, 그 사건! 천하의 강이현이 생쥐 놔준 거 알고 쇼크도 그런 쇼크가 없었다."

"그거 최연오가 놔준 거야. 근데 강이현이 덤터기 썼지."

그 말에 이현이 눈을 동그랗게 뜨며 준우에게로 몸을 기울였다.

"어! 너, 그거 어떻게 알았어?"

"연오가 화단에서 생쥐 놔주면서 너랑 뭐라 그러는 걸 내가 봤지."

친구들이 준우의 말에 이현에게로 시선을 돌리자 이현이 들켰다는 표정으로 눈가를 가리고 쿡쿡 웃었다. 아이들이 신기한 표정으로 이현을 보자 연오가 준우의 말에 힘을 싣듯 입을 열었다.

"지금 와서 말하는데, 생쥐 없어진 거…… 내가 그런 거였어."

연오가 쭈뼛거리며 고백하자 이현이 끼어들었다.

"네가 그런 건 내가 그런 거기도 해, 연오야."

그 말에 동기들이 닭살 돋는다는 듯 팔을 긁어대면서 야유를 퍼부었다. 다시 의과대학 시절로 돌아간 듯 행복한 오후였다.

저녁이 되어 선선해지자 이현은 정원에 그릴을 올려놓고 고기를 굽기 시작했다. 친구들이 근처 숙박 시설에서 잠을 자고 가겠다고 하도 졸라대는데다 연오가 부탁하듯 이현을 올려다보자 그만 그 예쁜 눈망울에 이현의 마음이 기운 것이었다.

지글지글거리는 고기를 보며 경수가 이현의 앞에 섰다. 적은 분량의 닭고기를 보고 경수가 물었다.

"이건 누구 거야?"

"이거? 연오 거."

경수가 알겠다는 듯 맥주를 들이켜며 고개를 끄덕였다.

"요즘 들어 닭고기는 입에 대나 보네."

"응. 내가 자꾸 생각없어도 먹으라고 그랬거든."

채식을 옹호하는 의견과 그렇지 않은 의견 사이에서 이현은 후자였다. 연오가 고기를 안 먹는 것을 간섭할 생각은 없었지만 아이를 가진 이상 산모도 아기도 건강하길 바라는 마음이었다. 채식만을 하다 부족한 영양을 섭취하지 못할까 걱정이 되었던 것이다.

"혹시 태명 있어?"

"응."

경수의 물음에 이현이 짧게 그렇다고만 대답했다.

"뭔데?"

"몰라도 돼."

그 말에 경수가 정원 한구석에서 하경과 함께 채소를 씻는 연오를 큰 소리로 불렀다.

"연오야!"

"왜? 경수야."

"아기 태명이 뭐야?"

그 말에 연오가 잠시 움찔하더니 조그맣게 말했다.

"우…… 유."

"응? 뭐라고?"

연오가 얼굴을 붉히며 다시 조그맣게 '우유'라고 말하자 동기들이 일제히 웃음을 터뜨렸다.

"니네는 어째 셋이 다 우유냐?"

식사 내내 동기들은 연오의 배를 보며 그렇게 우유 소리를 해댔고 나중에는 연오도 개의치 않고 웃음을 보였다. 초여름의 지는 해가 왁자지껄한 이현의 정원을 비추고 있었다.

밤이 되자 동기들은 즐거운 시간을 보내면서도 달려드는 벌레들에 짜증을 냈다.

"시골이라 그런지 모기가 정말 많다."

스프레이를 뿌리려는 동기들을 이현이 말리며 마른 쑥에다 불을 붙였다.

"참 퍽도 지극정성이다. 행여나 연오 몸에 안 좋을까 봐 이젠 동기들 헌혈하는 걸 뻔히 알면서도 그러냐?"

핀잔에도 이현은 꿋꿋하기만 했다. 모기에 뜯기면서도 동기들은 잘살고 있는 두 친구의 모습을 확인하고는 흐뭇한 미소를 지었다. 여름밤의 정취가 그렇게 한층 무르익어 갔다.

동기들이 머물 숙소를 알아보고 데려다 주는 사이 연오는 자신의 차 안에서 잠이 들어 있었다. 그녀를 많이 배려한다고 한 건데도 피곤했던 모양이다.

차를 주차하고 이현이 조심스럽게 연오를 안아 들었다. 임신을 했지만 기본적으로 마른 몸매였던지라 제법 가뿐하게 그녀를 들어 올릴 수 있었다. 안방으로 들어가 침대에 내려놓고 나자 문득 연오의 하얀 팔에 붉게 물든 모기 자국이 군데군데 눈에 들어왔다.

"이런······."

이현이 입술을 내려 그곳을 핥았다. 모기 물린 곳에 침을 바르는 것은 의학적으로 좋은 게 못 된다는 것을 알고 있었지만 그 붉고 도톰한 것이 안쓰러워 저도 모르게 혀가 저절로 향한 것이다.

"으응……."

연오가 눈을 뜨자, 이현이 고개를 들어 올려 연오의 입술을 머금었다. 연오가 서서히 정신을 차리며 이현의 키스에 반응했다. 그에 이현이 억지로 입술을 떼어내며 연오에게 속삭였다.

"더 가면 안 돼."

연오는 이현이 욕구를 조절하고 있는 데 고마움을 느꼈다. 때로 이현은 자신을 한참 만지다가 화장실로 가 스스로 욕구를 해결하고 나온다는 걸 알고 있었다.

"……고마워."

"뭐가?"

"모든 게 다."

이현이 반짝이는 연오의 눈동자를 바라보다 진지한 얼굴로 물었다.

"넌 왜 나하고 결혼한다고 했어?"

늘 묻고 싶었지만 묻지 못한 말이었다, 그녀가 자신이 원하는 대답을 하지 않을까 봐 두려웠기에. 지금이야 연오도 자신을 사랑하고 있다는 걸 알고 있지만 이현은 연오의 마음이 자신처럼 과거에도 이어져 온 그것이었으면 하고 내심 바랐다. 오늘에서야 용기를 내어 물어보는 이현이었다.

이현은 연오가 자신이 기대하는 답을 주지 않으면 수정해 줄 생각이었다. 고치고 또 고쳐 주입식으로 그녀의 머리에 그렇게 입력할 생각이었다. 연오의 얼굴이 진지하게 변하자, 그 순간을 참지 못하고 이현이 얼른 대답했다.

"왜냐하면 최연오도 강이현을 줄곧 사랑해 왔기 때문이지. 그게 정답이야."

그에 연오가 엄숙함마저 감도는 얼굴로 이현을 바라보더니 고개를 끄덕였다. 이현의 눈이 미세하게 흔들리다 다시 제자리를 찾았다.

"네가 아니라고 해도 계속해서 가르칠 거야. 너는 나를 죽도록 지난 10년간 사랑해 왔다고."

그 불안해 보이는 결연함에 연오가 이현을 꼭 끌어안았다.

"이현아."

이현을 부르는 연오의 음성이 떨렸다.

"네가 없었으면 나도 없었던 거야. 색깔이 변했을 뿐이지, 너에게 향한 감정은 언제나 사랑이었어. 사랑해."

그 말에 연오를 꼭 안는 이현의 심장이 두근거리기 시작했다.

"사랑해, 연오야."

The End

작가 후기

날씨가 무더웠던 지난여름, 저는 제가 사는 지역의 대학도서관 캠퍼스를 오가던 그 기억을 떠올리는 것이 지금도 무척이나 좋습니다. 무턱대고 메디컬 소재를 한번 써보겠다며 기세 좋게 덤벼들었던지라 자료를 모으러 다니는 그 과정조차 제게는 녹음이 우거진 정경을 거니는 여름날의 한가로운 산책으로 그렇게 다가왔습니다. 당시 불과 5개월 전 처음 인터넷에 글을 연재하기 시작해 글에 대한 감이 전혀 없는 소위 초짜였음에도 두려움 따윈 없었습니다. 막연히 멋있어 보이는 메디컬 소재를 골라잡아 나도 한번 써보자, 했는데 아무것도 몰랐기에 즐거운 추억이 된 것 같습니다.

꾸준히 연재를 해오며 다시 반년이 흐른 지금, 처음 자판을 두들기던 때보다 글에 대한 많은 것들을 얻게 되었음에도 저는 오히려 그때의 그 부푼 마음은 느끼지 못합니다. 앞으로도 그럴 것만 같고요.

의학 서적을 끊임없이 뒤적이고 시청각 자료를 통해 수술 장면을 유심히 살피며 대한민국의 모든 의료 커뮤니티를 죄다 뒤지겠다는 일념으로 늘 수첩을 들고 인터넷 검색에 혈안이 돼있던 그 시간들은 연재를 시작하며 밤이고 낮이고 정신없이 글에 대한 생각들을 이리 비틀고 저리 비틀던 2011년 7월의 여름으로 이어졌습니다.

출판사에 원고를 넘기기 전 마지막으로 글을 읽어 내리는 지금, 아직도 부족한 점이 보여 아쉬움을 어쩌지 못하지만 그 당시 그토록 빠져 있었던 일이라는 게 느껴져 저로서는 감회가 새롭기도 합니다.

그 노력들이 보상을 받았던 건지 저는 이 글 〈십년지기〉를 연재하며 소중한 인연들을 알게 되었습니다. 글의 거의 후반부를 책임져 주신 네이버 카페 〈오아시스를 찾다〉의 회원 여러분과의 소통은 당시 갑작스런 관심에 기대를 무너뜨릴까 불안했던 저의 마음을 잡아주던 동아줄이었고요, 감사드리고 싶은 의사선생님도 계십니다. 꺼려하시는 것 같아 마음만 짧게 언급하지만 제가 행운아라고 느낄 수 있게 해주신 고마운 분입니다. 감사해요.

지금껏 자판을 두들기며 컴퓨터 너머 제 방 창문을 통해 느껴지는 당시의 계절감을 연재 글의 모든 배경으로 설정해 왔는데요, 때문에 이 글의 주가 되는 시간 역시 여름입니다. 그럼 제가 보냈던 여름, 그리고 이현과 연오의 그 여름 안으로 여러분을 초대합니다.